방해자 上

북스토리 재팬 클래식 플러스 008

방해자 上

오쿠다 히데오

김해용 옮김

북스토리

1

심야의 번화가에 2사이클 엔진의 새된 소리가 울려 퍼졌다. 소음기에서 새어 나오는 배기음이 좌우로 늘어선 건물들에 반사되어 마치 스테레오처럼 와타나베 유스케의 고막을 뒤흔들었다.

뒤에서는 경찰차가 추격하고 있었다. 적색등이 주변을 간헐적으로 비추는 바람에 흘낏 옆을 보는 요헤이의 뺨도 붉게 물들어 있었다.

경찰은 사이렌을 울리지 않았다. 울리면 좋을 텐데, 하고 유스케는 생각했다. 그러는 게 훨씬 더 주목을 받을 수 있다. 행인은 드물었지만 길가 여기저기에 어린 여자아이들이 쪼그려 앉아 있었던 것이다. 그 여자아이들이 자신들을 눈여겨 봐주었으면 싶었다.

"앞에 가는 스쿠터, 당장 정지하세요."

경찰차의 확성기에서 낮은 목소리가 흘러나왔다.

번호판은 찌그러져 있었고, 애당초 조명등도 없었기 때문에 스쿠터만으로 신원을 확인할 수는 없다.

"앞에 세 사람, 위험하니까 멈추세요."

"멍청하긴, 멈추란다고 누가 멈추냐."

등 뒤에서 히로키가 마주 소리치자 "야! 앞에 세 명, 적당히 해" 하고 경찰의 말투가 갑자기 거칠어졌다.

유스케 앞에는 핸들을 잡고 있는 요헤이, 등 뒤에는 히로키가 찰싹 달라붙어 있었다.

"야, 넘어지면 안 돼."

유스케가 요헤이에게 말했다.

"맡겨두셔."

자신만만한 목소리가 되돌아왔다.

스쿠터에 세 명이 타는 일은 이제 익숙했다. 몸을 둥글게 말지 않고, 오히려 셋 다 뒤로 젖히는 것이 요령이었다. 그리고 다리는 양팔 오뚝이처럼 양옆에서 놀게 하면 자연히 균형이 잡혔다.

자정을 넘어 요헤이의 스쿠터에 셋이 탔다. 유스케도 스쿠터는 있었지만 평범하고 수수해 보였으므로 폭주에는 어울리지 않았다. 게다가 따로 타는 것보다 셋이 함께 타는 게 더 눈에 띄어 신이 난다. 그렇게 번화가를 한 바퀴 돌고 있는데 순찰 중이던 경찰차에게 들킨 것이다.

"꺄호~!"

요헤이와 히로키가 함성을 지르자 유스케도 질세라 소리를 질렀다. 체온이 순식간에 올라간 기분이었다. 이걸로 오늘 밤의 무용담이 하나 생긴 셈이다.

스쿠터는 가로등을 빠르게 스쳐 지난 후 골목으로 꺾어 들어갔다. 골목 끝에는 늦게까지 영업을 하는 잡화점이 있었고, 그 앞에는 비슷한 또래의 남녀가 떼 지어 몰려 있었다.

요헤이도 이 코스를 생각하고 있었을 것이다. 논길을 달려봐야 아무런 재미도 없다.

속도를 늦추며 경찰차를 유인했다. 차간거리가 적당히 줄어들었다.

"앞에 세 사람, 왼편에 갓다 대세요."

노리고 있던 대로 멍청한 경찰이 확성기로 떠들어댔다. 근처에 있던 사람들이 무슨 일인가 싶어 시선을 돌렸다. 주목을 받고 있다는 쾌감이 온몸으로 치닫는다.

잡화점 앞에 거의 이르자 기다렸다는 듯 요헤이가 액셀을 잡아당겼다.

유스케와 히로키가 인도를 향해 엄지손가락을 치켜들었다. 십여 명의 남녀가 환호성을 내지른다. 몇 명 정도 아는 얼굴도 있었다. 무대 위에서 박수라도 받는 기분이었다.

"한 바퀴 더 돌자."

히로키가 으름장을 놓듯 말했다.

"이 정도면 된 거 같은데. 저 경찰차, 지원을 요청할지도 몰

라. 일단 골목으로 들어가."

유스케가 대답했다. 잡히면 다 꽝이다. 상습적으로 정학을 먹고 있는 만큼 학교도 이젠 슬슬 걱정이 된다.

"뭐야, 경찰 따위한테 잡힐 것 같냐."

"그렇게 자신 있다면 상관없지만."

"유스케, 너 쫀 거 아냐?"

앞에 앉은 요헤이가 돌아보며 말했다.

"아니야."

발끈하여 대꾸했다.

반대하는 사람이 없어지자 한 바퀴를 또 돌았다.

잡화점 앞에서 관중들의 더욱 커진 환호성 세례를 받았다. 여자아이들의 상기된 얼굴이 눈에 들어왔다. 한 바퀴 더 돌길 잘했다고 유스케는 생각했다. 경찰차는 여전히 뒤만 따라올 뿐이다.

"야, 시로키야 옆으로 들어가."

히로키가 소리치자 요헤이가 알았다고 대답하며 왼손을 들었다.

시로키야 옆은 차가 들어올 수 없는 골목이다. 선배한테 경찰차의 추격은 5백 미터까지가 한계라는 소리를 들었던 적이 있었다. 진짜 그런지는 모르겠지만 여기라면 경찰도 무리하여 쫓지는 않을 것이다. 사고라도 날까 봐 두려울 테니까.

"아까 다케 녀석 여자 친구 있던데."

요헤이가 말했다.

"봤어, 봤어. 여상 1학년이라고 했지?"

유스케가 대답했다.

"그 애, 걸레라더라."

그 말에 셋이서 낄낄거리며 웃었다.

스쿠터는 뒷길을 구불구불 달렸다. 경찰차는 오래전에 추격을 포기한 듯했다. 시내의 작은 번화가였으므로 한 구역 정도만 달리면 주택가였다.

더 이상 관객이 없었으므로 속도를 줄이고 늘 가던 공원으로 향했다. 시에서 운영하는 스포츠센터와 나란히 있는, 운동장 넓이만 한 공원이다.

가는 도중 자판기에서 스포츠 음료를 사서 공원 안까지 들어간 세 사람은 잔디밭에 주저앉았다.

캔을 딴 후 단숨에 들이켰다. 한숨을 돌리고 나자 세 사람은 경쟁이라도 하듯 담배에 불을 붙였다.

밤이슬을 머금어 잔디는 약간 축축했다. 벌러덩 눕자 바닥에서 냉기가 전해졌다.

"아까 다케 녀석 여자 친구 말이야."

요헤이가 입을 열었다.

"기노시타 선배한테도 먹혔대."

앙상하게 마른 요헤이는 가느다란 수염을 억지로 잡아당기고 있었다. 얼핏 보면 영양실조에 걸린, 눈빛 사나운 염소 같았다.

"기노시타라면, 그 4중 다니던 선배 말이야?"

히로키가 물었다. 요헤이와는 반대로 히로키는 뚱뚱하다. 머리를 짧게 깎아서 작대기만 쥐여주면 사납게 생긴 절 문지기였다.

"그래. 남고 갔다가 1학년 때 때려치우고, 지금은 심야 카페에서 일하고 있어."

"다케 자식은 아나?"

유스케가 물었다.

세 사람 중에서는 자신이 제일 잘생겼다고 유스케는 생각했다. 눈이 커서 어렸을 적에는 자주 여자아이로 오인되곤 했었다.

"그건 모를걸."

요헤이가 다 마신 캔을 아스팔트로 던졌다.

"알면 재미있을 텐데."

깡통은 마른 소리를 내며 맞은편 가로수 있는 곳까지 굴러갔다.

"가르쳐주자. 그래서 싸움이나 구경하자."

히로키가 말하자 요헤이가 소리 내어 웃으며 과장되게 배를 부여잡았다.

"누가 이길 것 같냐?"

유스케가 몸을 일으켰다.

"당연히 기노시타 선배지. 중학교 때 5중의 구보 선배와 일대일로 붙어서 팔을 부러뜨렸거든."

요헤이는 자기 일처럼 자랑스럽게 말했다.

"구보 선배라면, 지금 다마 뭐라는 폭주족 두목 말하는 거지? 그런 사람한테 이겼단 말이야?"

"아, 그건 거짓말이야."

히로키는 두 번째 담배에 불을 붙였다.

"애들 잔뜩 불러놓고 못 도망치게 한 후에 싸웠던 거야. 일대일도 아니고. 데츠한테 들었어. 그놈, 기노시타 후배거든."

"뭐야, 그랬던 거야?"

"게다가 나중에 보복당하면서 돈까지 빼앗긴 모양이더라."

"뭐야, 완전 허풍쟁이잖아?"

"하지만 구보 선배도 일대일로 보복한 건 아니잖아. 기노시타 선배가 강한 건 확실해."

요헤이가 기노시타를 편드는 소리를 한다. 예전에 밥을 얻어먹은 적이 있었기 때문이다.

"하긴, 구보 선배를 불러냈다는 것만으로도 대단하긴 하지."

"구보 선배, 문신했지?"

유스케가 물었다.

"그래, 맞아. 그것도 해골이나 나치 문양 같은 게 아니라 끝내주는 거였어."

"야쿠자인가?"

"그렇지 않을까? 폭주족 뒤를 봐주는 게 야쿠자잖아."

"흐음."

유스케는 밤하늘을 향해 담배 연기를 내뱉었다.

"나도 이번에 타투하기로 했어."

히로키가 짧은 머리를 문지르며 말했다.

"정말?"

"벌써 예약해뒀지. 시부야에 있는 캐롤이라는 데서. 예전에 갔다가 모양까지 봐뒀어."

"무슨 모양인데?"

"팔과 손등에 파란 유리구슬."

"그게 뭐야."

"그런 게 있어. 무지 멋있어. 안 그러냐, 요헤이?"

요헤이가 히죽거리며 고개를 끄덕였다. 시너를 너무 들이마셔서 앞니가 더러워질 대로 더러워져 있었다.

"요헤이 너도 갔었냐?"

"그래. 나도 돈 모으면 새길 거야."

화제를 바꾸는 게 좋을 것 같아서 "다케 자식의 여자 친구……" 하고 말을 꺼내는데, 그보다 먼저 히로키가 말을 던져 왔다.

"유스케, 너도 새겨라."

잠깐 할 말을 잃었다.

"나 말이야? 난 그만둘래. 부모님이 뭐라고 할 거야."

"부모님이래."

요헤이가 놀리듯 웃었다. 요헤이는 부모가 이혼하여 혼자 떨어져 살고 있었다.

"이러니까 학생은 안 돼."

요헤이와 히로키가 이죽거리며 동시에 말했다.

요헤이와 히로키는 예전에 고등학교를 그만두었다. 유스케 혼자 고등학교 2학년이었다.

"시끄러워."

뭐라고 더 말해주고 싶었지만 무슨 말을 하면 좋을지 떠오르지 않았다.

"유스케, 너는 약간 부족해."

히로키가 말했다.

"그게 무슨 상관이야."

"지난번 아저씨 사냥 때도 넌 그냥 보기만 했잖아."

요헤이가 한마디 했다.

"무슨 소리야. 망봤잖아."

씩씩대며 항변해보았지만 두 사람은 번갈아 유스케를 무시하는 소리만 해댔다.

"그나저나 유스케 너, 싸움은 해봤냐?"

유독 요헤이가 물고 늘어졌다.

"당연하지. 해봤어."

"중학생들 삥 뜯는 건 싸움이 아니야."

"서고 놈들이랑 붙었을 때 나도 있었잖아!"

"그땐 놈들이 네 명이고 우리가 여섯 명이었잖아."

"싸우는 데 사람 수가 무슨 상관이냐."

"그런가."

둘이 웃고 있었다.

"뭐야, 너희. 그따위 소리나 해대고. 나 갈래."

유스케는 불쾌함을 숨기지 않고 말했다.

"야야, 화내지 마. 농담이었어."

"그래, 그래. 유스케 네가 센 건 다 알고 있어."

동료가 줄어드는 것은 곤란했는지 두 사람은 한발 양보하여 유스케를 달래기 시작했다.

휴대전화가 울렸다. 히로키의 것이었다.

히로키는 버튼을 누르며 "여보세요" 하고 혀 짧은 소리로 말했다. 말투만 보면 여자 같았다.

그것을 본 요헤이가 "나도" 하며 호주머니에서 휴대전화를 꺼내 누군가에게 전화를 걸기 시작했다.

유스케는 잔디밭에 벌렁 누워 작게 기지개를 켰다. 숨을 내뱉어도 하얗지 않았다. 바로 지난주까지 두터운 점퍼가 필요했다는 게 거짓말처럼 오늘 밤의 공기는 따뜻했다. 이제 일주일만 지나면 봄방학이다. 그러면 좀 더 시간에 구애받지 않고 놀 수 있다.

고등학교 2학년이 되면서 공부는 때려치웠다. 평범한 도립학교였지만 열심히 공부한다고 유명 대학에 들어갈 수 있을 만한 실력의 학교는 아니었다. 교과서를 가지고 다니지 않아도 별다른 저항감이 없었다. 그보다 친구들하고 노는 게 더 재미있었다. 밤에 번화가를 돌아다니면 기분이 붕 떠오르는 것 같았다. 대개의 경우 무슨 일이든 벌어져 지루할 틈이 없었다.

올해 들어 두 번이나 학교에 걸렸지만 신경 쓰지 않았다. 오히려 친구들에게 자랑거리가 생겼다고 생각했다. 처음에는 잔소리를 해대던 부모님도 한 번인가 "그럼 학교 그만두고 일하면 되잖아" 하고 말했더니 그 뒤로 아무 소리 하지 않았다. 외출할 때도 "너무 늦지 않도록 해"라고 애원조로 말할 뿐이었다.

선생은 부모님보다 더한 겁쟁이였다. 1학년 때는 눈치를 보기도 했지만 바로 별것 아니라는 것을 알았다. 2학년이 되어 마음에 들지 않는 선생을 몇 명인가 옥상으로 불러냈더니 창백한 얼굴로 "폭력은 안 돼"라고 떨면서 말하는 게 고작이었다. 후환도 없었다.

어른을 무서워하던 1년 전의 자신이 거짓말 같았다. 어른도 폭력을 두려워한다. 자신들을 두려워하는 것이다.

그래도 고등학교를 그만둘 생각은 없었다. 아무래도 중졸은 너무한 것 같아서였다.

"유스케."

전화를 마친 히로키가 얼굴을 돌렸다.

"너, 돈 있으면 좀 빌려줘라."

"없는데."

"요헤이는?"

"나도."

"무슨 일 있어?"

"유미코가 파티 초대권 사달래. 3만 엔어치."

"그런 건 좀 거절해라."

유스케가 코웃음을 쳤다.

"너무 잡혀 사는 거 아냐?"

"바보 자식. 그런 거 아냐. 아야코 씨한테서 할당받은 거야."

"아야코라면, 기사라기회였던가?"

요헤이가 눈썹을 치떴다.

"그거 큰일인데."

"그래. 돈 못 만들면 가만 안 둔대."

"그럼 그 수밖에 없겠네."

요헤이가 히죽 입가를 일그러뜨리며 일어나 엉덩이에 묻은 풀을 털어냈다.

"이참에 우리도 용돈벌이도 좀 하고."

"미안하다. 좀 도와줘."

히로키도 일어섰다.

"유스케도 할 거지?"

요헤이가 당연하다는 듯 묻는 바람에 "그래" 하고 대답해버렸다.

"1시네. 막차 타고 오는 놈들 정도는 아직 노릴 수 있겠어. 서두르자."

다시 스쿠터에 세 명이 올라타고 주택가를 달렸다. 역 바로 옆은 오가는 사람들이 있었으므로 약간 떨어진 장소에서 사냥감을 물색하기로 했다. 완전히 조용해진 거리에 메마른 엔진 소리가 울려 퍼졌다.

5분 정도 지났을 때 마침 양복 차림의 중년 남자를 발견했다. 잔뜩 취한 정도는 아니었지만 약간 술이 들어간 듯했다.

근처에 스쿠터를 정지시키고, 전봇대 그늘에서 다가오기를 기다렸다.

"야, 유스케더러 하게 해보자."

요헤이가 말했다.

"뭐야. 히로키 여자한테 줄 돈이잖아."

유스케는 돌아서며 노려보았다.

"유스케, 너 쫄았지? 쫄았지?"

요헤이가 기분 나쁜, 더러운 이를 보이며 씨익 웃었다. 얼굴이 달아올랐다. 놀리고 있다고 생각했다.

"요헤이, 너, 나랑 한판 뜨자는 거냐?"

"목소리가 너무 커."

히로키가 팔을 잡았다.

"내가 할 테니까 그만둬."

"잠깐. 내가 간다."

유스케는 히로키의 손을 뿌리쳤다.

"너희가 나를 아주 물로 보고 있잖아."

공연히 화가 났다. 여기서 그냥 물러났다가는 나중에 겁쟁이 취급당할까 봐 두렵기도 했다.

"왜 화를 내냐."

히로키가 달랬다.

"뭐 어때. 유스케가 하게 놔둬."

어디, 솜씨 좀 구경해볼까 하는 듯이 여전히 요헤이는 이죽거리고 있었다. 더욱 화가 치밀어올랐다.

아스팔트를 힘껏 밟으며 앞으로 걸어나갔다. 둘은 뒤에서 따라왔다.

걸어오는 남자와 눈이 마주쳤다. 괜찮다. 뻔한 중년에 덩치도 크지 않았다.

유스케의 심장이 더욱 뛰었다. "아저씨" 하고 던진 목소리가 약간 들떠 있었다.

척 보기에도 불량스러운 세 사람에게 남자는 뭔가 낌새를 챘는지 바짝 얼었다.

"아저씨. 잔뜩 얻어맞고 돈 빼앗기는 것과 순순히 빼앗기는 거, 어느 쪽이 더 좋으세요?"

순간적으로 내뱉은 대사였지만 스스로 생각해도 나쁘지 않은 것 같았다.

"둘 중에 하나 선택하세요."

조용하지만 위협적인 목소리로 말했다. 어설프게 험한 상소리를 하는 것보다 효과적일 것 같았다. 실제로 눈앞의 남자는 약간 뒷걸음질 치며 말도 못 하고 있었다.

"아저씨. 얌전히 있는 게 신상에 좋을 거예요."

곧바로 히로키가 남자 뒤로 돌아갔다.

"우리, 흉기 가지고 있거든요."

위협만 했을 뿐인데도 남자는 바로 창백해졌다.

"뭐, 뭐냐, 너희는."

남자가 허세를 부리려 했다. 하지만 그 목소리에는 힘이 실려 있지 않았고, 더 나아가 저항할 낌새도 전혀 보이지 않았다.

유스케는 남자에게 얼굴을 바싹 갖다 댔다. 미간에 주름을 모으며 노려보았다.

"돈만 주면 아무 짓도 안 할 거예요."

넥타이를 잡는다.

"다치지 않을 거예요."

"뭐야, 너희. 비켜."

남자가 뿌리치려 했지만 요헤이가 그 손을 잡자 남자는 완전히 질려버렸다.

유스케는 서서히 흥분했다. 어른을 지배하고 있다는 쾌감이 느껴졌다.

요헤이가 남자의 가방을 낚아채고는 "아저씨, 뛰어봐" 하고 말했다.

"멍청하긴. 이 아저씨가 꼬맹인 줄 아냐?"

마음에 여유가 생기자 요헤이의 유치한 질문에 타박까지 할 수 있었다.

남자가 꼼짝도 하지 못했으므로 유스케는 남자의 상의 안주머니에 손을 넣어 가죽 지갑을 꺼냈다.

"야."

남자가 뭐라고 했지만 신경 쓰지 않고 지갑 안을 열어 확인했다.

"뭐야, 이거. 후쿠자와 유키치*가 없잖아."

가볍게 남자의 뺨을 때렸다.

"무슨 짓이냐."

"시끄러워."

처음으로 어른을 때린 건데, 의외로 기분이 괜찮았다.

"얼마 들었는데?"

히로키가 들여다본다.

"가난한 아저씨였어."

지폐를 세어보았다.

"8천 엔이야."

"야야, 말도 안 되는 송사리였잖아."

히로키가 콧방귀를 뀌었다.

"그냥 해치워버릴까? 화나는데."

유스케는 돈만 빼내고 지갑은 길바닥에 내던졌다.

"됐어, 됐어. 그냥 용서해주자."

히로키가 지갑을 주워 남자에게 건네준다.

"아저씨. 그냥 용서해줄 테니까 경찰한테는 꼰지르지 마. 얼굴 다 기억해뒀으니까 무슨 일 생기면 가만 안 둘 거야."

남자가 지갑을 받아든다. 얼굴이 딱딱하게 굳어 있었다.

---

* 福澤諭吉. 일본 근대의 계몽사상가로 현재 일본의 만 엔 지폐에 그려진 인물. 여기에서는 만 엔짜리 지폐를 뜻한다.

왠지 아쉬운 기분이 들어 유스케는 남자의 엉덩이를 걷어찼다.

남자가 놀라 얼굴을 찌푸렸다. 그 불만스러운 태도에 갑자기 잔인한 흥분이 일었다.

"뭐야, 그 표정은."

말보다 먼저 손이 나갔다. 주먹으로 남자의 얼굴을 가격했다. 이번에는 정말로 힘을 실어 넣었다.

"야, 그만두라니까."

히로키가 말렸다.

"이제 됐어."

얼굴이 뜨거워져 있는 것을 알 수 있었다. 피가 온몸을 휘감았다.

"그냥 해치워버리자니까."

"진정해. 돈 빼앗았으니 이제 됐어."

히로키가 뒷손질로 남자를 쫓아냈다.

"아저씨, 빨리 가."

남자는 가방을 끌어안고 달려서 그 자리에서 도망갔다.

유스케가 숨을 몰아쉬었다. 그 어깨를 히로키가 가볍게 툭 쳤다.

"자."

유스케는 남자에게서 빼앗은 8천 엔을 히로키에게 건네주었다.

"유미코에게 줘."

"와, 땡큐."

"우리도 빨리 도망치는 게 좋겠다."

요헤이의 말에 세 사람은 스쿠터 있는 곳까지 달렸다. 시동을 걸고 어둠에 잠긴 거리를 질주했다.

말로는 표현할 수 없는 성취감이 들었다. 뭔가를 뚫고 나온 듯했다.

"또 한 번 하자"라고 크게 유스케가 소리쳤다.

"그래."

히로키가 웃으며 대답했다.

이 녀석들이 동료라고 생각했다.

10분 정도 달려 철로 반대편에 있는 주택가로 들어섰다. 경찰에게 신고했을 가능성이 있었으므로 약간 떨어진 곳이 좋겠다고 히로키가 말했던 것이다.

시민회관 비슷한 건물 앞에 스쿠터를 멈춰 세우고 다시 집으로 돌아가는 샐러리맨을 물색하기로 했다.

"이제 2만 2천 엔 남았지?"

유스케가 말했다.

"그래. 유미코에게는 유스케 덕분이라고 말해줄게."

히로키는 분명 유스케를 다시 본 것 같았다. 기분 좋게 유스케에게 말을 건넨다. 반대로 요헤이는 얌전해져서 잠자코 담배만 피우고 있었다.

유스케는 그동안 자신을 깔보았던 요헤이에게 복수를 하고 싶어졌다.

"요헤이. 너 아까 이상한 소리 했지?"

"뭐가."

"아저씨한테 뛰어보라고 했잖아."

"그래, 그랬어. 맞아."

히로키가 낄낄대며 웃는다.

"중학생 삥 뜯는 게 아니잖아."

"시끄러워."

"그래서 동전이 짤랑거렸으면 어쩌려고 했냐."

"시끄럽다고 했다."

요헤이의 얼굴색이 변했다. 입장이 역전됐다고 생각했다.

"사실은 잔뜩 쫄고 있었던 거 아냐?"

요헤이는 씩씩거리며 "뭐야, 이 자식"이라고 거칠게 내뱉었다.

"야야, 이런 데서 싸우면 안 돼."

히로키가 말렸다.

"우린 동료야."

"유스케가 건방진 소리 하잖아."

"뭐 어때. 너도 아까까지는 놀려댔잖아. 피장파장이야."

요헤이는 유스케가 제멋대로 나서는 바람에 자기 차례가 없었을 뿐이었다고 투덜댔다. 이번엔 자신이 하겠다며 땅바닥에 침을 뱉었다.

요헤이는 "아무튼 유스케도 제법 한 성깔 한다는 건 알았어"라고 불쑥 말했다.

유스케는 만족했다. 이제 아무것도 두려울 게 없을 것 같았다.

시민회관 앞에서 잠시 사냥감이 지나가기를 기다렸지만 아무래도 시간이 2시 가까울 무렵이라 행인이 없었으므로 할 수 없이 걸어서 주변을 돌아다녀 보기로 했다.

"유스케. 내일 학교 괜찮겠냐."

히로키가 어깨를 부딪쳐왔다.

"상관없어. 가봤자 어차피 잠만 잘 텐데, 뭐."

"그나저나 꾸준히 잘 다니네."

요헤이가 질린다는 듯이 하품을 했다.

"나 같은 놈은 반년도 못 버티겠던데."

"너는 그러기 전에 먼저 잘렸을걸."

"자식, 자퇴라고 해줘."

"졸업은 할 거냐?"

"가능하면."

"대학생 같은 것도 되고?"

"알 게 뭐야."

"유스케가 대학생이 되면 이 나라도 끝장이다."

요헤이가 너스레를 떤다.

"그보다 들어갈 대학이나 있고?"

"원서만 내면 무조건 합격할 수 있는 대학도 있을걸."

히로키가 낄낄거리며 웃었다.

"우습게 보지 마. 초등학교 다닐 때는 머리 좋았어."

"그래서 지금도 초등학생 같은가 보지."

"닥쳐."

화를 낼 작정이었지만 웃음을 터뜨리고 말았다.

부모님은 유스케가 대학에 가길 바라고 있었다. 아마 자신은 마지못한 척하면서 그 뜻에 따를 것이다. 공부는 하고 싶지 않지만 일하는 것은 더 싫었다. 부모의 돈으로 4년 동안 놀 수 있다면 그것은 행복한 일이었다. 장래도 생각해야 한다. 샐러리맨은 죽어도 되기 싫었고 장사라도 해야 하지 않을까 막연히 생각하고 있었다.

"너희는 어쩔 거야, 앞으로?"

"대충대충 살면 되지."

요헤이는 지금 도시락가게 배달 일을 하고 있다.

"어떻게든 살게 되겠지, 뭐."

히로키는 나이를 속이고 게임센터에서 일하고 있다.

동료들에게는 미안한 말이지만, 역시 고교 중퇴로는 미래가 밝다고 할 수 없었다.

"야."

히로키가 유스케의 팔을 쿡 찔렀다.

"먹잇감이다."

고개를 들었다. 양복 차림의 남자가 맨션 앞의 화단을 향해 서서 소변을 보고 있었다. 아까 그 남자 같은 중년 정도는 안 돼 보였지만 어른임에는 틀림없었다.

"저놈으로 하는 거야?"

요헤이가 낮게 소곤거렸다. 그만두자는 말투처럼 들렸다. 남자는 멀리서 보기에도 키가 컸고 어깨도 떡 벌어졌다.

"이거 봐, 역시 잔뜩 쫄았잖아."

유스케가 입꼬리를 들어 올렸다. 요헤이는 "이 자식" 하고 쉰 목소리로 말했다.

"맡겨둬. 내가 또 한 방에 해결할 테니."

스스로 생각해봐도 너무 대범해졌다는 것을 알 수 있었다. 어른 따위 누구나 마찬가지다. 겉보기에는 그럴듯해도 조금만 겁주면 바로 떤다.

유스케가 앞장서서 다가갔다.

"아저씨."

일부러 가벼운 말투로 말을 걸었다.

"아무 데서나 소변을 보면 안 되죠."

남자가 뒤를 돌아보았다. 조용한 눈길로 유스케 일행을 둘러본다.

"아, 그래."

남자는 허리를 흔들며 바지의 지퍼를 올렸다.

"이거 미안하게 됐네."

취하지는 않은 것 같았다. 다만 눈이 몹시 빨갰다.

"아저씨, 벌금."

유스케가 손을 내밀었다. 남자가 천천히 돌아선다. 세 사람 모두를 내려다보고 있었다. 꼼짝도 않는 것이 신경에 거슬렸다.

"아저씨. 얻어터지고 돈 빼앗기는 것과 순순히 돈 빼앗기는 것, 어느 게 더 좋으세요? 고르세요."

약간의 사이를 두고 남자가 콧방귀를 뀌었다. 와락 피가 솟구쳤다.

"여유 부릴 때가 아닐 텐데. 금방 후회할 거예요."

목소리가 거칠어졌다.

히로키가 재빨리 남자 뒤로 돌아갔다. 요헤이도 옆에 서서 세 사람 모두 고개를 들고 남자를 노려보았다.

남자는 아직도 아무런 말을 않는다.

"영 마음에 안 드는데, 이 아저씨."

요헤이가 턱을 들이밀며 얼굴을 남자의 바로 몇 센티미터 앞까지 들이댔다.

"당장 돈 내놓지 않으면 혼나."

남자는 눈을 내리깔고 여전히 작은 미소를 띠고 있다. 각진 턱이 약간 흔들렸다.

유스케는 순간 상대를 잘못 고른 듯한 기분이 들어 초조해졌다. 아니, 허세를 부리는 것이다. 속으로는 겁을 먹고 있을 게 뻔했다.

"아저씨, 안 들려?"

유스케가 남자의 넥타이를 잡았다. 그래도 여전히 침착하다. 안주머니에 손을 넣으려는데 처음으로 남자가 반응하며 유스케의 손목을 잡았다. 두터운 손이었다.

"너."

얼굴이 뜨거워졌다. 덤비려는데 두 손으로 가슴팍을 밀치는 바람에 유스케는 그 자리에서 엉덩방아를 찧었다. 히로키와 요헤이가 동요했다.

"이봐, 이봐, 아저씨. 우리 셋을 상대해보겠다는 거야?"

"머리가 어떻게 된 거 아냐."

저마다 욕설을 퍼붓는다. 유스케는 일어서면서 이 남자를 두들겨 패주겠다고 마음먹었다.

"아저씨. 순순히 돈 내놓지. 우리 흉기 가지고 있거든."

히로키가 남자의 어깨를 잡았지만 그 손 역시 쉽게 떨쳐내 버린다.

"오늘은."

마침내 남자가 입을 열었다. "영 재수가 없네" 하고 한숨을 내쉬었다.

"어? 무슨 혼잣말을 하는 거야. 잠이 덜 깼어?"

요헤이가 남자 앞을 가로막고 섰다.

"야, 요헤이. 비켜."

유스케가 자세를 잡았다.

"열받는데. 이놈은 내가 해치운다."

유스케의 시퍼런 서슬에 놀랐는지 요헤이가 옆으로 비켜섰다.

"죽여버린다, 이 자식."

"이봐, 아저씨. 얘 화나면 무서워."

히로키가 끼어들었다.

"저기 말이지."

남자가 낮게 말했다. 손바닥으로 얼굴을 한 번 쓸고 나서 빨간 눈을 부릅떴다.

"아저씨가 오늘은 기분이 안 좋거든. 그러니까 당장 꺼져라."

"웃기지 마."

유스케는 다시 한 번 남자를 보았다. 싸구려 양복을 걸친 샐러리맨이다. 덩치는 커다랬지만 셋이서 덤비면 질 리가 없었다.

남자가 안주머니에서 뭔가를 꺼내려 했다.

"겨우 알아챈 거야? 처음부터 꺼냈으면 좋았잖아. 쳇."

히로키가 말했다. 그런데 그 손을 도중에 멈추고 남자는 뭔가를 생각하는 척했다.

이제 기다릴 수 없었다. 분노의 감정은 이미 온몸에 끓어오르고 있었다. 유스케는 한 발 앞으로 내딛으며 주먹을 그대로 남자의 얼굴에 갈겼다. 확실히 손에 전해오는 감촉이 있었다.

남자는 피할 생각도 하지 않고 주먹을 고스란히 맞았다. 입가를 손으로 닦는다. 역시 허풍일 뿐이다. "한 방 더 먹여 주마, 이 자식" 하고 욕설을 내뱉었다.

그런데도 남자는 전혀 움직이지 않았다.

눈이 마주쳤다. 어딘가에서 본 적이 있는 눈이라고 생각했다. 이 눈은 분명……. 들끓고 있던 피의 온도가 급속히 떨어졌다. 다음 말이 나오지 않았다.

"너희들, 고등학생이냐?"

남자는 천천히 고개를 저으며 넥타이를 풀었다.

"그게 무슨 상관인데."

이번에는 요헤이가 옆에서 덤벼들려 했다.

"그럼."

남자가 요헤이의 팔을 잡았다. 표정이 순식간에 변했다.

"팔 하나나 두 개 정도 부러져도 생활에 지장은 없겠군."

그 말이 다 끝나기도 전에 요헤이의 팔에서 뚝 하는 소리가 들렸다. 겨울 나뭇가지라도 부러지는 듯한 마른 소리였다. 요헤이의 얼굴이 순간 일그러졌다. 목소리조차 나오지 않았다.

"야!"

히로키가 당황하여 덤벼들었다.

"놔, 이 자식!"

유스케도 뒤를 따랐다. 다만 감정 측정기의 바늘은 아까와는 정반대 방향으로 흔들리고 있었다. 바로 초조함과 당혹스러움이었다. 이 남자는 대체 누구냐.

요헤이가 땅바닥에 무너지듯 주저앉은 것과 히로키가 뒤로 나뒹군 것은 거의 동시였다. 그리고 히로키가 남자의 팔꿈치 가격에 당했다는 것을 알았을 때는 유스케의 턱에도 둔탁한 충격이

전해졌다.

허리가 무너졌다. 뒤로 날아가지 않고 똑바로 무릎부터 꺾였다.

"꼬마. 너였나. 나를 때린 게."

셔츠의 멱살을 잡는다. 눈이 흐릿해진다. 안개라도 낀 듯한 눈 속으로 남자의 얼굴이 나타났다. 생각났다. 이 거친 눈은 초등학생 시절 보았던, 화난 어른의 눈이었다. 몸 어디에도 힘이 들어가지 않았다.

"구노 씨."

그때 다른 남자의 목소리가 들렸다.

"뭐하시는 거예요!"

"아무것도 아니야."

남자가 대답한다.

유스케의 의식이 멀리 경계선까지 갔다가 다시 돌아오고 있었다.

"뭐가 아무것도 아니에요. 구노 씨."

남자의 팔이 풀리자 유스케는 아스팔트에 쓰러졌다. 편의점 비닐봉지가 눈앞에 있었다. 안에서 과자와 빵 몇 개가 비어져 나와 있었다.

"이거, 큰일 날 뻔했잖아요."

다른 남자가 곁에 쪼그리고 앉아 유스케의 뺨을 두어 번 때렸다.

"이봐, 정신 차려."

숨쉬기가 힘들었다. 벌렁 누워 하늘을 보자 맨션의 몇몇 집에서 불이 켜지고 베란다를 통해 밖을 내다보는 사람들이 보였다.

"대체 무슨 일이에요?"

"아저씨 사냥 하는 놈들일 테지."

남자가 아무렇게나 대답했다.

"수첩 보여주고 그냥 쫓아버리면 됐을 텐데."

다른 남자가 흥분한 듯 말했다.

수첩? 혹시 형사인가?

"갑자기 맞았어."

거짓말이다. 이 남자는 우리가 먼저 공격해오기를 기다렸다. 이제 퇴학이다. 유스케는 마치 다른 사람의 일처럼 느끼고 있었다.

"야, 일어나."

다른 남자가 일으켜 세워주었다. 처음으로 그 얼굴을 보았다. 둥글고 점잖은 안경을 쓴, 시부야 어디에서나 흔히 볼 수 있는 젊은 남자였다.

"괜찮니?"

고개를 젓는다. 정신을 차리고 보니, 히로키와 요헤이가 가드레일에 몸을 기대고 창백한 얼굴로 앉아 있었다.

"팔은 어때? 부러졌니?"

안경이 요헤이에게 물었다. 요헤이는 오른팔을 부둥켜안고 식은땀을 흘리고 있었다.

"너무해요, 구노 씨. 아이들한테 무슨 짓을 하신 거예요?"

"얘네들 흉기 가지고 있어."

"야."

안경이 몸을 돌렸다.

"정말이냐?"

유스케는 고개를 가로저었다. 사실 셋 다 아무것도 가지고 있지 않았다.

안경이 허리에 손을 대고 크게 한숨을 내쉬었다. 큰일 났네, 신고가 들어갔을지도 모르겠는데, 하고 혼잣말을 한 뒤 주변을 둘러보았다.

"너희 빨리 돌아가라."

안경이 한 뜻밖의 말에 세 사람 모두 얼굴을 들었다.

"그리고 다른 애들이랑 싸운 걸로 해둬. 쓸데없는 소리는 하지 말고. 안 그러면 잡아갈 거야."

그렇게 말하고 나서 순간 실수했다는 듯이 얼굴 한쪽을 찡그렸다.

"그래, 알았겠지. 우리는 경찰이야. 너희를 소년원에 보낼 수도 있다고."

"어이."

또 다른 목소리가 들렸다. 목소리가 난 방향을 보자, 건장하고 힘이 세 보이는 중년 남자가 파자마에 가운을 걸친 모습으로 서 있었다. 막 맨션에서 나온 듯했다.

"구노와 이노우에잖아."

파자마의 그 말에 두 남자가 침묵했다. 안경은 새파랗게 질려 있었다.

"이 시간에 우연히 지나던 길이었다고는 말하지 마."

남자들은 더욱 말을 못 했고, 어색한 침묵만이 흘렀다.

"언제부터냐."

파자마가 무겁게 입을 열었다.

"……오늘 밤부터였습니다."

덩치 큰 남자가 고개를 숙인 채 대답했다.

"흠."

파자마가 콧방귀를 뀌었다.

"너희가 언제부터 구도의 개가 된 거지?"

무슨 말을 하는지 알 수 없었다. 그보다 유스케는 토할 것 같 았다. 아까의 펀치는 상당히 강력한 것이었다. 턱뿐만 아니라 온몸이 저려왔다.

"우리 역시 하고 싶어서 하는 게 아닙니다."

남자가 중얼거렸다.

"하지만 하나무라 씨……."

"구도 그놈, 정말 바보 아냐? 같은 서 사람에게 이런 짓을 시 키고도 안 들킬 줄 알았단 건가. 아니면 본청의 감찰이 껄끄럽기 라도 했단 건가."

위 속의 내용물이 역류하여 유스케는 그 자리에서 약간 토했다. 남자들이 이쪽을 보았지만 아무 말도 하지 않았다.

"구노, 너, 나를 우습게 생각했을 테지."

"그럴 리가요."

남자가 눈을 내리떴다.

"하나무라도 퇴물이 다 됐다며 속으로 비웃었을 거야."

"설마."

"아니, 너는 나를 우습게 생각해서 온 거야."

파자마의 관자놀이가 붉어져 있었다.

차 엔진 소리가 들렸다. 적색등이 심야의 거리를 물들이는 것을 보고 경찰차가 왔다는 사실을 바로 알았다. 사이렌은 울리지 않고 온 모양이다.

안경이 혀를 찼다. 경찰차는 두 대였다.

"내가 보내고 오겠다."

파자마가 가드레일을 넘어갔다. 가드레일 너머에서 돌아보며 "그런데 이 꼬마들은 뭐냐?" 하고 물었다.

"아무것도 아닙니다."

남자가 조용히 말했다.

"알겠나, 구도한테 나를 없애고 싶으면 같이 죽을 각오 하고 오라고 전해."

땅바닥에 침을 탁 뱉는다.

"그리고 너도 그냥 넘어가지는 않을 줄 알아."

파자마는 그런 말을 남기고 경찰차 있는 곳으로 가서 제복을 입은 경찰들과 뭐라고 이야기를 주고받았다.

"야."

안경이 유스케의 다리를 걷어찼다.

"빨리 가, 빌어먹을 자식들. 다 너희 때문이야."

안경도 험상궂은 얼굴을 하고 있었다. 부모나 선생이 화내는 모습과는 전혀 달랐다. 처음으로 어른의 증오라는 게 뭔지 본 느낌이었다.

턱을 때린 남자는 유스케 쪽은 쳐다보지도 않고 혼자 뭔가를 생각하고 있었다.

일어서자 다시 현기증이 일었다.

히로키와 요헤이도 잠자코 있었다.

저마다 상처 입은 부위를 누르면서 세 사람 모두 그곳에서 벗어났다.

골목을 꺾었다. 아무도 쫓아오지 않는 것을 보면 이 건은 없었던 일로 처리할 모양이다. 형사를 때렸는데 상대도 해주지 않던 것이다.

퇴학을 면했다는 안도감이 들기는 했지만 설명할 길 없는 허무함도 들었다.

앞에서 불어오는 바람이 유스케의 머리칼을 쓸고 갔다.

납덩이라도 매달린 듯 발걸음은 무거웠다.

2

소독약 냄새가 배어 있는 화장실 세면대에서 얼굴을 씻었다. 3월의 물에서는 아직 봄기운을 느끼려면 멀었고, 피부엔 소름마저 돋았다. 입가가 약간 아팠다. 수건으로 물기를 닦으면서 구노 가오루는 새벽에 어떤 소년에게 맞았던 일을 떠올렸다.

거울을 보니 붓지는 않은 것 같다. 요즘 거울을 안 보려고 노력했지만 피한다고 별수 없을 것 같아서 이참에 자신의 얼굴을 똑바로 바라보았다. 역시 눈이 빨갰다. 흰자위 부분 전체가 충혈되어 있었다. 그 때문인지 눈동자까지 칙칙해 보였다. '안정피로'*라고 속여왔지만 이젠 슬슬 누군가 눈치챌 것이다. 하긴, 그때는 약을 먹으면 된다. 상용하지 않으려고 신경 쓰고 있기 때문

● 정상적인 사람보다 빨리 눈의 피로를 느끼는 상태.

에 아직 효과는 있다.

작년 말까지는 위장이 안 좋다고 속이고 내과에서 신경안정제를 얻었다. 의사에게 요구하면 간단히 처방해주었으므로 쉽게 구했던 것이다. 여러 동네의 의사들에게서 몇 개월 치 약을 구했다. 평상시에는 참을 만했지만 잠을 못 자는 날이 3일씩이나 계속될 때는 약을 먹었다. 냉장고 안에 약이 늘 들어 있다는 것이 꽤 의지가 되었다.

'불면증' 진단이 내려지면 보통은 경무과 행이었다. 일찍이 그런 전례가 있었다. 그때 그 형사는 어리석게도 경찰병원 신경과로 갔다가 의사가 물어보는 대로 술술 다 이야기하는 바람에 현장에서 떠나게 되었던 것이다.

복도 스피커에서 8시 반 조례 방송이 흘러나왔다.

"이번 달 들어 검거율이 별로 안 좋습니다. 감사가 다가오고 있으므로 다시 한 번 미해결 사건을 재검토하고……."

구도 부서장의 화난 목소리였다. 1년에 네 번 치르는 전체 서장 회의가 가까워지면 윗사람들은 실적을 올리고 싶어한다. 회의석상에서 표창장을 못 받으면 서장의 기분이 상하기 때문이다.

"또한 최근 부실한 보고서가 많이 올라오고 있으므로 단편적인 것이라도 빠뜨리지 않도록……."

구노는 더러운 천장을 올려다보며 안약을 넣었다. 액체로 된 안약이 눈 속으로 스며든다. 얼굴을 흔들어 심호흡을 하고는 손바닥으로 얼굴을 몇 차례 때렸다.

물 내려가는 소리가 들린다. 화장실 개인 칸의 문이 열리고 같은 형사과 강력계에 소속된 사에키 경부보*가 나왔다. 굵은 목을 좌우로 꺾고 있었다.

"뭐야, 구노잖아."

"안녕하십니까."

돌아서며 가볍게 인사했다.

"오늘 무도 훈련 때 검도는 네가 나가줘."

사에키는 입안에서 가래를 끌어올리며 말했다. 목소리에서 가래 끓는 소리가 묻어나왔다.

"또요? 지난번에도……."

"뭐, 어때."

그러더니 가래를 소변기에 대고 뱉는다.

"나 이틀 연속으로 술 마셨거든."

"저는 수면 부족입니다."

사에키가 구노의 얼굴을 들여다본다. 금방이라도 튀어나올 것 같은 눈을 뒤룩거린다. 옛날 별명은 '달마대사'였지만 젊은 여경들은 그 몸매 때문에 '선더버드 2호'**라고 부르고 있었다.

"밤에 뭘 하기에."

● 일본 경찰공무원의 계급은 경시감, 경시, 경부, 경부보, 순사부장, 순사장, 순사의 순이며, 내부의 직급은 서장, 부서장, 과장, 계장, 주임의 형태로 따로 존재한다.

●● 1966년 일본에서 방영된 TV인형극 〈선더버드〉에 나오는, 몸체가 둥근 초음속 원자력 비행기의 이름.

"뭘 하긴요. 잘 놀지도 않잖아요."

"흠…… 하긴. 하지만 하라다하고 세키도 휴가고, 남은 건 너와 이노우에뿐인데."

"가끔은 계장님도 좀 시키세요."

"오, 그거 좋겠다. 우리 우다 아저씨도 가끔은 땀을 흘려야지."

"그럼 주임님이 말해주세요."

잠시 입을 다물고 있다가 사에키가 미간을 찌푸렸다.

"부탁 좀 하자, 한 번만. 4단인 네 솜씨로 다른 과 놈들 낑낑거리게 만들면 얼마나 좋냐. 갑 사이로 옆구리까지 퉁퉁 붓게 만들어줘."

"또 그런 짓을 하라고요?"

사에키는 구노를 뚱뚱한 몸으로 밀어붙이며 수도꼭지를 비틀었다.

"야."

거울 속의 구노를 본다.

"너, 흰머리가 있는데. 귀 바로 위에."

"너무 고생만 하니까 그렇잖아요."

"몇 살 됐지?"

"아시면서."

발길을 돌려 세면대에서 떨어졌다.

"도망치지 말고."

"누가 도망친다고요."

무시하며 문을 열었다.

"저기, 구노."

사에키가 손수건으로 손을 닦으며 뒤따라왔다. 두 사람은 복도로 나왔다.

"서른여섯 나이에 혼자 사는 건 몸에 안 좋아."

"네네."

가볍게 흘려버리려 했다.

"지난번 신마치의 포목점 딸, 어디가 마음에 안 든 거야?"

"아뇨, 딱히 마음에 안 드는 건 아닌데."

"그럼 한번 영화라도 보자고 해봐."

"생각해볼게요."

"그쪽에서도 싫은 눈치는 아닌 것 같던데."

"하지만 주임님 친척이 되는 건 좀."

농담처럼 말했다.

"이 자식, 먼 친척이야. 나도 얼굴 한 번 본 적 없다고."

그렇게 말하고 뒤에서 구노의 어깨를 주물러주었다.

"이대로 계속 독신으로 지내면 출세에도 지장 있어."

뭐라고 대답하면 좋을지 알 수 없어서 쓴웃음만 지은 채 복도를 걸어갔다.

찰싹거리며 신발을 끄는 소리가 등 뒤에서 들린다. 사에키는 서 안에서는 샌들을 신고 다녔다.

경시청에서 근무했을 무렵의 상사는 서먹서먹할 정도로 구노의 사생활을 모른 척했다. 술 한잔 마시러 가자는 소리조차 하지 않았다. 하지만 혼조 서로 옮겨온 순간 이것저것 참견하는 상사 밑에 있게 되었다. 목소리와 얼굴이 큰 사에키라는 경부보는 처음 보는 순간부터 거리낌 없이 질문 공세를 퍼부어 구노를 질리게 만들었다. 자기 사생활에 대해서도 말해주었다. 열 살 먹은 장남이 장애아라는 것까지 진지한 얼굴로 고백했던 것이다. 자신이 소속된 서의 가족적인 분위기는 싫지 않았지만 가끔은 본청의 그 무미건조한 인간관계가 그리워질 때도 있었다.

형사부실로 들어가자 각 팀별 회의가 열리고 있었다.

우다 계장이 차를 홀짝이고 있었다. 가는 목, 긴 손가락. 사에키와는 전혀 다르게 이쪽은 관청의 창구에나 앉아 있으면 어울릴 법한 풍채였다.

"어, 구노, 오늘 휴가 아니었나."

"아뇨. 보고서 쓸 게 있어서요."

의자를 끌어당겨 앉았다.

"지난번 그 분과회 건?"

"네."

"쉬어야 할 때는 좀 쉬어."

여직원이 가져다준 찻잔에 차가운 손을 녹였다. 서 내에서는 자주 회의가 열린다. 그것은 대개 의미 없는 '윤리향상위원회' 같은 회의였다. 다만 실제 의논한 것이 없어도 간사를 맡고 있는 사람이 그럴듯한 보고서를 만들어야만 했다.

"사에키 주임은?"

"나도 보고서예요. 정산할 것도 몇 개 있고요."

사에키는 그렇게 말하며 싱긋 웃었다.

"살살 좀 부탁해."

"그렇게는 안 되죠. 범인을 검거했을 때만큼은 평상시 손해를 메워야 해요."

형사부에는 전통적으로 사소한 경비를 청구하기 어려운 분위기가 있었다. 늘 자기 돈으로 때우는 만큼 사에키는 사건을 해결했을 때면 한꺼번에 몰아서 청구하는 모양이었다.

강력계에서는 지난주에 사에키 경부보가 강도 사건의 범인을 체포, 송치했었다. 그래서 다음 중요 사건이 생길 때까지는 구노도 한가하다.

"이노우에는?"

"전 오후에 치과 가려고 하는데요."

"멍청이."

사에키가 젊은 후배를 노려보았다.

"그런 건 슬쩍 갔다 와야지."

질책을 들은 이노우에가 잔뜩 움츠러들었다.

다른 형사들은 휴가였다. 거의 3주 동안 쉬지 못했으므로 각자 휴가계를 내고 경무과의 승인을 얻었다.

혼조 경찰서 강력계는 계장 이하 여덟 명으로 구성되어 있다.

경부보 셋 중 주임이 한 명, 그리고 형사가 네 명이다. 관할지역에는 신주쿠 같은 번화가나 터미널 같은 곳이 없기 때문에 강력계는 하나밖에 없다.

"그리고 말야."

우다가 몸을 내밀며 속삭이듯 말했다.

"서장 아들이 대학에 합격한 것 같으니까."

"또요?"

사에키가 코털을 뽑으면서 말했다.

"지난번에는 부서장 아들이었잖아."

"그래서, 이번엔 어디래요?"

"니혼 대학인 모양이야."

"어라."

사에키가 뽑은 코털을 재떨이에 떨어뜨린다.

"부서장 아들은 게이오 경제과였잖아요. 이러면 서장이 좀 그렇겠는데."

"쓸데없는 소리 하지 말고. 순사장 이상은 일 인당 5천 엔이야."

"우리 꼬마 녀석도 올해 초등학교 들어갔는데."

"알았다, 알았어. 4월에 걷어줄게."

사건이 없을 때의 회의는 대체로 업무 연락뿐이었다. 이후에는 어디 있는지만 확실히 알리고 나면 자유롭게 행동할 수 있어서 장기를 두어도 뭐라고 하는 사람은 없었다.

"야, 이노우에. 가자."

구노가 아직 얼굴에 어린 티가 남아 있는 스물여섯 살의 순사부장에게 말했다.

"어디를요?"

"4층."

4층에는 도장이 있었다.

"어, 또요?"

"투덜대지 마."

사에키가 담배에 불을 붙이고는 천장을 향해 연기를 내뿜었다.

"좀 잘해봐. 네 걸음걸이가 어딘가 얼빠진 것 같다며 다른 과 애들이 웃더라."

"그냥 놔두세요."

부임한 지 1년째인 이노우에는 머리를 옅은 갈색으로 염색했다. 젊은 여경들의 관심을 끌고 싶었을 것이다. 향수 냄새를 풍기는 형사는 서에서 이노우에뿐이었다. 만국박람회*도, 자이언츠의 V9**도 모르는 세대인 듯 얼굴이 작고 팔다리가 길었다. 밸런타인데이에는 책상 위에 초콜릿이 산더미처럼 쌓였다.

일어섰을 때 벽 쪽에 앉은 폭력계 하나무라 순사부장과 눈이 마주쳤다. 하나무라는 미움이 가득한 눈으로 구노를 노려보고

● 1970년 오사카에서 열린 만국박람회를 말한다.
●● 일본 프로야구팀 요미우리 자이언츠가 1965년부터 9년 연속으로 일본 시리즈를 제패한 것을 이르는 말.

있었다. 순간적으로 시선을 외면했지만 계속 노려보고 있을 게 뻔했다.

표정을 바꾸지 않으려고 조심하면서 방에서 나왔다.

"구노 씨."

이노우에가 쫓아왔다.

"어젯밤 일 말인데요."

"뭐."

"보고하지 않아도 될까요?"

"그래, 하나무라 씨 건은 나중에 한꺼번에 구도 씨에게 보고할 거야."

"아뇨, 그게 아니라."

이노우에가 나란히 섰다.

"아이들 때린 것 말이에요."

"목격자가 있었나?"

"110번으로 신고한 건 맨션 주민이에요. 위에서 보고 있었겠죠."

"그럼 자세한 것까지는 모를 거야. 게다가 소리친 건 아이들이었고."

계단에서 몇 명인가 구노가 아는 얼굴들이 지나쳤고, 그때마다 인사했다.

"괜찮을까요?"

"걱정하지 마. 먼저 공격한 건 놈들이었고, 가령 고소한다고 해도 말 못 할 것도 없어."

앞을 보면서 대답했다.

"어젯밤 역 반대편에서 강도상해가 있었던 모양이에요."

"그랬나."

"3인조 청소년들에게 45세 회사원이 얻어맞고, 8천 엔을 강탈 당했다나 봐요. 소년계 순사가 당직을 서다 출동했답니다. 피해 신고도 받았고요."

"어제 그 꼬마들인가."

"아마도요. 인상이 일치해요. 시간대도 맞고요."

"그럼 더 괜찮아. 걔네들 쪽이 더 불리할 테니까."

"잡지 않아도 될까요?"

구노는 자신도 모르게 쓴웃음을 지으며 옆에 있는 이노우에를 팔꿈치로 쿡 찔렀다.

"너, 소년계까지 일부러 가서 조사했던 거야?"

"아무래도 신경이 쓰이잖아요. 꼬마들 부모가 시민운동가라 든가 인권 변호사이기라도 하면 구노 씨, 그것만으로도 아웃이 에요."

"겁주는 거야?"

"가능성이 있으니까요. 조심하세요, 구노 씨는 때때로 왈칵 짜증을 내잖아요."

"짜증 낸 거 아니야."

"그럼 뭐예요?"

"귀찮은 거지."

"……또 될 대로 되라는 식이군요."

이노우에는 얼굴을 찌푸리며 작게 고개를 저었다.

도장에 들어가 도복으로 갈아입었다. 갑상과 갑을 걸치고 검을 휘두르기 시작했다.

널빤지로 된 바닥은 썰렁하니 차가웠고, 창을 열어두었기 때문에 토해내는 숨도 하얬다.

월례 행사인 무도 훈련은 전원 참가하는 것이 원칙이었지만 혼조 서에서는 시간이 비는 사람만 나왔다. 관심이 없는 건지, 서장이 얼굴을 내민 적은 한 번도 없었다. 검도장에서는 사십 명 정도가 준비운동을 하고 있었다.

시간이 다 되었으므로 모두 정렬하여 정면에 있는 신단(神棚)을 향해 인사를 했다. 그 후 호면과 호완을 착용하고 지도사범의 호령에 따라 두 조로 나뉘었다.

"연습 시작."

죽도 맞는 소리와 "머리!"라는 고함 소리가 도장에 울려 퍼졌다.

구노는 젊은 순사의 계속되는 죽도 공격을 능숙하게 막아냈다. 검도는 중학생 무렵부터 했으니 20년 이상이 된다. 고등학생 시절에는 전국대회에 나간 적도 있었다. 검도를 특별히 좋아했던 것은 아니었다. 경찰이라는 직업을 선택한 후 유도보다 익숙하다는 이유로 계속하고 있는 것뿐이다.

자신의 차례가 되어 바로 앞에 있는 상대의 호면을 공격했다. 몸이 무거웠다. 간밤에는 두 시간 정도밖에 자지 못했다. 그것도 꿈만 꾸다 만, 얕은 잠이었다.

문득 장모에게 전화해야겠다고 생각했다. 간밤의 꿈에 장모가 나왔다. 내용까지는 기억할 수 없었지만 눈을 뜨자 찜찜한 기분이 남아 있었던 것이다.

공격은 호완과 호면의 이단 공격, 허리치기로 계속 이어졌다. 몸이 서서히 풀리면서 바닥의 냉기도 점차 잊혀갔다.

"한판 대련."

그 호령에 유도처럼 자유 대련으로 전환했다. 한판을 당한 사람이 손을 들면 대련이 끝나고, 포크댄스처럼 상대방이 순서대로 바뀌는 대련이었다.

서 내에서 구노를 이길 수 있는 사람은 몇 되지 않았다. 그래서 서 대항 유도, 검도대회 때면 구노는 반드시 대표로 선발되었다. 대표가 되면 대회 전 일주일 동안은 일을 하지 않아도 됐지만 그게 꼭 좋다는 이야기는 아니었다.

처음 붙은 교통과의 순사부장은 벽까지 몰아붙였다가 가볍게 손목치기로 끝냈다.

"구노 씨는 여전히 세네."

그는 그렇게 말하며 호면 너머로 이를 드러내 보였다.

다음 상대는 이노우에였다. 놀려볼까 싶어 검 끝을 내렸다. 이노우에가 힘차게 발을 구르는 동시에 뒤로 물러서며 죽도를 휘

두른다. 함부로 두 팔이 올라가는 것을 보고 허리치기로 승부를
결정 냈다.

"정직한 녀석이군."

작은 목소리로 말하며 웃었다. 이노우에는 그래서 나는 검도
안 한다고 했잖아요, 하고 부루퉁해져서 말했다.

그 후로도 몇 명인가와 더 대련을 하며 모두 순식간에 한 판으
로 이겼다. 젊은 친구들과 대련하고 싶은 생각은 없었다. 체력
을 낭비하고 싶지 않았기 때문이다.

그렇게 몇 차례가 지나고 뚱뚱한 남자가 눈앞에 섰다. 갑상을
보았지만 명찰이 붙어 있지 않았다. 익숙지 않은 풍채에 누구일
까 싶어 얼굴을 들자 호면 안쪽의 험상궂은 눈과 마주쳤다. 하나
무라였다.

하나무라가 검도장에 나타나는 일은 없었다. 평상시 유도 쪽
이었던 것이다. 아마도 자신에게 용무가 있어서 온 것 같았다.

"시작" 하고 신호가 떨어지자마자 하나무라는 갑자기 온몸을
부딪쳐왔다. 정면으로 부딪힌 구노는 비틀거리다가 바닥에 엉덩
방아를 찧었다.

일어나 다시 자세를 갖출 틈도 없이 다시 돌진해온다. 이번에
는 자세를 낮추고 버텼다.

"야, 구노."

서로 검을 맞대고 밀어붙이면서 하나무라가 으르렁댄다.

"끝나고 옥상에서 좀 보자."

하나무라가 체중을 실어 구노를 밀어붙여 왔다.

"알았습니다."

구노는 약간 사이를 두었다가 조용히 대답했다.

왼쪽으로 돌면서 하나무라의 몸을 피했다. 돌아서는 호면에 대고 내리친다. 하나무라가 얼굴을 찌푸리는 것까지 다 냉정히 보고 있었다.

그런데 하나무라는 손을 들지 않았다. 한판이라는 것을 인정하고 싶지 않았던 것이다.

그럴 것 같아서 이번에는 하나무라의 죽도를 위에서 내려치고는 팔이 반사적으로 올라오는 것을 노려 허리치기에 들어갔다.

그래도 하나무라는 계속 덤벼든다. 찌르고 들어오는 죽도를 피하려 했지만 오른쪽 팔꿈치에 감전된 듯이 통증이 일었다. 하나무라가 갑이 아닌, 구노의 팔꿈치를 겨냥하고 공격한 것이다. 저려서 오른팔을 마음대로 쓸 수 없었다.

얼굴이 뜨거워졌다. 항의하려고 왼손으로 제지 동작을 하자 하나무라가 죽도를 천천히 내렸다. 구노가 자세를 푸는 순간 거구가 앞으로 나섰다. 죽도 끝으로 구노의 목을 찌르고 들어왔다.

"찌르기!"

하나무라의 목소리가 귀에 닿은 것과 자신의 몸이 뒤쪽으로 날아간 것은 거의 동시였다. 등부터 바닥에 격렬하게 넘어졌다.

숨을 쉴 수가 없어서 구노는 심하게 기침을 했다.

몇 명인가 이쪽을 보고 있었지만 다른 대련이 중단되는 일은 없었다.

"거기, 왜 그래?"

사범의 목소리가 들렸다.

"뭐야, 구노잖아. 구노가 찌르기를 당했단 말이야?"

태평스러운 말투였다.

겨우 호흡을 고르며 몸을 일으켰다.

"괜찮아?"

사범의 손이 어깨에 올라왔다.

"……잠깐 좀 쉬겠습니다."

목소리가 갈라져 있었다.

눈으로 하나무라를 찾는데 네모난 등짝이 보였다. 탈의실로 막 가려는 중이었다.

화가 치밀어오를 줄 알았는데 기분은 의외로 담담했다.

목에는 멍이 들어 있었다. 의무실로 가서 습포(濕布)를 받아 상처 부위에 붙였다. 넥타이는 하지 않기로 했다. 셔츠 첫 번째 단추를 풀고, 양복 윗도리가 아닌 로커에 들어 있던 카디건을 걸쳤다. 어차피 오늘은 나갈 일도 없었다.

우울한 감정을 가슴속으로 밀어넣으며 구노는 옥상으로 향했다.

철문을 열자 바로 하나무라의 모습이 보였다. 짧게 깎은 머리에 흐릿한 눈썹. 노타이셔츠의 깃을 양복 위로 내놓고 있었다.

마루보[●]의 형사다운 그럴듯한 모습이었다. 울타리에 기대어 담배를 피우고 있는 그는 분명 구노보다 열 살 정도 많았다.

구노가 다가가자 하나무라는 담배를 콘크리트 바닥에 버리고 발로 비벼 껐다.

"이번엔 유도로 결판을 내볼까."

하나무라는 그렇게 말했다.

"아뇨."

입속으로만 대답하고는 고개를 저었다.

"나는 유도 쪽이 전공이야. 한 손만 가지고 붙어도 좋다."

하나무라는 처음부터 시비조였다. 씩씩대며 구노를 노려본다.

"그래서 구도에게는 뭐라고 보고했냐."

"아뇨, 부서장님께는 아직."

"그럼 뭐라고 보고할 거냐. 하나무라 자식은 전직 여경의 맨션에 틀어박혀 있었다고 할 테냐."

구노는 묵묵히 아래만 보고 있었다.

"왜 하필 네가 나선 거냐."

"그건⋯⋯."

"알아. 구도는 본청에 있었을 때 지도관이었다고 했지. 그래도 벌써 10년 이상이나 전 이야기잖아. 엄청난 의리파인 모양이군. 아니면 넌 나 같은 중년이 젊은 여자에게 푹 빠져 있는 게 꼴

● 폭력단에 대처하기 위해 경찰 조직 내에 만든 부서.

보기 싫었거나.”

“그런 건 아니에요. 저도 이런 짓 하고 싶지 않았습니다.”

“그럼 거절해.”

“경시의 명령입니다. 거절할 수 없다는 건 하나무라 씨도 아시잖아요.”

“나 같으면 거절한다. 같은 사무실 형사의 사생활 조사 같은 건 죽어도 안 해. 게다가 상대는 네 옛날 여자야.”

“오해십니다, 그건.”

한숨을 쉬며 하나무라를 보았다. 눈썹 끝이 약간 추켜 올라가 있었다.

“왜 본청의 경무부가 안 온 거야. 분명 감찰 때문일 테지.”

“글쎄요. 내부에서 끝내고 싶은 것 아닐까요.”

“우리 부서더러 혼 좀 나보라는 건가. 관리능력을 묻겠다는 건가.”

“그렇게 물으셔도 전들 어떻게 알겠습니까.”

“그래서? 구도가 하나무라에게 권고사직이라도 받아오라고 하더냐?”

“거기까지는…….”

하나무라는 몸을 돌려 울타리를 가볍게 뛰어넘었다.

“이봐, 구노. 이런 건 어디에나 흔해빠진 이야기 아니냐.”

뭐라고 대답할 말이 없었다.

하나무라는 작년까지 같은 경찰서 경무과에서 근무하고 있던 여경과 관계를 맺고 있었다. 그 여경은 퇴직해 물장사로 전직했지만 그 관계는 지금까지 지속되고 있다. 그냥 그뿐이었다.

"여자를 싫어한다면 이야기는 다르겠지만."

"하지만 복무규정 위반인 것은⋯⋯."

"이제 됐어. 그런 이야기가 아니야. 외박계를 서에 제출하지 않은 것 정도로 목이 날아간다면 경찰 같은 건 이 세상에 존재할 수 없어."

"그건 그렇습니다만."

"이봐, 구노. 솔직히 까놓고 이야기하자."

하나무라가 턱을 들이민다.

"너, 구도에 대해 어떻게 생각하나?"

"어떻게 생각하다뇨."

"솔직히 말해봐. 너무하다는 생각 안 드냐?"

"글쎄요."

"거짓말하지 마. 너도 전임자였던 하야시 씨 알 거야. 그 사람과 비교해봐, 구도가 하는 짓을."

여자 목소리가 들려 구노는 돌아보았다. 교통과 여경 몇 명이 도시락인 듯한 물건을 들고 옥상으로 올라오고 있었다. 까악 하고 소리치며 수다를 떨고 있다. 여경도 근무시간이 아니면 일반 사무직원이나 다름없다.

하나무라가 턱을 치켜들더니 옥상 끝으로 이동했다.

"나도."

다시 마주 보며 하나무라가 입을 열었다.

"경찰에 몸담은 지 제법 됐어. 이제 와서 새삼 간부들에게 바치는 상납금이 어떻다는 둥 수사비가 도중에 깎인다는 둥 그런 구린내 나는 소리는 안 해. 뒷돈 만드는 건 관례니까 어쩔 수 없지. 그래도 윗사람은 모름지기 돈을 어디에 어떻게 쓸지를 알아야 하는 거 아니겠냐. 안 그래, 구노?"

"뭐……, 그렇죠."

"하야시 씨는 유능한 사람이었어. 초과근무수당도 가능하면 지급하려고 했고, 사건이 해결됐을 때는 남는 돈으로 우리한테 밥을 사주거나 자식이 아프면 위로금도 줬어. 지역과의 고토라고 아나? 그놈 아이가 입원했을 때 하야시 씨는 입원비의 절반을 선뜻 내놨어. 고토는 감격했지. 그 사람이 가는 곳이라면 어디든 따라가겠다며 눈물짓더군. 나도 하야시 씨를 좋아했어. 아마 너도 그랬겠지. ……그런데 이번에 새로 온 구도 자식은 어떠냐. 아랫사람들에게는 돈 한 푼 안 쓰면서 서장 사택엔 페르시아 양탄자 같은 거나 깔아주고 말이야. 그런 건 전근할 때 그냥 다 서장 개인 게 되는 거잖아. 게다가 자기도 엄청나게 뒷돈을 받아 챙기고 있어. 운전사로 부려먹고 있는 이시다도 기막혀하더군. 매일 밤 신마치로 몰려나가 지역 상공회 놈들과 야단법석이란다. 그럴 때마다 하는 말이 더 가관 아니냐. '지역 주민과의 친목과 정보 수집'이라니. 현장에 있는 사람들은 화가 나 있다고."

뭐라고 반박할 말이 없어서 구노는 고개를 숙이고 있었다. 사에키 주임도 술자리에서는 구도 부서장에 대해 쓴소리를 하곤 했다. '네 예전 상관인 건 알지만 말이야'라면서.

"과장급 놈들은 다 겁쟁이들이야. 그러니까 내가 대표로 불만을 털어놓는 것뿐이라고. 그게 뭐가 나쁘냐."

"……어젯밤."

헛기침을 한 번 하고 계속 말했다.

"어젯밤 일은 보고하지 않겠습니다. 이노우에에게도 말해두겠습니다. 그러니까……."

"그러니까 뭐냐. 은혜라도 베풀었단 소리냐."

"그게 아니라……. 일단은 여자하고는 끝내세요. 외박 신고뿐만 아니라 복무규정 제3조인 직책의 자각, 제25조 행실에도 걸립니다."

"웃기지 마."

하나무라가 눈을 부라렸다.

"그보다는 구도부터 어떻게 해라. 경찰이란 건 간부한테 찍히면 끝장, 온갖 수단과 방법을 가리지 않고 옷을 벗긴다는 건 알고 있다. 여자와 끝낸다고 해도 다른 규정을 들이밀 게 뻔해. 나도 성인군자는 아냐. 형사 짓을 몇 년이나 해먹은 이상 털어서 먼지 안 나올 놈이 어디 있겠어. 그런 걸 갖고 닦달해서 어쩌겠다는 거냐? 계속 그렇게 나오면 나도 생각이 있어. 구도는 태도를 바꾸고 초과근무수당을 제대로 지불하든지, 아니면 나랑 담판을 짓든지 선택해야 할 거야."

"담판을 짓자는 게 무슨 말씀이시죠?"

"경찰청이든 신문사든 고발하겠다는 소리야. 구도의 목은 자를 수 없더라도 분명 좌천 정도는 시킬 수 있겠지."

"하나무라 씨, 그냥 조용히 가죠."

"바보 같은 자식. 뭐가 조용히냐. 시비를 걸어온 건 저쪽이야."

"시비라니요⋯⋯."

"흥, 네놈과 이야기해봤자 소용없지."

하나무라는 바닥에 침을 탁 뱉고는 구노의 어깨와 부딪히는 것도 개의치 않고 계단 쪽으로 성큼성큼 걸어갔다.

"그리고⋯⋯."

가다가 멈추더니 다시 돌아선다.

"나도 이제 이판사판이야. 이혼하고 미호와 살 생각이다. 물장사라고는 하지만 전과가 있는 것도, 무슨 흠이 있는 것도 아니야. 무엇보다 미호 역시 전에는 경찰이었어. 회사에서 참견할 문제가 아니라고."

화가 나 굳어 있는 하나무라의 얼굴을 바라보면서 앞으로 구도 부서장의 요구에 어떻게 응할 것인지 생각하자 마음속이 우울해졌다.

"그리고 또 하나. 아까 무심코 구도의 운전사 이야기를 해버렸는데, 이시다 말이다, 만약 구도에게 일러바치면 너 가만두지 않을 거야."

"말하지 않을게요."

그럴 생각은 전혀 없었으므로 일부러 힘을 주어 말했다.

"……그런데 너."

하나무라가 뒷걸음질 치면서 약간 큰 목소리로 말했다.

"당직 서는 날 밤이면 경찰서 앞뜰에서 어슬렁댄다고 하던데."

"산책입니다."

"혼잣말로 뭐라고 중얼중얼하면서 말이냐?"

"전화라도 받고 있었나 보죠. 그런데 누가 그런 소리를 하던 가요?"

"전부 다 그러던데. 구노가 이상해졌다고. 그리고 미호 역시."

잠이 안 와요, 그 말을 삼키며 구노는 딱딱해진 목덜미를 손으로 주물렀다.

하나무라가 발길을 돌렸다. 입구 쪽으로 걸어가면서 벤치에서 도시락을 먹고 있는 여경들에게 가볍게 인사를 하고는 계단으로 사라졌다.

하나무라는 온갖 소문이 무성한 형사였지만 이상하게도 일부 후배들에게는 인기가 있었다. 돈을 잘 쓴다는 평판이었다. 아마 밤마다 술이라도 사는 모양이다.

구노는 잠시 옥상 아래에 펼쳐진 혼조 시의 전경을 내려다보았다. 옛날 성이 있었을 장소에는 공원이 들어섰고, 전체 풍경은 큰 도시 주변 어디에나 있음직한 도쿄 교외의 베드타운이었다. 중심가를 벗어나면 아직 논밭이 남아 있었다. 바로 아래 보이는 도로 위를 학교에서 나온 아이들이 요란스럽게 뛰어갔다.

혼조 서에 배속된 지 벌써 2년이나 됐는데 구노는 이 동네가 좀처럼 좋아지지 않았다. 아마 그것은 너무 강한 생활의 냄새 때문일 것이다. 모두가 같은 방향을 보며 균일하게 살고 있다는 느낌이었다.

구노는 크게 숨을 들이마신 후 옥상을 뒤로했다.

계단을 달려 내려가 형사부실이 있는 2층을 지나 1층까지 갔다.

교통과 카운터 구석에 공중전화가 있었다. 게시판이 훌륭한 가리개 역할을 해주어서 직원들 눈에는 잘 띄지 않았다.

그곳에서 하치오지에 사는 장모에게 전화를 걸었다. 예순다섯 살인 장모는 낡지만 예스런 취향이 풍기는 넓은 2층짜리 목조주택에서 혼자 살고 있었다.

통화음이 세 번 정도 울리고 나자 장모의 가는 목소리가 들렸다.

"어머니세요? 가오루예요."

"아아, 가오루구나. 잘 지냈니?"

목소리가 약간 밝아졌다.

"네, 잘 지내고 있어요. 어머니는요?"

"어머니도 건강해. 야마가타 갔다가 엊그제 왔어."

"야마가타요? 어쩐 일로. 거긴 아직 추울 텐데요."

"응, 추웠어. 눈이 아직도 쌓여 있더라고."

"그런데 왜 가셨어요?"

"우치무라 씨 부부가 가자고 해서 갔지. 나중에 다카키 씨도 간다고 했거든. 텐도 온천에 갔었어. 우치무라 부인이 신경통이란다."

장모는 여행 이야기를 했다. 만난 적은 없지만 장모의 친구관계는 대충 알고 있었다. 우치무라는 같은 동네에 사는 노부부다. 다카키는 여학교 시절 동창생인데 장모와 마찬가지로 과부였다.

"예전에도 규슈 다녀오셨잖아요."

"그건 벌써 작년 이야기잖아."

"그런가요."

장모는 최근 여행을 자주 다니고 있었다. 건강이 괜찮을 때 돌아다닐 생각일까. 자신이 모시고 다니면 좋을 거라고 생각은 하면서 구노는 한 번도 실행에 옮기지 못했다.

"자네는 일 바쁘지?"

"여전하죠. 그래도 지난주에 사건이 하나 해결이 돼서 오는 일요일에 별일 없으면 찾아뵐게요."

"어머, 그래?"

전화 너머의 목소리가 갑자기 활기를 띠었다.

"뭐 필요하신 거 없으세요?"

"아냐, 아무것도. 그보다 무슨 위험한 일 같은 거 안 당했지?"

"그런 일 없어요. 형사란 거 생각보다 평범한 일이에요."

장모의 말에 대답하며 구노는 가볍게 웃었다.

5분 정도 이야기하다가 전화를 끊었다.

전화카드를 지갑에 집어넣으며 작게 한숨을 쉬었다. 어쨌든 한 주의 의무를 완수한 기분이었다.

구노는 일주일에 한두 번, 장모에게 전화를 걸었다. 아내인 사나에가 죽고 나서 쭉 계속해온 습관이었다. 어머니날에는 5천 엔 정도 하는 꽃을 선물한다. 이것도 거른 적이 없었다.

사나에는 어머니를 끔찍이 생각하는 딸이었다. 그래서 그것을 남편인 자신이 이어받고 있는 것이다.

구노 자신도 장모가 사랑스럽게 느껴지기도 했다. 장모가 환갑이었을 때 그 등이 너무나도 작아서 놀란 이후로 장모의 인생을 다시 생각해보게끔 되었다.

남편을 여의고 외동딸을 앞세운, 손자를 안아보지도 못한 채 맞이한 노후는 어떤 일상일까.

구노는 가볍게 기지개를 켠 후 로비를 걸어 2층 계단을 힘차게 올라갔다. 서류를 다 정리하면 오랜만에 옆 동네로 영화라도 보러 가볼까 생각했다. 가능하면 비어 있는 극장이 좋다. 잘만 하면 잘 수 있을지도 모른다.

3

세탁기 버저가 울렸으므로 오이카와 교코는 신문을 접고 의자에서 일어섰다. 앞치마를 목에 두르고 허리 뒤의 끈을 가볍게 묶고 나서 커피 잔을 개수대로 가져갔다.

매일 아침 세탁기 버저가 울릴 때까지가 교코의 휴식시간이었다. 6시에 일어나 아침 식사를 준비해 남편과 두 아이를 배웅했다. 그 후 빨랫감을 세탁기에 넣고 세탁과 헹굼이 끝날 때까지 30분 정도 한숨 돌리는 게 작은아이마저 학교에 들어가고 난 후부터의 변함없는 일상이었다.

타닥타닥 슬리퍼 소리를 내며 목욕탕 옆에 있는 세면실로 갔다. 세탁기는 요즘 시대에는 거의 없는 이조식*이었다.

● 빨래통과 탈수기가 따로 있는 방식.

결혼할 때 혼수품이었으니까 벌써 10년이 지났다. 당시엔 이미 전자동이 주류였지만 돈을 아끼려고 이조식으로 했다. 절약하려 한 이유는 정확히 기억이 안 나지만 분명 하찮은 것이었을 게다. 옷 한 벌이라도 더 사려고 했던 거겠지.

세탁기를 바꾸는 것은 생각해본 적도 없었다. 가전제품 같은 건 망가지지 않는 한 수명이 다할 때까지 사용해야 한다고 교코는 생각했다.

빨래를 탈수기로 옮기며 타이머의 다이얼을 돌렸다. 덜컹거리는 소리가 마침내 바람이 신음하는 듯한 모터 소리로 바뀌었다. 그 소리를 들으면서 세면대 거울 앞에서 머리를 비춰봤다. 슬슬 미용실에 갈 때가 됐다 싶어 한숨이 나왔다. 손질하는 게 귀찮아서 짧게 잘랐지만 앞머리가 벌써 거치적거릴 정도로 길게 자라 있었다.

교코는 탈수가 끝난 빨래를 바구니에 담고 거실을 가로질러 정원으로 나왔다. 어제는 봄볕이 좋았는데 오늘은 다시 겨울로 돌아간 듯했다. 손등을 문지르면서 속옷부터 널었다.

옆집 마당에서도 빨래를 너는 소리가 들려왔다. 옆집과의 사이에는 어깨 높이 정도 되는 담밖에 없어서 처음엔 싫어도 어쩔 수 없이 마주치면 인사를 나누어야 했지만 옆집이 시야를 가리듯 물건들을 쌓아두어서 더 이상 신경 쓰지 않아도 되었다. 아무리 사이가 좋아도 매일 아침 얼굴을 마주치는 것은 아무래도 거북했다.

옆집 주부는 서른네 살인 교코와 동년배였다. 가족 구성도 똑같아서 샐러리맨 남편과 초등학생인 두 아이가 있었다. 교외에 있는 분양회사 주택을 구입하는 가족이라면 대개 이와 비슷할 것이다.

도쿄의 서쪽 변두리인 혼조 시로 이사 오고 나서 2년이 흘렀다. 남편인 시게노리가 근무하는 자동차용품 회사가 이곳에 지사를 설립해 시게노리가 이곳으로 전근하면서 집을 사게 되었다. 시나가와 구에 있는 본사 역시 곧 혼조로 이전할 모양이었다. 놀려두고 있던 토지에 신사옥을 지음으로써 적자도 메울 수 있다고 판단한 것이다.

남편의 전근은 교코로서는 간절히 원하던 것이었다. 교외로 옮기게 되면서 그토록 바라던 내 집 마련을 할 수 있었기 때문이다. 근무처가 시나가와 그대로였다면 남편에게 장거리 통근을 강요하든가 아니면 도심의 좁은 맨션에서 살아야만 했을 것이다.

거실로 돌아와 켜두었던 텔레비전에서 다시 한 번 일기예보를 확인했다. 적어도 아르바이트에서 돌아올 때까지 빨래가 비에 젖지 않을까 하는 걱정은 안 해도 될 것 같았다.

교코는 계단 아래 창고에서 청소기를 꺼냈다. 이 집을 샀을 때 교코는 기뻐서 매일같이 구석구석 청소를 했었다. 최근엔 그때처럼 철저히 하진 않지만 청소는 매일 빠뜨리지 않는 일과였다.

텔레비전에 이따금 눈길을 주면서 부엌과 거실 청소를 시작했다. 와이드쇼에서는 진행자들이 연예인들끼리의 중상모략을 화제 삼아 떠들고 있었다. 그러나 청소기 소리가 워낙 시끄러워서 자세한 내용까지는 잘 알 수 없었다.

카펫에 얼룩이 묻어 있어서 부엌에서 클리너를 가져와 뿌렸다. 무릎을 꿇고 클리너를 뿌린 곳을 젖은 걸레로 문질렀다. 기름기가 있는 얼룩이 갈색으로 변하며 걸레에 흡수되어갔다. 자국이 남지 않은 것을 확인하고 교코는 만족해했다.

전화가 울렸다. 아침부터 누구일까 하고 생각하며 받으니 동생이었다. 오후에 놀러 가도 되느냐고 물어서 3시 지나서는 괜찮다고 대답했다.

가나가와 현에 살고 있는 두 살 아래 동생 게이코는 자신의 동네 근처에 이야기 상대가 없는지 두 살배기 아들을 데리고 자주 교코네 집을 찾았다. 자매라 허물없이 이야기할 수 있었기 때문에 교코 역시 흔쾌히 맞이했다.

1층 청소를 끝내고 2층 아이들 방으로 올라갔다. 2층에는 방이 두 개 있었지만 아직 어리니까 굳이 각자 방이 필요 없어서 같은 방을 쓰도록 했다. 초등학교 3학년인 가오리는 깔끔해서 정리정돈을 잘했지만, 1학년인 겐타는 어지럽게 늘어놓기 일쑤였다. 교코는 겐타가 함부로 벗어놓은 옷을 개어 옷장에 넣었다.

창을 열어 환기를 시키고 나서 자신도 심호흡을 했다.

정원을 내려다보자 잔디가 푸릇푸릇하게 돋아나려는 게 보였다. 바로 앞에서 보면 알 수 없지만 2층에서는 전체 색깔의 변화를 알 수 있다. 4월이 되면 올해야말로 화단을 만들겠다고 생각했다. 단독주택을 구입하기 전부터 자신의 집이 생기면 정원을 꽃으로 장식하는 게 꿈이었다. 작년 봄엔 집안일에 너무 바빠서 시기를 놓치고 말았지만 올해는 봄방학이 되면 아이들과 함께 꼭 화단을 만들고 싶었다.

창을 닫고 문득 벽을 보았다. 가오리의 그림이 붙어 있었다. 미술시간에 그린 듯한 집 그림이었다. 정원에서 교코인 듯한 어머니가 빨래를 널고 있고 2층 창에서는 남자아이와 여자아이, 둘이 얼굴을 내밀고 있다. 분명 가오리 자신과 겐타일 것이다. 선생님이 자기 집을 그려보라고 했을 것이다. 교코는 그 그림에 아버지인 시게노리가 없는 것을 보고 쓴웃음을 지었다. 오늘 밤 남편이 돌아오면 놀려줘야지. 자주 안 놀아주니까 그렇잖아요, 하면서.

시게노리는 경마를 좋아해서 일요일이면 가끔 경마장에 갔다. 용돈 범위 안에서 하는 것이라 굳이 뭐라고 하지는 않았지만 조금은 가족을 위한 서비스도 했으면 싶었다.

아이들의 이불을 정리하고 2층 침대 아래 칸에 누워 아들의 냄새를 맡았다. 침대 천장을 올려다보니 스티커 사진이 붙어 있었다. 언젠가 겐타와 둘이서 찍은 것이다. 이럴 때 교코는 작은 행복을 느낀다.

잠시 아이들 방에 있다가 교코는 외출 준비를 시작했다. 롱스커트에 단색 셔츠. 평소처럼 입기 편한 옷을 골랐다.

슈퍼마켓 아르바이트를 하러 가기 위해서였다.

15분 정도 자전거를 타고 교코는 식품 슈퍼마켓인 '스마일'에 도착했다. 집 근처에도 슈퍼가 있었지만 일부러 먼 가게를 아르바이트 장소로 골랐다. 만에 하나 일하다가 문제라도 생기면 가기 껄끄러워질까 봐. 그리고 동네 주부들과 매일 얼굴을 마주침으로써 인사를 주고받아야 하는 번거로움을 피하고 싶었기 때문이다.

스마일에서 받는 시급은 9백 엔. 며칠 전 다닌 지 1년이 되어서 50엔이 오른 금액이었다. 교코는 오전 10시부터 오후 2시까지, 평일에만 일하고 있었다.

개점 20분 전에 직원 출입구로 들어가 2층 대기실에서 지급된 파란색 조끼를 입는다. 이 시간엔 타임카드를 찍을 수 없게 되어 있었다. 조회가 시작될 때 비로소 찍을 수 있는 것이다. 1엔이라도 허투루 쓰지 않겠다는 경영자의 태도에 처음엔 회사의 냉혹함을 느꼈지만 지금은 신경 쓰지 않는다. 어디나 할 것 없이 경기가 안 좋았던 것이다.

직접 탄 차를 마시고 있는데 아직 이십 대인 기시모토 구미가 말을 걸어왔다.

"저기, 오이카와 씨. 확정신고 하는 법 아세요?"

"모르는데. 연말정산 때 안 했어?"

"저, 작년 12월에는 거의 출근하지 않아서요. 회사가 그런 것까지 해주는 줄 몰랐어요."

"그래도 이쪽에서 먼저 부탁하지 않으면 해주지 않지."

"귀찮아 죽겠어요. 남편도 모른다고 하고. 마감일이 지나버려서 세무서에서 잔소리해댈 것 같은데."

구미가 아이처럼 입술을 삐죽였다. 대여섯 살 차이밖에 나지 않는데 구미에게는 아직 청춘의 잔영이 있었다. 딱 붙는 청바지가 불쾌하리만치 잘 어울렸고, 영화배우 기무라 다쿠야의 팬이라고 아무런 거리낌 없이 말한다.

"하지만 신고하지 않으면 돈 환급받지 못하잖아."

"그렇긴 하죠. 대충 10만 엔 가까이 환급을 받는 모양이던데……. 아르바이트 사원한테서 원천징수 같은 거 하지 말라고 항의하고 싶어요, 정말."

"기시모토 씨, 설마 103만 엔 초과한 건 아니겠지."

이야기를 들은 니시오 도시코가 끼어들었다. 손거울을 보면서 립스틱을 바르고 있었다.

"안 넘어요. 그래서 조절하려고 쉬었던 거잖아요."

연 수입 103만 엔이 아르바이트를 하는 주부들에게는 중요한 기준선이었다. 103만 엔을 넘으면 소득세를 물게 된다. 세금을 물 정도라면 그냥 쉬는 게 나은 것이다.

"나는 작년에 102만 8천 엔이었거든."

사십 대 중반인 도시코는 쉰 목소리로 그렇게 말하고 나서 애니메이션에 나오는 개처럼 낮게 웃었다.

도시코는 자신에 대해 뭐든 숨김없이 말했다. 남편이 파친코광이라는 것, 고등학생 딸이 음주로 정학 처분을 받게 되었다는 것까지 가르쳐주었다. 축 늘어진 배도 걱정되지 않는지 휴식시간이면 단것을 입이 미어지도록 먹곤 하는 걸 보면 아마도 인생에 과분한 기대를 품고 있지는 않은 것 같다.

교코는 테이블 구석에서 신문에 끼워져 오는 광고지를 발견하고 가까이 잡아당겼다.

"그거, 오늘 건가요?"

구미가 물었다.

"그런 거 같은데."

"그래서 오늘은 뭐가 싼데?"

도시코가 몸을 내밀었다.

"참치 붉은 살이 100그램에 298엔이라는데요."

"그게 싼 건가요?"

"글쎄. 물건에 따라 다르겠지."

"직접 보지 않으면 몰라."

도시코가 광고지로 얼굴을 바짝 들이댔다.

"그보다 아지노모토의 '혼다시'가 오늘만 238엔인데."

"어, 그거 싸네요."

"평상시엔 418엔이었으니까 거의 절반이야. 역시 원래 가격을 알고 나서 사야 해."

도시코의 말을 듣고 썩는 것도 아니니 돌아가는 길에 사야겠다고 교코는 생각했다.

그동안에도 많은 아르바이트 주부들이 출근했다. 교코의 근무

시간대에는 열다섯 명 정도의 아르바이트 사원이 일하지만 서로 한 번도 말을 주고받은 적 없는 사람도 꽤 있었다. 어쨌든 그룹으로 나뉘는 것은 학교 다닐 때 학급이나 마찬가지였다.

"안녕하세요."

남자의 씩씩한 목소리에 돌아보자 사무직 사원이 문에서 얼굴만 들이밀고 있었다.

"아르바이트 여러분, 배추 남았는데요, 한 통에 30엔 어떠세요. 그리고 파는 세 단에 70엔입니다. 이건 얼마 안 남았는데."

"아, 그럼 제가 살게요."

몇 명인가가 튈 듯이 일어나 뒤를 따라갔다.

어차피 버릴 건데 그냥 주면 좋잖아, 하고 매번 교코는 생각했다. 하기야 10엔, 20엔이라도 남기는 게 슈퍼마켓의 장삿속일 것이다.

"오이카와 씨, 안 살 거야?"

도시코가 일어서며 물었다.

"네, 괜찮아요. 야채는 충분하거든요."

"고기라면 살 텐데."

묻기도 전에 구미가 입을 열었다.

"우리 집은 남편이나 아이 다 야채를 싫어하거든요."

"좋겠네, 메뉴가 간단해서."

교코가 미소를 던진다. 구미는 "네~, 햄버그스테이크 하나만 만들어줘도 불평 한 마디 없죠" 하고 천진난만하게 하얀 이를 드러내며 웃었다.

아르바이트를 시작하면서 제일 신경이 쓰인 것은 친구가 생기지나 않을까 하는 것이었지만, 그 점에 관해서는 이제 가슴을 쓸어내려도 좋았다. 구미와 도시코는 직장 내에서 스스럼없는 이야기 상대이긴 해도 서로의 전화번호를 알려줄 정도의 사이는 아니다. 그 정도가 딱 좋다.

가게 안의 차임벨이 울렸으므로 타임카드를 찍고 대기실에서 나왔다. 아르바이트 사원들과 정사원들이 우르르 계단을 내려간다. 계산대 앞의 공간이 매일 아침 조회를 하는 장소였다.

사카키바라라는 사십 대 점장이 뒷짐을 지고 앞쪽에 서 있었다.

"안녕들 하십니까."

우선 모두와 인사를 나눈다.

"오늘도 실수 없도록 열심히 일해주시기 바랍니다. 음, 먼저 계산대 여러분에게 알려드립니다. 오늘 1인 1점 상품은 아지노모토의 '혼다시', AGF의 '맥심', 닌벤의 '국다시'입니다. 광고지는 계산대 옆에 있으니까 각자 확인들 해주세요. 또 오늘 모닝 서비스 상품은 달걀입니다. 열 개들이 한 팩에 98엔이고⋯⋯."

약간 뚱뚱한 이 남자는 이상하리만치 이마가 좁았다. 땀을 많이 흘리는 체질인지 늘 손수건을 쥐고 그 좁은 이마를 닦았다. 들은 바로는 독신이라고 했다.

"에, 그리고 지원팀 여러분. 선어 팩에 대해서 말인데요, 어제

스펀지 까는 걸 잊은 게 몇 개 있었으니 주의하시기 바랍니다. 봉투 안에서 물이 흘러 야채가 다 젖었다고 손님들이 항의했습니다."

지원팀이란 뒤쪽 작업장에서 일하는 사람들을 말한다. 여기에서 고기나 생선을 팩으로 포장하거나 반찬을 만든다. 즉, 아르바이트 사원은 나이, 용모, 접객 태도에 의해 계산대냐 아니면 지원팀이냐가 암묵적으로 정해졌다. 교코와 구미는 계산대였고, 도시코는 지원팀이었다.

"또 플로어팀은 상품 진열에 늘 주의하시기 바랍니다. 아까 점검해본 바로는 컵라면 있는 데서 겉면이 밖을 향하지 않은 게 몇 개 있었습니다."

사카키바라 점장의 자질구레한 주의가 계속된다. 정사원들에게는 이름까지 거명하며 주의를 주었다.

스마일의 사원은 젊은이들이 대부분이었고, 십 대도 드물지 않았다. 그들 대부분이 도호쿠*에서 고등학교를 졸업하고 상경한 젊은이들이라는 사실을 알았을 때 교코는 약간 놀랐다. 슈퍼마켓은 도시의 젊은이들이 일하고 싶어하는 직장은 아닌 것 같았다.

아침 조회가 끝나자 저마다 자기 자리로 뿔뿔이 흩어졌다. 가게 안에 음악이 흐르고 정면의 자동문 스위치가 켜졌다. 그 문이 열리는 것과 동시에 개점 후 한 시간 동안만 실시하는 모닝 서비

---

* 도쿄에서 동북쪽 방향에 있는 아오모리 현, 이와테 현 등 여섯 개 현이 위치한 지방을 말한다.

스를 노린 손님들 십여 명이 쏟아지듯이 들어왔다.

그 외의 손님들은 그다지 많지 않았다. 계산대도 작동하는 것은 세 대 정도뿐이다. 영수증의 롤 잔량과 비닐봉지 비축분을 확인하고 나자 교코는 잠시 무료해졌다.

그때 하얀 작업복을 입은 도시코가 고개를 숙이며 교코 쪽으로 달려오는 게 보였다.

"빨리 이거 계산 좀 해줘."

그렇게 속삭이며 옆구리에 끼워 온 특별판매 '혼다시' 세 개와 돈을 내밀었다.

"이거 한 사람에 하나인데."

"됐네, 됐어."

별수 없이 쓴웃음을 지으며 바코드를 찍고 난 후 거스름돈을 내주었다.

"그리고 오늘 연어, 가짜니까 사면 안 돼" 하고 도시코가 귓속말을 했다.

"그래요?"

"그냥 칠레 산 생선이야. 잘라보면 속살이 붉어서 연어라고 속이고 판대."

도시코는 상품을 구입하고는 총총히 가버렸다.

슈퍼에서 일하다 보면 여러 가지에 대해 알 수 있다. 이중가격이나 저울 조작은 당연한 일이고 때로는 상품을 속이는 경우도 있었다. 경우에 따라 미국산 쇠고기가 국내산 쇠고기로 팔리는 일도 드물지 않았다. 도시락 반찬은 대부분 전날 팔고 남은 재료들로 만든 것이었다.

처음엔 충격을 받았지만 지금은 완전히 익숙해졌다. 장사란 분명 이런 것일 테지. 교코는 충분히 이해하고 있었다.

문을 열고 10분이 지나자 계산대로 오는 손님들이 나타났다. 상품의 가격을 센서로 인식시키고, 장바구니에서 장바구니로 옮겨준다. 작업은 극히 단순하다.

이런 일을 하고 있으면 교코는 문득 예전의 자신이 정장을 입고 사무실에서 근무하던 때가 떠올라 이상한 기분에 휩싸였다. 단과대학을 나와 사무직으로 일하고 있었을 무렵에는 분명 슈퍼에서 아르바이트하는 것쯤은 우습게 여겼을 것이다. 지금도 좋아하는 것은 아니지만 적어도 멸시할 마음은 없다. 살다 보면 여러 가지에 익숙해진다. 그리고 여러 가지를 포기하게 된다.

"오이카와 씨."

손님이 뜸해진 틈을 타 점장이 말을 걸어왔다.

"부탁할 게 있는데."

"네, 뭔데요?"

"다음 주에 말인데."

사카키바라 점장이 늘 그렇듯이 교코의 얼굴을 보지 않고 말한다.

"이틀이든 사흘이든 좋으니까 7시까지 좀 해줄 수 없을까. 그 시간 담당이 못 올 거 같다고 하더라고."

"아, 그런가요……."

그럴 수는 없다. 전에 딱 한 번 거절하지 못하고 밤에도 일했는데 그때는 남편이 휴가를 내고 아이들을 돌봐주어서 가능했다.

"죄송해요. 아이들이 아직 어려서."

최대한 미안한 표정으로 말했다.

"전부 다 그렇게 말하네."

사카키바라는 벌레라도 씹은 듯한 얼굴을 하고 손수건으로 이마의 땀을 닦으며 가버렸다. 이 남자는 늘 우울해 보였다. 어떻게 이런 세련되지 못한 남자가 점장을 맡게 되었는지 이상할 정도였다. 스마일은 다마 지역°에 네 개의 점포가 있었는데, 그중에서 혼조 지점은 매장 면적이 가장 좁았다. 자세히는 모르겠지만 분명 점포끼리 매상을 경쟁하고 있을 것이다.

"잠깐만요, 죄송해요."

뒤에서 구미의 목소리가 들렸다.

"오이카와 씨, 이거 시금치 아니에요?"

"유채야. 148엔."

구미의 계산대에 있던 나이 지긋한 손님이 웃고 있었다. 교코도 따라 웃었다.

구미는 주눅 든 기색도 없이 가격 키를 두드렸다.

오전 11시를 지나서부터 계산대는 혼잡해졌다. 모두 열린 여

° 도쿄 도에서 특별구와 도서 지역을 제외한 지역.

섯 대의 계산대마다 손님들이 길게 줄을 섰다. 혼자서 다 하려면 시간이 오래 걸려서 버저를 눌러 도움을 요청했다.

젊은 남자 사원이 상품 가격을 읽어주고, 교코는 부지런히 계산했다. 12시가 되자 도시락을 사려는 손님들까지 가세해 줄은 더욱 길어졌다.

"아, 포인트 카드 좀 부탁할게요."

한 손님이 계산을 다 끝내고 나서야 파란 카드를 내밀었다. 포인트 카드란 가게에서 발행한 카드로 일정 점수가 모이면 할인이 된다.

"죄송합니다. 계산하시기 전에 주셔야만……."

교코가 포인트 카드 적립을 거절했다. 계산대 앞에도 주의문이 붙어 있었다. 계산을 마치기 전에 카드를 인식시키지 않으면 기록할 수 없는 것이다.

"어머, 그래요?"

손님은 불만스러운 듯이 입을 삐죽였다. 교코가 동년배인 데다 같은 여자여서 불평을 하지 못한 건지 손님은 플로어에 있던 과장한테 달려가 하소연하기 시작했다. 과장은 연신 고개를 꾸벅이며 손님을 달래느라 여념이 없다.

슈퍼에서 근무하는 남자들은 죄다 여자가 싫을 거야, 하고 교코는 생각했다. 통로에 서서 이야기하거나 진열대 앞에서 생각에 잠겨 움직이지 않고 심지어 아이들이 손가락으로 흠집 낸 과일을 변상하지도 않으려는 여자들을 가게 측에서는 묵묵히 보고만 있을 수밖에 없는 것이다.

오후 1시를 지나면 교대로 딱 20분씩 휴식시간이 주어졌다. 그 20분은 급여 계산이 복잡했으므로 2시 이후에 더 일하는 것으로 채워야 했다.

교코는 대개 반찬 매장에서 380엔짜리 김밥을 산 후 대기실에서 혼자 먹었다. 아르바이트 사원이라고 해서 싸게 파는 일은 없었다.

"그러니까 매주 야채가 상자에 담겨서 오는 거야."

옆 테이블에서는 이소다라는 여자가 아르바이트 동료에게 늘 하던 권유 작업을 하고 있었다.

"유기농 야채와 무농약 현미를 매일 먹어야 해. 화학조미료에 길들여져 있으니까 말이야."

이소다는 유기농 야채의 택배 시스템을 이용하고 있었고, 그것에 푹 빠져 있는 신봉자였다. 마흔이 넘었는데도 원색의 옷을 즐겨 입었다. 고객을 유치하면 돈 받는 거 아닐까, 하고 도시코가 뒷말을 했지만 아마도 자기가 좋아서 스스로 이야기하며 돌아다니는 것일 게다. 교코 역시 강력한 권유를 받았지만 야채 가격을 듣고는 깜짝 놀라 거절했다.

"안 돼, 슈퍼에서 파는 야채 같은 거 먹으면."

그때만은 매번 목소리가 작아졌다. 그도 그럴 것이 그런 말을 하는 당사자가 슈퍼에서 아르바이트를 하고 있으니 교코는 이상한 기분이 들고 만다.

휴식시간이 끝날 때면 계산대는 한가한 시간이라 교코는 상품을 채워넣는 일을 돕는다. 그날은 2층 일용품 매장을 담당하게 됐다.

손목시계를 보면서 2시 20분에 딱 맞춰 일을 끝냈다.

근처 아동관*에서 시간을 보내는 아이들이 3시에 맞춰 돌아오기 때문에 그 전에 집에 가 있어야 하기 때문이다.

"언니는 공원에서 사람들 만나는 거 싫지 않았어?"

게이코가 자신이 사온 슈크림을 먹으면서 말했다.

"잊어버렸는데."

교코도 마찬가지로 슈크림을 입에 넣었다.

"잊어버렸다니, 하긴 언니는 냉정한 편이라."

가오리와 겐타는 애니메이션 비디오에 푹 빠져 있었다. 게이코가 데려온 두 살배기 유사쿠는 소파에서 낮잠을 자고 있었다.

오후 3시가 되기를 기다렸다는 듯이 동생 게이코가 아들과 함께 찾아왔다. 마침 애 키우는 데 한창 쫓길 시기라 갈 곳도 한정되어 있기 때문인지 한 달에 두 번은 전철을 갈아타고 언니네 집을 찾아왔다.

"공원에서 사람들 만나는 것도 딱 지금뿐이야. 유사쿠가 학교에 들어가면 거기에서 새 친구들이 생길 테고, 그 연줄로 엄마들

---

* 일본 아동복지법에 기초한 아동복지시설의 하나.

끼리도 친해질 테니까. 교제 범위도 넓어질 거야."

"유사쿠가 학교에 가려면 아직도 4년이나 남았어."

"4년이 얼마나 금방 지나는데."

그래도 게이코는 지겹다는 듯이 한숨을 내쉬었다.

동생의 푸념은 대충 사택에 사는 비슷한 처지 사람들과의 교제 문제에 대한 것이었다. 어쨌든 사이가 좋은 것은 다행이었지만 그 관계가 너무 깊다는 것이다. 아침 10시에 공원으로 가지 않으면 바로 휴대전화로 전화가 걸려와 "오늘 무슨 일 있어?" 하고 묻는 모양이었다.

"다음엔 글쎄, 모두 모여 티슈 상자 커버를 만들기로 했어."

"재밌지 않을까?"

"재미있을 리가 있어? 하고 싶지 않아. 그런 궁상맞은 일 같은 건."

"그럼 안 하면 되잖아."

"언니는 사택에서 살아본 적이 없으니까 그래. 안 하겠다고 하면 그 사람들이 어떻게 쳐다보는 줄 알아? 위층에 글쎄, 테이프라이터* 아르바이트를 시작한 사람이 있었는데 그 사람, 그것만으로도 왕따 됐어. 뭐랄까, 딴짓은 용서가 안 된다고나 할까."

교코는 조용히 듣고만 있다가 동생의 홍차가 비어서 다시 따라주었다.

● 인터뷰나 강연회의 녹음 내용을 문서로 타이핑해주는 직업.

"이럴 줄은 몰랐는데."

게이코가 두 개째의 슈크림에 손을 뻗는다.

"결혼하기 전엔 결혼하면 꼭 『가정화보』를 보는 그런 생활을 하겠다고 마음먹었었는데, 지금은 『멋진 아줌마』나 몇 번씩 읽고 있다니. 내가 생각해도 싫다~."

"뭐야."

교코는 웃음을 터뜨리고 말았다.

"웃을 일이 아니야. 하는 일이라고는 '절약'과 '정리'밖에 없다니까."

"그러니까 그것도 지금 잠깐뿐이라는 거야. 유사쿠가 품에서 떠나고 나면 너도 일할 수 있을 거고, 그렇게 되면 취미도 찾을 수 있어."

"언니 취미는 뭔데?"

"그렇게 물어보면 별로 없는데."

"그렇잖아. 주부는 앞으로도 쭉 자유로운 시간이 한정돼 있는 거야."

"……그럼 너는 뭘 하고 싶은데?"

"일단 사택에서 나가고 싶어."

게이코가 콧구멍에 힘을 주며 말했다.

"집세를 더 내도 상관없어."

"어딜 가나 마찬가지야."

"그럴까?"

"그래. 새 동네로 가도 역시 공원으로 아이들을 데리고 나오는 그룹이 있을 테고, 이번엔 거기에서 동료가 되어야 한다고."

교코가 그렇게 타이르자 게이코는 잠시 말이 없다가 아이처럼 볼을 씰룩거린다.

"시시해. 결혼 같은 거 하지 말걸 그랬어."

"무슨 소리야. 히로유키 씨 좋은 사람이잖아."

동생의 남편을 들먹이며 달랬다.

"그건 그렇지만. ……나, 결혼에 대해 너무 환상을 품고 있었나 봐."

"환상이라니?"

"나 거의 쫓기듯이 결혼했잖아."

"그런 말 한 적 없었잖아."

게이코는 살짝 쓴웃음을 지었다.

"으응, 그랬지. 스물아홉이 돼서 모든 게 엉망이었어. 매일이 우울하고 몸도 안 좋았지. 그때는 결혼하면 지금 하는 고민 같은 건 전부 해결될 거라고 생각했는데. 하지만 그렇지 않았어. 인생이라는 건 원래 반쯤은 우울하게 만들어져 있는 건데. 언니도 분명 마찬가지일 거야. 언니, 집이 생기면 그동안의 고민이 전부 해결될 거라고 생각했지?"

"그건 그렇지."

"하지만 고민이 형태만 바뀐 것뿐이야. 대출금 다 갚지도 못하고 병이라도 덜컥 걸리면 어떡하지, 남편이 해고당하면 어떡하지 등등. 사람은 부족하면 부족한 대로, 있으면 있는 대로 고민하는 법이야."

"대체 무슨 책을 본 거야."

"책이 아니야. 내 생각이야."

유사쿠가 눈을 뜨고 게이코에게 착 달라붙었다. 게이코가 무릎 위에서 안아주자 만족한 듯이 웃었다. 애니메이션을 다 본 가오리가 와서 "놀러 가자"라며 유사쿠를 정원으로 데리고 나갔다. 겐타는 어느새 정원 바깥에서 동네 아이들과 놀고 있었다.

"게이코, 저녁 먹고 갈래?"

"괜찮아?"

게이코는 기쁜 표정을 숨기지 않았다.

"괜찮아. 어차피 그이는 늦을 테니까."

"형부, 바쁜가 보네?"

"평일엔 일주일에 한 번, 집에서 저녁 먹으면 다행이지."

"우리는 토요일뿐인데."

"그런데 별거 없어서 어떡하지?"

"아무거나 상관없어. ……아, 맞다. 좀 뜬금없는 소리긴 한데 나, 혼수가구 팔면 아빠한테 혼나겠지?"

"왜?"

"그게 말이야, 혼수가구라는 게 묘하게 압박감을 주는 거잖아. 방도 너무 어둡고. 컬러 박스로 코디네이션을 하고 싶어서."

"다시 생각해보면 안 될까? 아시면 상처받으실 텐데."

"그래, 역시 안 되겠지?"

부모님은 세타가야에서 두 분이서 살고 있었다. 아버지는 섬유회사를 퇴직한 후 다른 재취직 자리에서 건강하게 일을 하고 있었다. 부모님의 노후에 대해서는 두 분을 포함해 아직 아무도 말을 꺼내지 않았다. 분명 어떻게든 될 것이다.

"혼수가구라는 건 부모님의 자기만족이야."

"너무하잖아, 그런 말은."

"하지만 사실인걸."

게이코는 장난꾸러기처럼 입을 삐죽였다.

언니를 상대로 신나게 푸념해댔기 때문인지 게이코의 표정은 한결 개운해져 있었다. 교코 역시 이야기를 듣는 것만으로도 스트레스가 풀리는 기분이었다. 자매가 있어서 다행이라고 생각하는 순간이었다.

정원에서는 가오리와 유사쿠가 공놀이를 하고 있었다. 금세 뛰쳐나간 게이코가 거기에 끼어들어 피구처럼 되었다. 웃고 외치는 소리가 울려 퍼졌다.

겐타는 어딘가로 나간 모양이었다. 자전거가 차고에서 사라져 있었다.

유리창 너머로 동생과 아이들을 보면서 교코는 두 팔을 들어 기지개를 켰다.

사람 수가 많으니 오늘 저녁엔 카레라도 해볼까 생각했다.

4

비의 밀도가 높아진 걸까, 흙모래가 내리는 것도 아닌데 앞 유리창은 흘러내리는 빗물의 미끄럼틀이 되어 있었다. 이따금 와이퍼로 닦아냈지만 바로 풍경은 빗물 너머로 부예지고, 밤거리의 네온은 몇 겹으로 겹쳐 흐릿해 보였다.

습기가 차 안에 가득 차 있었다. 구노는 차동장치 스위치를 눌러 유리가 부예지는 것을 막았다. 라디오에서는 잘 모르는 여가수가 대중가요를 부르고 있었다. 시트를 약간 눕혀 팔짱을 끼는데 상의 안주머니에서 봉투 접히는 소리가 났다. 봉투에는 만 엔짜리 현찰이 열 장 들어 있었다.

"담배 좀 피워도 될까요?"

옆에서 이노우에가 가라앉은 목소리로 말했다.

"재떨이 없는데, 내 차에는."

담배는 8년 전에 끊었다. 차를 구입하면서 재떨이는 동전 보관통으로 용도를 바꿔 사용했다.

"이거 가지고 다니니까 괜찮아요."

이노우에가 휴대용 재떨이를 손에 쥐어 보여주었다.

"창문도 약간 열게요."

잠깐 생각해보고 나서 고개를 끄덕였다. 이노우에는 담배에 불을 붙이고 하얀 연기를 창문의 열린 틈으로 솜씨 좋게 내뿜었다.

차는 복면 패트롤 카˙가 아닌, 구노의 자가용이었다. 아무 옵션도 없는 국산 세단으로, 이 차를 선택한 것은 너무 눈에 띄면 재앙이 찾아온다고 생각하는 경찰관 특유의 편견 때문이었다. 회색 어코드는 신마치 골목에 시동을 건 채 멈춰 서 있었다. 신마치는 백 개 정도 되는 음식점과 파친코 등 유락시설이 역에 착 달라붙듯이 밀집된 혼조 시 유일의 번화가였다. 극장이 하나도 없었기 때문에 그 규모와 문화 수준 정도는 알 만했다.

구노의 시선 끝에는 '마리'라는 이름의 바가 있었다. 들어가 본 적은 없지만 겉만 봐도 카운터와 고작 박스석 두 개 정도가 있는 가게인 게 뻔했다. 여기에서 와키타 미호라는 호스티스가 일하고 있었다. 하나무라의 애인이다.

오늘 밤 여기에 하나무라가 나타나 여자와 함께 그녀의 맨션으로 돌아간다면 이번에야말로 그 사실을 구도에게 보고할 작정

˙ 규정된 색을 칠하지 않은 경찰 순찰차.

이었다. 이걸로 끝내고 싶었다.

하나무라에게 이미 경고는 했다. 그걸 무시한다면 그것은 하나무라 본인의 문제다. 원망을 들을 테지만 왠지 될 대로 되라는 기분도 있었다. 조직에 있다 보면 좋건 싫건 어느 쪽이든 붙어야 하는 것이다.

문이 열리고 호스티스가 몇 명인가 나왔다. 손님을 배웅하는 모양이었다. 몸을 일으켜 핸들에 턱을 대고 뚫어지게 바라보았다.

"저 빨간 원피스인가요?"

이노우에가 중얼거렸다.

"그래."

옆얼굴이 보였다. 짙은 화장이 안 그래도 뚜렷한 이목구비를 더 강조해 마녀처럼 보이게 만들었다.

여자는 변한다고 구노는 마음속으로 생각했다. 아니, 어딘가에 구속되면 본래의 모습을 찾는다고나 할까.

"나이는 나랑 같은 스물여섯인데. 하나무라 씨가 뭐가 좋다고."

"본인한테 물어봐."

"무슨 농담을 그렇게 하세요."

여자는 배웅을 마치고 다시 가게 안으로 들어갔다. 아직 11시 전이라 가게가 끝나려면 한 시간이 더 남았다.

"배 안 고프세요?"

이노우에가 하품을 간신히 참으며 말했다.

"아까 쇠고기덮밥 먹었잖아."

"그 아까가 벌써 네 시간 전입니다."

"얼마 안 남았어. 조금만 더 참아."

이노우에가 신발을 벗고 대시보드에 발을 올렸다. 구노는 아무 말도 하지 않았다.

"뭔가 사건이라도 일어나는 게 더 좋을 거 같아요."

"그래."

"살인 사건이라도 생기면 아무리 그래도 우리 식구 행동 조사 같은 건 안 할 테죠."

"그렇겠지."

번화가였지만 비 때문인지 오가는 사람이 드물었다. 할 일이 없어 사탕을 하나 입에 넣고 이리저리 굴렸다.

"죄송합니다. 저도 하나만."

손을 내미는 후배에게 봉투째 던져준다.

"……참고 삼아 묻는 건데요, 불륜 정도로 목이 잘릴 수도 있는 겁니까?"

"충분히. 유지면직•이라면 가능하지."

"휘익~."

올해로 형사가 된 지 3년째인 이노우에가 묘한 휘파람을 불

• 諭旨免職. 형식적으로는 권고사직이지만 사실상 본인으로 하여금 사직서를 내게 만드는 것.

었다.

"복무규정을 들고 나오면 대부분의 경찰은 목이 잘려."

"너무하네요, 너무해."

이노우에는 빈정거리듯이 웃었다.

"그래서 이 건은 어느 정도 선까지 알고 있는 거죠?"

"……사카타 과장은 부서장에게 미리 들어 알고 있어. 우다 계장은 어렴풋이 알고 있는 정도고."

"뭡니까, 그 어렴풋이라는 건."

"알면서도 모르는 척한다는 거지. 관여하고 싶지 않다는 말이야."

"하하, 그럴싸하군요."

이노우에가 안경을 벗어 넥타이로 렌즈를 닦았다.

언젠가 수사회의에서 하나무라의 한마디가 구도 부서장을 격노하게 만들었다는 것은 이제 서 내에서 모르는 사람이 아무도 없었다. 본청의 수사관이 있는 앞에서 "당신, 산파츠(散髮)도 정도껏 좀 하쇼"라고 결코 작지 않은 소리로 말했던 것이다. '산파츠'란 본청에서 내려오는 수사비가 경찰서 간부에 의해 유용되는 것을 말했다. 경찰이라면 상식적인 일이었지만 그렇다고 함부로 떠들고 다닐 수는 없는 사안이다.

하나무라가 화가 나서 충동적으로 입을 놀린 것인지, 단단히 각오를 하고 꺼낸 대사인지는 아무도 모른다. 어쨌든 그렇게 말한 시점에 하나무라의 운명이 결정됐다는 것만은 확실했다.

"그래."

구노가 양복 안주머니에 손을 넣었다.

"잊기 전에."

그렇게 말하고 봉투를 꺼내 안에서 5만 엔을 이노우에의 무릎에 놓았다. 구도한테서 받은 돈이었다.

이노우에는 잠시 침묵했다. 아마 출처를 짐작해보고 있을 것이다.

"뭔가 복잡하네요. ……하지만 우리가 어쩔 수 있는 것도 아니고."

이노우에가 한숨을 쉬며 돈을 지갑에 넣었다.

"봄 양복이라도 장만해볼까."

일부러 아무렇게나 말하는 듯했다.

히터로 차 안이 따뜻해져서 넥타이를 풀고 상의를 벗었다.

라디오의 음악이 유행하는 히트곡으로 바뀌자 이노우에가 콧노래로 따라 부르기 시작했다.

시야의 한쪽 끝에서 갑자기 사람이 나타났다. 운전석 쪽 창문을 노크했다.

돌아보자 척 보기에도 비싸 보이는 더블 양복을 입은, 낯선 남자가 우산을 받치고 서 있었다. 남자는 허리를 굽히며 인사했다.

경계하면서 창을 반 정도만 내렸다.

"아, 역시 맞군요. 혼조 서의 구노 씨였어요."

그렇게 말하며 흰 이를 드러냈다.

"고생이 많으십니다."

"당신은?"

구노가 남자의 얼굴을 빤히 들여다보았다. 자신과 동년배인 듯한 이 남자에 대한 기억은 없었지만 평범한 직장인이 아니라는 건 바로 알 수 있었다. 쏘는 듯한 눈초리는 뒷골목 세계에서 단련된 사람 특유의 것이었다.

"바로 저기에서 술집을 하고 있는 사람입니다. '캐빈'이라는 가게입니다만."

그렇게 말하며 차의 계기판으로 재빨리 시선을 던진다.

"어, 일하는 중이 아니신가요? 그럼 잠깐 오셔서 한잔하고 가시죠."

아무런 대답도 하지 않고 있으니 계속해서 남자는 서글서글한 웃음을 지어 보인다.

"……아뇨, 괜찮습니다."

"그러지 마시고, 괜찮은 애들도 있습니다."

"술 마시면 음주운전이 되거든요."

"걱정 마세요. 우리 애들이 모셔다 드릴 겁니다."

"당신."

구노는 방향을 바꾸어 남자를 정면으로 바라보았다.

"어떻게 나를 알고 있는 겁니까?"

"작은 동네잖아요. 형사님 얼굴 정도는 대부분 알고 있습니다. 구노 형사님, 예전 이 앞에 있던 게임센터에서 강도 사건이 있을 때 우리 가게에 탐문 오셨던 것 같은데. 저는 안에 있어서 따로 인사는 못 했습니다만."

그 말에 가게 이름이 생각났다. 천장에 낡은 미러볼이 있었던 것도.

"기요카즈회인가요?"

거기 조직원이냐는 의미로 물었다. 기요카즈회는 혼조 시에 옛날부터 있어온 야쿠자 조직이었다. 적정한 규모라는 것을 나름대로 터득하고 있는 것인지, 더 이상 세력을 늘리려 하지 않은 채 지역에 뿌리를 내리고 있었다.

"네, 그렇습니다. 고바야시 형님의 동생뻘 됩니다. 히로세와는 빙 돌아 형제고요."

"우리는 폭력계가 아니라서 그렇게 이름을 대도 잘 몰라요."

"이보쇼."

옆에서 이노우에가 날카로운 목소리로 말했다.

"방해되니까 저리로 가쇼."

"어이쿠, 거기 계신 젊은 분께서는 꽤 씩씩하시네요."

"뭐야?"

"조용히 해."

흥분한 이노우에를 손으로 제지했다.

"괜찮으시면 두 분이 한번 오십시오. 다른 마음이 있어서가 아니고요. 그냥 친하게 지내고 싶어서 그럽니다. 혼조 서 형사

님들은 늘 2번지 근방에서 노시던데. '푸가'나 '수국' 같은 데서
요. 가게 주인이야 사실 부동산 업자지만, 푸가는 가노구미의
사업 아닙니까. 그렇다면 우리 가게에 오셔도…….”

“당신.”

차의 라디오를 껐다.

“동네 사정을 꽤나 잘 아는 것 같은데.”

“아뇨, 아뇨. 그렇지도 않습니다.”

남자가 과장되게 고개를 저었다. 앞섶을 활짝 풀어헤친 셔츠
밑으로 금 목걸이가 흔들렸다.

“그럼 하나만 물어봅시다.”

“네, 뭔데요?”

“저기 마리라는 가게가 있는데, 거기에서 일하는 와키타 미호
라는 호스티스 압니까?”

“그거 본명이군요. 가게에서 부르는 이름을 대면 알지도 모르
는데.”

“그 이름은 모르겠소. 나이는 스물여섯이고, 오늘은 빨간 원
피스를 입었는데.”

“글쎄요, 자기 나이를 정확히 말하는 애들은 없으니까요. 빨
간 원피스라……. 잠깐 보고 올까요?”

“아니, 됐소.”

“그 여자애가 무슨 일 저질렀나요?”

“모르면 됐어요.”

남자는 호주머니를 뒤져 명함을 꺼냈다.

"인사가 늦었습니다. 오쿠라라고 합니다. 진짜 언제 한번 놀러 오세요."

잠자코 받았다. 그냥 술집 주인으로서의 명함이었다.

"아, 맞다."

구노가 얼굴을 들었다.

"하나무라는 압니까?"

"물론이죠. 여기서 하나무라 씨를 모르면 간첩입니다요."

"어디서 만나더라도 오늘 밤 내가 여기 있었단 말은 하지 말아주세요."

잠시 시간을 두고 나서 남자가 진지한 얼굴로 끄덕였다.

"쓸데없는 소리는 하지 않겠습니다. 믿어주십시오."

오쿠라는 "그럼 이만 실례하겠습니다"라는 말을 남기고 등을 잔뜩 웅크린 채 빗속으로 종종걸음을 놓았다.

"뭡니까, 저자."

이노우에가 불쾌한 목소리로 말했다.

"관할 형사와는 가능한 한 안면을 트고 지내고 싶겠지. 어디에나 있는 일이야."

"구노 씨, 왜 야쿠자를 상대로 그렇게 정중한 말투를 쓰는 거죠?"

"야쿠자를 상대할 때는 가능하면 철저히 모르는 사람처럼 이야기해야 해. 그렇지 않으면 찰싹 달라붙는다고."

"사에키 주임하고는 반대네요. 그 사람은 야쿠자라도 '나' '너' 하던데요."

"사람마다 다르겠지."

"그리고 술도 얻어먹고."

"이봐, 이상한 소리는 하지 마."

또 마리의 문이 열리고 손님인 듯한 남자가 나왔다. 호스티스가 배웅한 후 간판의 전기를 끄고 안으로 들어갔다. 자정까지는 아직 15분 정도 남았지만 더 이상 손님이 없을 것이라고 판단한 것 같다.

잠시 지나자 몇 명의 여자들이 길로 모습을 드러냈다. 색색가지 우산들이 일제히 펴진다.

"어, 큰일 났네."

이노우에가 소리쳤다.

"전부 코트를 입고 있네. 게다가 우산 때문에 얼굴도 안 보이고."

"신발을 봐. 빨간 하이힐이었어."

자신의 관찰력이 부족했던 것을 깨닫고 계면쩍은지 이노우에는 아무 말도 하지 않았다. 구노는 자세를 고치며 안전벨트를 했다. 여자들이 걷기 시작하여 약간 거리가 생긴 후에야 차의 기어를 넣었다.

"빨간 옷에, 빨간 구두에, 빨간 립스틱이라. 아무리 봐도 신마치의 호스티스 같지 않습니까. 안 그래요, 구노 씨?"

"알았으니까 제대로 보기나 해."

여자들은 우르르 큰길로 나가 각자 택시를 잡으려 하고 있었다. 구노는 차를 바로 그 근처 갓길에 댔다.

"곧장 집으로 돌아가 줘."

이노우에가 조수석에서 중얼거렸다.

택시 한 대가 어둠 속에서 브레이크등을 켜며 정차했다. 와키타 미호는 동료 호스티스와 둘이 택시에 올라탔다. 물보라를 일으키며 달려가는 그 택시의 뒤를 구노의 차가 뒤따랐다. 택시는 바로 앞길에서 꺾어지며 육교 아래를 통과했다.

"그런데요, 여경에서 호스티스로 전직하다니, 대단한 결심 아닌가요."

옆에서 이노우에가 중얼거렸다.

"드문 일도 아니야. 원래 경무과 같은 곳은 사무직 여사원의 일이나 다름없거든."

"저하고는 같이 일한 적은 없지만 소문은 들었어요. 아무 데나 마구 페로몬을 뿌리고 다녔다는 것 같던데요."

거기에는 대답하지 않았다. 과거 자신과 관계가 있었다는 것도 이야기하지 않았다.

택시는 싱겁게 역 반대편에 있는 여성용 맨션에 도착했다. 추월하여 차를 세우고 뒤를 돌아보았다. 와키타 미호만 내려 동료에게 작별 인사를 한 후 입구로 사라졌다.

"방에 불 켜지는지만 확인해줘."

이노우에는 아무 대답도 하지 않고 머리를 긁적이며 차에서 내렸다. 차 문도 닫지 않은 채 비닐우산 너머로 맨션을 올려다보았다.

"구노 씨, 3층 끝집 맞죠?"

"바보 자식, 목소리가 너무 크잖아."

"불 들어왔어요. 오전 0시 18분입니다."

되는 대로 그렇게 말하고 나서 코를 훌쩍이며 조수석으로 돌아왔다.

이노우에가 담배에 불을 붙였다. 이번에는 창문을 내리지 않았다.

"언제까지 이래야 하죠?"

"내가 그걸 어떻게 아냐."

구노는 문득 지난번 여기에서 소년들을 혼내주었던 기억이 났다.

비가 보닛 위에서 마구 튀어오른다. 오늘 밤은 비가 전혀 잦아들 기미를 보이지 않았다.

천천히 액셀을 밟으며 맨션을 떠났다. 등짝에 날카로운 통증이 느껴졌다. 피로가 온몸으로 퍼지고 있었다.

저도 모르게 커다란 하품이 나왔다. 눈꺼풀 안쪽에 졸음기가 있음을 눈치채자 이 상태가 침대로 들어갈 때까지 계속되어주기를 마음속으로 빌었다.

꾸물꾸물했던 일주일분의 날씨를 한꺼번에 되돌려놓은 듯 일요일은 구름 한 점 없는 쾌청한 날씨였다. 하치오지의 하늘에서는 종달새가 울고 있었다. 다닥다닥 붙어 있는 지붕은 햇빛을 받아 하얗게 빛났고, 멀리 보이는 산들은 그 푸르름이 깊어가고 있었다.

창을 활짝 열어놓았기 때문에 바람과 함께 엔진 소리가 차 안으로 몰려들었다. 그 신음 같은 모터 소리가 제법 듣기 괜찮아서 라디오의 음악도 필요 없었다. 재킷의 지퍼를 내리고 목덜미에 바람이 통하도록 했다. 셔츠 한 장만 입어도 괜찮을 만큼 본격적인 봄볕이었다.

조수석에는 쑥떡이 있었다. 구노가 장모를 위해 산 것이다. 올해로 예순다섯이 되는 장모의 기호를 정확히는 알 수 없었지만 예전에 생각 이상으로 기뻐하던 모습을 보고 나서부터는 쑥떡을 사가지고 가는 게 습관이 되었다. 슈퍼마켓에서 산 식재료들도 있었다.

장모에게 가는 것은 한 달 만이었다. 사나에의 묘에 한 달에 두 번 찾아가기로 했기 때문에 한 번은 건너뛴 셈이 된다. 이것도 횟수가 줄어든 편이었다. 2주기까지는 매주 성묘를 했고 그때마다 사나에의 본가를 찾아갔었다.

그렇게 다니는 동안 차츰 어색함이 없어졌다. 구노는 마치 자기 집처럼 편안함을 느끼게 되었다. 장모도 장모 나름대로 딸은 죽었지만 사위가 자신을 찾아오는 것을 매번 낙으로 여기고 있는 듯했다. 애당초 혼자 살아온 장모였기에 손님이라면 누가 됐든 환영했던 것인지도 모른다.

언덕 아래에 다다르자 일단 차를 정차시키고 눈에 안약을 넣었다. 이 언덕 위에 사나에가 자란 집이 있었다. 오래된 집을 사나에의 돌아가신 아버지가 결혼하면서 구입한 것이다. 당시에 개축을 한 모양이었지만 20여 년 정도가 지나자 그 집에도 연륜이 느껴졌다. 개축한다는 이야기는 없었다. 장모가 자신의 사후에 어떻게 할지도 몰랐다.

"구노 씨."

자신을 부르는 목소리에 창밖을 내다보자 아이와 함께 한 남자가 길가에 서 있었다.

"여어, 잘 있었어?"

늘 이용하는 꽃집의 젊은 바깥주인이다. 나이가 같은 걸 안 이후로 편하게 말을 놓고 지내게 되었다.

"또 성묘 왔어?"

"그래. 나중에 꽃 사러 갈게."

차창 밖으로 얼굴을 내밀며 대답했다.

"매번 고마워. 오늘은 마누라가 가게 보는데."

"그거 잘됐네. 자네보다야 예쁘신 아주머니가 있는 게 훨씬 낫지."

웃으며 가볍게 농담을 했다.

"그 아이, 자네 아들 맞지?"

"그래. 뭐야, 새삼스레."

"아니, 잠깐 못 본 사이에 부쩍 커버려서 말이야. 그러고 보니 이제 곧 둘째 태어난다고 했었잖아. 그럼 형이 되겠네."

부끄러워 아버지 뒤로 숨으려는 아들에게 꽃집 남자가 "인사 드려야지" 하고 재촉하자, 남자아이가 수줍어하며 꾸벅 고개를 숙였다.

"착하네."

구노도 약간 입매가 풀어졌다.

"애들은 금방금방 크니까."

"그렇겠지. 나한테는 아직 아기였을 때 모습이 눈에 선한데 말이야."

"봄에 초등학교 들어가."

"정말?"

놀라면서 새삼스럽게 남자아이를 보았다. 만약 사나에가 죽지 않았다면 그때 사나에의 배 속에 있었던 자신들의 아이도 초등학교에 들어갈 나이일 텐데 하는 생각이 들자 사는 게 참 신비하게 느껴졌다.

"구노 씨는 살도 안 찌네."

"고생을 많이 하거든."

"아니야. 독신이라서 그래. 나는 벌써부터 생활에 쫓겨 살아. 나 자신을 돌볼 여유가 없으니 배가 나오는 거라고."

젊은 바깥주인은 그렇게 말하며 자신의 배를 쓰다듬더니 태평스레 웃었다.

"아, 맞다. 그 집 드디어 파는 건가?"

"무슨 말이야?"

"지난번에 부동산 사람들이 와 있던데."

"부동산에서?"

처음 듣는 소리였다. 절로 눈이 커졌다.

"응. 몇 명이 집 앞에 있었어. 밴 옆에 회사명이 있어서 부동산에서 온 줄 알았거든. 뭐야, 자네가 시세 알아보려고 부른 거 아니었어?"

"모르는 소리야. 내가 그럴 리가 없잖아."

"그럼 자기들 마음대로 주인이 누구인지 조사하는 거였나. 전망 좋은 넓은 집이라서 말이야. 부동산에서 가만히 있을 리가 없지."

설마 장모가 내놓으려는 것일까. 혼자 살기에는 너무 크다고 생각해서.

"그게 언제 이야기야?"

"지난주쯤인가. 아니, 지지난 주였나."

장모가 여행 간 동안이었는지도 모른다. 구노는 좀 더 자세히 물어보려 했지만 꽃집 남자의 기억이 흐릿한 관계로 자신이 직접 장모에게 물어보는 수밖에 없었다.

"어때, 형사 일은?"

"응? 그만그만해."

대충 대답을 하고 기어를 넣었다. "그럼 나중에 또 봐"라고 말하고, 스니커즈를 신은 오른발로 액셀을 밟았다.

남자아이가 아버지의 재촉을 받으며 손을 흔들었지만 구노는 대응해줄 여유가 없었다. 혹시 장모가 그 집을 팔아버리고, 양로원에라도 들어갈 작정이 아닌가 싶어 가슴이 쿵쾅거렸다.

그래서 집에 도착해 정원에서 꽃에 물을 주고 있는 장모를 보자마자 처음 한 말이 "어머니, 부동산 업자 부르셨어요?"였다.

"가오루, 어서 와."

"저기, 어머니. 부동산 업자 부르셨냐고요?"

"왜 그래, 갑자기?"

장모가 구노를 보고 싱글거리며 웃었다. 하얀 셔츠의 단추를 정갈하게 위까지 채우고, 그 위에 기품 있는 베이지색 스웨터를 입고 있었다.

"왜냐고 물을 사람은 저예요. 아까 꽃집 주인한테 들었어요."

"아, 신짱. 그 사람, 이번에 드디어 둘째 낳는대."

"그건 지난번에 제가 가르쳐드린 거잖아요. 그게 중요한 게 아니라, 부동산 업자 부르셨었어요?"

"으응, 뭐 일부러 부른 건 아닌데. 그쪽에서 먼저 왔어."

"그래서요?"

"팔 생각 없느냐고, 좋은 조건에 팔아주겠다고 계속 그러더라고."

"그래서 뭐라고 대답하셨어요?"

"생각해보마고 대답했는데."

"이런……."

"들어가서 차라도 마시면서 이야기하자."

장모는 그렇게 말하고 수도꼭지를 잠갔다.

"아, 호스는 제가 감을게요."

장모가 정원에서 벗어나 집으로 들어갔다. 구노는 호스를 다 감은 후 쑥떡을 차에 그대로 두고 왔다는 것을 깨닫고 다시 차로 돌아가 떡을 꺼내 왔다.

거실에서는 장모가 고타츠 탁자에 찻잔을 두 개 놓아두고 있었다.

"쑥떡이야? 매번 고맙네."

"어머니."

아까 하던 이야기를 마저 하고 싶었다.

"그렇게 여지를 남겨놓으며 말씀하시니까 그 사람들이 기대를 하는 거잖아요."

"그러게 말이야."

장모는 무심히 말하며 부엌으로 걸어간다.

"그러게라니요. 그런 사람들은 처음에 확실히 거절해두지 않으면 계속 온다고요."

"하지만."

장모는 등을 돌린 채 말했다.

"어머니도 언제까지나 이 집에서 혼자 살 수는 없잖니. 걷지 못하게 됐을 때의 일도 생각해야만 해."

"무슨 그런 말씀을 하세요. 아직 예순다섯밖에 안 되셨잖아요."

"금방이야, 그렇게 되는 거."

장모는 뜨거운 물이 담긴 작은 주전자를 들고 거실로 돌아왔다. 구노를 마주하며 고타츠 앞에 앉는다.

"앞으로는 확실히 거절하세요."

"청소라든가, 정원 손질도 큰일이고."

"그러니까 그런 건 제가 할게요. 전부터 몇 번이나 말씀드렸잖아요."

"가오루한테 그런 일 시키는 게 미안해서 그렇지."

"전혀 미안해하지 않으셔도 돼요. 기분전환도 되고 좋아요. 가지치기 같은 걸 하고 있으면 신기하게도 마음이 편안해지거든요."

"후후. 그런 나이가 된 게지."

"그런 것 말고도 남자 손이 필요할 때는 언제든지 말씀하세요. 달려올 테니까요. 어차피 차로 4, 50분밖에 안 걸리잖아요."

"고마워. 늘 신경만 쓰게 하고."

"그런 서운한 말씀 마세요. 가족이잖아요."

"……그래."

장모는 뜨거운 찻잔을 두 손으로 감싸며 부드럽게 살짝 웃었다.

"가족이라고 불러도 괜찮은지는 잘 모르겠지만."

"가족 맞아요. 아니면 뭐라고 해요."

장모는 고개를 숙인 채 쑥떡을 입안 가득 밀어넣고 있었다. 소녀같이 사랑스러운 몸짓이었다.

구노는 문득 장모가 이번 달에 여행을 다녀왔다는 사실이 떠올랐다.

"그러고 보니 어머니, 야마가타에 다녀오셨다고요."

"그래, 그래, 즐거웠어."

장모가 활짝 웃으며 여행 갔다 온 이야기를 한다. 온천에 들어갔더니 어깨 뭉친 게 풀렸다며 힘차게 팔을 빙글빙글 돌렸다.

"그건 그렇고, 일은 좀 어때?"

"지금은 한가해요. 사건이 없어서요."

"보통 사람들이 한가하다면 걱정이 되는데, 가오루가 한가하다고 하면 안심이 돼."

"후후."

구노는 눈을 내리뜨며 웃었다.

"점심때는 가오루가 좋아하는 치라시즈시* 만들어줄게. 차완무시**도."

"죄송해요. 만들기 성가실 텐데."

"어머니도 먹고 싶었어."

장모가 미소를 지으며 일어섰다.

● 생선, 달걀부침이나 양념한 채소 등의 고명을 얹은 초밥.
●● 공기에 달걀을 풀어 어묵이나 표고, 고기 등을 섞고 공기째 찐 음식.

"혼자 있다 보면 간단한 것만 만들어 먹게 되거든."

장모는 다시 부엌으로 갔다. "텔레비전이라도 보고 있어"라는 말에 구노는 고타츠에 발을 넣은 채 그대로 누웠다. 리모컨으로 텔레비전을 켰다. 연예인들이 새된 목소리로 떠들어대는 브라운관을 멍하니 바라보았다.

텔레비전은 민영방송도 나오지 않는 구식이었다. 새것으로 사 드리겠다고 몇 번이나 말했지만, 그때마다 장모는 이제 새것은 필요 없다고 약간 쓸쓸한 듯이 웃으며 말했다. 그것이 자신을 배려해서 한 소리인지, 아니면 진심으로 그렇게 생각해서 한 소리인지는 모른다. 이런 경우에는 그냥 억지로 사드리는 게 옳을지도 모르겠다고 생각한 적도 있었다.

장모에게는 그다지 물욕이 없었다. 집 안을 둘러보아도 구노가 사나에에게 이끌려 놀러 왔던 학생 시절부터 보아온, 익숙한 물건들뿐이다. 부엌에는 아직도 하이초*가 자리 잡고 있었다. 이 집은 이미 10년 이상이나 시간이 그대로 머물러 있는 것 같았다.

구노는 문득 생각이 나서 괘종시계의 태엽을 감았다. 오래되어서인지 태엽 감기가 상당히 힘들어서 장모 혼자 힘으로는 불가능했기 때문이다. 구노가 하치오지 집에 와서 하는 작은 효도 중 하나였다.

* 파리 같은 것이 들어가지 못하게 방충망을 친 작은 찬장.

잠시 후 탁자 위에 요리가 놓였다. 장모가 만든 치라시즈시에 는 조개관자가 올라가 있었고, 밥을 가리듯이 달걀부침이 덮여 있었다.

"맛이 싱겁지 않아?"

장모는 늘 사위에게 이렇게 물었다.

"아뇨. 딱 좋아요."

"저녁도 먹고 갈 거지?"

"네."

"그럼 밤에는 고기 먹자. 가오루가 모처럼 사 왔으니."

"아무거나 상관없어요."

"성묘는 몇 시에 갈 거니?"

"아, 밥 먹고 잠깐 쉬었다가 다녀올까 하는데요."

텔레비전에서는 탤런트가 연예계의 폭로전에 대해 이야기하 고 있었다. 둘 다 무심코 보고 있을 뿐이다.

"아, 맞다."

방금 막 생각났다는 듯이 장모가 말을 꺼냈다.

"이따가 사진 찍자. 마당에서도 괜찮으니까."

"사진이요? 왜요, 갑자기?"

자신도 모르게 젓가락질이 멈춰졌다.

"야마가타에 가면서 넣은 필름이 아직 남았거든. 아깝잖아."

쓴웃음을 지었다.

"그런데 왜 하필 제 사진이에요."

"얼마 전에 사진 정리를 하다 보니, 사나에랑 같이 찍은 건 많이 있는데 가오루 독사진은 거의 없지 뭐야. 그리고 보니 사나에 3주기 때 절에서 찍은 게 마지막이었어."

"그러고 보니 그러네요."

"한 살이라도 젊을 때 찍어놓으면 좋잖아."

"이제 안 젊어요."

장모가 두 그릇째 치라시즈시를 줬지만, 구노는 거절하지 않고 그것을 다 먹었다. 예전에 너무 조금 먹는 것 같다는 말을 듣고 나서부터 억지로라도 다 먹게 되었다.

실제로 구노는 적게 먹는 편이었다. 이노우에도 그런 말을 한 적이 있었다. 이상하게도 혼자 있을 때는 많이 먹어도 배부른 줄 모르는데 누군가와 같이 있으면 금방 배가 부르고 만다.

세 그릇째 먹고서야 점심 식사가 끝났다.

장모는 재빨리 탁자 위를 정리하고 사과를 깎아 구노 앞에 놓았다. 장모는 구노가 오면 반드시 과일을 내온다. 남기는 게 싫어서 이것도 억지로 다 먹었다.

장모가 안쪽 방에서 카메라를 가지고 왔다. 어깨엔 어느새 스카프까지 걸치고 있었다.

"그럼 밖으로 나갈까."

"네. 사진 찍고 같이 성묘 다녀오죠."

장모가 정원 쪽 문단속을 했다. 구노는 재킷을 걸치며 현관에서 나왔다.

마당에는 수레국화꽃이 활짝 피어 있었다. 이 꽃 이름은 작년에 장모에게 들어서 알고 있었다.

"가오루, 거기 나무 앞에 서볼래?"

장모가 익숙하지 않은 솜씨로 카메라를 조작한다. 제법 굵은 자갈을 밟으면서 구노는 왠지 부끄럽다는 생각이 들었다.

구노가 나무 앞에 서서 카메라를 바라보자 장모는 셔터를 세 번 눌렀다.

"아직도 남았나요?"

장모가 카메라의 잔여 필름 표시창을 들여다본다.

"이제 두 장 남았구나."

"그럼 이번엔 제가 어머니 사진 찍어드릴게요."

"아니야, 됐어. 어머니는 됐어."

"왜요?"

"그냥."

"그런 게 어디 있어요."

구노가 다가갔다. 장모에게서 카메라를 건네받았다.

"그럼 둘이서 찍자. 참, 그런데 삼각대가 없네."

이번엔 장모의 얼굴이 쑥스러운 듯이 붉어졌다.

"괜찮아요. 제 차에 있어요."

"차에? 희한하네. 늘 차에 싣고 다니니?"

구노가 현관 앞에 세워둔 차로 가 트렁크에서 삼각대를 꺼내왔다. 설치를 한 후 파인더를 들여다보았다.

"어머니, 거기 서 계셔보세요."

자동 셔터로 놓고 서둘러 장모 옆으로 달려갔다. 장모의 어깨를 안는다. 무심코 옆을 보았다가 장모가 생각보다 작아진 데 놀랐다.

장모가 홍조를 띠며 좋아했다. 그것을 보고 같이 웃으면서도 속으론 많이 안타까웠다.

성묘는 장모와 둘이 갔다. 묘비에 물을 끼얹고, 꽃을 꽂고, 향을 피우고, 합장을 했다. 늘 하던 순서였다. 그러고 나서 장모는 "잠깐 스님 좀 뵙고 올게" 하고 먼저 자리를 떴다. 이것도 매번 똑같다. 사나에와 둘만 있게 해주려는 것일 게다. 구노는 허리를 숙이고 지난 보름간의 일을 조용히 보고했다. 이노우에라는 건방진 부하가 있는데 말이야……. 그런 식으로 나누는 부부간의 대화였다.

사나에의 묘는 절의 뒷산을 깎은 경사면에 있었다. 아래쪽이 가격은 더 비쌌지만 전망이 좋다며 제일 위를 골랐다.

사나에와 나란히 마을을 내려다본다. 기지개를 켜며 심호흡을 했다. 구노의 성묘는 보름에 한 번씩, 가슴속을 환기시켜주는 일종의 의식이었다.

성묘를 마치고 돌아온 후에는 딱히 할 일이 없어서 낮잠이나 자겠다고 말한 뒤 구노는 2층 옛 사나에의 방으로 올라갔다. 늘 그랬다.

장모도 뻔히 다 알고 있었으므로 방에는 이부자리가 깔려 있었다. 아마 오전 중에 말렸을 이부자리는 보송보송했고, 햇볕을 쪼인 냄새가 났다.

똑바로 누워 심심할 것을 대비해 가져온 문고본을 폈다. 활자를 눈으로 좇았지만 그다지 머리에 들어오지 않았다. 이것도 매번 있는 일이었다.

책을 편친 채 가슴에 올려놓고 눈을 감았다. 계단 밑에서 텔레비전 소리가 희미하게 들려왔다. 장모는 매일 무엇을 하며 지낼까, 생각해본 적이 있었지만 부질없는 상상이라고 늘 도중에 그만두었다.

그 외에는 대개 사나에에 대해 생각했다. 이 방에서 아내는 공부를 하거나 생각을 했겠지. 그런 공상을 하면 신기하게도 마음속이 따뜻해졌다.

사나에와는 대학생 때 알게 되었다. 같은 세미나의 2년 후배였다. 흔한 캠퍼스 커플로 드라마틱한 러브스토리 같은 건 없다. 하지만 그것은 무뚝뚝한 남자 쪽에서 바라본 면일 뿐, 여자인 사나에 입장에서는 또 다른 스토리가 있었을지도 모른다.

"선배, 장남이에요?"

첫 데이트 때 사나에는 이렇게 물었다.

"나는 홀어머니에 자식은 나 하나뿐이에요. 그래서……."

구노는 무슨 말인가 싶었다. 당황스러워하면서 둘째라고 대답하자 사나에는 얼굴 가득 웃어 보이며 "첫 관문 통과"라고 익살을 떨었다. 짧은 앞머리가 이마에서 찰랑거리며 흔들렸다.

"앞으로 어머니는 내가 모실 거라서 장남인 사람과는 처음부터 안 사귀려고 마음먹고 있었거든요. 나중에 정말로 좋아지면 곤란할 테니까요."

사나에는 이렇게 놀라울 정도로 직설적이었다. 알 듯 모를 듯한 애매한 행동을 한다든가, 일부러 차갑게 대한다든가, 젊은 여자라면 시험해볼 만한 밀고 당기기 같은 것을 전혀 하지 않았다.

"하지만 굳이 데릴사위가 되어달라는 건 아니에요. 구노라는 성 멋져요. 나, 그 성 써도 괜찮을 거 같아요."

사나에는 그 시점에서 자신이 무슨 말을 하고 있는지 깨닫고는 순식간에 얼굴이 빨개졌었다.

"내가 지금 무슨 소릴 하는 건지 모르겠네요."

여고 출신이라 남자에 익숙지 않다고 횡설수설하면서도 열심히 변명을 했다.

그런 사나에를 구노는 귀엽다고 생각했다. 아마도 자신은 그때 사나에를 정말로 좋아하게 됐을 것이다. 짙은 눈썹, 긴 속눈썹, 부드러워 보이는 입술. 얼굴의 모든 부분에 푸릇푸릇한 젊음과 사랑스러움이 있었다.

열여덟 살의 사나에는 갓 부화한 병아리처럼 순수했고, 무방비했다.

단, 직설적인 만큼 주도권 역시 재빨리 잡았다. 두 번째 데이트 때 바로 하치오지의 집으로 구노를 데려가서 어머니에게 소개했던 것이다.

사나에는 손수 만든 요리를 대접한 후 가족 앨범을 보여주었다. 아버지가 중학생 때 병으로 돌아가신 일도, 어머니가 교사여서 늘 집을 봐야 했던 일도 숨김없이 말했다.

"가오루."

그때 이미 사나에는 구노에게 말을 놓았다.

"같이 사진 찍자. 인화해서 우리 집 앨범에 끼워놔야지."

사나에와 둘이서, 그리고 장모와 함께 셋이서도 찍었다. 왠지 일방적으로 족쇄가 채워진 듯한 기분이 들었지만 불쾌하지는 않았다. 오히려 도쿄에 새로운 가족이 생긴 것 같아서 구노는 기뻤다.

사나에와 장모는 자매처럼 사이가 좋았다. 그것은 어쩔 수 없이 속박하는 관계가 아닌, 서로 상부상조하며 살아가는 우정과도 비슷한 관계였다. 사나에는 제멋대로 행동하지 않았고, 장모도 딸이 하는 일에 일일이 간섭하지 않았다.

그 후에도 몇 번인가 같이 어울리면서, 자신은 사나에와 결혼할 것이라고 고작 스무 살밖에 안 된 주제에 어렴풋이 상상했었다.

그것은 너무나도 자연스러워 그 흐름에 몸을 맡겨두고 있다 보면 결혼이라는 골인 지점에 저절로 도착할 것 같은 느낌이었다.

사나에는 결혼하고 싶어하는 마음이 강한 여자였지만 남자 뒤를 묵묵히 따라가는 유형은 아니었다. 대학생 시절의 구노는 검도부의 에이스였기에 시합이 있으면 많은 여학생들이 응원하러 달려왔지만 사나에는 자신의 볼일이 있을 때는 주저없이 그 일을 우선시했다. 봉사활동에 열심이어서 일요일이면 보육시설에 있는 아이들을 데리고 하이킹을 다녀오기도 했다. 찰싹 달라붙어 애교를 떨지도 않았고, 굳이 말하자면 무미건조한 느낌마저 있는 사나에였지만 구노에게는 존경스럽고 사랑스러운 연인이었다.

한발 먼저 졸업한 구노는 도쿄에서 경찰이 되었다. 태어난 규슈로 돌아가는 것은 생각하지도 않았다. 그 무렵에는 사나에와 장래에 대해 이야기하고 있었기 때문이었다.

"나, 엄마 혼자는 못 두거든."

사나에는 드물게 구노의 눈치를 보면서 말했다.

"엄마는 내가 결혼하면 같이 안 살 거라고 말하지만, 난 같이 살고 싶어. 만약 그렇게 하기 힘들다면 근처에서라도 살고 싶어."

물론 구노도 그럴 생각이었다. 시골로 돌아갈 생각은 없다고 말하자 사나에는 안심했는지 눈물을 글썽였다.

그게 사실상의 청혼이었다.

첫 월급으로 그리 비싸지 않은 약혼반지를 샀다. 정신적으로 안정이 됐는지 그 뒤로 사나에는 더욱 인생에 적극적이 되어 자격증 취득에 열을 올리거나 새로운 스포츠에 도전하기도 했다. 구노가 스키를 배운 것은 사나에의 뒤꽁무니를 쫓아다녔기 때문이다. 만약 혼자였다면 게으른 자신은 아무것도 하지 않고 청춘을 보냈을 것이다.

두 사람이 결혼한 것은 구노가 스물일곱, 사나에가 스물다섯 때였다. 장모와 마찬가지로 교사가 된 사나에는 도서 산간 지역과 같은 인구과소지에서 의무적으로 1년 동안 교사 생활을 해야 했으므로 그게 끝나길 기다렸다가 혼인신고를 했다.

"두 사람 모두 공무원이니까 굶어 죽을 걱정은 없겠네."

장모는 결혼식 때 환하게 웃으며 말했다.

사나에도 그렇게 생각했는지 결혼한 시점에 이미 장래 설계를 다 세워두고 있었다.

"스물여덟에 첫 아이를 낳고, 서른에 둘째를 낳은 후 서른셋에 하치오지에 맨션을 사는 거야. 그러려면 매달……."

그런 이야기를 할 때의 사나에는 마치 유능한 은행원처럼 보였다.

"그래서 내가 마흔이 되면 엄마는 일흔하나니까, 그러면 그 집을 개축해서 다 함께 살 수도 있어."

구노는 전적으로 듣는 쪽이었지만 사나에의 계획에 별다른 이견은 없었다. 그리고 자신이 순직이라도 하지 않는 한 그 계획을 실행으로 옮길 수 있을 거라고 믿었다. 애당초 자신의 아내가 교통사고로 죽을 것이라고 예상하는 남자가 이 세상에 어디 있단 말인가.

예정대로 스물일곱에 첫 아이를 임신했을 때 사나에는 허무하게 저세상으로 가고 말았다. 가장 사랑하던 사람이, 마치 텔레비전의 전원을 끄듯이 한순간에 목숨을 잃었다.

장 보러 가던 도중 사나에가 운전하던 경자동차를 덤프트럭이 뒤에서 들이받아 고통을 느낄 겨를도 없이 즉사했던 것이다. 장모도 같이 타고 있었지만 그녀만은 기적적으로 살아났다.

사나에는 그때 자신에게 무슨 일이 벌어졌는지도 몰랐을 것이다.

사실 구노는 그날 이후 며칠간을 전혀 기억하지 못한다. 장례식 때 상주 노릇을 했던 것조차 완전히 기억에서 사라져 있었다.

정신을 차리고 보니 아파트의 어두운 방에서 사나에의 영정을 앞에 두고 털썩 주저앉아 있었다. 전화가 울려서 받자 수화기 너머에서 상사가 일주일의 휴가를 권해주었고, 그동안 내내 울기만 했다. 속에서는 아무것도 받아들이지 않았고, 눈물을 흘리기 위한 수분만 공급해주는 나날들이었다.

복귀하기까지는 몇 개월의 시간이 필요했다.

아니, 솔직히 말하자면 지금도 완전히 복귀했다고 말하기는 어려웠다. 지난 7년 동안 진심으로 웃었던 적이 한 번도 없었고, 약 없이 편안히 잔 적도 없었다. 술에도 안 취했고, 책을 읽어도 그 이야기 속으로 들어갈 수가 없었다. 아마도 이 상처는 평생 치유되지 않을 것이었다.

세상에 대한 흥미도 잃었다. 텔레비전도 안 보게 되었다. 주간지의 표지를 장식하는 특종 보도도, 신랄한 신문 칼럼도, 연예계의 가십도 모두 관심이 없었다.

하지만 최근에는 과연 이렇게 살아도 괜찮은 것일까 생각하게 되었다. 인간은 어떤 경우에 처하든 거기에 익숙해질 수 있다. 사나에의 원통한 죽음에 비하면 자신의 인생에 맑게 갠 날이 찾아오지 않는 건 하찮은 문제였다.

게다가 자신에게는 장모라는 버팀목도 있었다.

사나에가 죽은 후 자신의 슬픔에만 푹 빠져 지냈지만 얼마 후 장모의 존재를 깨닫고 깊이 반성했다. 남편에 이어 딸마저 잃은 장모는 분명 구노보다 훨씬 더 큰 슬픔에 빠져 신을 저주하고 있었을 것이다. 자신만 살아난 것을 못 견디게 괴로워했을 것이다.

왜 진작 장모를 보살펴드리지 못했는지 자책했다. 그리고 효도의 기회를 빼앗긴 사나에를 위해 자신이 그녀 몫을 하자고 생각했다.

어쩌면 그것은 사나에와의 관계를 단절하고 싶지 않다는 의존의 감정인지도 모른다.

장모는 원래 자신을 '나'라고 지칭했었는데 구노가 몇 번이고 오게 되면서 '어머니'라고 바꿔 부르게 되었다. '어머니는'이라는 말이 이제는 자연스럽게 들렸다.

그 변화를 구노는 기쁘게 생각하고 있었다.

규슈의 본가와 소원해진 지금은 사나에의 어머니 한 사람만이 자신의 육친인 것 같기까지 했다.

누워서 몸을 뒤척였다.

괘종시계 소리가 2층까지 들렸다. 아직 오후 3시였다.

장모와 집에 있는 시간은 왠지 천천히 흘러가는 듯했다.

오래 눈을 감고 있었던 덕분인지 뇌에 물감이 번지듯 졸음이 스며들었다. 조금은 잘 수 있을 것 같다는 생각이 들어 자연스레 웃음이 새어 나왔다.

5

일요일 저녁이면 온 가족이 외식하러 나가는 게 이 마을로 이사 온 후에 생긴 습관이었다.

아이들에 대한 서비스이기도 하고, 교코가 일주일에 딱 한 번 저녁 준비에서 해방된다는 의미도 포함되어 있었다.

대개는 국도변에 있는 패밀리 레스토랑에서 아이들에게는 햄버그스테이크를 사주고 자신들도 가끔 기름진 음식을 먹었지만, 이날은 남편인 시게노리가 초밥을 먹고 싶다고 해서 가족 모두가 그에 따르기로 했다.

다만 그것이 회전초밥이 아닌, 시게노리가 자주 가는 고급 초밥집이었다는 데 놀랐다. 자가용을 타고 도착한 곳은 바로 앞을 지나가본 적도 없는 번화가 근처의, 새로 생긴 초밥집이었던 것이다.

"설마, 여기서 먹는 거야?"

차에서 내리기 전에 교코는 남편의 소매를 잡아당겼다.

"그래. 뭐 어때, 가끔 먹는 건데. 경마에서 돈도 땄겠다."

시게노리가 안전벨트를 풀면서 대답했다.

"그건 그렇지만……."

시게노리가 오늘 경마에서 돈을 더 불린 것은 알고 있었지만 그 액수까지는 물어보지 않았다. 예전에 약간 딴 것을 보고 "에게!" 하고 중얼거렸더니 갑자기 화를 낸 적이 있었기 때문이다.

"저기, 얼마나 땄는데? 가르쳐줘요."

소매를 붙잡은 팔을 흔들며 묻자 남편이 의미심장하게 히죽거렸다.

"뭐야, 아이들 앞에서."

"빨리 가요."

뒤에서 겐타가 몸을 내민다. 가오리도 똑같이 고개를 늘어뜨리고 있었다.

"잠깐 기다려."

아이들을 다시 자리에 앉혔다.

"여기까지 와서 따지지 말자고."

"그러니까 너무 비싸잖아, 이런 데. 네 명이 먹으면."

"그렇지도 않아. 전에 회사 사람들하고 온 적이 있었어."

"하지만 여보, 술도 마실 텐데. 그러면 2만 엔 정도 들 것 같은데……."

"뭐, 그 정도야."

"너무 아까워. 회전초밥도 괜찮잖아. 거기, 시민회관 옆에 생긴, 이름이 뭐라더라, 거기 꽤 크거든. 맛도 있고, 만 엔 이하에서 끝날 거야."

교코가 애원했다. 그럴 돈이 있으면 차라리 다른 데 쓰고 싶었다. 옷이라든가, 식기 같은 것이라든가.

그런 아내의 마음을 꿰뚫어본 것인지, 시게노리는 "회전초밥으로 먹고 대신 그 돈으로 옷이라도 사자는 거지?"라고 말하며 교코의 팔을 잡았다.

"맞아."

"알았으니까 그냥 가자."

남편이 개의치 않고 차 문을 열었다.

"옷도 사줄게."

"잠깐만."

"이제 그만해."

"……그럼 비싼 건 먹지 마."

"정말, 당신은 너무 가난에 찌들어 살았어."

시게노리는 어이가 없다는 듯이 웃었다.

정말 얼마나 땄을까. 도박으로 생긴 돈은 기분이 좋기는 했지만 무섭기도 했다.

가게 안으로 들어가자 안쪽 방으로 안내되었다. 나무 냄새가 나는 방을 둘러보며 이런 초밥집에 와보는 게 몇 년 만인가 싶어

감개가 무량해졌다. 집이 생기고 나서는 처음인 것 같았다.

"난 달걀."

겐타가 물수건을 가져온 종업원에게 갑자기 말했다.

시게노리가 웃음을 터뜨렸고, 교코도 어깨에서 힘이 빠졌다. 종업원도 웃고 있었다.

"난 새우."

지지 않고 가오리도 큰 소리로 말했다.

김초밥. 참치. 둘이서 알고 있는 초밥 이름을 모조리 대고 있다.

"어린이용 세트도 있습니다만" 하고 종업원이 말했다.

"겨자는 뺀 거죠?"

"네, 그렇습니다. 후식으로 아이스크림도 나옵니다."

"아이스크림 먹을래."

겐타가 손을 들었다. "나도" 하고 가오리가 끼어들었다.

"조용히들 좀 해."

교코가 애원하듯 말하자 아이들은 겨우 입을 다물었다.

"음료는 어떤 걸로 드릴까요?"

"맥주, 큰 병으로 하나."

시게노리가 대답했다.

"아이들한테는 주스를 시켜줄까. 그리고 안주는 전복하고 흰살 생선 좀 적당히 주고."

뭐라고 말하고 싶었지만 아이들 앞이라 그만두었다. 시게노리는 시원스러운 얼굴로 메뉴판을 바라보고 있었다. 머리를 자른지 오래되어서인지 앞머리가 이마를 덮고 있었다. 그 부분만 묘하게 어려 보인다. 결국 아이들에게는 어린이 세트를 주문해주고, 자신들은 상급 코스를 주문했다.

맥주가 나와서 시게노리가 권하는 대로 딱 한 잔 마셨다.

교코가 전복으로 젓가락을 가져갔다. 쫀득쫀득한 그 맛에 자신도 모르게 얼굴에 웃음꽃이 피어난다. 가끔 하는 사치도 괜찮네, 하는 생각이 들었다.

"나도."

겐타가 말했다. 물론 가오리도 뒤따른다.

"안 돼. 이건 술 마시는 어른들만 먹는 거야."

진지한 얼굴로 딱 거절했다. 그러자 아이들은 조용히 주스를 입으로 가져갔다. 가오리와 겐타는 말을 잘 듣는 편이다.

테이블에 놓인 음식은 교코가 잊고 있었던 훌륭한 초밥이었다. 참치는 슈퍼에서 파는 약간 기름진 것이 아닌, 예쁘게 마블링이 된 것이었다. 붕장어 살은 혀 위에서 녹았고, 뼈는 씹을수록 단맛이 났다.

"맛있네."

더욱 웃음을 감출 수 없었다.

"내가 그랬지. 가끔은 사치 부려도 좋다고."

집을 샀기 때문이기도 하지만 교코의 최대 관심은 절약이었다. 빠듯한 생활은 아니었지만 수입이 빤한 이상 돈을 모으는 방법이라면 절약밖에 없었다. 그래서 최대한 사치는 피했다. 아니, 피했다기보다 죄책감마저 느끼게 되었다. 택시를 타기라도 하면 큰일 났다고 하루 종일 안절부절못할 정도였다.

"저기, 여보."

남편에게 맥주를 따른다.

"돈 가진 사람한테 부탁이 있는데요."

"뭔데."

"정원에 화단 만들고 싶어. 지원해줘."

"좋아."

시게노리가 선뜻 그러마고 해서 교코는 기뻤다.

"전부터 이야기했잖아. 화단 만들고 싶다고. 그래서 뭘 사야하는데?"

"부엽토라든가 비료 같은 거. 그리고 벽돌도."

"벽돌?"

"그래요. 잘 둘러쌓아야 하거든요."

"본격적으로 만들 모양이네. 만들어본 적도 없는데 괜찮겠어? 그냥 업자한테 부탁하지?"

"혼자 만들 거야. 가오리하고 겐타도 도와준다고 했으니까. 그렇지?"

아이들에게 묻는다. 아이들은 제각각 "알았어요" 하고 대답해주었다.

"난 튤립이 좋아."

가오리가 젓가락을 놀리며 말했다.

"튤립은 이제 늦었어. 겨울에 심어두지 않으면 봄에 안 피어."

"그럼 멜론."

웃기려고 한 건지 겐타가 소리쳤다. 부부 역시 웃음을 터뜨렸다.

"바보. 멜론은 꽃이 아니잖아. 과일이야"라고 가오리가 말한다.

"하지만 멜론도 꽃은 피지 않을까. 호박하고 비슷하잖아."

시게노리가 말했다.

"엄마도 그건 모르겠네."

교코가 겐타에게 고개를 저어 보였다.

잠깐 동안 멜론 꽃에 대한 이야기가 오갔다.

그동안 종업원이 와 추가 주문이 없는지 물었다. 시게노리가 붕장어를 더 주문했고, 아이들도 먹고 싶다고 해서 같은 걸 4인분 추가했다.

아이들은 붕장어가 상당히 마음에 들었는지 이게 어떤 물고기인지 물었다. 뱀하고 비슷하다고 남편이 놀리자 아이들은 얼굴을 찡그리면서도 즐거워했다.

겐타가 말을 해서 그런 건 아니었을 테지만 후식으로 멜론이 나왔다. 단, 어른들에게만 주는 것이었고, 아이들에게는 아이스크림이었다. 자기들도 멜론이 먹고 싶다고 저마다 말했다.

"그럼 시킬게" 하고 시게노리가 말했다.

"안 돼요."

하나 정도는 절약하자고 생각했다. 아이들에게 안 좋은 버릇만 들이게 된다.

"엄마 걸 둘이 나눠 먹어. 엄마는 아빠랑 나눠 먹을 테니까."

시게노리도 이때만은 따라주었다. 한 조각을 입에 가득 넣으며 참 맛있는 멜론이라고 생각했다.

계산대에서 음식 값을 계산할 때 남편 뒤에서 넌지시 엿들어 보았다. 역시 2만 엔을 넘었다. 그에 어울릴 만큼 맛있었으므로 만족스럽게 납득할 수는 있었지만, 자신의 아르바이트비 6일치에 해당되는 돈이라고 순간 생각하고 말았다.

집으로 돌아와 아이들을 2층으로 올려 보내고 나서 남편에게 물어보았다.

"저기 말이야, 정말 얼마 정도 딴 거야, 오늘 경마에서?"

"응? 지금까지 잃은 걸 약간 되찾은 것 정도일 뿐인데."

시게노리가 얼버무렸다.

"뭐 어때요, 가르쳐줘."

"……20만 정도."

"정말?"

"정확히 말하면 19만 3천 엔."

"어떻게, 어떻게 딴 거야?"

"어떻게냐니, 예상했던 말이 들어왔으니까 그런 거지."

"끝내준다."

"그래서 따는 날이 있으면 잃는 날도 있다고 했잖아. 경마는."

"정장 사줘."

"그래, 그래."

시계노리가 웃고 있었다.

"머리도 자르고 싶어."

"그래. 미용실이든 피부관리실이든, 어디든 가."

시계노리는 당장 지갑에서 5만 엔을 꺼내서 교코에게 주었다. 교코가 억지스러운 애교를 좀 떨었더니 만 엔을 더 주었다. 기분이 좋아진 교코가 시계노리를 껴안으며 볼에 키스를 해주자, 시계노리는 어울리지 않게 부끄러워했다.

두 사람은 나란히 침대에 들었다. 혹시나 싶었지만 시계노리는 먼저 잠에 빠져버렸다.

그날 밤 교코는 쉽게 잠들지 못했다.

뜻하지 않았던 수입에 기쁘기는 했지만 순수하게 그럴 수만은 없었던 것이다.

이런 날은 대체로 그랬다. 마음속에 먹구름이 조금 끼어 있었다. 한 번쯤 시계노리를 따라 경마장에 가서 돈 따는 것을 직접 목격하면 어느 정도 마음이 개운해질 터였다.

5년 전에 잠깐 돈과 관련한 사건이 있었다. 그때 이후로 교코의 마음속에는 열고 싶지 않은 문이 생기고 말았다.

새로운 한 주가 시작되고, 아이들이 봄방학에 들어갔다.

교코는 아이들에게 자신의 휴대전화 번호를 적어주며, 무슨 일이 있으면 옆집 아주머니에게 부탁하라고 일러두고 아르바이트를 하러 가기 위해 집을 나왔다. 물론 옆집 사람에게는 미리 이야기를 해두었다.

가오리와 겐타를 집에 남겨두고 일하러 가는 것은 불안했지만, 겨울방학 때 단단히 결심하고 집을 지키게 했었는데 생각보다 훨씬 가오리가 잘해주어서 이번에도 일을 계속하기로 했다. 직장에 대한 배려도 있었다. 자기 집 사정만 우선시한다면 가게 측에서도 곤란해질 것이다.

출근하자마자 사무실에서 나오는 기시모토 구미와 맞닥뜨렸다.

"안녕. 무슨 일이야?" 하고 교코가 물었다. 사무실에 무슨 용건이냐는 의미로 물었던 것이다.

"근무시간 좀 변경하고 싶어서, 점장한테요."

"아, 유아원도 봄방학이구나."

구미에게는 네 살짜리 아들이 있었다. 걸으면서 이야기를 나누었다.

"그게 아니라 풀타임으로 일하려고요."

"정말?"

"네."

늘 밝은 성격의 구미가 어두운 얼굴을 하고 있었다.

"이번에 남편 월급이 줄었거든요. 그래서."

"……흐음. 불경기구나, 어디든."

구미의 남편이 인쇄소 영업사원이라는 것은 예전에 들어 알고 있었다. 뭐라고 말해야 좋을지 몰라서 그냥 말없이 걸었다. 대기실로 들어가 구미 것까지 차를 타주었다. 너무 참견하지 않는 게 좋을 것 같았다. 자신이라면 집안일을 꼬치꼬치 캐묻지 않았으면 싶을 것이다.

하지만 먼저 와 있던 니시오 도시코가 가만히 있지 않았다. 구미가 풀타임으로 바꾸려 한다는 말을 듣고는 질문 공세를 퍼부었던 것이다.

"야근수당이 너무 줄었어요."

구미가 찻잔에 입을 대면서 말했다.

"야근수당으로 집 산 대출금 갚아나가고 있었는데."

"그 나이에 맨션 같은 걸 사니까 그렇지."

공공주택에 사는 도시코가 비난 섞인 말투로 말했다.

"그럴까요."

"그러니까, 남편이 아직 서른도 안 됐잖아."

"그렇죠."

구미가 힘없이 고개를 끄덕였다.

"으음, 그래도 재산이잖아. 산 건 잘했어."

구미의 그 모습이 불쌍해 보여서 교코가 두둔하고 나섰다.

"괜찮아. 지금만 좀 참으면 금방 괜찮아질 거야."

구미는 "그렇겠죠?" 하며 조심스럽게 살짝 웃었다.

"오이카와 씨 남편은 야근수당 안 줄었어요?"

"글쎄. 월급 명세서를 안 보여줘서."

"정말요? 안 보여주세요?"

"억지로 안 보여주는 건 아닌데, 우리 집은 언젠가부터 그렇게 해오고 있어. 하지만 25일에 은행에서 통장 찍어보면 액수는 알 수 있으니까."

"거기에서 남편 분 용돈도 주시는 거예요?"

"그게, 우리 남편 회사는 좀 독특해서 격려금이라는 명목의 수당이 다른 날 직접 나와. 5만 엔 정도인 것 같던데. 남편은 그걸 용돈으로 쓰고 있어."

"흐음……."

구미는 희한하다는 듯이 교코를 보고 있었다.

교코가 남편의 월급 명세서를 안 본 지 벌써 2년이 된다. 언젠가 한번 보여달라고 했다가 "버렸어"라고 무뚝뚝하게 대답하는 소리를 들은 후엔 다시 보여달라고 하기가 어려워졌다. 왠지 두려운 것도 사실이었다.

"애는 어떡할 건데?"

"친정엄마한테 부탁해볼까 생각하고 있어요. 걸어다닐 거리는 아니지만 자전거 타면 20분 정도니까."

"매일 맡기러 가야겠네. 그것도 힘들겠다"라고 말하는 도시코.

"운동한다 생각하면 되지, 뭐."

교코는 조금이라도 구미를 위로해주고 싶었다.

"사실은 정사원이 되고 싶어요. 같은 일을 해도 아르바이트 사원과 정사원 월급은 완전히 다르잖아요. 보너스도 아르바이트 사원에게는 없고. 보험도 안 되고."

"점장한테 부탁해봤어?"

"네."

구미가 부루퉁하게 입을 오므렸다.

"사원 모집은 하지 않는대요. 게다가 정사원이 되면 그리 간단히 그만둘 수도 없대요. 듣고 보니 그도 그래요……."

"아, 맞다."

도시코가 문득 소리쳤다.

"어젯밤에 이상한 전화가 왔어. 당신들 집에는 안 왔어?"

"이상한 전화라니요?"

"여기 가게 사람한테서. 안 왔어?"

"안 왔는데요."

교코와 구미가 각각 대답했다.

"다마 점에서 아르바이트하는 사람인 것 같던데, 혼조 점에서는 아르바이트 사원이 무슨 계약서에 사인했는지 묻더라고."

"무슨 계약서요?"

"모르겠어. 잊어버렸어."

"다마 점이라면 스마일 본점인데."

교코는 차에 다시 물을 부었다.

"그래. 전화한 건 여자였어."

"그래서요?"

"오이카와 씨, 여기 들어올 때 무슨 계약서에 사인 안 했어?"

"으음. 기억 안 나는데."

구미를 보자 그녀도 고개를 가로젓고 있었다.

"나도 안 했는데. 그래서 기억이 안 난다고 하니까 그 사람이…… 뭐였더라. 분명 고무로라는 이름이었던 것 같은데, 여러 가지를 묻더라고."

도시코가 여기까지 말한 후 목소리를 갑자기 낮췄다.

"들어올 때 노동조건에 대한 설명은 들었는지, 또는 고용보험은 들었는지 등등."

"그게 뭐죠?"

"모르겠어. 그래서 기분이 나빠져서 어떻게 우리 집 전화번호를 알았느냐고 물었더니, 회사의 명부를 보고 알았대. 거기에서 오랫동안 아르바이트한 사람을 골라서 걸어본 거라고 하대."

"무슨 세일즈 같은 거 아닐까요?"

"나도 처음에는 그렇게 생각했어. 하지만 깍듯이 예의를 갖춘 데다가 아르바이트라서 회사 일은 잘 모른다고 했더니 그럼 됐다면서 순순히 물러나더라고."

"그 사람도 아르바이트 사원이라고요?"

"그렇다던데."

가게 안의 차임벨이 울렸다. 시간이 다 되어서 이야기를 거기에서 중단했다.

"수고들 해."

도시코가 장화를 신으면서 일일이 말을 건넨다. 순서대로 타임카드를 찍으면서 1층으로 내려갔다.

평소처럼 조회가 있었고, 사카키바라 점장은 무미건조한 얼굴로 업무 연락사항을 알려주었다. 아침이니까 조금만 더 활기차 보였으면 좋겠다고 생각했지만 성격이 그렇지 못할 것이다. 젊은 여사원에게 상품 보충에 대해 주의를 주면서도 눈을 보려고 하지 않았다.

그 후 이케다라는 과장이 근무한 지 5년이 되는 아르바이트 사원이 오늘 그만둔다고 알려주었다. 좀 더 먼 외곽지역에 집을 구입한 모양이었다.

이케다 과장이 그간의 노고를 치하하는 말을 하고 모두 박수를 쳐주었다. 부하 직원에게 그런 일을 시키는 것만 봐도 사카키바라 점장은 이런 의사소통을 피하고 싶어하는 데가 있었다.

이날은 가게에 작은 말썽이 두 가지 벌어졌다.

바깥의 자전거 보관대에서 자전거가 도미노처럼 쓰러져 손님이 다친 것이다. 그것이 첫 번째.

재수 없게도 교코가 그 자리에 있었다. 계산대가 한가해져서 잠시 밖에 나와 어지럽게 세워진 자전거들을 가지런히 정리하고 있었는데 지나가던 한 주부가 자전거에 부딪히는 바람에 세워져 있던 자전거들이 차례로 쓰러졌다. 그 끝에 있던 게 한 할아버지였다. 노인은 엉덩방아를 찧고는 잠시 일어나지 못했다. 반찬거리와 달걀이 길 위에 흩어졌다.

주부는 도망쳤다. 노인에게 그 사실을 말하자 보고도 놓쳤다며 교코를 나무랐다. 찾아내서 사과시키라고 노인네다운 고집으로 다그쳤다.

결국 점장이 돈을 쥐여주고 수습했다. 슈퍼마켓의 손님은 대부분 주부거나 노인이다. 공통점은 불같이 화가 나면 수습할 길이 없다는 점이었다. 푸념을 늘어놓을 상대나 발산할 만한 장소가 얼마 없기 때문인지도 모른다.

두 번째는 아르바이트 사원끼리의 다툼이었다.

교코가 대기실에서 점심 식사를 하고 있을 때 일이 벌어졌다. 유기농 야채 택배 시스템을 주변 사람들에게 권유하던 이소다의 말을 듣고 계약했던 젊은 주부가 이의를 제기하면서 싸움은 시작됐다. 두 사람을 포함한 몇 명은 대기실에서 특가상품을 봉투에 담고 있었다.

"그건 당신의 혀 때문이야. 농약을 친 야채만 먹었기 때문에 진짜 야채의 맛을 모르는 거지."

빨간 블라우스를 입은 이소다가 모두에게도 잘 들리도록 크게 이야기했다.

"그런가……?"

처음에는 젊은 주부도 조심스러웠다.

"그래. 진짜 야채에는 깊은 맛이라는 게 있거든."

"하지만 이소다 씨가 단맛이 있다고 처음에 이야기했잖아요."

"단맛도 있지. 못 느꼈어? 말해두는데 케이크 같은 그런 단맛이 아니야. 아련한 단맛이지."

"난 모르겠던데."

"그러니까 혀가 아직 어른스럽지 않은 거야. 아니면 요리 방법이 안 좋았거나."

"뭐라고요!"

이때부터 젊은 주부의 얼굴이 굳어지기 시작했다.

"분명 늘 만들던 대로 만들었어요."

"화학조미료를 썼겠지."

"쓰긴 했지만."

"거봐. 안 돼, 그런 걸 쓰면. 뒷맛이 전부 합쳐져 버리거든. 원래부터 재료에 맛이 있는데, 왜 그런 걸 사용하는지."

이소다가 거침없이 지껄여댔다. 작업하던 손길은 이미 예전에 멈춰 있었다.

"알았어? 오가닉*이란 건 생활에 '안전'을 추구하기 위한 방식이야. 농약을 계속 섭취해 암에 걸리지 않도록 인간 본래의 생활 방식으로 돌아가자는 운동이지. 그를 위해서는 우선 자신이 먼저 변해야만 해. 환경 호르몬이란 거, 당신도 알고 있지? 공부도 필요한 거야. 당신, 장보기가 귀찮다거나 그런 이유로 산 건 아니지?"

● organic. 화학비료나 농약을 사용하지 않은 야채나 첨가물을 넣지 않은 식료품 등을 일컫는 말.

"아뇨. 장보기 정도는 늘 해요."

"여기서 파는 야채를 한번 봐. 토마토 같은 건 기분 나쁠 정도로 색도 모양도 일정해. 우선은 주변부터 의문을 갖는 게 중요하다고."

"그건 이제 됐고요."

"되긴 뭐가 돼?"

"됐어요."

젊은 주부가 결심한 듯이 말했다.

"내 미각이 잘못되었든 요리를 못하든 그런 건 이제 됐어요. 그보다 왜 이소다 씨가 권유한 건 해약을 안 해주는 거죠?"

교코는 고개를 숙인 채 귀만 기울이고 있었는데, 그 말을 듣고서야 얼굴을 들었다. 목소리는 이미 온 방에 다 들리도록 크게 울리고 있었다.

"그건 말이야, 건강을 위해 당신이 유기농 야채를 계속 먹었으면 좋겠는데, 당신 마음이 금방 바뀔지도 몰라서 일단 기간을 두고 있는 것뿐이야."

"아니잖아요. 지금 해약하면 위약금을 물어야 한다거나 그런 소리를 했잖아요."

"거짓말하지 마."

이소다의 그 말은 젊은 주부에게 한 것이라기보다 주변에서 듣고 있는 여자들에게 한 소리 같았다.

"게다가 이상한 회보를 일방적으로 보내고 그 대금까지 청구했으면서."

"그건 쓸모 있는 잡지였어."

"대체 왜 유기농 잡지에 학교 교육이 위태롭다거나 예지 능력이 어쨌다거나 하는 기사가 실려 있는 거죠? 이상하잖아요."

"그게 그러니까, 오가닉이라는 건 단순히 유기농 야채를 먹는게 아니라 하나의 운동이라고 말했잖아. 인간이 인간답게 살기위한 정책인 거야."

이소다는 강경한 말투로 젊은 주부를 몰아붙였다.

"이건 정말 명예훼손이야. 당신, 오가닉을 이해하기엔 교육 수준이 조금 낮은 것 같군. 아, 권유한 내가 바보였는지도 모르지."

"잠깐만요, 교육 수준이 뭐가 어쩌고 어째요?"

젊은 주부도 가만있지 않았다.

"저기, 이제 그만들 하지."

옆에서 듣고 있던 나이 지긋한 여자가 더 이상 참지 못하고 말렸다.

"보라고, 아직 식사 중인 사람도 있어."

모두 교코 쪽을 보았으므로 미소로 대답해주었지만 뺨이 살짝옥죄어 들었다.

젊은 주부는 얼굴을 붉히며 방에서 나갔다. 눈에 눈물이 고여있었다.

"여러분, 오해 마세요."

이소다가 비위를 맞추려는 목소리로 말했다.

"오가닉이란 건 몸에도 마음에도 좋은 거랍니다."

괜히 얽히지 말자 싶어서 눈을 마주치지 않으려 했다.

교코는 바로 자리에서 일어섰지만 소동은 그 후에도 계속된 모양이었다. 다시 돌아온 젊은 주부와 이소다가 상품을 마구 집 어던지며 싸웠다는 것이다.

그 이야기를 듣고 교코는 둘 중 한 사람은 그만둘 것이라고 생 각했다. 이소다라면 다행이겠지만 아마도 그만두는 쪽은 젊은 주부일 것이다.

그날 저녁 식사는 아이들과 셋이서 스키야키를 해먹었다. 스 마일에서 쇠고기를 특판하는 날이었으므로 마침 사가지고 돌아 온 것이다. 남편은 숙직이었으므로 4백 그램밖에 사지 않았다. 시게노리가 근무하는 회사는 창고가 있기 때문인지 사원들이 돌 아가며 숙직을 한다. 오늘 밤은 원래 숙직이 아니었지만 부하 직 원의 부탁으로 바꾸게 된 모양이었다. 남편네 회사에서는 흔한 일이었다.

"오늘."

가오리가 밥을 입에 넣은 채 말했다.

"겐타, 공원에서 울었어."

"정말?"

겐타를 보자 아니라는 듯이 입술을 삐죽거렸다.

"그네에서 떨어져서 울었잖아."

"아니야."

"그럼 뭐야."

식탁에서 어린 남매의 싸움이 시작되었다. 늘 있는 일이었다. 말리면서도 교코는 마음 한편으로 웃음을 지었다.

떠들썩한 게 좋다. 자식을 둘 낳은 것은 정말 잘한 일이었다. 남매는 무슨 일이 생기면 서로 돕고 살 테니까. 두 아이에게 싸움은 성장하기 위한 의식 같은 것이다.

식사가 끝나자 아이들은 하루 30분으로 정해놓고 있는 비디오 게임을 시작했다. 아이들이 '낮에는 하지 않겠다'라고 했으므로 믿을 수밖에 없다.

교코는 뒷정리를 하고 나서 목욕물을 데우며 탁자에서 신문을 봤다. 평소에는 대충 훑어보는 정도였지만 석간에는 그리 거북하지 않은 기사가 많아서 한가한 시간엔 종종 펼쳐보곤 했다. 백화점 행사 광고 면을 보고 있을 때였다.

전화벨이 울려서 받아보니 모르는 여자의 목소리였다. "저, 스마일에서 아르바이트 근무하시는 오이카와 교코 씨 계신가요?" 하고 상대편에서 말했을 때 바로 도시코의 이야기가 떠올랐다. 어젯밤 도시코의 집에 걸려왔던 전화가 오늘 밤에는 자신에게 온 것이다.

"저는 다마 점에서 아르바이트하고 있는 고무로 가즈요라고 합니다. 밤늦게 죄송합니다. 저, 지금 전화 받으실 수 있나요?"

정중한 말투였다. 머뭇거리는 기색이 수화기 저편에서 전해져 왔다.

"네, 상관없습니다만."

꺼림칙하면서도 교코는 그렇게 대답했다.

"실은 명부를 보고 전화를 드리게 됐습니다. 오이카와 씨는 스마일에서 근무하신 지가 1년 되신 것 같던데요."

"네, 그렇습니다."

"근무를 시작하실 때, 혼조 점은 사카키바라 씨라는 분이 점장이라고 알고 있는데, 그 점장과 어떤 계약을 하셨나요?"

"계약……이라뇨?"

뭐라고 대답할 말이 없었다. 뭔가에 사인을 한 기억은 있었지만 그것은 간단한 계약서 같은 것이었으리라. 그만둘 때는 한 달 전에 통보해야 한다거나 세 번 지각하면 한 시간분의 시급이 깎인다거나 하는.

그렇게 말하자 여자는 "그럼, 고용통지서는 보지 못하셨군요" 라고 이쪽 눈치를 보듯이 말했다.

"고용통지서라고요?"

이제야 비로소 물어보는 말투가 되었다.

"근무일이나 휴가, 그리고 임금 등이 적힌 서류 말입니다만."

"아뇨, 그건 모릅니다."

"그렇다면 구두로만 나눈 약속인 건가요……?"

"네, 그런 것 같은데요."

그제서야 생각났다. 개인 면접 때 사카키바라는 구두로 이해를 구했던 것이다.

"덧붙여 유급휴가는 받은 적이 있나요?"

"아뇨."

수화기를 귀에 댄 채 고개를 저었다.

"그게, 아르바이트라서."

"아르바이트라도 유급휴가는 있어요. 6개월 이상 근무하면."

"그런가요?"

"그래요. 급료를 받으면서 쉴 수 있습니다. 게다가 1년 이상 근무하고 연 수입이 90만 엔 이상이 될 가능성이 있으면 고용보험에도 들게 됩니다."

"……전 그런 데 그리 밝지 않아서요."

"회사가 숨긴 겁니다. 아르바이트 사원이 그런 걸 잘 모른다고 함부로 대하는 거죠."

"네에……."

대꾸는 했지만 경계심이 일었다. 귀찮은 일에 말려들지 않았으면 좋겠다고 생각했다.

"한번 만나뵐 수 없을까요?"

여자가 말했다.

"오이카와 씨를 만나서 꼭 이야기해드리고 싶은 게 있습니다."

교코는 당황스러웠다. 대관절 왜 나한테?

"저기……. 고무로 씨라고 하셨죠?"

"네."

"왜 저인가요? 고무로 씨는 어젯밤에 니시오 도시코 씨라는 분께도 전화하신 것 같던데."

"니시오 씨가 말씀하셨나요?"

"오늘 아침에 들었습니다."

"그런가요."

수화기를 통해 고무로라는 여자가 쓴웃음을 짓고 있음을 알 수 있었다.

"니시오 씨에게는 일단 비밀로 해달라고 부탁드렸었는데. 역시 그분은……."

"네?"

"죄송합니다. 이렇게 말씀드리면 실례인 줄 알지만, 니시오 씨는 무슨 이야기인지 이해를 잘 못하셔서서 포기했습니다. 그래서 어떤 분에게 말씀드리면 좋을까 하고 이력서 사본을 보고 있자니, 오이카와 씨가 여대를 나오셨더라고요. 그래서 그런 분이라면 알아주실 거라고 생각했습니다."

"네에……."

여대라고 해봤자 단과대학이었다.

교코가 조용히 있자, 여자는 "수상한 전화라고 생각하셔도 어쩔 수 없답니다"라고 말하며 약간 웃었다.

"아뇨, 그렇지 않아요" 하고 교코도 쓴웃음을 지었다.

"괜찮습니다. 보통 사람이라면 당연히 경계하리라 생각합니다. 뭔가를 팔려고 하는 게 아닌가 싶어서요. 하지만 그런 건 아닙니다. 아르바이트 사원들의 처우를 조금이라도 좋게 해보려고 활동하는 것뿐입니다. 오이카와 씨, 만나주지 않으시겠습니까? 30분이면 됩니다. 여쭤보고 싶은 것도 있고, 아마 오이카와 씨 쪽에서 저한테 묻고 싶은 것도 있을 테니까요. 만약 만나서 제 이야기에 찬성할 수 없으시다면 그때는 두 번 다시 연락드리지 않을게요."

"그래도 저 같은 사람 만나봤자……. 정말, 그냥 아르바이트 거든요."

"괜찮습니다. 사실 기타타마 점이나 마치다 점 등 각 지점에서 아르바이트하시는 분들과는 이미 만났습니다. 혼조 점만 적당한 분을 찾지 못해서. 정말로 부탁입니다. 그리고 절대 폐 끼치지 않을게요."

"네……. 정 그러시다면."

거절하고 싶었지만 그 말이 입 밖으로 나오지 않았다.

"네, 정말 고맙습니다."

여자가 전화 저편에서 들떠 있다는 게 목소리로 느껴졌다.

고무로라는 여자는 시원스레 만날 날짜와 장소를 댔고, 알았다고 몇 번 고개를 끄덕였는데, 어느샌가 3일 후 오후에 아르바이트 끝나고 만나기로 정해져 버렸다.

3일 후가 된 것도 내일과 모레는 아동관에 가서 선생님들을 도와주는 날이라고 교코가 말했기 때문이었는데, 어쨌든 상대방은 한시라도 빨리 만나고 싶은 모양이었다.

교코는 만일을 위해 연락처를 물어보려고 했는데, 그보다 먼저 상대편에서 전화번호를 알려주었다. 상식이 아주 없는 사람이 아니라서 그나마 안심이 되었다.

여자는 마지막으로 "가게 측에만은 비밀로 해주세요"라고 말했다. 아마 아르바이트 동료들에게 말하는 것만은 어쩔 수 없다고 생각했을 것이다.

수화기를 내려놓고 한숨을 내쉬었다.

무슨 상품 권유라면 단호히 거절할 자신이 있었다. 하지만 이번에는 그런 게 아니었기 때문에 등을 떠밀린 모양새가 되고 말았다.

뭐, 할 수 없지. 적어도 나쁜 사람은 아닌 것 같으니까.

시계를 보자 어느새 30분이 지나 있었으므로 서둘러 아이들을 방으로 들여보냈다. 목욕물을 데우고 있었던 것도 생각나 달려가 보니 이미 손도 넣을 수 없을 정도로 끓고 있었다.

6

아침에 부서장실로 호출되었다. 하나무라 건은 어떻게 됐는지 보고하라는 것이었다. 구노는 창밖으로 3월의 하늘을 바라보며 구도에게 "진전이 없습니다"라고 간결하게 대답했다. 구름은 하늘 전체에 얇게 퍼져 있었고, 그 안에서 파란색이 비쳐 보이고 있었다.

실제로 하나무라는 조심하고 있는 것인지 여자의 가게나 맨션에 출입하지 않고 있었다. 전부터 소문이 있던 도박장에도 발을 들이지 않았다. 여자는 여자대로 가게와 집만 오고 갈 뿐 지극히 평범한 매일을 보내고 있었다.

하나무라는 수순을 밟으려 하고 있는 것 같았다. 먼저 현재의 아내와 헤어지고 나서, 여자는 일단 물장사에서 발을 빼게 한 후 혼인신고를 하려는 것이다. 그렇게 되면 복무규정을 들이미는 것은 쉽지 않게 된다.

"외박한 적이 한 번도 없었나?"

구도가 듣기 좋은 목소리로 물었다.

"적어도 제가 본 바로는요."

구노는 조용히 고개를 저었다.

"폭력단 놈들하고도 아무 일 없고?"

"그러니까 하나무라 씨는 요즘 퇴근하면 바로 집으로 돌아가고 있습니다. 낮의 일까지는 모르겠습니다만."

구도는 조용히 구노를 바라보며 담배에 불을 붙였다. 굴곡이 뚜렷한 얼굴의 구도가 이맛살을 찌푸리자 마치 외국영화의 한 장면처럼 보였다.

"뭐, 일이주일 안에 결판이 나겠지."

의자의 등받이를 삐걱대며 연기를 깊이 들이마셨다.

언제까지 계속될까. 구노는 진절머리가 났다.

"안심해. 뭔가 일이 벌어지면 해방될 테니."

안 좋은 기색이 얼굴에 드러났는지 구도는 다 알고 있다는 듯이 말했다.

"실은 본청에서도 문의를 해왔어."

"감찰인가요?"

"그래, 소문은 빠르거든. 가능하면 우리 쪽에서 끝내고 싶었는데."

경시청의 경무부 인사1과에는 감찰계라는 부서가 있었다. 감찰계에서는 조직 내의 불온분자나 불상사를 일으킨 경찰을 조사해 처분하는 일을 한다. 그도 그럴 만한 게, 하나무라는 본청 사람들이 있는 앞에서 구도에게 따지고 든 것이다.

"말해두는데, 하나무라가 말하는 건 다 그놈 망상이야. 난 내배 살찌우자고 돈을 쓴 적 없어."

구도가 먼저 돈 이야기를 꺼내 구노는 깜짝 놀랐다. 간부가 경부 이하의 사람에게 이런 이야기를 하는 경우는 거의 없었다.

"상공회 놈들과 술 같은 거 마셔서 뭐가 즐겁겠나. 너라면 알 테지. 나는 그 시간에 차라리 독서라도 하고 싶다니까. 지역 상공회 따위는 국회의원에게 꼬이는 유권자나 다름없어. 내가 방파제 역할을 하지 않으면 서장이 휘둘릴걸. 교통법규 위반을 좀 봐달라거나, 길을 하나로 좀 내달라거나."

잠시 사이를 두었다. 말이 지나쳤다고 생각했는지 구도는 복잡한 얼굴로 콧등을 긁었다.

"너도 윗사람이 돼보면 다 알 거야. 조직에는 온갖 얽히고설킨 것들이 있어. 여기에서 혼자만 빠져나가는 건 불가능해."

담배를 재떨이에 눌러 끄며 크게 기지개를 켰다.

풀 먹인 와이셔츠에서 바스락거리는 소리가 났다. 구도가 약간이라도 구겨진 셔츠를 입고 있는 것을 구노는 한 번도 본 적이 없다.

구도가 의자를 회전시키며 창밖으로 눈을 주었다.

"그런데 넌 언제까지 경부보로 있을 셈이냐?"

"네, 그게, 뭐, 조금 더 있다가……."

갑작스런 질문에 구노가 말을 더듬었다.

"모처럼 한가한 서로 옮겨 왔으니까 시험공부 좀 제대로 해봐. 삼십 대에 경부가 되면 말년에 편하다고."

"네……."

"경부가 돼서 본청으로 돌아가. 내가 추천해줄 테니."

"알겠습니다."

"그만 나가봐도 좋다."

그 말에 구노는 방에서 나왔다. 고개를 좌우로 꺾자 뼈에서 우두둑거리는 소리가 났다.

함께 본청에 있을 때 구도는 구노의 상사였다. 신참이었을 무렵에는 지도관이기도 했다. 부하들이 좋아하는 상사라고는 말할 수 없었지만 내리는 지시는 정확했다.

구도에게서 끊임없이 배운 것은 탐문 방법도 감을 예리하게 만드는 법도 아닌, 조서 쓰는 방법이었다. 형사의 능력은 작문 실력이라고 구도는 늘 말했다. 피의자가 어떻게 범죄에 이르렀는지 간결하고 명료한 문장으로 만들어서, 검사를 얼마나 납득시키는지가 형사에 대한 평가 기준이라고 구도는 조용한 눈으로 말했었다. 피의자는 때로 말주변이 없어서 자신의 기분을 제대로 전달하지 못하므로 형사가 그것을 보충해주어야만 하기 때문이다. 구도가 쓴 진술 조서는 늘 과 내에서 표본이 되었고, 때로는 젊은 검사가 몰래 비법을 물어온 적도 있었다. 그는 이론가였다.

그런 만큼 부하 직원들을 데리고 술을 마시러 돌아다니거나 규정에 어긋나는 행동을 하는 경우가 없었다. 이렇다 할 무용담도 없었다. 사건이 해결되면 혼자 집으로 돌아갔다. 다른 사람과 일정한 거리를 두는 구도의 태도가 주변의 눈에는 어쩔 수 없이 차갑게 비쳐졌다. 그런 점이 부하들의 오해를 부른 것인지도 모른다.

형사부실로 돌아오자 사에키 주임이 말을 걸어왔다.

"이봐, 커피라도 한잔하러 갈까."

사에키가 눈을 치뜨며 노려보고 있었다. 화나지 않았어도 그렇게 바라보는 게 이 남자의 버릇이었다.

"커피는 여기도 있잖아요."

"바보. 여기 커피에는 자백제가 섞여 있다는 소문이 있어."

그렇게 말하며 입꼬리만으로 웃었다.

"밖으로 나가자. 뒤쪽에 있는 '셔플' 어때. 지금 시간이면 아직 모닝 서비스 시간일 거야."

"아침 안 드셨어요?"

"그래."

사에키가 일어서며 상의를 걸쳤다.

정리할 서류가 있었지만 급한 게 아니었으므로 나중에 하기로 했다. 사에키가 앞서 걷고 구노가 뒤를 따랐다. 사에키는 경찰서 내에서 유명인사여서 가는 도중에 만난 사람들 대부분과 인사를 나누었다.

뒷골목으로 통하는 출구로 나와서 보니, 경찰서 마당에 있는 벚나무의 꽃이 거의 다 피어 있었다. 그 꽃잎들이 봄바람을 맞으며 잘게 흔들리고 있었다. 가볍게 심호흡을 하자 벚꽃 향이 코를 스쳤다.

둘이 문을 지났다. 사에키가 넥타이를 풀며 짧은 목을 한껏 늘어뜨린다.

"사모님, 파업 중이신가요?"

"응?"

"아침 못 드셨다는 걸 보니까요."

"아니야. 큰 녀석 때문이야."

"……다카아키 군이라고 했던가요."

"그래. 아침에 경련을 일으켜서 병원에 데려갔거든. 둘째 녀석은 편의점에서 샌드위치를 사다가 먹였지만 나는 시간이 안 돼서."

근디스트로피증* 이라고 들었던 게 생각났다. 장애를 가진 자식이 있으면서도 늘 밝게 생활하는 모습이 구노는 존경스러웠다.

사에키는 전근을 바라지 않았다. 집안 사정 때문에 혼조 서에서 계속 근무하길 희망한다고 본청 인사과에도 이미 밝혀두었다. 사에키는 일개 형사로서 이 동네에 뼈를 묻을 것이다.

카페에 들어서자 생활안전과 직원들이 안쪽 테이블에서 담소

---

* 筋dystrophy症. 신체의 근육이 긴장되고 위축되며 호르몬 이상과 대사장애가 나타나는 우성 유전병.

를 나누고 있었다.

"야아, 봉 잡았네. 커피값 내."

사에키가 농담 반 진담 반의 말투로 그들에게 말을 던졌다. 구노에게 턱으로 창가 쪽 테이블을 가리키며 그쪽으로 가 앉았다.

"모닝커피."

묻기도 전에 사에키가 나이 많은 여자 종업원에게 말했다. 구노도 커피를 주문했다.

물수건으로 얼굴부터 목덜미까지 닦으며 사에키가 몸을 앞으로 내밀었다.

"너, 하나무라 열받게 했냐?"

생각지도 못했던 질문에 구노는 뭐라고 대답할 말을 찾지 못했다.

"어떻게 된 거야. 하나무라 자식, 구노만은 용서 못 한다고 씩씩대는 모양이던데."

"……누구한테 들으셨습니까?"

"마루보의 젊은 애한테서. 당연히 그놈도 어디에서 들었겠지만."

"그랬군요."

"대충 짐작은 하고 있었어. 입이 가벼우면 형사 같은 거 못 해 먹으니까 자세한 건 너한테도 못 물어보고 있었지. 하나무라는 이제 끝장이야. 누구나 다 알고 있다고."

구노는 말없이 컵의 물로 입술을 적셨다.

"불쌍하게 됐어. 동료들도 모두 기피하니. 불똥이 괜히 자기한테도 튈까 봐 무서운 게지."

"주임님은 하나무라 씨와 사이가 좋다고 하지 않으셨나요?"

"무슨 소리야, 그런 못된 놈하고 누가. 배짱이나 성격 좋은 건 인정하지만 그를 따르는 놈들은 대개 못된 놈들뿐이지. 벤츠나 타고 돌아다니고 말이야. 분명 야쿠자한테 뒷돈 받았을 거야."

마침 나온 커피에 설탕을 두 스푼 넣었다. 우유를 따르고 잔 안에서 소용돌이를 일으키며 섞여 들어가는 모습을 바라보았다.

"너, 술집 앞에서 그 작자 여자를 감시했던 거냐? 누구더라, 작년 봄까지 우리 서에 있었던 와키타인가 하는 여경 말이야."

자신도 모르게 고개를 들었다.

"미안하다. 대답하지 않아도 돼. 하지만 어떻게 된 일인지 그게 알려져서 하나무라가 그렇게 날뛰는 모양이야."

"그 자식……."

그날 밤 만났던 야쿠자의 얼굴이 떠올랐다. 분명 이름이 오쿠라라고 했다.

"왜 그래?"

"사에키 씨, 기요카즈회의 오쿠라라는 야쿠자 혹시 아세요?"

"그래, 이름만. 기요카즈회의 새로운 호프라던데. 자동차 금융이나 흥신소 같은 여러 분야로 발을 넓히고 있다고 들었어. 그게 왜?"

"그놈이 하나무라 씨한테 찌른 거예요. 그날 만났거든요."

"아무튼 조심해. 지금 하나무라는 자포자기한 곰 같은 상태니까."

"그렇다고 갑자기 등 뒤에서 덮치는 일은 없겠죠."

"꼭 그자가 직접 나서리라는 보장은 없어."

"겁주지 마세요."

"조심해서 나쁠 건 없단 소리야."

사에키가 커피와 함께 나온 토스트를 한 입 베어 물었다. "잘도 버터를 이렇게나 얇게 발랐네" 하고 혼잣말을 한다.

"그나저나 네 결혼 건 말인데……."

"또 그 말씀이세요?"

"신마치의 포목점 딸. 오는 일요일에 같이 영화 보러 가기로 했다."

"누가요?"

"너."

"순 자기 마음대로."

구노는 얼굴을 찌푸리며 항의했다.

"지난번엔 마음에 든다며."

"그렇게 말하기는 했지만."

"무슨 사정이라도 있냐?"

"꼭 그런 건 아니지만……."

"그럼 됐잖아. 이혼녀이긴 하지만 요즘 시대에 그게 뭐 흠이되나. 남편이 바람을 피워서 그런 거니까 오히려 피해자인 셈이지. 키도 크고 날씬한 미인이잖냐. 너한테 아까울 정도야."

"아까우니까 난 그만둘게요."

"뭐가 싫은 거냐. 평생 독신으로 살 생각이야? 죽은 마누라 생각하는 거야 알겠지만 벌써 7년이다."

"아직 7년이에요."

"그럼 몇 년이 지나야 되는 거냐. 13주기라도 끝나야 하는 거냐?"

"그건……."

구노가 우물거렸다.

"죽은 마누라도 그런 건 바라지 않을 거야."

사에키는 설탕을 세 스푼이나 넣은 커피를 홀짝거렸다.

"쓸데없는 참견이란 건 알아. 하지만 이런 건 주변 사람들이 서둘지 않으면 당사자는 언제까지고 가만히 있는 법이지."

"그 사람……."

"뭐?"

"사나에의, 아니, 장모님과 같이 살 수 있을까요?"

왜 이런 소리를 했는지 알 수 없었다.

"무슨 소리야, 너."

사에키가 눈을 부라렸다.

"어쩌면 장모님 양자로 들어갈지도 몰라서요."

사에키가 미간에 주름을 모으며 구노를 노려보았다. 순간적인 거짓말인지, 아니면 마음 저 깊은 곳에 있던 진심인지 구노 스스로도 잘 판단이 되지 않았다. 애당초 장모에게 그런 뜻을 비친 적조차 없었다.

"……너, 규슈에 계신 부모님은 어떻게 하려고."

"어머니는 돌아가셨고, 아버님은 건강하세요. 형님 부부와 살고 계시죠."

"흐음."

사에키는 팔짱을 낀 채 등받이에 몸을 기대며 새삼 구노의 얼굴을 물끄러미 바라보았다.

"……일단 물어는 볼게."

눈앞의 남자한테서 그런 말이 나올 줄은 생각도 못했을 것이다. 사에키는 말없이 토스트를 다시 먹기 시작했다.

카페에서 나와 구노는 사에키와 헤어져 도서관으로 향했다. 조사해보고 싶은 게 있다고 적당히 이유를 둘러댔다.

사실은 창가 자리에 앉아 햇살을 잔뜩 받았더니 자고 싶어졌기 때문이었다.

잡지 열람 코너에는 가죽 소파가 있었다. 어젯밤엔 약을 안 먹는 바람에 깊이 잠들지 못했다. 30분 정도라도 낮잠을 자두면 한결 개운할 것 같았다.

날이 바뀌고 혼조 서는 아침부터 부산스러웠다.

오늘 새벽 관내에서 방화 사건이 발생했기 때문이다. 처음엔 단순한 화재라고 생각해 소방서에서만 출동했지만, 불씨가 발견된 곳에서 가솔린 냄새가 나서 혼조 서의 감식과와 당직 경찰이 달려갔다. 뿐만 아니라 병원으로 옮겨진 부상자가 수상한 사람을 보았다고 증언함으로써 방화 사건일 가능성이 높아졌다.

오전 7시에 호출을 받고 출근한 구노가 아는 것은 여기까지였다.

보통 방화는 형사과의 강력계가 담당한다. 바로 4층 회의실에서 수사회의를 열기로 했다.

회의실로 들어서던 구노는 깜짝 놀랐다.

본청의 형사뿐만 아니라 폭력계 형사들까지 너무 많은 인원이 앉아 있었기 때문이다. 모두 합쳐 대략 사십 명 정도는 되어 보였다.

잡담을 나누는 사람도 없이 회의실은 팽팽한 공기에 지배되고 있었다. 먼저 온 이노우에와 눈이 마주쳐 구노는 굳이 안쪽까지 들어가 그 옆에 앉았다.

"엄청나네."

목소리를 낮추고 어찌 된 영문이냐고 물었다.

"구노 씨, 하이텍스라는 회사 아시죠? 자동차용품 제조업체. 거기예요, 화재가 난 곳이."

"그 회사가 어쨌다고?"

"작년 기요카즈회 계열의 정치단체가 찬조금을 강요하다가 공갈 혐의로 체포됐는데, 그 보복일 가능성이 있대요."

"흠, 그래?"

담당이 달라서 사건의 전모는 알 수 없었지만 그런 이야기는 들은 적이 있었다. 시나가와에서 혼조로 본사 이전 계획을 추진하고 있던 업체가 지역 정치단체로부터 찬조금을 요구받았다. 그것을 냄새 맡은 경시청이 업체 측에 피해 신고를 하도록 만들고, 혼조 서와 연대하여 공갈 혐의로 몇 명 정도를 체포한 것이다.

연단에 간부들이 도열하자 "기립" 하고 호령이 울려 퍼졌다. 의자가 바닥을 긁는 소리가 났다. 모두 일어서 인사를 한 후 자리에 다시 앉았다.

연단 중앙에는 서장이, 그 옆에는 본청의 관리관이 자리를 차지하고 있었다. 낯익은 얼굴이었다. 수사4과의 경시였다. 그 밖에 기동수사대와 감식과 계장도 있었다. 서의 형사과장은 제일 끝에서 잠이 덜 깬 눈을 비비고 있었다.

서장과 관리관이 서로 마이크를 양보하다가 결국 관리관이 먼저 그것을 잡았다.

"여러분, 잘들 주무셨는가."

마이크가 크게 울리는 바람에 과장이 서둘러 소리를 줄였다. 관리관은 미리 메모해온 종이로 시선을 떨어뜨리고 읽기 시작했다.

"오늘, 즉 3월 26일 오전 2시 30분경 관내인 나카초 1가 23번지 1호 하이텍스 혼조 지사에서 화재가 발생했다. 자세한 것은 감식과로부터 보고를 받을 테지만, 가솔린 냄새가 난 점, 그리고 수상한 자가 목격되었다는 점으로 보아 방화 의혹이 있다. 또

한 불을 끄려다가 부상자도 나왔다. 주식회사 하이텍스는 시나가와 구 고난에 있는 자동차용품 제조업체로 이번에 화재가 발생한 곳은 2년 전에 개설한 지사이다. 또한 하이텍스는 2년 후를 목표로 혼조 시로 본사 이전 계획을 진행 중으로, 현재 나카초 5가에서 토지 매입 및 취득 절차를 밟고 있다. 그건 그렇고."

관리관이 얼굴을 들고 천천히 수사관들을 둘러본다.

"이 중에는 지금부터 말하게 될 사안과 관련된 자들도 있으리라 생각하지만 중요한 사안이므로 다시 한 번 더 확인하는 차원에서 말해두는 것이다. ······그럼 계속하지. 하이텍스의 토지 매입이 이루어지던 작년 9월 '닛쇼키주쿠(日章旗塾)'라는 이름의 단체가 정치헌금 명목으로 2억 엔을 요구했었다. 닛쇼키주쿠는 혼조 시에 거점을 둔 폭력단 기요카즈회 계열의 정치단체다. 회사 측이 거절하자 그때부터 본사에 대한 공갈 행위에 나섰는데······. 구체적으로는 기요카즈회의 이름을 내건 위협과 선거차를 이용한 무력 업무 방해였다. 그래서 혼조 서에서는 피해 서류를 접수받아 간부 세 명을 체포했다. 즉, 이번 방화는 보복 행위일 가능성이 높다고 생각한다."

관리관이 차를 한 모금 마신 후 험악한 얼굴로 헛기침을 했다. 뒷이야기는 뻔했다. 아마도 피해 서류는 회사 측이 먼저 나서서 제출한 것이 아니라 경찰 측이 설득하여 내게 했을 것이다.

"물론 수사에 예단이라는 것은 허용되지 않는 만큼 여러분은 모든 가능성을 염두에 두고 수사해야 하지만, 무엇보다 여러분은 본 사건이 시민생활을 위협하는 중대한 사안이라는 인식을 가져주었으면 한다. 당면 수사는 세 가지 방침하에 추진하겠다. 첫째, 기요카즈회 및 닛쇼키주쿠에 대한 수사. 둘째, 인근 지역을 중심으로 한 탐문 조사. 셋째, 하이텍스 내부 관계자에 대한 사정 청취. 그리고 보고 등은 연락 담당을 통할 것. 내가 할 말은 이상이다."

뭔가 더 말할 줄 알았는데, 관리관은 말을 삼킨 듯했다. 간부들 중에는 '경찰 체면이 말이 아니다'라며 분개한 사람도 있었지만 모두 그런 것은 아닐 것이다.

뒤탈을 두려워해 주저하는 피해자를 설득하여 피해 서류를 내게 만드는 경우는 그리 드문 일이 아니었다. 때로는 경찰이 나서서 공갈을 하는 경우도 있었다. 폭력단에 붙을지, 경찰에 붙을지 기업은 선택해야만 하는 것이다. 그래서 설득에 넘어간 피해자는 어찌 됐든 '해코지'로부터 보호를 받아야만 했다. 앞에서 말한 그 사건과 관련된 수사관들은 틀림없이 화가 머리 끝까지 났을 것이다.

다음으로 감식과 계장이 마이크를 잡았다. '화재 정도는 반소(半燒)'라고 말했다. 지사라고는 해도 창고에 사무동이 붙어 있는 것으로 보아 낡은 건물에 세 든 모양이었다. 본사가 언젠가 이전해 올 테니 임시로 머무는 것도 괜찮다고 생각했겠지만 건자재 자체가 불에 약한 게 화근이 된 듯했다. 처음에 불이 난 곳은 사무동의 외벽으로, 가솔린을 뿌린 후 불을 붙였으리라 생각되었다. 1.5리터짜리 페트병 몇 개가 불에 녹아 현장에 남아 있었다. 119로 신고를 한 것은 이웃 민가의 주부. 진화된 것은 오전 3시 5분.

"또한 본 사건에서는 부상자가 나왔다."

계장이 일어나 화이트보드에 이름을 썼다.

"오이카와 시게노리, 38세. 하이텍스 직원으로 어젯밤은 숙직 당번이었다. 첫 발견자이다."

이어서 사옥의 대강의 구조도를 붙였다.

"여기가 숙직실. 첫 발견자는 여기에서 수면 중 화재를 알게 됐지만 당사자가 화상을 입은 데다가 경황이 없는 듯해서 아직 자세한 사정 청취는 불가능하다. 모포로 불을 끄려다가 두 팔에 화상을 입은 모양이다. 현재는 시민병원에서 치료 중이다. 화상이 얼마나 심한지도 아직 모른다."

구노는 메모를 하면서 하나무라 건에서 해방된 것을 남몰래 기뻐했다. 슬쩍 둘러보았지만 회의실에 하나무라는 없었다. 이제 하나무라는 수사에 참여할 수 없는 처지가 된 것이다. 아마 자신은 지역 탐문이나 감식 쪽을 맡을 테지만 수사의 중심에서 벗어나 있다 해도 같은 식구 미행보다는 낫다.

감식계장의 설명은 계속됐다. 문짝 윗부분에서 즈크화* 자국을 채취. 첫 발견자는 앞쪽 도로에서 사람이 달려가는 것을 목격

---

* 삼실이나 무명실 따위로 두껍게 짠 직물인 즈크로 만든 운동화.

했으며 젊은 남성인 것 같다고 했다. 가로등이 정문 앞에 있지만 몇 달 전부터 전구가 나간 상태였다. 그 후 스쿠터인 듯한 엔진 소리를 들었는데 타이어 자국은 발견할 수 없었다.

간부들의 설명이 끝나자 관리관이 배치표를 읽었다. 관리관이 말한 세 가지 수사방침이란 기요카즈회, 유쾌범,* 내부 소행을 염두에 둔 것이다.

예상했던 대로 구노의 담당은 하이텍스 혼조 지사 관계자들의 사정 청취였다. 본청에서 온 핫토리라는 수사관과 한 조를 이루게 되었다. 이름을 거명했을 때 서로 눈이 마주쳤다. 저쪽 편에서 먼저 가볍게 목례를 했다.

회의가 끝나자 저마다 자리에서 일어났다. 핫토리가 다른 사람들보다 머리 하나가 더 큰 것을 보고 놀랐다. 구노와 동년배로 보이는 그가 희미하게 미소를 띤 채 저만치에 서 있었다.

"기요카즈회도 단단히 각오를 했을 겁니다."

핫토리가 조수석에서 은단을 입에 넣으며 말했다. "구노 씨도 드릴까요" 하고 권하는 바람에 손을 내밀었다. 손바닥 위에 몇 알을 나누어 받았다.

"지역 야쿠자로서 아무래도 창피했겠지요, 가만히 있으려니요. 하기야, 그렇게 나올 줄은 몰랐습니다만."

---

* 세상을 놀라게 해, 그 반응을 즐길 목적으로 저지르는 범죄나 그런 사람.

입에 은단을 넣으며 구노가 대답했다. 은단의 쓴맛이 콧속으로 스며들었다.

"아뇨. 뻔한 거였어요. 그리고 아마 젊은 애들 중 누가 출두해서 다음 주면 체포될 겁니다."

핫토리가 자리가 좁은 듯 긴 다리를 꼬았다.

"구노 씨는 본청에 있었나요?"

"네. 3년 전까지는요."

"그럼 엇갈렸군요. 난 3년 전까지는 마루노우치에 있었거든요."

핫토리 경부보는 배치표에서 한 조임을 확인하자 자신이 먼저 다가와 예의 바르게 인사를 했다. 몇 기냐고 경찰학교 졸업연도를 묻고는 자신이 연상임을 알고 나서도 정중한 태도를 무너뜨리지 않았다. 다만 예의가 바르다기보다는 자신이 무례한 형사가 아니라는 것을 보여주고 싶어서 그러는 것 같기도 했다. 핫토리가 입고 있는 양복은 스리 버튼으로 본청의 지정 업자에게서 구입한 게 아닌 듯했다. 190센티미터 가까운 장신쯤 되면 따로 주문할 수밖에 없을 듯했다.

"구노 씨, 어디에서 아침이라도 먹을까요. 패밀리 레스토랑이라도 찾아서."

구노가 핫토리의 얼굴을 보았다. 핫토리는 4과의 누군가가 먼저 가겠습니다, 하고 말하자 가볍게 웃었다.

"병원에 먼저 간 사람들이 있을 테니."

기요카즈회와 관련해 수사를 진행하는 반에서 제일 먼저 지사장과 목격자이자 첫 발견자인 인물의 사정 청취를 할 것이 지극히 당연했다. 구노는 알았다고 말하고 나서 알고 있는 패밀리 레스토랑으로 차를 몰았다. 입구에서 여자 종업원이 흡연석과 금연석 중 어느 자리를 원하는지 묻자 핫토리는 "난 안 피웁니다만" 하고 말하며 돌아보았다. "저도요"라고 구노가 대답하자 핫토리는 만족한 듯 고개를 끄덕이며 성큼성큼 안으로 걸어갔다.

자리를 잡고 나서 핫토리는 메뉴판을 훑어보면서 혼잣말을 했다. "아침은 5백 킬로칼로리 정도로 했으면 좋겠는데……. 하루에 2천 킬로칼로리 이내로 먹어야 하니까"라며 작고 하얀 이를 드러냈다.

"성인병이라도 있으세요?"

농담처럼 물었다.

"구식이네요. 지금은 생활습관병이라고 하죠."

"아아, 그렇군요."

"12퍼센트."

"네?"

"체지방률이요. 12퍼센트를 유지하고 싶어요."

핫토리는 지나치게 충분하다 싶을 만큼 단단한 몸을 갖고 있었다.

"구노 씨는요?"

"글쎄요, 재본 적이 없어서."

"아마……."

몸을 뒤로 빼며 구노를 훑어본다. 길게 째진 눈이 위아래로 움직였다.

"18퍼센트 정도 같은데."

"안 좋은가요?"

"아뇨. 적당합니다."

이런 말을 하는 형사는 처음 봐서 구노는 약간 어리둥절했다. 대개의 형사는 건강에 둔감하고 불규칙한 생활을 하는 편이라 중년이 되면 배가 나온다.

핫토리는 클럽하우스 샌드위치와 카페오레를 주문했고, 구노도 같은 걸 시켰다.

"돈가스 소스를."

핫토리가 물컵을 입으로 가져가며 말했다.

"우스터 소스로 대신하는 것만으로 10퍼센트의 칼로리를 낮출 수 있죠. 마요네즈를 오일이 안 들어간 드레싱으로 바꾸면 백 킬로칼로리를 억제할 수 있고요."

"자세히 아시네요."

"마누라 때문이에요. 살찌면 혼나거든요."

묻지도 않았는데 핫토리는 자신의 아내가 단과대학에서 식품영양학을 전공했다고 말했다. 아이가 없어서 부부가 미술관을 순례하는 게 취미라고 한다.

"구노 씨는, 아이 있으세요?"

"아뇨. 혼자 살고 있어요."

평소와는 다른 잡담이었던지라 구노는 살짝 쓴웃음을 지었다. 아마 수사의 중심에서 빗겨나 있는 만큼 긴장이 풀어져 있기 때문일 것이다.

"그런데 하이텍스 혼조 지사는……."

핫토리가 수첩을 펼치며 갑자기 진지해졌다.

"종업원이 약 사십 명 정도 됩니다. 평사원들부터 시작해서 이야기를 좀 들어보려고 하는데요."

"좋습니다."

구노는 고개를 끄덕였다.

"내부 범행을 가정할 경우 퇴직자를 포함해 회사에 불만을 가진 자를 걸러낼 필요가 있는데, 그런 식의 소문은 관리직보다 평사원들 쪽이 훨씬 더 잘 알 겁니다. 그것도 특히 여자가."

"맞아요. 그럴 겁니다."

"불상사 같은, 외부에 알리고 싶지 않은 일이 있어서 입막음을 시켰을 가능성도 있으니 맨 밑바닥부터 훑어야 합니다. 기록 좀 해주시겠어요?"

"물론이죠."

유능한 회사원을 연상시키는 말투였다. 틀림없이 형식적인 사정 청취일 거라고만 생각하고 있었는데 의외였다.

"우선은 회사 측에 아르바이트 사원도 포함해서 종업원 명부와 과거 2년 동안의 퇴직자 명부를 달라고 요청해야 합니다. 다른 반과 중복이 되더라도 우리가 꼭 입수해야 해요."

핫토리가 서슴없이 지시를 내린다. 이 수사의 주도권은 아마도 본청의 형사가 쥐도록 한 모양이었다.

"내부 범행이면 재미있을 것 같은데요."

샌드위치를 입안 가득 넣으며 묘한 말을 했다. 구노는 거기에는 뭐라고 대답하지 않았다.

하이텍스 혼조 지사에 도착하자 역시 다른 반이 숙직실을 사용해 간부들로부터 사정 청취를 하고 있었다. 그 밖에도 감식과가 건물 안과 밖 도로에서 유류품의 유무를 조사하고 있었다. 수사회의 때는 반소했다고 들었는데, 그것은 2층짜리 건물의 사무동 1층에 한해서 그런 것이고, 2층은 무사한 듯했다. 슬쩍 들여다보니 종업원들은 그 2층에서 대기하고 있었다. 그 얼굴에 침울한 기색은 없었다. 경영자도 없는 만큼 왠지 타인의 일처럼 느껴지는 모양이었다.

우선은 명부를 입수해 출결을 점검했다. 본사에서 달려온 사람도 있었지만 그들은 생략하기로 했다. 이날 결근자는 없었다. 정중한 말투로 협조를 요청한 후 출입은 자유지만 오늘 안으로 모두와 면담하고 싶다고 알렸다. 지사가 설립되고 나서 2년 동안 다섯 명의 퇴직자가 있었는데 그 명부 역시 입수했다. 명부라고 해봐야 총무 담당자가 직접 써서 준 것에 불과했지만.

핫토리가 말을 하여 창고 한구석에 칸막이를 한 후 의자와 탁자를 놓고 임시로 그 장소를 사용하기로 했다.

처음으로 부른 것은 스물세 살의 여사원이었다. 머리를 갈색으로 염색한 젊은 여자였다. 정사원이 아닌, 지역 연고로 채용한 계약직 사원이라고 했다. 핫토리가 말을 꺼냈다.

"어젯밤 오전 2시 30분경에 뭘 하고 있었죠?"

그 물음에 여사원은 "어머나" 하고 놀라며 손으로 입을 막았다.

"모두에게 물어보는 말이에요. 당신한테만 묻는 게 아닙니다."

"아, 놀랐어요. 내가 의심받는 줄 알고."

"이것도 일이거든요."

긴장을 풀어주려고 구노가 웃음을 지어 보였다.

"자고 있었는데요."

"그것을 증명해줄 방법이 있나요?"

핫토리도 부드러운 말투였다.

"무슨 말씀이세요, 부모님도 동생도 다 자고 있었는데."

"그럼 됐습니다. 다음으로 회사에 불만을 가지고 있을 만한 사람, 혹시 짐작 가는 사람이 있나요?"

"글쎄요……. 저기, 이거 원한에 의한 범행, 뭐 그런 건가요?"

"아뇨. 모릅니다. 일단 만일을 위해 물어보는 것뿐입니다. 예를 들어 최근 문제가 있어서 퇴직한 사람이 있다거나……. 혼조 지사가 생기고 나서 남자가 두 명, 여자가 세 명 그만뒀던데."

"네……."

여사원이 우물거렸다. 그 표정에 약간의 반응이 느껴졌다. 하지만 시간을 들여 찬찬히 물어본 결과 그 사람들 가운데 남녀 한

쌍이 불륜을 이유로 퇴사했다는 뻔한 내용이었다.

"뭔가 말썽이 있었나요?"

"말썽이라고 해야 하나, 회사 사람들에게 들켜서 있을 수 없게 된 거죠. 자기들이 먼저 그만뒀어요. 작년 말쯤에."

"그 후에는요?"

"모르겠는데요. 헤어졌겠죠."

여사원의 이야기를 들으면서 기요카즈회에서 누군가 빨리 출두하지 않으려나 하고 구노는 생각했다. 그쪽 수사가 계속되는 한 이쪽도 그만둘 수는 없다. 만약 기요카즈회 쪽에 혐의가 확실해지면 어차피 자신들은 허수아비다.

"흔한 얘기라 별로 놀랍지도 않군요. 어쨌든 만일을 대비해 물어보는 것뿐이니까요."

핫토리는 계속해서 웃음을 띠고 있었다. 여사원은 이야기하는 도중 어느 정도 긴장이 풀어졌는지 또 다른 불륜에 대해서도 털어놓았다. 돌아가면서는 "절대 이야기하지 말아주세요"라고 몇 번이나 다짐을 받아두었다.

구노와 핫토리는 눈이 마주치자 누가 먼저랄 것도 없이 쓴웃음을 지어 보였다. 차를 마시고 싶었지만 가져다주는 사람은 없었다. 비상시국이라 거기까지 마음을 쓸 여유는 없었을 것이다.

두 명째 여사원을 불렀다.

같은 질문을 하자 이번에는 '짐작 가는 게 없다'는 말로 일관하는 걸 보니 쓸데없는 소리는 하고 싶지 않은 듯했다. 핫토리는 이야기를 바꿔 첫 발견자에 대해 물었다.

"오이카와 시게노리라는 분은 어떤 사람인가요?"

"좋은 분인데요."

"어떤 식으로요?"

"어떤 식이냐뇨, 그냥 평범하게요."

"이 회사 숙직은 당번제인가요?"

"네, 남자 사원들만 하지만요. 한 달에 한 번 정도 꼴로 돌아오는 모양이던데요."

"오이카와 씨는 운이 없었군요."

"그렇죠. 아무튼 부하 직원 대신 숙직을 선 날에 우연히 그런 일을 당했으니까요."

"그렇습니까?"

"그런 것 같아요. 아까 2층에서 들었어요. 경리과의 사토 씨가 그러더군요. 원래대로라면 자신이 어제 숙직이었다면서요."

"누가 먼저 바꾸자고 한 거죠?"

"글쎄요. 하지만 흔한 일이에요. 집에 사정이 있거나 감기에 걸렸거나 하면요."

"말씀 고맙습니다."

이름이 나왔을 때는 빨리 물어보는 편이 좋으므로 다음에는 사토라는 남자를 불렀다. 물어보니 직속상사인 시게노리 쪽에서 먼저 이야기한 모양이었다. 시게노리가 자신의 숙직 날에는 밤에 가족과 J리그를 보러 가기로 되어 있어서 바꿔달라고 한 것 같았다.

이어서 시계노리의 인간성에 대해 물었다. 사토라는 작은 몸집에 비쩍 마른 남자는 시계노리가 책임감이 강한 사람이라 불을 끄려다가 다쳤을 거라고 말했다. 근무한 지 16년이고 직책은 경리과장. 출세 가도에 올라선 것도 아니고, 찬밥을 먹게 된 것도 아닌 듯했다. 매일 얼굴을 마주쳐야 하는 상사였으므로 남자는 신중하게 말을 골라서 이야기했다. 다만 최근의 회사 사정에 대해 묻자 사토는 비아냥거리는 투로 "어디나 다 불경기거든요" 하고 웃었다.

"야근이 별로 없어서 수당을 챙길 수가 없어요. 회사에서도 빨리들 들어가라고 하고요. 이것만 봐도 경비삭감에 대한 명령이 본사에서 내려온 게 아닐까 싶은데요. 정말, 죽겠어요."

그 후의 청취에서는 기요카즈회 이름을 대는 종업원이 몇 명 있었다. 짐작 가는 게 있어서 말한 게 아니라 자신들이 알고 싶었던 것이다. 다른 반 형사들이 기요카즈회와 관련해 간부들한테 묻고 있었으므로 불안이 확산된 것은 당연한 일이었다. 현장 검증이 끝나고 신문기자도 나타났다. 그들한테서도 질문을 받았을 것이다.

결국 그날 하루 만에 모두의 사정 청취를 듣는 것은 무리였다. 3분의 1 정도는 다음 날 하기로 했고, 첫 발견자의 사정 청취도 다음 날로 미뤘다.

"휴우~."

핫토리가 크게 한숨을 쉬고는 의자 등받이에 몸을 기대며 기지개를 켰다.

"저기, 구노 씨. 그 관리관에 대해 어떻게 생각하세요?"

"네?"

"본청 4과에서 온 남자 말입니다."

"글쎄요, 유능한 사람이라고 듣긴 했습니다만."

"난 별로 안 좋아합니다. 예전에도 1과에서 공들이고 있던 용의자를 별것 아닌 상해로 체포해버렸거든요. 그때 우리 과장하고 대판 싸웠어요."

뭐라고 대답할지 곤란해 어색한 웃음만 지었다. 본청의 상하관계에 엄격한 체질과 자기 밥그릇에 대한 의식은 구노 자신이 누구보다 잘 알고 있었다.

"전혀 융통성이 없는 고집불통이에요."

핫토리는 그렇게 말하며 은단을 입에 넣고 소리 내어 씹었다. 그리고는 두 손으로 얼굴을 뒤덮어 자신이 내뱉은 숨 냄새를 맡았다.

7

마거리트와 비슷한 오렌지색 꽃을 햇볕이 들이치는 창가에 놓자, 꽃잎이 벌어지고 줄기도 더 꼿꼿이 펴진 것처럼 보였다.

꽃은 회사 총무부에서 보내준 것이었고, 화병은 간호사가 신경 써서 가져다주었다. 너스 스테이션에는 환자들이 퇴원 시에 기증한 화병들이 많이 남아돌고 있는 모양이었다.

교코는 창으로 들이치는 햇살을 등으로 맞으며 사과를 깎고 있었다. 남편인 시게노리에게 먹이려고 일부러 병원 건너편에 있는 철물점에서 칼을 사왔는데, 정작 당사자인 시게노리는 그동안 잠들어버렸다. 어쩔 수 없이 사과는 자신이 먹기로 했다.

남편의 편해 보이는, 자는 얼굴을 보자 안도감이 몰려와 허기를 느꼈던 것이다. 생각해보면 어제부터 제대로 된 식사를 못 하고 있었다. 분명 적잖이 긴장한 상태라 적게 먹게 됐을 것이다.

어제는 6인 병실이었지만 오늘 1인실로 옮겼다. 병실은 회사가 구해주었다. 세 평 정도 되는 방은 벽이 얇은 합판으로 되어 있어 옆방에서 웃는 소리가 다 들렸지만 다른 사람 신경 쓸 일이 없어서 편했다. 어제는 형사의 사정 청취라는 게 있어서 남편은 커튼으로 가린 공간에서 조사를 받았다.

아이들은 병원 뜰에서 놀고 있었다. 5층 병실까지 이따금 소리가 들릴 정도여서 창밖으로 내려다보면 어디에선가 놀고 있는 모습을 볼 수 있었다.

아동관에서 놀게 할까도 생각했지만 자신이 지켜볼 수 있는 곳에 두고 싶었다. 지금은 어떤 걱정거리도 만들고 싶지 않았다. 당연히 아르바이트는 쉬었다.

다 깎은 사과를 씹자 신맛이 입안 가득 퍼졌다.

어제 새벽, 집 전화가 울렸다. 교코가 한창 꿈을 꾸고 있을 때였다.

꿈에서 교코는 정원에 화단을 만들고 있었다. 가오리와 겐타도 함께였다. 땅을 파고 비료를 섞은 후 둘레에 벽돌을 쌓고 있었다. 이제는 씨만 뿌리면 되었다. 그런데 중요한 꽃씨 사는 걸 깜박 잊었다. 그것을 아이들에게 말하자 겐타가 "내가 사올게" 하고 말했다.

겐타는 최근 자전거를 막 배운 터여서 자전거를 타고 다녀오겠다고 했다. 화원은 큰길가에 있었는데 늘 대형 덤프트럭이

오가는 곳이었다. 걱정은 됐지만 겐타의 자신만만한 모습에 눌려 그러라고 했다. 아들에게 모험심이 싹트는 것은 반가운 일이었다.

교코는 돈을 주어 보냈다. 시종 트럭을 조심하라고 끈질길 정도로 주의를 주면서. 그런데 겐타는 한참을 기다려도 돌아오지 않았다. 가슴이 두근거렸다. 가오리도 불안한 표정이었다.

그때 전화가 울렸다. 퍼뜩 놀라 정원에서 거실로 올라왔는데 왠지 전화기가 보이지 않았다. 전화기뿐 아니라 탁자 전체가 없어진 것이다. 당황해하며 부엌에 있는 보조전화기를 찾았지만 그것도 사라지고 없었다.

벨소리만이 거실에서 소용돌이치고 있었다. 초조함이 정점에 달했을 때 눈을 떴다. 그러자 실제로 어둠 속에서 전화가 희미하게 울리고 있었던 것이다.

복도를 종종걸음으로 달려가면서 교코는 이상할 정도로 확신했다. 남편인 시게노리는 숙직 때문에 집에 없다. 시게노리의 신변에 무슨 일이 벌어진 것이라 생각하자 심장이 높직이 뛰었다. 불길한 전화벨에 맞춰 그런 꿈까지 꾼 걸 보면 인간에게는 예지 능력이 있는지도 몰랐다.

과연 수화기를 들자 "혼조 소방서인데요" 하고 낮은 남자 목소리가 들려왔다. 남자는 수화기 너머에서 남편 회사에 불이 나 시게노리가 화상을 입고 시민병원으로 옮겨졌다고 알려왔다.

교코는 그 생각만 하면 지금도 화가 났다. 왜 소방대원은 사무적인 말투로 알려주지 못하는 걸까. 그리고 하나 더, "상처는 별 것 아닙니다"라고 피해자 가족의 불안을 진정시켜주는 배려를 하지 않는 걸까. 소방대원은 "아무튼 오십시오"라고만 퉁명스럽게 말하고 전화를 끊었던 것이다.

교코는 가장 먼저 동생인 게이코에게 전화부터 했다. 달리 부탁할 만한 사람이 떠오르지 않았다. 친정어머니에게 연락하지 않은 것은 거리가 동생보다 멀었기 때문인지, 아니면 나이 드신 어머니를 걱정시키고 싶지 않았기 때문인지 아직도 알 수 없었다. 아무튼 게이코밖에 머리에 떠오르지 않았다.

교코는 전화로 사정을 이야기하고, 지금 바로 와달라고 말했다. 자신은 지금 병원에 가봐야 한다고. 그리고 열쇠는 우편함에 넣어둘 테니까 아이들 좀 챙겨달라고 부탁했다.

나중에 게이코는 시게노리가 죽은 줄 알고 정말 놀랐다고 했다. 그만큼 자신은 공황상태에 빠져 있었을 것이다. 애당초 시간을 확인할 여유조차 없었다. 그날 밤 새벽 3시가 지난 시간이라는 것을 안 건 전화로 부른 택시에 탄 후 운전석 계기판에서 빛나는 초록색 숫자가 눈에 들어왔을 때였던 것이다.

택시 창으로 작아지는 자신의 집을 보며 교코는 이루 말할 수 없는 불안을 맛보았다. 그것은 굳이 말하자면 남편의 안부보다 더 깊은 공포였는지도 모른다. 이 집은 어떻게 될까…… 지금까지 한 치도 의심하지 않았던 일이 갑자기 현실로 닥쳐와 교코의 몸은 부들부들 떨렸다.

그래서 병원으로 뛰어들어가 남편의 무사를 확인했을 때는 태어나서 처음으로 엉덩방아를 찧고 말았다. 두 팔을 붕대로 칭칭 감고 있기는 했어도, 창백한 얼굴을 하고 있기는 했어도 시게노리는 복도 의자에 앉아 똑똑히 눈을 뜨고 있었다. 교코를 보고는 "왔어?" 하며 희미하게 웃기까지 했던 것이다.

교코는 그 자리에 주저앉아버렸다. 살았다……. 시게노리를 말하는 것인지 자신을 말하는 것인지는 스스로도 알 수 없었다. 아무튼 최악의 사태는 피했다고 생각했다. 바닥의 차가움을 느낀 것은 한참이 지난 후였다. 그러면서 스타킹을 신지 않고 치마를 입은 게 몇 년 만인가 하는 생뚱맞은 생각을 했다.

간호사들의 부축을 받으며 교코는 일어섰다. 그리고 마침내 주변을 둘러볼 여유가 생겼고, 시게노리를 에워싸듯이 두 남자가 있다는 것도 눈치챘다. 그중 한 사람에게서 "부인이신 모양이군요"라는 말을 듣고 자기소개를 듣기도 전에 분위기만으로 형사임을 알아챘다.

"복장은 전혀 생각이 안 나시나요?"

다른 남자가 시게노리에게 말을 걸고 있었다.

"스쿠터의 엔진 소리는 낮았나요, 아니면 날카롭던가요?"

그런 질문도 있었다. 단순한 화재가 아닌가 보다, 하고 교코는 그 와중에도 생각했다.

시게노리가 형사들로부터 해방된 것은 의사가 오고 나서부터였다.

"안정제를 드셨으니 주무셔야 합니다."

그렇게 말하고 시게노리를 병실로 데리고 간 것이다. 부부끼리는 거의 대화를 나눌 수 없었다. 시게노리는 약 때문인지 걸음걸이도 불안했고, 침대에 누워서는 바로 눈을 감았다. 약해 보이는 남편의 모습에 새삼 충격을 받았다.

그 후 교코는 진료실로 불려 가 당직 의사에게 설명을 들었다. 두 팔꿈치부터 아래쪽으로 중간 정도의 화상을 입었다는 것.

다만 왼손등 부분은 중태라는 것. 어떤 장애도 생기지 않을 것이고 손가락도 모두 무사하지만 켈로이드* 자국이 일부에 남는 것만은 피할 길이 없다는 것. 치료를 위해 열흘 정도는 반드시 입원해야 한다는 것. 치료가 완전히 끝나기까지는 4주 정도 예상된다는 것.

젊은 의사는 밝은 목소리로 "회사에서 근무하시는 것 같은데, 컴퓨터 자판을 두드리는 데는 전혀 지장이 없습니다"라고 말했다. 환자 가족의 긴장을 풀어주려는 건지 "머리카락이 약간 그을렸습니다만 곧 다시 자랄 거예요" 하며 웃어 보였다.

휴대전화가 울리기에 가방에 쑤셔 넣었던 걸 생각해냈다.

통화 버튼을 눌렀다. 동생인 게이코였다. 지금 집에 도착했다며 걱정스러운 목소리로 말했다. 아마도 교코가 진심으로 안도의 한숨을 내쉰 것은 이때였을 것이다. 친동생이 달려와 주었

---

* keloid. 베인 자리나 화상, 궤양 등이 아문 뒤에 생기는, 살갗이 벌겋게 부푼 자국.

다. 긴장과 고독으로부터 해방된 기분이었다.

교코는 시게노리가 분명 화상을 입었지만 심각한 상태는 아니라고 상황을 이야기했다. 몇 번이고 고맙다고 말한 후 아침에 아이들 깨워서 불안해하지 않도록 이런 사실을 잘 말해달라고 부탁했다. 게이코는 알았다며, 아침밥도 냉장고 안에 있는 것들로 잘 차려주겠다고 걱정하지 말라고 했다.

게이코는 남편인 히로유키가 운전하는 차를 타고 온 모양이었다. 아들인 유사쿠도 데리고 왔을 것이다. 미안스러워서 제부를 바꿔달라고 한 뒤 고맙다고 인사를 했다. 히로유키는 "이럴 때를 위해 가족이 있는 거죠"라며 눈물 날 것 같은 소리를 했다.

의사는 교코에게도 신경안정제를 먹게 했다. 남편이 자는 침대 옆에 들것 같은 간이침대를 가져다 놓고 거기에 누웠다. 평소 약에 익숙지 않은 탓인지 안정제는 몸 구석구석까지 스며들었고 눈꺼풀이 무거워지는 데는 5분도 걸리지 않았다. 그것은 어른이 되고 나서는 맛보지 못했던 깊은 수면이었다. 정신을 차리자 눈앞에 게이코와 히로유키, 유사쿠, 그리고 아이들이 서 있었다. 시간이 얼마나 지났는지 전혀 가늠할 수가 없어서 시계를 보자 오전 9시였다.

가족 외에도 다른 사람들이 있었다. 의사와 형사, 남편의 회사 사람들이었다. 서둘러 벌떡 일어나 머리를 손으로 매만졌다. 잠깐 기다려달라고 말하며 형사와 회사 사람들을 밖으로 내보냈다.

게이코가 측은한 눈길로 바라보며 위로를 해주었다. 간이침대는 히로유키가 정리해주었다.

의사가 남편을 깨우고는 "기분은 어떠십니까?" 하고 물었다. "괜찮습니다." 시게노리는 가래가 끓는 듯한 목소리로 대답하고는 이어서 주변 사람들을 둘러보며 "어, 다 왔네"라고 말한 후 희미하게 미소를 지었다.

가오리와 겐타는 어이가 없을 정도로 동요하지 않았다. 붕대를 감은 아버지를 보고 "헤헤헤" 하며 창피한 듯 웃고 있었다. 무정해서 그런 게 아니라 원래부터 아이들이란 태평스러운 생물인 것이다. 가오리와 겐타는 얌전히 있다가 이내 심심해진 듯 커튼 뒤로 숨으며 장난치기 시작했다. 소란을 피우면 안 되니까 잔디와 연못이 있는 병원 뜰로 나가서 놀라고 했다.

시게노리와 둘만 이야기하고 싶었지만 형사가 온 이상 양보해야만 했다. 어젯밤과는 다른 두 사람이었다. 그곳에 계속 있으면 안 될 것 같아서 교코는 게이코와 복도로 나갔다. 히로유키는 출근 때문에 돌아갔다.

게이코는 여러 가지 알고 싶은 게 많은 모양이었지만 교코 역시 자세한 상황은 알지 못했으므로 모른다고 대답할 수밖에 없었다. 방화 사건이리라고는 얼핏 생각했다. 사토라는 남편의 부하 직원이 와서 회사는 아침부터 경찰이 현장검증을 하고 있다고 알려주었기 때문이다. 사원들도 전부 사정 청취를 받아야만 한다고 말했다. 회사는 꽤 삼엄한 분위기인 모양이었다.

시게노리와 둘만 남은 것은 오후가 되고부터였다. 점심 식사

후 게이코에게 다시금 고맙다고 말하며 집으로 돌려보낸 후 겨우 한숨을 돌렸다.

시게노리는 얼굴 혈색도 좋아져 있었다.

"심장에 안 좋아."

뭐라고 말하면 좋을지 얼른 머리에 떠오르지 않아서 교코는 그저 이렇게 말했다.

"미안, 미안."

시게노리가 쓴웃음을 지으며 사과했다.

시게노리 말로는 화재를 발견하고 나서 공황상태에 빠져 정신을 차렸을 때는 이미 숙직실에서 모포를 들고 나와 불을 끄는 중이었다고 한다.

"도망쳤어야 했는데."

시게노리는 그렇게 덧붙이고 나서 다시 살짝 웃었다.

"방화야?"

교코가 묻자 시게노리는 고개를 갸웃거렸다.

"그걸 모르겠어. 나는 누군가 사람이 있었던 것도 같고, 스쿠터가 가는 소리를 들은 것도 같은데 형사가 이것저것 물어보니까 자신이 없어지네. 아닌 게 아니라 사람이란 게 당황하면 기억도 흐리멍덩해지잖아."

그 말은 충분히 납득이 간다. 남편이 구급차로 병원에 실려 갔다는 전화만으로도 자신은 거의 제정신이 아니었던 것이다. 눈앞에 불길이 치솟고 있었다면 더욱 심한 공황상태에 빠졌을 게 틀림없다.

"하지만 방화라면 폭력단 소행일지도 몰라."

남편이 방의 얇은 벽을 염두에 둔 듯 목소리를 낮췄다.

"아까 온 회사 친구가 그러는데 그게 말이야, 작년 가을에 이름이 뭐라더라, 아무튼 우익단체가 가두선전 차를 본사와 지사 앞에 세워두고 소동을 피운 적 있었잖아. 돈을 요구했다가 간부들이 체포된 사건 말이야. 경찰은 그와 관계가 있다고 보고 수사를 하고 있는 모양이래."

교코는 예전에 남편이 그런 이야기를 했던 게 떠올랐다.

"왠지 무섭다."

폭력단이라는 말을 듣고 소름이 돋았다. 살아난 것은 정말 행운이었는지도 모른다.

시게노리는 그 후 아이들을 불러다 놓고 "아빠는 잠깐 동안 집에 못 돌아갈 테니까 그동안 엄마 말씀 잘 듣도록 해"라고 두 아이의 머리를 쓰다듬어주며 말했다. 그리고 식후의 약에 안정제라도 들어 있었는지 또 잠이 들고 말았다.

교코는 일단 집으로 돌아가 갈아입을 옷과 잠옷을 챙겨 다시 병원으로 돌아왔다. 그 무렵에는 면회시간이 거의 끝날 때가 다 되었고, 시민병원은 간호사들이 알아서 다 간호해주었으므로 조금 더 이야기를 나누다 병원에서 나왔다.

"평소처럼 해주면 돼."

남편은 그렇게 말하며 고맙다고 교코를 위로해주었다.

집으로 돌아오자 석간신문이 와 있었는데, 사회면에 '혼조 시에서 새벽에 수상한 화재'라는 기사가 실려 있었다. 기사에 따르면 주식회사 하이텍스는 과거 어떤 정치단체로부터 협박을 받았던 적이 있었고, 그래서 경찰은 '지대한 관심을 기울이고' 있는 듯했다.

신문기사를 보며 교코는 새삼 이 사건이 현실임을 절감했다. 세상이 주목하고 있다니, 왠지 같은 편을 얻은 것 같기도 했다.

겐타가 저녁 식사 때 "우리 이제 돈 없어진 거야?" 하고 불안한 듯이 물어왔다.

갑자기 놀려주고 싶은 마음이 들어 "장난감 못 사줄지도 몰라"라고 대답하며 교코는 입술을 꾹 깨물어 보였다.

"나, 용돈 필요 없어. 세뱃돈 남았으니까."

겐타가 진지한 얼굴로 말했다.

"나도. 우체국 저금이 만 엔 정도 있으니까 괜찮아. 혹시 필요하면 그거, 엄마가 써도 돼요."

가오리도 힘내라는 듯 말한다.

고맙다고 대답하는데 갑자기 콧등이 시큰거려왔다.

"엄마, 화장실 갔다 올게."

그렇게 둘러대며 식사 중이었음에도 불구하고 화장실로 달려갔다.

감정이 복받쳐 교코는 울고 말았다. 설마 아이들한테서 그런 대답이 돌아오리라고는 상상도 못 했던 것이다.

가족의 고마움을 새삼 느꼈다.

그리고 남편이 무사한 게 정말 다행이라고 새삼스레 신에게 감사했다. 약간의 불안함은 남아 있었지만 남편이 없는 열흘 동안 혼자 잘해낼 것 같은 기분이 들었다.

교코에게는 참으로 긴 하루였다.

다음 날, 오후 들어 병실에 손님이 찾아왔다. 사복형사였는데 또 다른 얼굴이었다. 이번에는 무척이나 키가 큰 2인조였다.

"귀찮으실 테지만 저희도 이게 일이라서요."

헤어젤로 머리를 다듬은 장신의 마른 남자가 입가에 웃음을 머금고 정중하게 인사를 했다. "경시청의 핫토리라고 합니다"라며 자신의 이름을 댔다. 나머지 한 사람, 어깨가 넓고 굵은 눈썹의 남자도 "혼조 서의 구노입니다"라고 이름을 말했다.

어제 온 형사들은 아무도 이름을 대지 않았으므로 이 두 사람은 신사적인 부류에 속할 것이다. 특히 마른 쪽 사람은 언뜻 보면 세련된 샐러리맨 같은 분위기였다.

"다친 데는 좀 어떠십니까?"

"네, 두 팔이 좀 불편하긴 하지만."

시게노리가 대답했다.

정말 어제 형사들과는 너무 다르다. 교코는 인사를 하며 의자를 권한 후 보온병의 뜨거운 물을 찻주전자에 따랐다.

"그나저나 생각지도 못한 재난을 당하셨어요."

핫토리라는 형사가 스스럼없는 말투로 말했다.

"그날 저녁 하필이면 오이카와 씨가 당번이어서 말이죠."

"네, 뭐."

시게노리가 쓴웃음을 섞으며 고개를 끄덕였다.

듣고 있다가 문득 어라, 하고 생각했다. 분명히 부하 직원인 사토 부탁으로 대신한다고 했었는데. 어차피 회사 내부의 일이라 누가 먼저 부탁했든 상관없다 싶어서 그냥 생략한 건지도 모른다.

"회사의 숙직은 대개 혼자서 하시나요? 경찰들도 숙직이 있긴 한데 저희는 여럿이서 같이 하거든요."

"창고가 있어서 일단 누가 됐든 그걸 지켜야 한다는, 그 정도 개념입니다. 본사는 경비회사에 맡기고 있으니, 숙직은 지사에만 있는 셈이죠."

시게노리는 형사와 그런 대화를 나누고 있었다.

뜨거운 차를 회사 사람들이 사 온 과자와 같이 내갔다. 어제도 그랬듯이 교코는 병실에서 나왔다. 남편은 어제처럼 목격한 수상한 사람에 대해 질문을 받을 것이다. 나가면서 인사를 하자 형사들이 살짝 웃음으로 받았다. 느낌이 나쁜 사람들은 아니었다.

계단 있는 곳에서 아이들과 맞닥뜨렸다. 자세히 보니 모르는 아이들이 뒤에 있었다.

"병원 안에서 놀면 안 된다고 했을 텐데."

"저, 엄마. 옥상에 가도 돼?"

겐타가 주저주저하며 말했다.

"글쎄……. 갑자기 옥상은 왜?"

"몰라. 얘네들이 옥상에 간다고 해서."

겐타가 뒤에 있는 아이들을 가리켰다. 입원 환자인 듯한 다섯 살부터 일곱 살 정도 되는 아이들 몇 명이 있었다. 모두 환자복을 입고 있었다.

"올라가도 되는 거 맞지?"

겐타와 같은 나이 또래의 남자아이에게 묻자 부끄러운 듯이 작게 끄덕였다.

"소아병동은 옥상에 못 올라간대."

가오리가 대신 대답했다.

"그래서 여기로 온 거래."

"그럼 엄마도 같이 가볼까?"

아이들이 얼굴에 웃음을 띠며 경쟁하듯이 계단을 달려 올라갔다.

"위험하니까 걸어가렴."

그렇게 말하며 교코도 급히 뒤를 따랐다.

옥상으로 나가자 따뜻한 바람이 남쪽에서 불어왔다. 빨랫줄에 걸린 하얀 시트가 대열을 이루듯이 눈부시게 펄럭이고 있었다. 교코는 자신도 모르게 두 팔을 펼치며 심호흡을 했다. 옥상은 생각했던 것보다 넓었다. 출입이 자유로운 듯 여기저기에서 가운을 걸친 환자들이 이야기를 나누고 있었다.

아이들이 빨랫줄에 걸린 시트 사이를 뛰어다니며 술래잡기를 시작했다. 환호성이 터진다. "얘들아, 시트 만지지 마"하고 주의를 주었다.

주변 경치를 보고 싶어서 난간까지 걸어갔다. 옥상에서 보는 경치는 대단했다. 자신의 집이 있는 방향으로 눈을 돌리니 지붕이 보이지는 않았지만 근처에 고압선 철탑이 있어서 대충 어디쯤인지는 확인할 수 있었다.

자신이 사는 동네를 이런 높은 곳에서 보는 것은 처음이어서 교코는 묘한 감동을 느꼈다. 막 이사 왔을 때는 극장 하나 없는 번화가와 큰길을 따라 서 있는 러브호텔들 때문에 왠지 문화적 수준이 너무 낮은 게 아닌가 싶어 부끄러운 기분도 들었지만, 살다 보니 숲도 많고 복지시설도 제법 충실해 4인 가족이 살기에는 더할 나위 없는 동네였다. 무엇보다 사람들 인심이 좋았다. 아마 그만그만한 가족들이 모여 있기 때문일 것이다. 사소한 허세 정도는 있어도 큰 경쟁이 없는 것이다.

교코의 생활 속에는 이제 도시의 네온사인도 명품도 필요 없었다. 젊었을 때 비싼 가방을 사고 기뻐했던 게 오히려 이상하게 생각될 정도였다.

환자복 차림의 한 남자아이가 달려왔다. 뒤에서는 겐타가 쫓아오고 있었다. 눈앞에서 남자아이가 잡히고, 그 바람에 콘크리트 바닥에 엉덩방아를 찧었다.

상대는 환자였으므로 "좀 더 얌전히 놀거라"하고 겐타를 타이르며 교코는 남자아이를 일으켜주었다. 남자아이의 이마 주변에 수술 자국이 보였다. 겐타와 비슷한 또래의 남자아이 머리에 한 바퀴를 돌듯이 봉합 자국이 있어서 약간 충격을 받았다.

"얘, 그렇게 뛰어다녀도 괜찮니?"

"응. 괜찮아요."

남자아이는 아무렇지도 않게 대답하고는 다시 달려갔다. 그 뒷모습을 보며 저 아이의 엄마도 분명 자신과 비슷한 또래일 것이라고 생각했다. 동정은 너무 안이하고 오만한 감정이긴 하지만 어쨌든 동정과 함께 슬픔을 느꼈다. 아울러 그들에 비하면 자신은 너무 행복한 편에 속한다고 지금 현실에 감사했다.

건강한 남편과 두 아이가 자신의 재산인 것이다. 교코는 그런 생각을 하며 작게 한숨을 내쉬었다. 원래 무슨 일이 벌어지지 않으면 무엇이 소중한지 잘 모르는 법이다.

30분 정도 옥상에 있다가 병실로 돌아가기로 했다. 어제 온 형사들이 그 정도 있다 갔으니 오늘도 그쯤이면 충분할 거라 생각하기도 했고, 만약 아직도 있다면 그만 돌아가 달라는 뜻을 내비치기 위해서였다. 남편이 유일한 목격자라고 해도 매일 시간을 빼앗는 것은 별로 마음에 안 들었다. 폭력단이 범인이라면 더더욱 관련되지 않았으면 싶은 마음도 있었다.

가오리와 겐타도 놀다 지쳤는지 같이 가자고 했다. 입원한 아이들도 소아병동으로 돌아갔다.

셋이서 복도를 걷고 있는데 반대편에서 형사들이 다가왔다. 키가 커서 바로 알 수 있었다. 마침 끝난 모양이었다. 눈이 마주쳐서 인사를 하며 "수고하셨습니다"라고 말했다. 상대편에서도 고개를 숙인다.

"아차, 부인."

마른 쪽 사람이 막 스쳐 지나려는데 말을 꺼냈다.

"가족끼리 축구 경기를 보러 가시거나 하십니까?"

무슨 말인지 알 수 없어서 교코는 멈춰 선 채 고개를 갸웃거렸다.

"아드님이 J리그 팬이라거나 그래서 말이죠."

그렇게 말하며 겐타에게로 시선을 보냈다.

"……아뇨. 특별히 그렇지는 않은데."

"그럼 J리그 보러 가신 적 없으시겠네요."

"네, 그렇습니다만……."

다른 형사가 교코를 바라보고 있었다. 얼굴빛을 살피는 듯한 시선이었다.

"다음번에 기회가 있다면 입장권이라도 선물해드리도록 하죠. 수사에 협조해주셨으니 말이죠."

경찰이 그런 일까지 할까. 당황스러워서 "네에" 하고만 대답했다.

"꼬마야."

형사가 아들에게 말을 걸었다.

"축구 보고 싶지?"

겐타는 교코의 팔을 잡고 수줍게 웃으며 고개를 끄덕였다.

"그럼 나중에 또 찾아뵙도록 하고, 이만."

두 남자는 발길을 돌려 성큼성큼 걸어갔다. 그들의 커다란 등 짝에서 양복의 옷감이 펄럭이며 흔들렸다.

병실로 들어선 순간 시게노리의 딱딱한 표정이 눈에 들어왔 다. 교코를 보고는 웃음을 지어 보였지만 왠지 꾸민 듯한 웃음이 었다. 형사에게 무슨 소리를 들었기에.

"왜 그래요?"

"아니, 아무것도 아니야."

시게노리가 이불 속으로 들어가려 했다.

"기분이 나쁘기라도 한 거야?"

"좀 잘래. 그만 돌아가도 돼."

"저기, 왜 그래? 안색이 안 좋아."

머리맡으로 다가가 시게노리의 얼굴을 들여다보았다. 핏기 가 신 얼굴을 보자 다시 가슴이 방망이질했다.

"조금 피곤할 뿐이야."

시게노리는 교코를 거부하듯이 눈을 감는다.

"안 좋은 일이라도 생각난 거야? 무슨 스트레스라고 해서 증 상이 있다고 했잖아요. 한신 대지진 때도, 지하철 사린가스 사 건 때도 피해를 당한 사람들이 그 당시의 일을 떠올리면서 나중 에 힘들어했다고."

"그래, 아마 그래서일 거야."

남편이 눈을 떴다. 한숨을 쉬고 있었다.

"형사가 그날 밤 일을 꼬치꼬치 캐물어서 불길이 치솟던 그날 밤 광경이 자꾸만 떠올랐거든."

"의사 선생님 부를까?"

"됐어. 자면 괜찮아질 거야."

"신경안정제 받아다 줘?"

"됐다니까."

"경찰도 그래. 환자니까 좀 더 배려해줘야 하는 거 아니야?"

신사적인 형사라고 생각했던 건 아마도 착각이었던 모양이다.

"아르바이트는 언제까지 쉴 거야?"

시게노리가 헛기침을 하며 말했다.

"일단 3, 4일 정도 쉬겠다고 가게에는 말해뒀는데."

"내일부터 다시 나가도 돼. 나 혼자서도 화장실 갈 수 있고, 옷도 갈아입을 수 있으니까."

"……귀찮아?"

"설마 그럴 리가. 무슨 소리야."

"왠지 귀찮다는 듯이 들리는데."

"그런 거 아니라니까."

시게노리가 힘없이 웃었다.

"이제 평소처럼 생활해도 돼. 아르바이트 마치고 돌아가는 길에 들르면 되잖아."

"……응. 그건 그렇지."

시계노리가 또 눈을 감았으므로 교코는 커튼을 치기로 했다. 오늘은 이만 돌아가자. 사실 병실에 있어도 딱히 할 일은 없었다.

창가에 서서 아래를 내려다보자 아까 그 형사들이 병원 뜰에 있었다. 형사들은 재빨리 교코의 시선을 피하며 빠른 걸음으로 그 자리에서 벗어났다. 왠지 험상궂은 눈으로 이 병실을 노려보고 있던 것 같았다.

8

다음 날 밤 수사회의도 4과와 폭력계가 중심이 되어 이야기를 진행했고, 구노는 조용히 듣고만 있었다. 핫토리는 팔짱을 낀 채 바닥을 보고 있었다. 어쩌면 졸고 있는지도 몰랐다. 단 두 명뿐인 하이텍스 내부 조사반에게 새로운 지시사항은 없었다.

4과는 내일 아침에도 기요카즈회의 가택수색을 계속하기로 결정했다. 마음만 먹으면 도로교통법 위반으로도 가택수색을 할 수 있다. 보통 지검은 명백한 별건체포*의 경우 선뜻 응하지 않았지만 관리관이 특별히 설득해놓은 모양이었다.

기요카즈회 간부는 이미 임의로 호출했다고 했다. 그런데 아무도 출두하지 않는 바람에 상층부의 태도가 더욱 강경해졌다.

---

* 別件逮捕. 어떤 사건의 혐의자에게 그 사건에 대한 유력한 증거가 없을 때, 다른 혐의로 체포하는 일.

이제는 강제적인 방법도 사양하지 않겠다는 식이었다.

핫토리는 오늘 수사로 알게 된 사실을 회의 때 보고하지 않겠다고 했다. '조금만 더 캐보고 나서'라는 게 핫토리의 의견이었지만, 본심은 유력한 정보를 다른 사람한테 넘겨주고 싶지 않은 욕심 때문일 것이다.

구노 역시 그 마음은 이해했다. 유력한 정보를 내뱉은 순간 다른 반이 조직되고 정보를 구해온 사람은 고립되어버리는 경우가 경찰 조직 내에서는 그리 드문 일도 아니었다. 경부 이하는 그저 졸개로 취급당하는 곳이 경찰서였다.

살짝 하품을 참으며 관리관의 이야기에 귀를 기울였다.

"다른 목격자가 없다는 게 무슨 말이야. 애당초 신고한 사람은 이웃 민가의 주부였잖아."

그에 대해 탐문반 수사관이 주부는 개 짖는 소리에 깼고, 화재가 나고 몇 분이 지난 후 신고했다고 구두로 전했다.

스쿠터 비슷한 소리도 근처 사람들은 못 들은 모양이었다. 마침 시험이 끝난 시기여서 밤새 책상 앞에서 공부한 학생도 없다고, 농담 비슷한 소리를 진지하게 하고 있었다.

문짝 윗부분에 있던 발자국은 아이의 것인 듯했다. 아마도 하굣길의 초등학생이 올라가 놀았을 것이다.

탐문반의 이노우에게 회의 전에 들었지만, 정말로 아무것도 안 나온 모양이었다. 이노우에는 "있으면서 없다고 하는 거 아니거든요"라고 기분 나쁜 듯 씩씩댔다.

구노는 책상 밑에서 수첩을 펼쳤다. 번호가 적혀 있다. 첫 발견자가 입원해 있는 병실 번호였는데, 회사가 얻어줬다는 세 평 정도의 1인실이었다. 또 '회계감사' '숙직 교대' 같은 메모가 있었다.

구노는 아무렇게나 휘갈긴 글씨를 바라보면서 낮의 일을 떠올렸다.

오전 중에 하이텍스 사원으로부터 새로운 증언을 들었다. 팔토시를 한 나이 지긋한 여사원이 "어제는 본사의 감사가 있는 날이었어요"라고 아무렇지 않게 말했던 것이다. 구노가 "회계연도가 바뀌어서 바쁘시겠어요" 하고 무심코 던진 말에 대한 답변이었다. 경리과에 소속된 그 사원은 전날까지 해놓은 서류 정리가 다 허탕이 됐다며 우울하게 한숨을 내쉬었다.

핫토리가 다시 지사장을 불러내 이 사실에 대해 확인을 했다. 분명 3월 26일은 본사 총무부의 경리과에서 몇 명이 혼조 지사를 방문해 회계감사를 하기로 예정이 돼 있었다.

이때 지사장은 무척 화를 냈다. 핫토리가 "경리과에 무슨 수상한 점이라도 있었던 건가요?"라고 물었을 때 얼굴을 붉히며 부자연스러울 정도로 거듭 부인했던 것이다.

"폭력단 짓이라고 하지 않았나요? 대체 우리의 무엇을 의심하는 겁니까?"

지사장의 대응에는 여유가 없었다.

원래 그때만 해도 호수의 표면에 드리운 찌가 약간 흔들린 정도의 반응밖에 없었다. 구노나 핫토리도 회계감사 건에 그리 기대는 하지 않았다.

하지만 오후에 병원으로 첫 발견자인 오이카와 시게노리를 찾아갔을 때 갑자기 낚시찌가 크게 움직였다. 쓰디쓴 웃음을 섞어 "오셨습니까"라고 인사하며 머리를 긁적이던 시게노리는 감사 이야기를 꺼내자 순식간에 얼굴이 굳어졌던 것이다. 둥그스름한 얼굴 전체가 빨개졌다.

구노는 그 표정 변화를 놓치지 않았다. 아니, 남자의 동요는 누가 보더라도 명확했다. 잠시 말이 나오지 않았다. 핫토리를 보자 그도 놀란 표정을 하고 있었다.

"오이카와 씨는 혼조 지사의 경리 책임자이시죠?"

조급한 마음을 누르며 신중히 운을 뗐다.

"네, 아뇨, 책임자라고 하기엔 어폐가 좀 있는데."

심문은 구노가 했다. 핫토리는 가만히 시게노리의 안색을 살피고 있었다. 서른여덟 살이라고 했는데 자신들보다 더 어려 보였다. 나이에 걸맞은 관록이 묻어나지 않는 남자였다.

"하지만 사십 명 정도 되는 지사에서 당신의 상사는 부지사장과 지사장밖에 없잖아요. 경리는 당신이 혼자 관리하고 있다고 생각해도 되지 않을까요."

"네에. 다만 숙박을 해야 하는 출장의 경우에는 지사장님 결재를 받아야 하니까, 제게 모든 권한이 있다고는……."

웃으려다가 다시 또 남자의 뺨이 잘게 경련했다.

"과거에 경리과가 본사의 감사를 받았던 적이 있나요?"

"……없습니다. 생긴 지 2년밖에 안 된 지사거든요."

"그럼 경리과에서 무슨 문제가 생겼던 적은요?"

"그것도 없습니다."

시계노리의 이마에 땀이 맺혀 있다는 걸 멀리서도 한눈에 알 수 있었다.

"창문이라도 열까요?"

핫토리가 끼어들었다.

"땀을 너무 흘리시네요."

"아뇨, 괜찮습니다."

"어떻게 해드리면 좋을까요?"

"아뇨, 아무것도."

"그렇게 말씀하실 때가 아닌 것 같은데요."

구노가 틈을 주지 않고 말했다.

"아까와는 안색이 너무 달라 보입니다만."

"그건."

전형적인 아마추어의 반응이었다. 마음의 준비를 했다 해도 예기치 못한 부분을 건드리면 바로 무너지고 만다.

"저기."

시계노리가 이불을 걷어내며 몸을 일으켰다.

"화장실 좀 다녀와도 될까요? 아까부터 참고 있어서."

"혼자 가실 수 있겠어요?"

"네, 개인 칸에 들어가면 바지만 내려도 되거든요."

"나도 갈까."

핫토리가 도발적인 눈으로 말했다.

"같이 소변 보러 갈까요?"

시계노리는 그 말에는 대답도 하지 않고 도망치듯이 병실에서 나갔다. 핫토리는 강한 시선을 구노에게 보낸 후 천천히 뒤따라 나갔다.

주인이 없어진 병실에서 구노는 자신을 진정시키려 애썼다. 전혀 예상치 못했던 전개에 스스로도 당황하고 있었다.

시계노리는 뭔가를 숨기고 있었다. 회계감사라는 말을 던졌을 뿐인데 저렇게까지 과민한 반응을 보인 것이다. 또 그것뿐만이 아니라는 것도 쉽게 상상할 수 있었다. 고작 회사 내부의 일로 형사를 앞에 두고 저렇게까지 당황할 이유가 없다. 그렇다면 방화와 관계가 있다는 말인가.

연쇄적으로 '자작극'이라는 말이 갑자기 떠올라 구노의 몸이 떨리기 시작했다.

그 방화는 자작극이었단 말인가. 손바닥에 눅진한 땀이 배어 나왔다.

시계노리는 돌아와 베갯머리에 있던 수건을 얼굴에 덮고 잠시 그 자세를 유지했다. 호흡을 가다듬고 있는 것처럼 보였다.

그리고 수건을 걷어냈을 때 빨갛던 얼굴은 가면처럼 변해 있었다.

"이야기를 계속해도 되겠습니까?"

구노는 가능한 한 감정을 억누르며 말했다.

"네, 하시죠."

"아까 이 방에 들어왔을 때 저희가 하필이면 그날 밤 숙직 당번이었던 게 오이카와 씨에게는 재난이었다고 말씀드렸죠."

구노가 수첩을 뒤적였다.

"거기에 대해 오이카와 씨는 부인하지 않으셨습니다."

"네."

"그건 거짓말이었어요."

"무슨 말씀이신지?"

"당신은 본인이 먼저 사토 씨라는 직속 부하 직원에게 숙직을 바꾸자고 부탁했어요."

"네, 그랬죠."

화장실에서 무슨 주문이라도 걸고 왔는지 시게노리의 눈은 이상하게 허공을 응시하고 있었다.

"하지만 그런 걸 거짓말이라고 하시면……. 그저 일일이 설명할 필요가 없다고 생각해서 말씀드리지 않은 것뿐인데요. 직원들끼리 서로 숙직을 바꾸는 경우는 드문 일이 아니거든요."

"본인의 숙직 날에는 가족과 축구 경기를 볼 예정이라고 하셨던가요."

"그런 이유도 있었지만 어차피 감사 준비로 늦게까지 야근을 해야 해서 차라리 바꾸는 게 낫겠다 싶었던 것뿐입니다. 다른 직원들도 자주 그래요. 철야를 해야만 다 끝날 일이 있으면 아예 숙직도 함께하려는 경우 말입니다."

시게노리가 거침없이 대답했다. 방금 전과는 완전히 다른 무표정을 연기하고 있었지만 무척이나 부자연스럽게 보였다. 계량기가 반대로 돌아가고 있는 것뿐이다.

"그런데 스쿠터 달려가는 소리가 들린 것 같다고 하셨는데요. 타이어 자국이 발견되지 않았습니다. 정말로 들으셨나요?"

"실은 오전 중에 오신 형사님께도 말씀드렸는데요, 별로 자신이 없어졌어요. 전 공황상태였거든요."

"하지만 어제까지는 2사이클 엔진 특유의 날카로운 소리가 나서 50cc 스쿠터가 아닐까 한다고 구체적으로 말씀하셨잖아요."

"네, 확실히 그런 소리를 들었습니다. 하지만 타이어 자국이 없다는 말을 들으니 자신이 없어졌어요."

핫토리가 의자에서 일어나 창가로 걸어갔다. 레이스가 달린 커튼을 약간 젖히며 밖을 바라보다가 "오이카와 씨, 본사의 감사 말인데요, 결국 중지된 건가요?" 하고 물었다.

"글쎄요, 어떻게 됐을까. 지금 그럴 경황이 없는 건 분명한 사실이긴 한데."

"3월 31일이 되면 회사 결산은 종료됩니까?"

"그런 걸 저한테 물으시면……."

"그럼."

핫토리가 시게노리의 말을 막으며 다시 마주 보았다.

"본사에 물어볼까요?"

"……혹시 저도 의심받고 있는 건가요?"

시게노리의 표정이 약간 풀어졌다. 지금 이 자리를 부드럽게 만들고 싶어서 그랬는지도 모르겠지만 금세 다시 딱딱하게 굳어졌다. 쉴 틈을 주지 않고 핫토리의 날카로운 시선이 날아갔다.

"아뇨, 결코 그런 건 아닙니다."

구노가 대답했다.

"저희는 어떠한 작은 실마리라도 잡고 싶은 것뿐입니다."

"첫 발견자라서 중요 참고인임에는 틀림이 없습니다만."

핫토리가 떠보듯 말했다. 시게노리는 거기에 아무런 대답도 하지 않았다.

"귀찮으시겠지만 또 찾아뵙도록 하겠습니다."

인사를 하며 허리를 숙였다. 갈 때 짜기라도 한 듯 두 사람 모두 조용히 시게노리를 내려다보았다. 체격 좋은 자신들이 그렇게 하자 어떤 효과가 있었는지, 눈을 마주치지 않고 있는 시게노리의 얼굴에서 조용히 핏기가 가시는 것을 보면 알 수 있었다.

복도에서는 시게노리의 부인, 그리고 두 아이들과 마주쳤다. 병실을 방문했을 때 얼굴을 봐두어 알고 있었다. 목이 가는, 맵시 있는 여자였다. 나이는 서른 전후로 보였다.

구노는 여자의 눈을 보지 않고 무의식적으로 가슴께로 시선을 비꼈다. 고개를 숙여 인사하자 윤기 나는 검은 머리카락이 찰랑거렸다.

핫토리가 축구 경기를 볼 계획이 있는지 묻자 부인은 이상하다는 듯 부인했다. 두 아이는 부끄러운지 엄마 등 뒤에 숨어 있었다. 남자아이는 아버지와 닮았다. 사랑스러운 웃음이 눈에 깊이 들어와 박혔다.

자신들도 모르는 사이에 두 사람의 발걸음이 빨라졌다. 로비로 내려와 핫토리가 구노의 팔을 잡았다.

"냄새가 납니다. 풀풀. 그렇죠?"

흥분한 얼굴로 말했다.

"자작극일까요?"

"그럴 가능성도 있어요. 저 자식, 분명 뭔가 있어요."

생각지도 못한 수확에 구노 역시 가슴이 뛰었지만 동시에 핫토리가 어린아이처럼 들뜬 것을 보니 의외라는 생각도 들었다.

핫토리는 씩씩대며 "4과 자식들, 창피한 줄 알아야지" 하고 혼잣말처럼 중얼거렸다.

구노는 그 옆얼굴을 보며 실마리를 잡았다는 흥분과 함께 약간의 곤혹스러움도 느끼고 있었다.

성과 없는 한밤중의 수사회의를 끝내고 구노와 핫토리는 한 가지를 확인하기 위해 시게노리의 직속 부하 직원이자 경리과 계장인 사토라는 남자의 집으로 향했다. 그는 이십 대 후반으로 맨션에서 혼자 살고 있었다.

밤중에 느닷없이 찾아온 것을 사과하고, 잠시 주차해놓은 차에서 이야기를 나누고 싶다는 뜻을 전했다. 경찰이 집에 들어오는 것보다 낫다고 생각했는지 남자는 순순히 따랐다. 뒷좌석 안쪽 자리에 태우고 핫토리가 옆에 앉았다. 구노가 운전석에서 몸을 비틀어 질문하는 모양새가 되었다.

"3월 26일은 본사에서 회계감사를 오기로 예정이 되어 있었을 텐데, 사토 씨는 그와 관련해 어떤 지시를 받으셨나요?"

위압적으로 들리지 않도록 부드러운 목소리로 물었다.

"아뇨, 지시라고 해봤자 특별한 건 없었는데요."

남자는 분명 당황스러워하고 있었다. 설마 회사의 내부 사정에 경찰이 관심을 보일 줄이야 생각지도 못했을 것이다.

"그날 밤 야근은 하지 않으셨습니까?"

"9시쯤에 돌아갔습니다만. 과장님이 남은 건 자신이 하겠다고 하셔서요."

"사토 씨가 아시는 한도 내에서 혼조 지사의 경리에 불분명한 점은 없었나요?"

남자는 잠시 생각하다가 고개를 옆으로 저었다.

"저희는 일반 회사 조직에 대해서는 문외한이라 기본적인 것을 좀 여쭤보겠습니다만."

핫토리가 이야기를 이어받았다.

"감사는 어떻게 진행됩니까?"

"저도 경험이 없어서……. 아마 창고의 상품 재고 수와 장부가 일치하는지, 그리고 경비 사용에 문제는 없는지 등등 그런 것이라고 생각합니다만."

"본사와 온라인으로 연결돼 있지 않습니까?"

"연결되어 있지만 숫자만으로는 모르는 부분도 있으리라 생각합니다."

"감사가 들어온다는 것은 의심스러운 구석이 있다는 말 아닌가요?"

여기에서 남자의 답변이 막혔다. 오전에 지사장에게 물었을 때는 굳은 얼굴로 부인했었다.

"글쎄요, 제 입장에서는 뭐라 말하기가……."

"입장이라뇨?"

"그게, 본사에 대한 전달사항이나 보고는 과장님이 전부 처리하시니까 제 위치에서는 알 수 없다는 의미입니다."

"그럼, 오이카와 씨가 혼조 지사의 경리를 도맡고 있었다고 생각해도 되는 건가요?"

"네."

남자가 작은 눈을 내리뜨며 대답했다.

"오이카와 씨와 관련해 무슨 소문 같은 게 있었나요? 어떤 것이든 좋습니다."

"소문 같은 건 그다지……."

"그럼 감사가 들어갈 것이라고 본사에서 통보가 온 게 언제였죠?"

"아마 불이 나기 3일쯤 전일 겁니다."

"그때 오이카와 씨에게 뭔가 이상한 점은 없었나요?"

"저……."

"뭐죠?"

"경찰에선 과장님을 의심하고 있는 건가요?"

"아뇨."

시치미를 떼며 핫토리가 대답했다.

"만에 하나까지의 경우를 대비하는 게 저희 일이라서요."

"이상한 점은 아무것도 없었습니다."

"화재 시 탄 것은?"

"네?"

"장부 등의 서류였나요?"

"네. 책상 위에 꺼내놓아서요."

"호오. 중요한 서류를 책상 위에 꺼내놓습니까?"

"아마 야근하면서 그대로 둔 것이라고 생각합니다. 하지만 디스켓은 남아 있으니까."

"그럼 불분명한 점이 있다면 앞으로 하게 될 감사에서 밝혀지겠군요."

"전표가 소실되었으니 완전히 대조하는 건 불가능할 테지만."

사토는 한 번 헛기침을 하고 나서 두 형사의 얼굴을 불안스럽게 바라보았다.

"범인은 폭력단이 아니었나요?"

"지금으로써는 알 수 없습니다. 물론 그쪽 방면으로도 수사를 진행하고 있긴 합니다만. ……사내에서는 소문이 어떻게 났습니까?"

남자가 침묵했다. 뭔가를 주저하고 있는 것 같았다.

"뭐든 좋으니 말씀해주세요."

구노가 신중하게 말했다.

"아뇨, 아무것도 아닙니다."

"그렇게 말씀하지 마시고."

부드럽게 웃음도 지어 보였다.

"비밀은 지켜드리겠습니다."

"정말 아무것도 아닙니다."

"아뇨, 뭔가 있는 것 같은데요."

핫토리가 등받이에 등을 밀어붙였다.

"지금 말씀하고 싶지 않으시다면 내일 경찰서로 나와주셔도 좋습니다만."

"그렇게까지……."

남자가 얼굴을 들었다.

"물론 원하신다면 말입니다."

"사토 씨, 부탁입니다. 아무리 사소한 것이라도 좋습니다"라고 구노가 말했다.

남자가 불안정한 모습으로 턱을 문질렀다. "하지만 이건 비밀이라" 하고 말하며 창밖으로 눈길을 보냈다.

"부탁합니다."

구노는 진지한 얼굴로 고개를 숙였다.

잠시 침묵이 흐르고 포기한 듯 남자가 입을 열었다.

"설마 이런 일로 경찰이 트집 잡지는 않을 거라 생각해서 말씀 드리는 건데요, 사원여행 비용을 전표 조작으로 변통했었습니다, 저희들."

"그게 무슨 말씀이시죠?"

"매년 본사에서 사원여행 비용이 내려옵니다만 보잘것없는 금액이라서, 그래서……."

"가짜 출장 전표를 끊거나, 가짜 청구서를 만드는 거군요?"

"아뇨, 그런 것은 본사와 온라인으로 연결돼 있어서 바로 들통이 납니다."

"그럼 어떤 방법으로?"

"이런 장사는 판매점에서 자주 하자제품이 되돌아옵니다. 반송 중에 깨지거나 해서요. 그래서 하자제품이 생각보다 많이 나오면 그 상품을 할인매장에 넘겨서……."

"호오, 그렇군요."

"하지만 어디나 다 이래요. 우리만 그러는 게 아니에요. 공무원들도."

남자가 숨도 쉬지 않고 떠들어댔으므로 "알았습니다, 알았어요" 하고 구노가 달래주었다.

"운반은 다른 회사에 위탁했으니 아무도 책임을 묻지 않을 거고, 보험에 들어 있으니까 회사로서도 피해는 없을 테고…….

정말 어떤 회사든 반송 중인 상품은 몇 퍼센트 정도 부서지거나 분실되는 그런 경우를 전제로 일을 처리합니다."

"그럼 그 거래를 하는 할인매장이라는 건 어디죠?"

"그건 왜요?"

사토가 얼굴을 일그러뜨렸다.

"조사하시게요? 제발 참아주세요. 이게 문제가 되면 전 배신자로 낙인찍힌다고요."

"괜찮습니다. 업무상 횡령이라든가 그런 촌스러운 소리 하려는 게 아니에요."

"그럼 왜요?"

"만일을 위해서입니다. 경찰은 무엇이든 만일의 사태에 대비해야 합니다. 혹시 압니까, 그 할인매장이 거래상의 문제 때문에 원한을 품고 있었는지."

"그럴 리 없어요."

"그럼 됐습니다. 내일 지사장에게 물어볼 테니까."

핫토리가 끼어들었다.

사토의 안색이 변했다. 그리고 크게 한숨을 내쉬고 나서 마지못한 듯 가게 이름을 댔다.

"걱정 마세요. 저희는 협력자에게는 절대 폐를 끼치지 않으니까요."

핫토리가 사토의 어깨에 손을 얹었다.

"그리고 아까 하던 이야기 말인데요."

구노가 다시 질문했다.

"본사의 감사가 들어온다는 걸 알았을 때 지사장의 반응은 어땠나요?"

"그러니까 혹시 그 건이 문제가 됐나 싶어서 지사장님이 당황해서 오이카와 과장님에게 지시를 내렸고, 그……."

"은폐 작업을 하라고 말이죠."

핫토리가 뒷말을 대신했다.

"은폐라고 하셔도…… 고작 50만 엔짜리 이야기입니다."

남자가 어처구니없다는 표정을 짓는다.

"아아, 실례. 약간의 조작을 했던 거죠."

"네. ……그래서 본사의 감사가 이번 방화에 뭔가 관계있다고 의심하신다면 그건 헛다리 짚으신 겁니다. 정말 사소한, 어디에나 있는 이야기거든요."

"알겠습니다. 이야기해주셔서 정말 감사합니다."

"그런 걸 아는 직원들은 농담으로 '이거 들키면 안 되는데' 하면서 웃습니다. 뭐, 소문이란 게 이런 하찮은 거죠."

남자가 자조 섞인 콧방귀를 뀐다.

회사가 불타도 의외로 현실은 그런 것이라고 구노는 생각했다. 자신의 집이라도 불타지 않는 한 왠지 남의 일 같은 것이다.

"그런데 오이카와 씨의 돈 씀씀이는 어떠신 편인가요? 최근에 왠지 큰소리 땅땅 치고 그런 적 없었나요?"

일부러 가벼운 말투로 물었다.

남자의 눈이 휘둥그레졌다. 당황하여 "이것도 만일을 위해서 거든요" 하고 덧붙였다.

"차는 바꾼 것 같던데, 그다지 고급차도 아니고요……. 사모님 친정에서 계약금은 꾸고 나머지는 대출받았다고 말씀하셨는데."

"그 외에는요?"

"마작할 때 혼자만 초밥 시키는 정도랄까요."

사토가 쓴웃음을 지었다.

"마작을 하시는군요."

"좋아하세요, 과장님. 마작이나 경마 같은 거."

"그런가요. 밤늦게 여러 가지 말씀해주셔서 정말 고마웠습니다."

두 사람은 정중하게 인사를 하고 남자를 돌려보냈다.

오늘 밤 일은 비밀로 하라고 말해두었지만 일반인에게는 무리한 요구일 것이다. 게다가 직속 상사인 시게노리에게 알리게 하는 것도 나쁜 계책은 아니었다. 연못에 돌을 던지듯 약간 흔들어보는 것도 괜찮다.

혼조 서로 돌아오는 차 안에서 핫토리가 "이치상으로는 맞는 말이야"라고 중얼거렸다.

"이치라니요?"

"지사장이 발끈해서 부인한 것 말이에요. 그 남자는 사원여행 경비를 부정한 방법으로 변통한 게 발각될까 봐 두려웠던 거겠죠."

"네, 그렇군요."

"하지만 그게 오이카와가 허둥댄 이유가 되진 않아요."

"그렇죠."

"그 창백해진 얼굴은 사원여행 경비 정도로는 설명이 안 될 겁니다."

"저도 그렇게 생각해요."

"아무튼 오이카와는 비자금을 만드는 노하우도 가지고 있고, 그럴 수 있는 입장에 있다는 겁니다."

구노 역시 그 의견에는 동의했다.

핫토리가 어깨를 떨고 있었다. 뭔가 생각하나 싶었더니, 조수석에서 웃음을 참고 있었다.

"4과 놈들, 내일 아침에도 기요카즈회에 가택수색 들어갈 거라고 했어요. 회의 끝나고 귓속말하는 걸 들었는데, 혐의는 조장의 '차고(車庫) 건너뛰기'※인 모양이더라고요."

뭐라고 대답하면 좋을지 알 수 없어서 조용히 있었다.

"바보 같은 놈들."

핫토리는 여전히 히죽거리고 있었다.

앞 유리창으로 밤하늘이 보였다. 이 동네는 네온사인이 적기 때문인지 짙은 어둠 속에서 별이 반짝거리고 있었다.

※ 차량 소유자는 거주지 2킬로미터 이내에 차고가 있음을 증명해야 하는데 월 주차료를 싸게 하기 위해 농촌 지역 및 도서 지역으로 주소를 허위 등록하는 등의 불법 행위를 말한다.

이제 봄이라고 생각했는데, 겨울 하늘처럼 투명했다.

핫토리와 헤어져 구노는 기요카즈회의 오쿠라를 찾으러 신마치에 있는 술집 캐빈으로 갔다. 하나무라 건으로 한마디 해두고 싶었고, 정보 수집의 의미도 있었다.

오쿠라는 가게 카운터 구석 자리에서 아니꼽게도 브랜디 잔을 기울이고 있었다. 구노를 발견하고는 넉살 좋은 웃음을 보이며 "어이쿠, 어서 오십쇼" 하고 인사를 했다. 골프 치느라 그을렸는지 지난번에 보았을 때보다 얼굴이 더 검었고, 윤기가 흘렀다.

"오쿠라 씨, 약속은 지키라고 있는 거요."

구노는 호주머니에 두 손을 찔러넣고 선 채 말했다.

"무슨 말씀이신지."

"지난번 밤에 만났을 때 말입니다. 왜 하나무라 씨에게 일러바쳤는지 꼭 알고 싶은데."

"말하지 않았는데요."

오쿠라는 바로 발끈했다.

"이상하게 보지 마십시오. 저 그렇게 입 가벼운 놈 아닙니다."

"그럼 어떻게 하나무라 씨가 알고 있는 겁니까?"

"하나무라 씨가 뭐라고 하던가요?"

"나를 가만두지 않겠다고 벼른다더군요. 여자를 감시했던 게 이유라고 합니다."

"정말인가요?"

"그렇소."

"아무튼 난 아닙니다."

오쿠라는 잔을 놓고 스트라이프 상의의 옷깃을 바로했다. 금배지가 번쩍하고 빛났다.

"어이가 없군요, 이렇게 의심을 받다니."

"당신밖에 없거든요. 경찰서 사람들에게도 이야기하지 않은 건데."

"그래서 나라는 말씀이십니까? 아무리 그래도 이거 너무하신 거 아닙니까? 형사님이 그래서야 어디 되겠어요?"

오쿠라가 빈정거리듯 입을 일그러뜨렸다.

"최근에 하나무라 씨와 만난 건?"

"끈질기시네요, 구노 씨도."

하얀 이를 보인다.

"아무튼 앉으세요. 형사님이 내려다보고 있으면 취조실이 생각나서 거북해요."

권해주는 대로 보조의자에 앉았다. 오쿠라는 카운터 안의 여자에게 말해 잔을 준비시키고 자신의 손으로 직접 브랜디를 따랐다.

"자, 한잔하시죠."

그렇게 말하며 술을 권했다.

"구노 씨, 그 말을 하고 싶어서 일부러 오신 건가요? 사실은 다른 일 때문이겠죠."

오쿠라가 상자에서 외국산 담배 하나를 불쑥 꺼냈다. 구노는 그것을 사양하고 브랜디를 한 모금 마셨다.

"그쪽 경찰서에서 벌써 두세 명 다녀가셨죠. 하이텍스 방화에 대해 알고 있는 걸 전부 말하라고요."

오쿠라는 담배를 입에 물고 불을 붙였다.

"협박하더군요. 이 가게 간판 내리고 싶냐고."

"그래서요?"

"모른다고 대답했죠. 실제로도 그렇고요. 생각해보면 알 만한 일 아닌가요? 우리가 왜 그런 무모한 짓을 하겠어요."

"작년 그 한 건으로 간부가 세 명이나 들어갔어요. 이대로는 결말이 안 나는 거 아닌가요?"

"그렇지 않아요. 우리는 온건파거든요."

"온건파 야쿠자란 말이요?"

자신도 모르게 쓴웃음을 지었다.

"그래요. 손해 보는 싸움은 하지 않아요, 요즘 야쿠자는. 게다가 방화는 위험이 너무 크죠. 누가 5년씩이나 들어가 있겠어요. 거의 총 한 방 먹인 거나 다름없는데."

오쿠라는 자신이 내뱉은 희끄무레한 연기를 가만히 바라보고 있었다.

"협박이 아니라 보복이었다면?"

"좀 봐주세요. 이런 일로 전쟁을 일으켜서 어쩌겠다는 말씀이세요, 대체……."

잠깐 사이를 두었다가 목소리를 낮췄다.

"구노 씨니까 말씀드리지만, 우리 간부들이 제일 황당해하고 있습니다."

"그런가요."

"오늘도 아침부터 휴대전화에 불이 났어요. '누군가 제멋대로 일을 벌인 놈이 있는 거 아냐?'라고요. 우리는 인디즈* 계열의 야쿠자예요. 왜 그런 수지 안 맞는 장사를 하겠습니까."

인디즈 계열이란 말을 쓰는 게 이상해서 구노는 어깨를 살짝 흔들었다.

"공존, 공영입니다. 야쿠자와 마을은요."

잠자코 잔을 기울였다. 오쿠라의 말은 당연했다.

"아, 참. 지난번에 타고 계셨던 어코드. 그거 구노 씨 자가용인가요?"

"네, 그런데요."

"슬슬 외제차 타보시는 건 어떠세요? BMW 물건 나온 게 있는데."

오쿠라가 자동차 금융을 운영한다고 사에키가 말했던 게 기억났다.

"5시리즈가 3년 된 게 있는데 백만이거든요. 구노 씨한테는 80, 아니 70에 드릴게요."

---

* indies. independent의 축약어로 대형 제작사에 소속되지 않고 독립적으로 운영하는 영화사나 레코드 회사를 가리킨다.

"오늘은 이만 돌아가겠습니다."

"무슨 말씀이세요. 모처럼 오셨으면서."

구노가 일어나 지갑에서 5천 엔짜리 지폐를 꺼내 카운터에 올려놓았다.

"괜찮습니다."

"그건 안 되죠."

"제가 굳이 드린 거니까 괜찮아요."

작은 실랑이를 벌였다. 오쿠라가 지폐를 억지로 구노의 양복 윗주머니에 꾸겨 넣었다.

"구노 씨, 그런데 내일 가택수색 말인데요, 우리 회사도 명단에 들어 있습니까?"

"가택수색? 그걸 어떻게 알았죠?"

"끼리끼리 다 통하는 법이잖아요."

오쿠라가 씨익 웃었다. 할 말을 잃은 구노의 팔을 무람없이 툭 친다.

결국 돈은 주지 못하고 가게에서 나왔다.

길에 서서 머리를 우두둑 꺾었다.

역시 기요카즈회 쪽 가능성은 희박한가……. 오쿠라의 말을 액면 그대로 받아들인 것은 아니었지만, 기요카즈회가 손을 썼다면 그들이 상당한 각오를 하고 벌인 짓이라는 것쯤은 쉽게 상상할 수 있었다. 좁은 동네에서 경찰을 우습게 보았다가는 폭력단의 사활이 걸린 문제로 번지게 된다.

그렇다면 첫 발견자가 더욱 수상해진다.

생각에 잠겨 천천히 번화가를 걷다가 택시를 타기 위해 큰길로 향했다.

"어머, 구노 씨네."

앞쪽에서 갑자기 여자의 목소리가 들려 고개를 들었다. 와키타 미호였다.

놀라 주위를 둘러보았지만 하나무라의 모습은 없었다.

"혹시 날 따라온 건가요?"

"아닙니다. 우연이에요."

애써 웃어 보였지만 뺨이 약간 경직돼 있었다.

"진짜?"

미호는 응석부리듯 말하고 나서 장난꾸러기처럼 웃었다.

"하나무라 씨한테 일러바칠까 보다."

"좀 봐주세요. 요즘 바쁘거든요."

미호는 지난번처럼 빨간 원피스를 입고 있었다. 손에는 핸드백을 들고 있었는데 아마 가게로 돌아가는 길인 모양이었다. 약간 취한 듯했다. 볼이 붉게 물들어 있었다.

"구노 씨도 언제 한번 우리 가게에 오세요."

"무슨 농담을."

"하긴. 나 같은 천한 여자는 싫겠죠."

"그럴 리가요."

눈을 내리뜨며 쓴웃음을 지었다.

"아, 어차피 하나무라 씨도 알게 될 테니까 말해두는데요, 이제 나는 관계없어졌어요."

"뭐가요?"

"그렇게만 말하면 알 거예요."

"흐음."

머리를 긁적였다. 떨어져 있는데도 진한 향수 냄새가 전해져 왔다.

"하나무라 씨와 결혼하신다면서요."

"무슨 말이에요. 누가 그런 소릴 해요?"

미호의 눈이 휘둥그레졌다.

"어, 아니었어요?"

"몰라요, 그런 이야기. 하나무라 씨와 사귀고 있는 건 사실이지만, 결혼이라니…… 무엇보다 하나무라 씨는 부인도 자식도 있잖아요."

"네, 그렇죠. 그럼 잘못 들었나 보네요, 죄송합니다."

"아이, 참. 혹시 경찰서에 소문이 쫙 퍼진 건가요?"

"아뇨, 그런 건……"

"난 누구하고도 결혼할 생각 없어요. 구노 씨가 해준다면 또 모를까."

대답하기가 곤란해 쓴웃음만 지었다.

"또 착한 척한다. 나 아직도 구노 씨의 죽은 아내 이름 기억해요. 사나에 씨였죠. 팔베개한 상태에서 그런 소릴 하다니. 믿을 수가 없어요."

역시 취한 건지 미호는 발로 걷어차는 시늉을 했다. 스커트의
갈라진 틈 사이로 하얀 허벅지가 슬쩍 보였다.

"그만 하세요. 너무 짓궂네요."

"할 거예요. 내가 여경이 된 것도 잘못이지만, 구노 씨가 형사
가 된 것도 아주 큰 잘못이에요. 형사라는 건 좀 더 약삭빠르고
교활하지 않으면⋯⋯."

"야."

갑자기 등 뒤에서 소리가 들렸다.

돌아보니 눈을 치뜬 하나무라가 서 있었다. 경찰서에서는 보
지 못했던 고급 재킷을 걸치고 있었다.

"너 아직도 나를 갖고 놀 셈이냐?"

"아, 아뇨⋯⋯."

구노는 자신도 모르게 뒷걸음질 쳤다.

"방화 사건 때문에 바쁠 텐데."

"우연히⋯⋯."

"시치미 떼지 마."

하나무라의 목소리가 거칠어졌다.

"아니면 뭐냐. 미호에게 집적거려보려고 온 거냐."

"오해십니다."

"잠깐."

미호가 옆에서 끼어들었다.

"일일이 마중 나오지 않아도 된다고 했잖아요."

"넌 조용히 해."

"소리치지 마요, 창피하게."

"조용히 하라고 했을 텐데."

"뭐예요, 잘난 체하기는. 부인이랑 잘 안 되니까 그렇게 매일 밤 안 들어가는 거면서."

하나무라의 얼굴이 새빨개졌다. 눈이 마주친다. 미움이 가득한 눈이었다.

"야, 구노. 너, 비웃으러 왔지."

"무슨 그런 말씀을⋯⋯."

"나 같은 놈이 젊은 여자와 붙어먹을 리가 없다고 생각한 거 아냐?"

"하나무라 씨, 취하셨습니까?"

"그래, 취했다. 넌 나를 비웃으러 온 거야."

구노는 가볍게 눈을 감으며 머리를 흔들었다.

"이제 그만 하시죠. 정말로 우연히 지나가던 길이었어요. 전이만 실례하겠습니다."

발걸음을 돌리려는데 허리 주변으로 충격이 전해졌다. 무슨 일이 벌어졌는지 알 수 없었다.

"잠깐, 그만둬요!"

미호의 비명이 귀로 날아들었다. 구노는 아스팔트 위로 나동그라졌다.

"구노, 일어나."

하나무라가 험상궂은 모습으로 내려다보고 있었다. 구노는 천천히 일어나 양복에 묻은 먼지를 털어냈다. 왠지 별로 화가 나지 않았다.

"덤벼라. 오늘이야말로 결판을 내자."

"이제 그만두시죠. 실례하겠습니다."

가볍게 고개를 숙였다.

"너 이 자식, 점잔 빼지 마."

"그만둬요, 볼썽사납게."

미호가 소리쳤다.

"나잇살이나 먹어서 뭘 그리 흥분하는 거죠? 애들처럼. 구노 씨 쪽이 훨씬 어른스러워요."

"미호. 너 아직도 구노한테 미련이 남았냐?"

갑자기 하나무라의 화살이 미호를 겨냥했다.

"이상한 소리 마세요. 구노 씨한테 폐 돼요. 정말 꼴사나우니까 이제 그만. 당분간 우리 집에도 가게에도 오지 마세요."

"너, 사실은 구노에게 먼저 꼬리 친 거 아냐?"

더 이상 보고 있을 수 없었다. 구노는 "그럼 이만"이라는 인사만 하고 나서 도망치듯이 그 자리에서 벗어났다.

하나무라가 뭐라고 소리치고 있었지만 아무것도 귀에 들어오지 않았다.

오늘 밤은 안정제를 먹자고 생각했다. 자명종을 몇 개 정도 맞춰놓으면 될 것이다.

앞쪽에서 싸늘한 돌풍이 불어와 구노의 앞머리를 휙 들어 올렸다.

9

이틀 동안만 쉬고 교코는 다시 아르바이트를 하기 위해 집을 나섰다.

전날 사카키바라 점장에게 내일부터 출근하겠다고 말하자 점장은 "살았다!"라고 약간 비꼬는 듯한 혼잣말을 수화기 저편에서 중얼거리고 나서, 갑자기 쉬는 게 어떻게 스케줄을 엉망으로 만드는지 일방적으로 설교했다.

게다가 다른 계산대에서도 결근자가 있었던 모양이었다. 결국 자기까지 계산대에 섰다면서 은근히 사과를 요구하는 투였다. 그리고 놀랍게도 점장은 끝까지 남편의 상태를 걱정하는 말은 한 마디도 하지 않았다.

교코도 화가 나서 그만둬버릴까도 생각했다. 하지만 어차피 아르바이트는 어디나 마찬가지일 듯싶어서 포기하고는 한숨만 쉬는 데 그쳤다. 신통치 않은 중년 남자의 푸념이라고 생각하면 된다. 상대하는 것만으로도 한심하다.

남편 회사의 방화 사건은 어떻게든 정리가 된 모양이었다.

어젯밤 텔레비전 뉴스에서 기요카즈회라는 폭력단에 대한 가택수색이 이루어졌다고 전했다. 양복 차림으로 굳은 표정을 한 남자들이 종이 상자를 안고 사무실이 있는 빌딩으로 들어가는 모습을 카메라가 찍고 있었다. 오늘 아침 신문에서도 읽었다. 혐의는 공문서 부실 기재였는데, 통칭 '차고 건너뛰기'라고 불리는 부정행위라고 쓰여 있었다.

원래는 다마 넘버여야 할 조장의 자가용이 시나가와 넘버로 등록되어 있었던 것이다. 조장이 대표를 맡고 있는 자동차 판매 회사도 가택수색을 받았다. 아무리 시사 상식에 둔감한 교코라 해도 그것이 별건체포라는 것 정도는 알 수 있었다. 왜냐하면 텔레비전이나 신문도 방화 사건과 관련한 것으로 전하고 있었기 때문이다. 일단 신병을 확보하고 방화에 대해 자백을 받을 것이다.

남편의 회사가 폭력단에게 공격을 받았다는 것은 충격이었지만 남편이 경영진도 아니었고, 그런 만큼 더 이상 해가 미칠 걱정은 없을 것 같았다. 근로자 피해보상보험도 지급된 것 같았고, 그래서 교코는 평상시의 조용한 기분을 되찾고 있었다. 여전히 처음에 사고 소식을 들었을 때의 그 충격은 생생했지만, 남편이 무사했던 것이나 여동생이 달려와 준 것이 자신을 북돋워 주고 있었다.

새삼스레 자신이 혼자가 아니라고 생각했다.

오늘 아침 슈퍼마켓에 출근했을 때도 제일 먼저 도시코와 구미가 맞아주었다. 한바탕 위로와 동정의 말을 늘어놓은 뒤 도시코는 서로의 전화번호를 모르고 있었다는 사실이 제일 힘들었다고 탄식했다.

"우리도 친구이자 동료인데 말이야. 그런데도 서로의 전화번호도 모르고 있었다니. 그런 생각을 하니까 왠지 슬퍼지더라고."

도시코는 당장 주소와 전화번호를 교환하자고 말했다. 당연히 그 말에 따라 구미를 포함한 세 사람은 서로 메모지를 돌렸다.

"무슨 일이 생기면 서로 도와주자."

도시코의 말에 마음속이 훈훈해졌다.

작은 동네였으므로 방화 사건은 모든 사람에게 다 알려져 다른 아르바이트 동료들도 위로의 말을 건네주었다. 유기농 야채를 파는 이소다까지 "남편 분 언제까지 입원하세요?" 하며 걱정스러운 듯 물어왔다. 다만 이소다의 경우엔 병원 급식은 온통 다이옥신투성이이므로 조심할 필요가 있다고 덧붙였다. 더 나아가 야채 시제품을 보내주겠다고 하는 걸 정중하게 물리쳤다.

언젠가 이소다와 언쟁을 벌였던 젊은 주부는 역시 그만두고 말았다. 인간관계를 힘들게 견디면서까지 계속할 만한 일은 아니었으므로 당연한 결말이었을 것이다.

그날 조회에서는 마침 본점에서 와 있던 전무가 인사말을 했는데, 교코에게 닥친 재난을 다른 종업원들에게 설명해주었다.

'우리는 가족적 경영이 모토'라고 말한 것까지는 좋았는데 결근은 되도록 삼가자는 말에 이르러서는 내심 쓴웃음을 금할 수 없었다. 옆에 있던 도시코가 "그러면 문병 부조금이라도 내지" 하고 작은 소리로 말했다. 들리지나 않았을까 싶어 교코는 조마조마했다.

10시가 되고 문이 열렸다. 계산대에 서자 의외로 집중할 수 있었다.

이날은 개점하고 나서 딱 한 시간만 하는 모닝 서비스가 있었으므로 생각할 겨를이 전혀 없었던 게 다행이었다.

상품의 바코드를 센서로 체크하고, 쇼핑 카트에서 장바구니로 옮긴다. 합계금액을 손님에게 말하고 건네받은 돈에서 거스름돈을 다시 건네준다. 기계적으로 작업을 하다 보면 시간이 얼마나 흘렀는지 감각이 무뎌지니 참으로 희한한 일이다. 의외로 집에 가만히 있는 것보다 밖에 나와 일하는 쪽이 정신건강에 더 좋을지도 모른다.

점내 방송에서는 생선회가 지금 한창 좋을 때니 어서 사라고 영업주임이 특유의 탁한 목소리로 떠들고 있었다.

2시가 지나 일을 끝내고 교코는 가게에서 나왔다. 원래는 아동관으로 아이들을 데리러 갔다가 그대로 병원으로 가고 싶었지만, 귀찮게도 고무로 가즈요라는 여자와의 약속이 있었다. 방화 사건 때문에 완전히 잊고 있었는데, 오늘 아침 달력에서 '2시

반, 재스민'이라는 메모를 보고 생각이 났다. 연기할 수도 있었지만 귀찮은 일일수록 빨리 끝내는 편이 좋을 거라고 마음을 고쳐먹고 만나기로 했다.

재스민은 주택가에 조용히 들어서 있는, 느낌이 괜찮은 카페였다. 문을 열고 한 발자국 들여놓았을 뿐인데도 향을 피운 듯 달콤한 향기가 코를 찔렀다.

테이블 위에 놓인 차 봉투를 보고 알아보기로 했는데 달리 손님이 없어서 바로 알 수 있었다. 벽 쪽에 있는 테이블 통로 자리에 자신과 비슷한 또래의 여자가 앉아 있었다. 고무로가 보통 아랫사람이 앉는 자리에 앉아 기다리고 있는 데 약간 감탄했다. 교코는 회사원 시절 신입사원 연수에서 카페에도 상석과 말석이 있다는 것을 배웠다. 전화에서 받은 인상 그대로 역시 예의가 깍듯해 보였다.

자세히 보니 고무로는 혼자가 아니었다. 옆자리엔 마흔 살 정도 되는 남자가 나란히 앉아 있었다.

상대방도 교코를 알아본 듯 일어나 인사를 했다.

"오이카와 교코 씨시죠. 바쁘신데 정말 죄송합니다."

쇼트커트에 옅게 화장을 했을 뿐 수수한 차림의 여자였다. 희고 갸름한 얼굴에 눈과 코가 자그마했다. 남자 쪽은 평범한 양복을 입고 있었다. 머리는 부스스해서 시골 학교의 선생 같은 이미지였다.

교코도 인사를 하며 의자에 앉았다.

"일부러 와주셔서 정말 고맙습니다. 저, 이분은 변호사이신 오기와라 씨입니다. 마치다에서 사무실을 운영하고 계시고요."

그렇게 소개를 한 후 남자가 명함을 내밀었다.

"오기와라입니다. 갑작스럽게 죄송합니다."

경계하지 않도록 웃음을 띠고 있었다.

"고무로 씨는 시민 옴부즈맨 때부터 아는 사이입니다. 말씀을 드려도 오이카와 씨는 모르시겠지만, 예전에 지방 시의회에서 시찰여행을 다녀왔을 때 그 내용이 완전히 관광이나 다름이 없어서 그때 자세한 명세표를 공개하고 비용을 환원하라는 소송을 일으켰던 적이 있어요. 말하자면 전우 같은 셈입니다."

"오기와라 씨, 전우라고 하니까 왠지 거창한 느낌이네요."

고무로가 스스럼없이 남자의 팔을 가볍게 쳤다.

"아, 실례. 듣고 보니 그러네요. 그럼 친구라고 해둘까요."

어떻게 반응하면 좋을지 알 수 없어서 교코는 애써 지은 웃음만 되돌려주었다.

종업원이 주문을 받으러 와서 세 사람은 홍차를 주문했다.

"지난번에 전화로도 잠깐 말씀드렸습니다만."

고무로가 새삼 정색을 하고 말했다.

"저는 2개월쯤 전부터 스마일 다마 점에서 아르바이트로 근무를 하고 있는데요. 아이가 학교에 들어가서 조금쯤은 가계에 보탬이 돼볼까 싶어서요. 결혼하고 이게 처음 하는 일이었습니다. 일을 해보니 의외로 적당주의라고 할까, 엉성하다고 할까, 사회에서 학생들이 하는 아르바이트와 별다르지 않게 취급하는 바람에 솔직히 놀랐어요."

"네……."

교코가 대꾸를 해주었다.

"즉, 이력서를 내서 면접을 보고 합격하면, 시급이나 근무 일수 같은 것들을 점장과의 구두 약속으로 정할 뿐이었어요. 요즘에는 패스트푸드점에서도 그렇게 엉터리로는 하지 않을 겁니다. 일단 월급이 오른다고는 하지만 그것도 이상해요. 오이카와 씨는 오른 적이 있었나요?"

"전 올해 들어 시급이 50엔 올랐는데요……."

"그럼 지점마다 다른 모양이네요. 다마 점은 1년 동안 근무해도 똑같은 사람이 있는 것 같았어요. 서비스로 야근 비슷한 일도 해줘야 하고. ……아무튼 계약서도 없다는 건 이상하다 싶어서 오기와라 씨에게 상담을 청했더니 역시 정말 이상하다고 하셨어요."

"벌써 5년 이상 전에 있었던 일인데요."

오기와라가 컵의 물을 들이켠 후 말을 이었다.

"시간제 근무 노동법이라는 게 만들어졌습니다. 정식 명칭은 '단시간 노동자의 고용관리 개선 등에 관한 법률'이라는 긴 이름입니다만. 그것에 의해 나라에서 고용주에게 고용통지서를 교부하십시오, 취업 규칙을 작성하십시오, 유급휴가를 주십시오, 그런 지도가 행해졌습니다. 그러므로 시간제 근무자는 법적으로 보호를 받고 있다고 해도 좋은 것입니다. 오이카와 씨는 유급휴가를 쓰고 싶단 생각 안 해보셨습니까?"

"그건…… 쓰고 싶긴 하죠."

문득 어제, 그제의 결근을 떠올렸다. 유급휴가였다면 7천 엔은 받을 수 있었다. 그래도 조심스럽게 말했다. 선뜻 동조해주고 싶지는 않았다.

"6개월 동안 계속해서 근무하고, 출근율이 80퍼센트 이상이면 유급휴가가 인정되고 있습니다. 그리고 고용보험에 들고 싶지는 않으세요? 만약의 경우를 대비해서요."

"들고…… 싶죠."

교코는 결혼으로 인해 퇴직했을 때 3개월 동안 실업급여를 받은 적이 있다. 고용보험에 대해서는 잘 알고 있었다.

"더 나아가 퇴직금도 받을 수 있습니다. 3년 이상 근무하면 한 달치 기본급 곱하기 연수를 계산해서 나온 금액을 요구할 수 있습니다. 최근 오이카와 씨 지점에서 퇴직하신 분이 계신가요?"

그러고 보니 얼마 전에 제일 오래된 고참이 그만두었다. 분명 5년 동안 근무했을 것이다. 그 사실을 말하자 고무로가 "아마 퇴직금 못 받았을 거예요" 하고 참견했다.

"그럴 겁니다."

"아깝네요. 그분 일주일에 몇 시간 일하셨나요?"

"글쎄요……. 20시간은 넘었을 것 같은데."

"그럼 한 달이면 80시간이고, 시간당 9백 엔으로 쳐도 7만 2천 엔이죠. 그리고 5년이니까…….”

고무로가 손바닥에 손가락으로 계산하는 시늉을 했다.

“36만 엔이네.”

그 금액을 듣고 교코는 놀랐다. 오기와라가 한 말이 맞다면 2년째인 자신은 앞으로 1년만 더 일하면 퇴직금을 받을 권리를 얻게 된다는 소리다.

홍차가 와서 저마다 설탕을 넣었다. 스푼이 컵에 부딪히는 소리가 울려 퍼졌다.

“어떠세요, 오이카와 씨.”

홍차 한 모금을 마시고 나서 오기와라가 몸을 앞으로 내밀었다.

“방금 한 이야기를 듣고 어떻게 생각하셨습니까?”

“어떻게라니요…….”

“주부들이 아무 말도 하지 않는다는 걸 핑계로 가게 측은 아르바이트 사원들의 권리를 짓밟고 있습니다.”

“네에…….”

무심코 손목시계를 보았다. 슬슬 오후 3시가 다 되어가고 있었다.

“아, 혹시 바쁘신가요?”

“아, 네, 좀……. 아이들을 아동관에 맡겨놔서.”

“그럼 단도직입적으로 말씀드리죠. 오래 붙잡고 있으면 안 되겠네요.”

오기와라가 그렇게 말하고 가방에서 서류 한 장을 꺼냈다.

"이건 후생노동성이 보급하고 있는 고용통지서 견본입니다. 이대로도 통용되는, 제대로 된 서류죠. 이걸 말이죠, 오이카와 씨 쪽에서 혼조 점의 점장에게 보여주고 정식 계약서를 받고 싶다고 말씀해주지 않으시겠습니까?"

"제가요?"

노동자의 처우 개선 비슷한 이야기일 거라 상상은 했지만 고용실태에 대해서만 생각했으므로 교코는 당황스러웠다.

"전화로도 말씀드렸던 것 같은데요."

고무로가 말했다.

"마치다 점과 기타타마 점에서는 이미 협력하시겠다는 분을 확보했습니다. 이제는 혼조 점의 오이카와 씨가 이 제안을 받아들이기만 하면……."

"우리 계획으로는 날짜를 정하고 각 지점에서 일제히 점장에게 서류를 내밀었으면 합니다. 그러는 편이 효과적이거든요. 부디 부탁드립니다."

오기와라가 고개를 숙였다.

"하지만 저 같은 사람이……. 저 말고도 적임자가 있을 것 같은데요."

"아뇨, 오이카와 씨가 적임자라고 생각합니다."

"저도 얼굴을 뵙는 순간 이분이라면, 하고 생각했어요."

두 사람이 저마다 말했다.

"무슨 그런……."

거절해야만 한다고 생각했다. 아르바이트의 대우가 좋아지는 건 고마운 일이지만, 그것은 다른 누군가가 해주었을 때 이야기다. 자신이 선두에 나설 생각은 없었다.

"안심하세요. 이 승부는 뻔합니다. 저편은 승산이 전혀 없어요."

"하지만."

"우리가 한목소리를 내는 것만으로 유급휴가도, 고용보험도, 퇴직금도 손에 넣을 수 있습니다."

"전 곤란해요."

"왜죠?"

"……그랬다가는 직장에 있기가 좀 힘들어질 테고."

"아뇨, 그 반대라고 생각합니다, 저는. 아르바이트 동료들에게서 존경을 받을 겁니다."

"아르바이트 동료들은 그럴지도 모르겠지만 가게 측에서 보면 성가신 인물로 취급할 테고, 그래서 해고라도 되면."

"아뇨, 그건 절대 아닙니다. 일본 법률은 그렇게 만만치가 않아요."

"아무튼……."

교코는 가방을 가슴께로 안았다. 억지로 떠밀리지 않기 위해서라도 이 자리에서 도망치는 게 최고라고 생각했다.

"죄송합니다. 전 이런 일에 어울리지 않는 것 같아요."

"오이카와 씨 마음은 잘 알겠습니다. 누구나 풍파를 일으키지 않고 살고 싶은 법입니다. 그래도 누군가가 행동하지 않으면 이 세상은 변하지 않습니다."

"정말 죄송해요. 이제 아이들을 데리러 가봐야만 해서요."

교코는 가방에서 지갑을 꺼내 홍차 값 5백 엔을 테이블 위에 놓았다.

"괜찮아요."

고무로가 바로 동전을 집어 교코에게 돌려주려 했다.

"저희들이 나와주십사고 부탁드렸으니까요."

"아뇨, 그래도."

이미 교코는 일어서고 있었다.

"부탁이니까 그냥 내게 해주세요."

잠시 작은 실랑이가 벌어진 후 교코는 결국 홍차 값을 지갑에 다시 넣었다.

"오이카와 씨."

오기와라가 입을 열었다.

"정 신경이 쓰이신다면 이 고용통지서를 한번 남편에게 보여주실 수 있으세요? 그래서 다시 한 번 생각해주신다면 고맙겠습니다. 남편 분은 회사원이시죠? 아마 남편 분 회사에서도 부서별로 계약사원을 고용하고 있으리라 생각합니다. 그러니까 이 통지서가 얼마나 정당한 것인지 아실 수 있을 겁니다."

"……그럼 남편과 이야기해볼게요."

그 의견에는 따르기로 했다. 지금은 그저 이 자리에서 빨리 벗어나고 싶었다.

서류를 가방 안에 넣으면서 딱 한 가지 신경 쓰이는 문제가 있었다는 것을 깨닫고 이때 아니면 못 물어볼 것 같아서 묻기로 했다.

"그런데."

일어서며 고무로를 내려다보았다.

"어떻게 제 이력서를 볼 수 있었죠?"

고무로는 약간 계면쩍은 듯한 얼굴로 인사과 서류철을 제멋대로 보았다고 말했다. 다마 점은 본점이었으므로 전 종업원의 이력서 복사본이 다 갖추어져 있는 듯했다.

"죄송합니다. 마음대로 봐서."

고무로는 미안해하며 고개를 숙였다.

"하지만 한밤중에 몰래 들어가서 봤다거나 그런 대단한 짓을 한 건 아니에요. 그 회사, 엉성해서 사무실 책상에 함부로 꽂아두거든요. '아르바이트 사원 이력서'라고 표기까지 해서요. 그것을 잠깐 빌려다 화장실에서 좀 본 것뿐입니다. 기분 나쁘셨다면 용서하세요."

엄밀하게 말하면 사생활 침해였지만 고무로가 시종 저자세로 나왔으므로 불쾌한 마음은 없었다.

오기와라라는 변호사가 "부디 다시 한 번 생각해주십시오"라며 테이블에 머리를 조아렸다.

"그럼 이만 실례하겠습니다."

또 전화가 걸려올지도 모른다. 하지만 이 두 사람에게서 오는 전화라면 왠지 안 받을 것 같다. 그런 생각을 하면서 교코는 정중하게 인사를 하고 카페에서 나왔다.

자전거를 몰아 아동관으로 향했다.

바람은 완전히 봄의 온기를 머금고 있어서 올 때 걸치고 있던 카디건은 필요하지 않았다.

앞으로 몸을 잔뜩 구부리고 언덕을 올라갔다. 점점 숨이 거칠어졌다.

얼굴을 뵙는 순간 이분이라면, 이라. 문득 고무로가 아까 했던 말이 떠올랐다.

자신도 모르게 쓴웃음을 지었다. 하지만 다른 사람이 자신을 믿음직스럽게 봐준 것은 오랫동안 없었던 일이라 그리 나쁜 기분은 아니었다.

하지만 거절할 것이다. 귀찮은 일에 휘말려 들고 싶지 않으니까.

"음……. 그럼 공산당 계열의 변호사일 거야. 여자는 시민운동가고."

조금 아까 있었던 일을 이야기하자, 남편 시게노리는 아무렇게나 자라기 시작한 턱수염을 만지며 작게 헛기침한 후 말했다. 아이들은 병원에 도착하자마자 옥상으로 갔다. 전망 좋은 옥상이 무척이나 마음에 들었던 모양이었다.

"상관하지 않는 편이 좋아. 자칫 성가시게 될지도 몰라."

교코는 사과를 깎아 먹기 좋게 자른 후 이쑤시개로 찍어 건네주었다. 시게노리는 두 팔에 붕대를 감고 있었지만 손으로 물건을 잡는 것 정도는 할 수 있었다.

"그 변호사한테 이런 걸 받았는데."

교코는 카페에서 받은 고용통지서를 시게노리에게 보여주었다. 후생노동성이 견본으로 보급한 것이라고 설명했다.

시게노리가 사과를 한입 가득 넣은 채 들여다보았다.

"당연히 계약서가 있는 편이 문제가 발생했을 때 편리할 테지만. 그래도……."

"당신네 회사는 아르바이트 사원과 계약서 안 써?"

"글쎄, 어떻게 하더라. 내 담당이 아니라서."

"유급휴가는 있어?"

"설마."

"없다고?"

"당연하지. 어떤 회사에서 아르바이트 사원에게 유급휴가를 주겠어."

자신한테 하는 소리 같아서 약간 발끈해졌다.

"그럼 퇴직금은 지불해?"

"퇴직금? 그런 거 안 줘."

"왜?"

"왜냐니."

"시간제 근무 노동법에는 3년 이상 계속해서 근무한 사람에게는 지불해야만 한다고 돼 있어. 고용보험도 1년 이상 근무하면 들 수 있고."

"뭐야. 벌써 세뇌됐잖아, 그자들한테."

시계노리가 농담처럼 말하고는 얼굴을 찌푸렸다. 교코는 조금 시무룩해져서 대답도 하지 않고 사과 하나를 또 찍어 내밀었다.

"이제 됐어. 금방 저녁 먹을 거니까."

시계를 보자 오후 4시가 다 됐다. 사과는 할 수 없이 자신이 먹었다.

"만약 당신네 회사에서 아르바이트하는 누군가가 이런 요구를 한다면 어떻게 될까?"

"과연 어떻게 될까."

시계노리가 천장을 보며 생각했다.

"아마 회사는 당황하겠지만."

"자를까?"

"아니. 자를 수는 없어. 그랬다가 자칫 노동기준국에 걸리면 끝장이거든."

"그럼 어떻게 할까?"

"으음."

"변호사는 반드시 이길 수 있다고 하던데."

"그럴 거야. 법을 방패로 삼으면 회사로서는 미안하다고 사과 할 수밖에 없지."

시계노리가 침대 옆에 있던 작은 페트병으로 손을 뻗어 물을 마시고는 수건으로 입을 닦았다.

"하지만 현실적으로 아르바이트 사원이 그렇게까지 하는 경우는 없어. 결국 회사에 있기가 힘들어질 뿐이니까."

"응, 그렇지."

"당신, 이상한 생각하지 마."

"안 해."

고개를 저었다.

"이데올로기에 푹 빠져 있는 놈들은……."

"그러니까 생각 안 한다니까."

교코는 일어나서 사과 접시를 치우다가 사이드테이블에 페트병이 있던 것에 생각이 미쳤다. 그러고 보니 아까 시게노리가 물을 마셨었다.

"이거 뭐야?"

"응? 그거 내가 사왔어. 바로 앞에 있는 편의점에서. 목이 말라서."

시게노리의 표정이 약간 변했다. 뭔가 이상했다.

"이 운동화는?"

침대 밑에는 새 스니커즈가 놓여 있었다.

"그것도 샀어, 바로 그 옆에 있는 작은 신발가게에서."

"그렇게 밖으로 나가도 괜찮아?"

"그럼. 다리는 아무렇지도 않으니까."

"흐음."

"그리고 잡지도 사왔어."

이마에 땀이 맺혀 있다.

"그래."

왠지 이상하다고 생각했다. 뭐가 이상하냐고 묻는다면 딱히 대답할 수는 없었지만.

"그건 그렇고, 차로 왔어?"

"응. 운전 오랜만에 했는데도 잘되던데."

오늘은 병원에 차로 와달라고 시게노리가 전화로 말했던 것이다.

"차 그냥 놓고 가줘. 나중에 잠깐 회사 들러야 하거든."

"뭐야, 그래서 차로 오라고 했던 거야? 안 돼. 선생님한테 혼날 거야."

"괜찮아. 미리 말하고 갔다 올 거야."

이상하게도 시게노리는 눈을 마주치려 하지 않았다. 적어도 자신에게는 그렇게 보였다.

"무슨 일로?"

"오전에 사토가 와서 일과 관련해 보고를 했는데, 내가 확인해주지 않으면 알 수 없는 게 있다고 해서."

"서류 같은 거라면 가져와도 되잖아."

"모두들 바빠."

"……선생님한테 물어보고 올게."

"뭘?"

"차를 운전해도 되냐고."

"내가 말한다고 했잖아."

시게노리가 날카로운 말투로 소리쳤다. 교코는 놀랐다. 아이들이 잘못을 저질렀을 때도 남편은 감정적으로 혼낸 적이 없는 사람이었는데.

시게노리가 갑자기 신문을 집어 들고 펼치며 교코의 시선을 차단했다.

"손, 안 아파?"

"그래, 괜찮아."

신문지 너머에서 와 닿는 목소리는 너무나도 사무적으로 느껴졌다.

"오늘 형사는 왔다 갔어?"

"오늘은 안 왔어."

"아, 그러고 보니 어젯밤 뉴스에서 폭력단에 가택수색이 들어갔다고 하던데."

"아, 그래."

"빨리 잡히면 좋겠어."

"그래."

아내에게 큰소리친 것을 후회하는지 시게노리는 힘없이 대답했다. 남편은 혼자 있고 싶은 걸까. 아직 사건의 충격이 남아 있는 것인지도 모른다. 그렇게 이해하기로 했다. 자신으로서는 상상도 할 수 없는 체험을 했으니까 다소 변덕스러운 것은 어쩔 수 없다.

"애들 보고 올게."

"응."

"곧 면회시간 끝나니까 데리고 올게."

"그냥 돌아가도 돼."

"그건 좀 그렇다. 그래도 명색이 아빤데."

교코가 농담처럼 항의하자 시게노리가 신문을 놓으며 쓴웃음을 짓고는 미안하다고 사과했다. 그제야 겨우 안심이 되었다. 시게노리는 평상시의 표정으로 돌아와 있었다.

병실을 나가 옥상으로 갔다. 병원 복도는 잘 닦여 있어서 구두 소리가 높이 울려 퍼졌다. 건물 전체에는 약 냄새와 많은 환자들의 체취가 뒤섞인 독특한 공기가 충만해 있었다. 문득 들여다본 큰 병실에서는 노인의 환한 웃음소리가 들려왔다.

지나치던 간호사와 가볍게 인사를 주고받았다.

이제 일주일만 있으면 남편은 퇴원한다.

그렇게 원래대로의 생활로 돌아가나 생각하니 괜시리 한숨이 나왔다.

10

구노는 사나에의 꿈을 꾸고 있었다.

머리 어딘가가 깨어 있는지 꿈이라는 걸 다 알면서도 꿈을 꾸고 있었다.

독신일 무렵 주말이 되면 사나에가 아파트로 자러 왔다. 사나에는 작은 부엌에서 연인을 위해 솜씨 좋게 저녁 식사를 준비했다. 고타츠와는 영 안 어울리는 멋진 요리였지만, 여름에도 고타츠를 그대로 내놓고 있었기에 그 위에다 밥을 차렸다.

꿈속의 젊은 구노가 그것들을 먹었다. "맛있어?" 하고 사나에가 묻자 입에 잔뜩 밥을 넣은 채 "응" 하고 구노가 끄덕였다.

연인이 정신없이 먹는 모습을 사나에는 늘 즐거운 듯 바라보았다.

구노도 애정 어린 눈으로 자신을 바라보는 누군가가 있다는 것에 행복을 느꼈다.

하지만 그날 밤은 변화가 있었다. 식사가 끝나고 구노가 엎드려 텔레비전을 보고 있는데 사나에가 작은 목소리로 "피곤하다"고 중얼거렸던 것이다.

"……저기, 가오루. 가끔은 설거지 좀 해주지 않을래?"

문득 생각났다는 듯한 말투였다.

돌아보자 사나에가 보고 있었다. 잠시 사이를 두었다가 구노는 "좋아"라고 대답했다.

사나에의 표정에 안도하는 기색이 번졌다. 거절했더라면 기분 나빠했을까, 일어서며 생각했다. 부엌에서 수세미를 잡았다.

"저기, 뭐 좀 물어봐도 돼?"

사나에가 쫓아와서 유리문 미닫이틀 위에 손을 올렸다. 전부터 묻고 싶은 게 있었던 것처럼 보였다.

"뭘?"

개수대를 향한 채 되물었다.

"결혼하면 가오루, 집안일 얼마나 도와줄 거야?"

무슨 말인가 싶어 하던 일을 멈췄다. 바로는 대답이 나오지 않았다.

"예를 들면 목욕탕 청소는 가오루가 한다든가, 일요일엔 식사 당번을 한다든가. 그게 말이지, 둘 다 일을 하니까 그런 건 똑같이 나눠야 한다고 생각해. 가오루는 일이 불규칙해서 사건이 터지면 일주일 정도 외박할 수도 있고, 계획표가 다 엉망이 되는 일도 얼마든지 있을 테지만, 그래도 역시 그런 건 정해두고 싶어."

"……그래, 좋아."

"나 교사 일을 쭉 오래 하고 싶어, 엄마처럼. 아이가 생기고 나서도."

"아이가 생기고 나서도?"

"그래. 싫어?"

"싫은 건 아니지만……. 그러면 애는 누가 키워?"

"둘이서. 일을 할 때는 탁아소에 맡겨야지."

"흐음."

"어, 가오루, 싫은 모양이네."

썩 내키지 않는 듯한 대답에 사나에는 바로 반응했다.

"싫은 건 아니고, 생각해보는 것뿐이야."

"마누라는 집에 있는 게 좋아?"

"그런 건 아니야. 사나에가 일하고 싶으면 협력할게. 하지만 굳이 지금 결정하지 않아도 되잖아. 아이가 생기면 그때 이야기 해도 되고."

"아니야."

사나에가 고개를 저었다.

"결혼해서 이럴 줄 몰랐다고 생각하는 게 싫거든. 그래서 미리 결정하고 싶어. 큰일도, 사소한 일들도."

설거지를 끝내고 세 평 정도 되는 방 안에서 둘은 마주 보고 앉았다. 사나에는 앉음새를 바로하고 약간 긴장한 얼굴로 입을 열었다.

"목욕탕 청소는 가오루."

"좋아."

"빨래는 나."

"응."

"토요일 식사 준비와 설거지는 가오루."

"좋아."

"평일엔 내가 할게."

"응."

사나에의 표정이 서서히 풀어졌다.

사나에는 쓰레기 버리는 일부터 아이 기르는 것까지 마치 학급위원처럼 결정해나갔다. 그 대부분에 구노는 동의했다. 남편 행세를 톡톡히 할 생각은 애당초 없었고, 생각했던 것을 숨김없이 말하는 사나에의 성격도 좋아했기 때문이다.

꽉 잡힌 건가. 그런 생각을 하며 속으로 작게 웃었다.

하지만 딱 한 가지, 아무래도 의견이 일치하지 않는 게 있었다.

"아기 낳을 때 같이 들어가 줄 거지?"라는 사나에의 물음에 구노는 바로 고개를 저었던 것이다.

"왜? 출산은 부부 두 사람의 일이잖아."

바로 사나에의 안색이 변했다.

"나는 그런 거 안 좋아해."

"좋고 싫은 문제가 아니야."

"남자가 아기 낳는 데 들어가다니, 뭐랄까 분명 인간적이긴 한 것 같지만 거짓말 같기도 해."

"거짓말이라는 건 무슨 말이야?"

"직감이야. 잘 설명할 수는 없지만, 자연의 섭리를 거스르는 것 같아. 무엇보다 너, 보여주고 싶니?"

"천박한 소리 하지 마. 내가 말하고 싶은 건 출산이라는 중요한 순간을 함께할 마음이 있느냐 없느냐 하는 거야."

"나는 남자야. 아이는 못 낳아. 미안하지만 그건 여자의 일이야."

"너무해. 파쇼야. 가오루, 그런 게 규슈 남자라고 생각하는 모양이지. 남자답다고 생각하는 거야."

사나에가 점점 더 화를 냈다.

"그런 건……."

그때 몸이 흔들렸다.

누군가가 자신을 깨우려 하고 있었다.

조금 더 이 꿈을 꾸고 싶어서 거부하듯 몸을 뒤척였다.

현실에서는 결론이 나지 않았던 두 사람의 문제였다. 평행선을 달린 채로 두 사람은 결혼했고, 사나에는 임신했던 것이다.

그래서 조금 더 이야기할 시간이 있었으면 싶었다. 그 사고 직전에 사나에는 이미 포기하고 있었다.

"안 들어오면 아기는 내 거야."

장난처럼 그렇게 말하며 웃게 됐을 정도였던 것이다.

구노 씨.

이노우에의 목소리였다.

알고 있었다. 4층의 무도장에 요를 깔고 잠이 들었다는 것까지는. 어젯밤에 수사기록을 정리하다가 늦어져서 그대로 경찰서에서 잤던 것이다.

화재입니다. 이노우에가 말했다. 관내에서 연속 화재 사건입니다.

갑자기 말이 귀로 날아든다. 눈을 떴지만 머리가 마비된 것 같아서 그 의미까지는 의식 속으로 들어오지 않았다.

"너, 당직이었냐?"

베개에 머리를 얹은 채 그런 엉뚱한 것을 물었다.

"방금 연락이 왔어요. 나카초입니다. 하이텍스 근처죠."

구노는 천천히 이불을 걷으며 상반신을 일으켰다.

손목시계를 찾았지만 바로 눈에 띄지 않아서 이노우에의 왼팔을 잡고 시간을 확인했다. 멍했던 초점이 맞아간다. 오전 2시 45분이었다.

"빨리 옷 입으세요. 차량은 수배해놓았습니다."

"화재 정도는?"

목소리가 갈라져 있었다.

"모르겠어요. 주차장에 세워져 있던 차가 불탄 모양입니다. 그러니 방화겠지요."

"감식은?"

"벌써 출동했습니다. 사에키 주임님도 댁에서 바로 간 모양입니다."

재채기가 나왔다. 어깨 근처에 오한이 일었다. 이제 4월도 다 됐는데 밤에는 아직도 추웠다. 일어나 바지를 입었다. 넥타이는 목에 거는 시늉만 하고 윗도리를 걸쳤다.

"기요카즈회의 조장은 아직도 취조실에 있나?"

"그렇습니다. 구류 중이죠. 역시 이건 유쾌범의 소행일까요?"

"몰라. 수사에 혼선을 빚게 하기 위한 걸 수도 있어."

왜 자신이 그런 소리를 했는지 모르겠다. 갑자기 오이카와 시게노리의 얼굴이 떠올랐다. 복도에서 스친 시게노리 처의 얼굴도, 두 사람의 작은 아이들의 얼굴도 서서히 떠올랐다.

"그렇다면 기요카즈회가 젊은 애들을 시켜서."

"억측은 하지 마."

반쯤은 자신에게 한 말이었다.

복도로 나왔다. 두 손으로 얼굴을 문지르며 계단을 달려 내려가자 서서히 몸 전체에 피가 돌았다. 동시에 머리도 개운해졌다.

대수롭지 않은 화재라면 좋겠는데. 그렇게 마음속으로 빌었다.

복면 패트롤 카에 올라탄 후 출발했다. 무전기에서 현장의 상황을 전해주고 있었다.

"기동수사대로부터 경시청으로. 발화 장소는 혼조 시 나카초 2가 35번지 1호. 마찬가지로 3가 1번지 12호, 역시 또 3가 22번지 6호, 이상 세 곳. 어쨌든 번지기 전에 바로 진화했음. 부상자는 안 나왔습니다. 기동수사대 차량은 현장 부근의 검색을 실시……."

이어서 다른 무전기가 불에 탄 것은 전부 주차장에 세워져 있던 차라고 덧붙였다.

작은 화재라는 데 구노는 안심했다. 바싹 긴장했던 어깨가 약간 처졌다.

"경시청에서 출동 중인 각 차량들에게 검색 장소를 알려드리겠습니다……."

무전을 들으면서 이노우에가 지도를 펼쳤다. "재수 없네"라고 중얼거리고 있었다.

"나카초 3가까지는 내 담당 지역이거든요."

"탐문 때 정말 아무것도 안 나왔어?"

"아무것도요."

이노우에가 옆에서 고개를 저었다.

"목격자 하나 나오지 않았으니까요."

제일 가까운 현장에 도착하자 사에키가 코트 깃을 세운 채 다리를 덜덜 떨고 있었다. 뚱뚱한 체형이라 바로 알 수 있었다. 그게 아니라 해도 잘 지내는 사이인 선더버드 2호를 몰라볼 리는 없었다.

소방차의 적색등이 회전하며 인근 집들의 벽을 검붉게 물들이고 있었다.

오전 3시가 지났는데도 몇 명의 구경꾼들이 멀찌감치 떨어져서 보고 있었다. 다행히도 제복 경찰관이 신속히 목격자를 찾고 있었다.

플래시가 터졌다. 감식반이 현장검증을 하는 척하며 구경꾼들에게 카메라를 향하고 있었다.

"고생이 많으시네요."

하얀 입김을 토해내며 구노가 말을 걸었다. 사에키는 "수법은 동일해"라고 코를 훌쩍이며 말했다.

"가솔린에 페트병이야. 신문에서는 페트병까지는 밝히지 않았으니까 모방범은 아닐 테고."

사에키의 말대로 현장에서는 희미하게 가솔린 냄새가 났다. 백 평 정도 되는 황량한 주차장에 검은색 국산 쿠페가 시커멓게 변해 있었다. 펜더° 주변이 불에 타 있었다. 번호판도 그을려 있었지만 희미하게 숫자 정도는 확인할 수 있었다.

"차 주인에게는 알렸나요?"

사에키가 턱을 내밀어 가리켰다. 그 끝을 보니 잠옷 위에 점퍼를 걸친 젊은 남자가 새파란 얼굴로 다른 형사한테 사정 청취를 받고 있었다.

"바로 근처 아파트에 사는 남잔가 봐. 중고긴 하지만 산 지는 얼마 안 됐고."

° fender. 자동차나 자전거 등의 흙받기.

"현장에서 특별히 다른 점은 없나요?"

"여러 팀이 흩어져 있어. 비슷한 것 같은데. 다만 길가에 스쿠터가 세워져 있다는 게 좀 다를까. 그리고 민가의 담이 그을린 것 같아. 너, 어떻게 생각하나?"

"글쎄요. 어떨지."

"수사를 혼란스럽게 하려는 거예요, 역시."

이노우에가 끼어들었다. 사에키는 금방이라도 한숨을 쉴 것 같은 표정이었다.

"하이텍스 방화에 비해 약해요. 저쪽은 건물이고 이쪽은 차잖아요. 게다가 오일탱크가 있는 뒷부분은 피했어요."

"중고차고."

사에키가 덧붙이듯 말했다. 사에키도 심증은 같은 모양이었다.

"주차장 안을 봐. 비싸 보이는 차들도 있어."

"즉, 그렇게까지 큰 피해는 내고 싶지 않았다는 말입니다. 안 그런가요, 구노 씨?"

"모르지. 유쾌범이라 해도 지난번엔 좀 지나쳤다고 생각했는지도 모르고."

"그런 유쾌범이 어디 있습니까. 놈들은 화재만 멋지게 내면 그만이라고 생각하잖아요."

구노는 그 말에는 대답하지 않고 주변을 걸어다녀 보았다. 그 일대는 주택가여서 편의점도 없는 것 같았다. 이 시간이면 사람은 물론 차의 통행도 거의 없다. 시끄러운 현장에서 한 구역 정도 떨어져 있을 뿐인데도 주변은 정적이 지배하고 있었다.

여기에서 불을 지르고 도망치는 범인의 뒷모습을 상상했다. 어떤 도주 수단을 사용했는지는 모르겠지만 그것에까지 가는 동안 발소리만은 어둠 속에서 울려 퍼졌을 것이다.

밤하늘을 올려다보자 차가운 기운과 어울려 별이 아름답게 빛나고 있었다.

한 번 숨을 내쉬며 발걸음을 돌려 차로 돌아갔다.

"이봐, 이노우에. 여기는 너한테 맡길게. 조서도 네가 써."

"알겠습니다만 구노 씨, 어디로 가시게요?"

"잠깐 가볼 데가 있어."

역시 신경이 쓰였다. 차에 올라타 시동을 걸고 사이드브레이크를 내린 후 액셀을 밟았다. 정차해 있는 소방차 사이를 아슬아슬하게 통과하고 나서 어둠 속을 향해 속력을 냈다.

여기에서 시민병원까지는 그리 멀지 않다. 손목시계를 보며 시간을 계산했다.

시계노리는 분명 두 팔에 상처를 입었다. 차 운전을 할 수 있을까. 핸들을 잡고 그런 생각을 했다. 도보나 자전거 이동은 눈에 띄기 쉬우므로 일반적으로 생각하면 당연히 차일 것이다.

어제 낮에 핫토리와 둘이서 하이텍스 본사를 방문했다. 시나가와 공장지대에 있는 본사는 학교 건물을 떠올리게 하는 외관에, 각 창에 붙어 있는 에어컨 실외기가 두드러진 낡은 콘크리트 건물이었다. 접수대에서 총무부 책임자를 불러달라고 말한 후 합판으로만 둘러싸여 있는 응접실로 가서 기다리는데, 얼굴이 평평하고 허우대가 좋은 중년 남자가 나타났다. 핫토리가 회계 감사 이야기를 꺼내며 혼조 지점의 경리에게 어떤 수상한 점이 있는지를 물어보려 했다.

도다라고 자신을 소개한 부장은 처음엔 상냥했지만 눈앞의 형사가 '내부설'을 조사하고 있는 듯하자 갑자기 얼굴에서 표정이 사라졌다.

"사내에서 조사해보지 않고서는……."

이것이 시종 변함없는 도다의 대답이었다. 윗사람과의 면담을 요구하자 바로는 무리라고 거절했다. 아마 이것이 기업일 것이다. 경찰도 비슷하다. 책임 소재가 애매해서 외부에서 문의라도 들어오면 시간이 걸린다.

새벽이라 교통량이 전혀 없었던 이유도 있고 해서 병원에는 10분 정도 만에 도착했다. 오전 3시 20분이라고 입속으로 중얼 거렸다.

수위실은 닫혀 있었고, 주차 차단기도 올려져 있었다. 야간 출입은 자유로운 모양이었다. 차를 세워두고 아스팔트에 내려섰다. 구노는 다시 차가운 밤기운에 둘러싸였다.

구노가 처음으로 한 행동은 주차해놓은 십여 대의 차 보닛에 손을 대보는 일이었다. 대부분이 야근을 하는 간호사들의 승용차였는지 빨갛고 노란 컬러풀한 경자동차가 많았고, 앞창 너머에 작은 인형이 보이기도 했다.

손바닥에 신경을 집중했다. 잠들어 있던 철판은 인간의 체온을 아주 간단히 떨쳐내 구노의 손은 바로 차가워졌다. 간간이 바지에 문지르며 차례대로 손을 대보았다. 하지만 희미한 온도가 느껴지는 일조차 없었다.

역시 무리였나. 손목시계를 보았다.

연락이 들어온 게 2시 45분. 그 직전에 방화를 하고 그곳을 차로 벗어났다면 여기에는 2시 50분에는 도착하게 된다. 그 뒤로 벌써 30분 이상이 지났다. 엔진이 식기에는 너무나도 충분한 시간이다.

혹은 지나친 생각이었는지도 모른다. 방화는 중범죄다. 상당한 각오가 있거나 혹은 마음의 병을 앓는 자가 아니면 할 수 있는 짓이 아니다.

그때 희미한 온도를 느끼고 퍼뜩 얼굴을 들었다. 차는 한눈에 보기에도 새 차임을 알 수 있는 하얀 블루버드였다. 시게노리 부하 직원의 말이 뇌리에 떠올랐다. 분명 시게노리는 차를 교체한 지 얼마 안 됐다고 했다.

그렇게 생각해서일까. 다시 한 번 손바닥을 대보았다. 이번에는 판단하기가 어려웠다. 적어도 다른 차만큼 차갑지는 않은 것처럼 느껴졌지만.

위치를 바꿔 만져보고 뺨까지 보닛에 대보았다. 여전히 알 수 없었다.

만지면 만질수록 처음 느꼈던 그 인상이 희박해져 간다.

보닛을 억지로 열고 엔진을 직접 만져보고 싶은 충동이 일었다.

약간 떨어져서 차를 보았다. 그 밖에 다른 방법은 없을까 이리저리 생각해보았다.

초조한 마음을 억누르면서 차 주변을 한 바퀴 돌았다.

문득 생각이 났다. 구노는 땅에 등을 대고 누운 채로 차 밑으로 들어가 차 바닥의 오일탱크를 찾았다. 쇠는 금방 식지만 한 번 가열된 엔진오일은 그리 쉽게 식지 않을 것이다.

어두워서 아무것도 보이지 않는 가운데 오른손을 뻗어 여기저기를 더듬거렸다.

오일 교환을 자신이 직접 한 적은 없지만 카센터에서 정비하는 걸 본 적이 있어서 대충 짐작은 갔다.

찾았다. 자신도 모르게 작은 목소리가 새어 나왔다. 자신의 손이 만진 게 오일탱크인지는 모른다. 하지만 그것은 아무래도 좋았다. 오른손의 손가락 끝은 차가운 수프가 담긴 그릇처럼 돼버렸지만 분명 온도를 느낄 수 있었다.

일어나 차 번호를 메모했다. 서둘러 차로 돌아가 무전기를 들었다.

"혼조 3에서 123."

잡음이 흐르고 바로 본청 조회센터에서 "여기는 123, 혼조 3 나와라"라는 응답이 왔다.

"P 넘버 79××. 혼조 3호, 형사과 구노. 넘버로 차의 소유자

및 사용자 조회 부탁드립니다. 다마 500, 니혼(日本) 할 때 '니',
67××으로 부탁합니다. 조회 사유는 수상한 차량. 장소는 혼조
시 시민병원 내 주차장. 부탁드립니다."

알았다는 대답을 듣고 구노는 운전석 등받이에 등을 파묻었
다. 추웠는지 아니면 다른 이유였는지 무릎이 잘게 떨리고 있었
다. 침을 삼키자 목이 울렸다.

거의 10초쯤 있다가 무전기에서 소리가 들렸다.

"123에서 혼조 3."

"여기는 혼조 3, 부탁합니다."

"방금 전 조회 건에 대해 말씀드리겠습니다. 다마 500, 니혼
할 때 '니', 67××. 소유자와 사용자는 동일합니다."

대출은 없다. 현금으로 산 차였다.

"소유자 및 사용자는…… 오이카와 시게노리. 한자는 급부
할 때 '급(及)', 내 '천(川)', 나가시마 시게오[●]의 '시게' 할 때의 '무
(茂)', 법칙 할 때의 '칙(則)'. 주소는 혼조 시 아스카 가 5의 9의 1.
이상 담당 야마시카였습니다."

"알았……."

말하면서 가볍게 눈을 감았다. 인사말의 끝부분은 목소리가
되어 나오지 않았다.

무전기를 놓고 핸들에 머리를 올렸다.

● 長嶋茂雄. 일본 프로야구의 전설적인 강타자이자 전 요미우리 자이언츠 팀의 감독.

대출로 구입했을 경우 지불이 완료될 때까지 소유자는 판매점 명의가 된다. 그렇지 않다는 것은 현금으로 구입했다는 것이다.

연쇄적으로 또 사토라는 부하 직원의 증언이 생각났다. 계약금은 아내의 친정에서 빌리고, 나머지는 대출을 받았다. 시게노리는 회사 사람들에게는 그렇게 말했을 것이다.

잠시 그대로 있었다. 시게노리 가족의 얼굴이 뇌리에 떠올랐다.

앞 유리창으로 병동을 올려다보았다. 작은 불로 끝난 걸 감사해라. 입안에서 중얼거렸다.

구노는 차에서 나와 이번엔 출입구를 찾아 병원 마당을 걸었다.

주차장 끝에 통로가 있었고, 그 끝에 조명이 보였다. 문 앞에서서 문의 손잡이를 비틀자 간단하게 열렸다. 평소 문을 잠가두지 않는 듯했다.

누구든 불러볼까 생각했지만 인기척이 없다. 그대로 복도를 걸어갔다. 발자국 소리가 울린다. 살금살금 걷는 것도 이상해서 그냥 성큼성큼 걸어나갔다.

복도로 불빛이 새어 나오는 창이 있었다. 너스 스테이션일 것이다. 발소리를 눈치채고 간호사가 얼굴을 내밀었다.

"죄송합니다. 혼조 경찰서의 구노라고 합니다."

무서워하지 않도록 미소를 지어 보였다.

"네?"

아직 볼에 순진함이 남아 있는 간호사가 의아한 듯 고개를 갸웃거렸다.

"형사입니다. 혼조 서에서 왔습니다."

경찰수첩을 보여주었다.

"아, 네. 주임님."

뒤를 돌아보며 "형사님이"라고 말했다.

주임이라고 불린 삼십 대 여자가 안에서 나타나 유리창을 열었다.

"뭐죠?"

"쓸데없는 걸 여쭤보는 것 같습니다만 오전 0시부터 지금까지 사이에 뭔가 이상한 일 없었나요?"

"이상한 일이라고 하시면……?"

"환자의 출입 같은 게 있었나요?"

"아뇨."

주임 간호사는 이상한 듯이 고개를 흔들었다.

"그럼 이 시간에도 환자들은 자유롭게 출입할 수 있습니까?"

간호사는 의미를 알 수 없다는 얼굴로 구노를 바라보고 있었다.

"예를 들면 여기에 입원한 환자가 오전 2시에 갑자기 집으로 가겠다고 하면 그게 가능한가요?"

"원장님의 외출 허가가 없으면 무리입니다."

구노는 작게 한숨을 쉬며 묻는 방법을 바꿨다.

"그런 방법 말고 간호사님들의 눈을 피해 빠져나갈 수는 있나요?"

"글쎄요……. 그런 사람은 거의 없는데. 애당초 이 시간에는 어디나 문이 잠겨 있어서 밖으로 나가려면 너스 스테이션 앞을 지나야만 하니까 무리가 아닐까 싶은데요."

구노는 몸을 뒤로 떼어내며 창구 아래를 보았다. 허리를 낮추고 지나가면 간호사의 눈을 피하지 못할 것도 없다.

"죄송합니다. 외과병동 5층으로 올라가고 싶은데요."

간호사가 눈썹을 찌푸렸다.

"무슨 사건이라도 있나요?"

"그것은 말씀드릴 수 없습니다만."

"조금도…… 말인가요?"

"네. 조금도."

간호사가 벽시계로 눈길을 보낸다. 잠시 침묵이 흐르고 "그럼 제가 같이 갈 테니까 잠깐만요" 하고 말했다.

"정말 고맙습니다. 협력에 감사드립니다."

발치의 조명만이 어슴푸레 켜져 있는 복도를 간호사와 함께 조심스럽게 걸어갔다.

엘리베이터는 전원이 꺼져 있는 듯 계단으로 올라갔다. 너무 조용해서 병실에서 누군가가 기침하는 소리까지 다 들렸다. 5층에 도착할 즈음해서 목소리를 낮췄다.

"511호실인데요, 환자가 방에 있는지 확인 좀 해주시겠습니까?"

"그건……."

간호사가 난처한지 말을 잇지 못했다.

"깨우는 게 아닙니다. 그냥 들여다만 보는 것뿐입니다."

"하지만 간호사 호출이 있었다면 또 몰라도……."

"그럼 간호사님이 살짝 문을 열고 있는지만 확인해주세요. 중요한 일입니다. 부탁합니다."

간호사는 입을 굳게 닫고 고개를 숙이고 있었지만 잠시 후 "알겠습니다" 하고 고개를 끄덕였다.

"511호실이라면 화상으로 들어오신 분이군요."

"그렇습니다."

구노도 굳이 이름은 말하지 않았다.

방 앞에 서서 간호사가 다시 구노의 얼굴을 보았다. 구노는 조용히 고개를 숙였다. 문의 손잡이가 소리도 없이 돌아갔다.

간호사가 10센티미터 정도 문을 열었을 때 구노는 바로 몸을 들이밀었다. 간호사의 등에 몸이 닿았지만 신경 쓰지 않고 목을 쭉 뺐다.

어두운 병실 침대에 시게노리는 있었다. 알전구조차 켜 있지 않은 방에서도 이미 어둠에 눈이 익어서인지 윤곽을 확실히 알아볼 수 있었다. 이불 위로 붕대를 감은 두 팔이 나와 있었다.

표정은 보이지 않았다. 자고 있는지 깨어 있는지도 알 수 없었지만 시게노리는 똑바로 누운 자세 그대로 미동도 하지 않았다.

주변도 재빨리 훑어보았다. 뭐든 좋으니까 봐두고 싶었다. 바닥에는 운동화가 있고 벽에는 점퍼가 걸려 있었다.

260

하지만 불과 수초 만에 간호사의 등이 구노의 몸을 밀어냈고, 문은 닫혔다.

"이제 됐나요?"

소곤거리는 목소리로 말했다.

"정말 고맙습니다."

문에서 떨어지며 복도 안쪽을 보았다. 끝부분에 비상구가 있었다.

간호사에게 손가락으로 가리키며 그 방향으로 향했다.

"비상구는 잠겨 있나요?"

"네, 일단은요."

하지만 실제로 보니 안쪽에서는 자유롭게 열 수 있도록 되어 있었다. 그도 그럴 것이 열지 못하면 비상시에 의미가 없게 된다.

호주머니에서 손수건을 꺼내 잠금장치를 해제하고 문을 열었다. 열면서 붕대에 감겨 있으니까 지문은 안 남아 있을 것이라는 생각이 들었다. 눈앞은 비상계단으로, 아래까지 이어져 있었다. 난간에 섰다. 동쪽 하늘에서는 이미 동이 트려 하고 있었고, 거리의 검은 능선이 남빛으로 변하려 하고 있었다.

하얀 숨결을 토해낸다. 머릿속에서 또 시게노리 가족의 얼굴이 떠올랐다.

그리고 문 틈새로 살짝 들여다보았던 병실의 광경을 떠올렸다. 틀림없이 시게노리는 심야의 방문을 눈치챘을 것이다. 다만 터질 것 같은 심장을 필사적으로 억누르고 있었던 것이다.

구노는 얼마 후 시작될 수사회의에 대해 생각했다. 심증만은 확실한 시계노리를 중요 참고인으로 임의호출을 해야 할지. 그 이전에 지금까지의 과정을 보고해야 할지 말지.

핫토리는 반대할 것이다. 물증을 잡을 때까지 유보하자고 주장할 것이다. 도중에 가로채이지 않기 위해. 아마 자신도 무리하게 반대하지는 않을 것이다.

차가운 공기에 노출되어 있어서인지 눈꺼풀이 무거워졌다. 최근 약을 복용할 기회를 계속 놓치고 있었다.

11

손목시계를 보자 밤 9시가 지나 있었다. 유스케는 점퍼의 깃을 세우며 가죽장갑을 꼈다. 스쿠터에 올라타며 시동을 걸었다. 최근 요헤이 흉내를 내어 머플러를 개조했다. 등 뒤에서 폭죽이 터지는 듯한 배기음이 울려대고 있었다.

출입구에 서 있던 대학생이 뭐라고 소리치고 있었다. 입술 모양을 보니 시끄럽다는 내용이었다. 눈이 웃고 있는 걸 보니 진심은 아닌 것 같다. 이쪽도 웃음으로 대응해주었다. 아직 3일째지만 그들과는 농담을 주고받는 사이다. 이런 곳에 와서까지 허세를 부릴 생각은 없었다. 액셀을 당기며 스쿠터를 몰았다.

학교가 봄방학에 들어가면서 유스케는 아르바이트를 시작했다.

배달 전문 피자 체인점이었다. 처음엔 여자들이 많이 있는 패밀리 레스토랑에서 일하려고 생각했지만, 긴 머리에 난색을 표하는 것 같아서 그만뒀다. 위생관리 때문에 검사를 강요당하는 것도 싫었다. 게다가 시급은 피자가게 쪽이 더 높았다. 피자를 만드는 '메이크'는 8백 엔이었지만 배달을 담당하는 '딜리버리'는 9백 엔이었다. 유스케는 원동기 면허를 가지고 있었고, 스쿠터도 잘 탔으므로 안성맞춤의 아르바이트였다.

면접도 문제없었다. 점장은 유스케의 물들인 머리를 보고 "손님 앞에서는 헬멧 안 벗어도 되니까" 하며 무뚝뚝한 얼굴로 말했을 뿐이었다. 일손이 부족했을 것이다.

가게에는 여자가 별로 없을 것 같았는데 그래도 메이크 중에는 여자가 종종 있었고, 개중엔 여고생도 있었다. 아이섀도를 눈가에 더덕더덕 찍어 바른 여자애였는데, 빨리도 유스케에게 눈짓을 보내왔다. 예쁘다고 말할 정도는 아니었지만 가슴이 커서 데이트하자고 말할 기회만 엿보고 있는 중이다.

가게는 자정까지 영업했지만 고등학생은 9시면 돌아가야 했다. 오후부터 휴식시간을 제외하고 8시간 일하고 하루에 약 7천엔이 손에 들어온다. 훌륭한 아르바이트였다.

어머니는 아르바이트하는 것에 반대했다. 이제 3학년이 됐으니까 입시 준비를 했으면 한다고 말하며 얼굴이 어두워졌다. 그때 유스케는 "대학 따위 안 갈 거야"라고 큰소리쳤다. 이것이 진심인지는 스스로도 잘 알 수 없었다. 1년이나 남은 일을 미리부터 생각하고 싶지 않았다.

아버지는 잠자코 있었다. 아니, 그렇다기보다 최근 수개월 동안 말을 나눈 적도 없었다. 어머니를 통해 고졸 학력은 불리하다거나 재수생도 좋으니까 대학만 가라는 말을 전하는 정도였다.

봄의 밤바람을 정면으로 맞으면서 유스케는 스쿠터의 액셀을 당겼다.

물론 곧바로 집으로 돌아가지는 않는다. 번화가로 가면 동료들이 있었다. 히로키나 요헤이와 길에서 심야까지 노닥거리는 게 매일의 일과였다. 때로는 여자아이를 헌팅할 수도 있었고, 싸우면서 스릴을 맛볼 수도 있었다.

하지만 최근에는 싸움은 피하고 싶었다. 요헤이는 오른팔에 깁스를 하고 있었고, 자신도 턱에 커다란 반창고를 붙이고 있었다. 형사한테 맞았기 때문이다. 금이라도 갔는지 처음 일주일은 테이프로 고정시킨 채 부드러운 것밖에 먹지 못했다. 그것은 엄청난 재난이었다. 체포되지 않은 것만으로도 다행이라고 친구들은 놀려댔지만.

왼손으로 턱을 문질렀다. 별로 아프지 않은 걸로 봐서 슬슬 고기를 먹어도 될 것 같았다.

네온사인이 켜진 거리로 들어선 후 평소 가는 편의점 앞에서 스쿠터 시동을 껐다. 요헤이의 스쿠터가 있었으므로 옆에 나란히 세워두었다. 주변을 둘러보자 바로 히로키의 눈과 마주쳤다. 히로키는 위아래 하얀 트레이닝복 차림으로 맞은편 인도에 쪼그려 앉아 있었다. 옆에는 탄 토스트 같은 느낌의, 까맣게 선탠한 여자가 두 명 있었다.

"어이, 유스케. 밥 먹었냐?"

히로키가 나른한 듯 말했다.

"그래, 피자긴 하지만."

"넌 좋겠다, 만날 피자만 먹어서. 질리지 않냐."

"웃기지 마. 너무 타서 겨우 먹는다고. 아르바이트 학생에겐 반값에 주긴 하지만."

옆으로 가서 마찬가지로 쪼그려 앉았다.

"하지만 뭘 먹든, 먹을 땐 같이 먹어야지. 치킨이라도 먹을까."

"턱은 괜찮냐?"

"치킨 정도라면 괜찮아. 요헤이는?"

히로키가 턱을 치켜들어 가리켰다. 돌아보자 니트 모자를 푹 뒤집어쓴 요헤이가 편의점에서 나오고 있었다. 손에는 비닐봉지가 들려 있었다.

"유스케 건 없다."

요헤이가 퉁명스럽게 말했다. 주스 캔이 비쳐 보였다.

"됐어. 너희나 마셔."

"아, 맞다."

히로키가 두 여자를 가리켰다.

"이쪽이 킨코고, 이쪽은 긴코."

그렇게 소개하자 여자들이 큰 입을 벌리고 웃었다. 설명하지 않아도 그 이름의 유래를 알 수 있을 것 같았다. 한 사람은 금발이었고, 한 사람은 은발이었던 것이다.*

"잘 부탁해."

싹싹하게 손가락으로 피스 사인을 만들어 보인다.

"뭐야. 히로키한테 헌팅당한 거야?"

"아니야. 마코 선배에게 소개받았어."

여자들은 미니스커트 속으로 팬티가 보이는 것도 신경 쓰지 않고 땅바닥에 털썩 주저앉아 무릎을 세웠다.

"그래, 그래, 이놈이야. 형사한테 덤볐다가 작살나게 맞은 놈이."

히로키의 저속한 말투에 여자들은 손뼉을 치며 깔깔댔다.

"그래. 이놈 덕분에 나까지 이 꼴이지."

요헤이가 깁스를 한 오른팔을 내밀었다.

"반성은 하고 있냐, 어? 원래는 치료비 절반도……."

"시끄러워."

유스케가 반쯤 웃으며 노려보았다.

이제 그날 밤의 사건은 동료들 사이에서는 무척이나 유명하다. 다른 패거리들에게서 "형사와 맞짱뜬 게 쟤야?" 하는 물음이 심심찮게 들려왔다. 후배들은 수없이 그 이야기를 해달라고 졸랐다.

"저기, 안 무서웠어?" 하고 금발 여자가 묻는다.

● '금(金)'과 '은(銀)'의 일본어 발음은 각각 '킨'과 '긴'이다.

"그게…… 사복이었어. 그때는 형사인지 아닌지 알 수가 없었다고."

"그래도 분위기로 위험한 상대인지 알 수 있는 거 아냐?"

"그런 건 기세야, 기세."

"그래도."

히로키가 웃음을 꾹 참는다.

"잠복 중인 형사한테서 돈을 뜯으려 한 건 우리밖에 없을 거야."

"제정신이 아니지, 그런 건."

은발의 여자도 이야기에 끼어들었다.

"상대방도 놀랐잖아."

"그게 말이지."

유스케는 담배에 불을 붙였다.

"셋이서 에워쌌는데도 전혀 쫄지 않더라고, 그 형사. 하긴 옆에 동료가 있어서 그랬을 테지만."

"그래도 그 형사, 셌어"라고 말하는 요헤이.

"맞아. 그렇게 센 사람은 본 적이 없어. 우리도 제법 어른들 상대로 싸워봤지만 왠지 차원이 달랐어, 차원이."

"체격도 컸고. 180은 됐던 거 같아."

히로키가 올려다보는 시늉을 한다.

"더 컸어. 게다가 가라테 같은 거 검은 띠일 거야, 분명."

"그래서 나 같은 건 갑자기 팔만 비틀었는데도 그냥 넘어가더라고."

저마다 그날 밤 형사가 얼마나 강했는지 떠들어댔다. 마치 친구들의 무용담을 이야기하는 심정이었다. 그렇게라도 하지 않으면 자신들의 체면이 안 서기 때문이기도 했다.

"그래서 도망쳤구나."

금발의 여자가 무릎에 턱을 올리며 말했다.

"무슨 소리! 처음에 공격한 건 나였지만 친구 팔이 부러졌는데 가만히 있을 수 있겠냐. 이렇게 된 이상 마구 공격이다 싶어서, 히로키와 둘이서 덤볐지."

"나도 발은 쓸 수 있었으니까. 걷어차면서 달려들었지."

요헤이가 지지 않고 끼어들었다. 이 이야기는 할 때마다 점점 과장되어갔지만 유스케와 히로키에게 거짓말을 하고 있다는 느낌은 없었다. 세 사람 사이에 암묵적인 약속 같은 게 돼 있어서 서로를 치켜세워 주었다.

"그러는데 다른 데서 잠복하고 있던 형사들이 몰려든 거야. 경찰차 사이렌까지 울려댔으니까 무지 위험했지."

"뭐야, 그럼 어느 시점부터 형사란 걸 안 거야?" 하고 여자들이 물었다.

"언제였더라?"

유스케가 히로키를 보았다.

"분명히 맞붙어 싸우고 있을 때 '체포한다'고 소리쳤어."

"맞다, 맞아. 하지만 그 형사가 경찰수첩을 꺼내려는 찰나에 유스케가 주먹을 뻗은 거였지."

"그래. 네가 성질만 부리지 않았어도 도망치는 걸로 끝났을 텐데."

유쾌한 듯이 히로키가 말했다.

"역시 유스케가 치료비 반은 물어내야 한다니까."

요헤이의 찌푸린 얼굴을 보고 모두 웃었다.

"저기, 클럽 안 갈래?"

금발의 여자가 말했다.

"알 거야, 육교 밑에 새로 생긴 데."

"가자, 가자. DJ 무지 멋있대" 하고 말하는 은발.

"돈 없어."

유스케가 점퍼 호주머니를 까뒤집어 보여주었다.

"너 아르바이트하잖아."

"돈이 없으니까 아르바이트하는 거지."

여자들이 키득키득 웃었다.

"야, 너희."

그때 등 뒤에서 목소리가 들렸다. 돌아보자 익숙한 연상의 얼굴이 있었다. 작년까지 폭주족 간부를 하고 있던 동네 선배였다.

"안녕하세요, 선배."

세 사람 모두 고개를 숙였다.

"너희, 무슨 짓 벌였냐?"

"네?"

히로키가 되물었다.

"야쿠자가 너희를 찾던데."

무슨 일인지 알 수 없어서 묵묵히 선배를 바라보았다.

"이 근처에서 최근에 팔 부러진 놈 없냐고 했다던데. 조금 전까지 역 뒤쪽에서 애들을 닥치는 대로 잡고서 물어본 모양이야."

야쿠자라는 말에 모두의 얼굴에서 웃음기가 사라졌다. 그리고 동시에 요헤이를 쳐다봤다.

"나 말하는 건가."

요헤이는 눈살을 찌푸리고 있었다.

"설마요. 난 야쿠자와는 아무 관계도 없는데. 착각한 거 아니에요?"

"고딩 같은 3인조라고 한 걸 보니까 분명 너희들을 말하는 거야."

"어, 그럼 나도 말인가요?"

히로키가 자신을 가리켰다.

"그럴 거야. 너희 셋 다."

"선배, 농담하지 마세요. 경찰을 착각하신 모양이죠. 그렇다면 말이 되지만……." 요헤이의 목소리가 점점 작아졌다.

"아니야, 야쿠자야. 기요카즈회 사람이라고 내 친구가 말했으니까."

"하지만 정말로 짐작 가는 게 없는데요."

"스카우트하러 온 거 아닐까."

히로키가 억지로 다르게 해석하려 했다.

"형사한테 덤볐다는 소릴 듣고 배짱 좋다며 자기네로 들어오라고 말이야."

"바보. 그렇다고 일부러 찾으러 다닌단 말이야?"

선배는 진지한 얼굴이었다.

"뭔가 화나게 할 만한 짓 하지 않았나?"

"정말 우리는 몰라요."

요헤이가 제일 새파랗게 질렸다.

"저기, 우리는 그만 갈게."

이야기 도중에 여자들이 일어섰다.

"아까 말했던 클럽, 여자만 가면 그냥 들여보내 주거든."

"뭐야, 가버리는 거야?"

히로키가 붙잡았다.

"그럼 너희들도 나중에 와."

여자들은 상관하지 않고 가버렸다. 통굽 샌들 소리가 아스팔트에 울려 퍼졌다.

"기요카즈회라는 건 지역 야쿠자죠?"

유스케도 이름만은 들어 알고 있었다.

"그래. 내가 스쿠터 몰고 돌아다닐 때 몇 번인가 인사하러 간 적 있었는데. 예전에 너희들한테도 스티커 판 적 있었지? 그 반은 기요카즈회에 바치는 거였어."

"그럼 무슨 일 있으면 좀 부탁할게요."

요헤이의 목소리가 떨리고 있었다.

"나한테 그런 소리 하지 마. 너희는 아마추어야. 야쿠자한테 부탁을 하려면 돈이 들어. 그냥 움직이는 건 지진이 났을 때뿐이야. ……뭐, 아무튼 조심들 해. 내 친구한테 발견하면 가르쳐달라고 한 모양이니까."

선배도 발걸음을 돌렸다.

"아, 맞다."

두세 걸음 걷다가 멈춰 서서 돌아보았다.

"너희 혹시, 이 근처에서 아저씨들 털지 않았냐?"

세 사람이 서로 얼굴을 마주 보았다. 약간 사이를 두고 히로키가 고개를 끄덕였다.

"가끔이요."

"그럼 그거야, 분명. 자기들 구역 안에서 허튼 짓 하지 말라고 말하려는 거 아닐까."

어차피 남 일이니까, 하는 듯 차갑게 웃었다. 선배는 청바지 자락을 끌면서 점점 멀어져갔다.

"야, 위험하지 않을까?"

요헤이가 우울한 듯 얼굴을 찡그렸다.

"오늘은 그만 돌아갈까."

유스케도 불안해졌다.

"뭐야, 너희 쫀 거냐."

히로키가 짧게 깎은 머리를 쓰다듬으며 두 사람을 번갈아 노려보았다.

"별거 아냐. 아저씨들 터는 건 다른 애들도 다 하는 거잖아. 왜 우리만 혼나야 하는 건데."

"그건 그렇지만."

사실은 돌아가고 싶었지만 그랬다가는 나중에 얼마나 바보 소리를 들을지 알 수 없었다. 할 수 없이 유스케는 담배를 몇 개비 계속 피우면서 그 자리에 있었다. 아마 히로키도 속마음은 돌아가고 싶었을 것이다. 온갖 이야깃거리를 찾아보았지만 길게 끌지 못하고 담배꽁초만 땅바닥에 쌓여갔다.

"야, 우리도 클럽이나 가자. 킨코와 긴코, 다른 놈들한테 양보하긴 좀 아깝잖아." 요헤이가 몸을 일으켰다.

"킨코는 아파트에서 산다고 했어."

히로키가 말했다.

"그럼 돌아가는 길에 전부 거기나 쳐들어가자."

유스케도 겨우 기운을 차렸다.

"좋아, 그럼 가볼까."

세 사람은 모두 일어서서 클럽이 있는 방향으로 걷기 시작했다. 아무래도 걸음이 빨랐던 것은 사실 모두 이 자리를 벗어나고 싶었기 때문이었다. 스쿠터는 편의점 앞에 그냥 놓아두기로 했다. 클럽 앞보다는 편의점 앞이 더 안전했다.

"돈 좀 빌려줘."

유스케가 입을 열었다.

"정말 돈 없냐?"

"아르바이트비 들어오면 갚을게."

"거기 2천 엔이었지? 나, 내 거밖에 없는데."

"나도."

요헤이는 굳이 지갑을 열어 보여주었다.

"네. 유스케 군은 남기로 했습니다."

멈춰 서서 히로키가 놀리듯 말했다.

"이제 됐어. 나 돌아갈래."

될 대로 되라는 식으로 말했지만 정말로 돌아가고 싶었기에 차라리 잘되었다고 생각했다. 야쿠자가 자신들을 찾으러 돌아다닌다는 밤에 태연히 놀고 있을 만큼 신경이 둔하지 않았다.

"그럼 가라."

두 사람 다 말리지 않았다.

"2대 2. 딱 좋잖아."

요헤이가 음흉한 웃음을 보였다. 도무지 흥이 나지 않는 밤이었다.

유스케는 왔던 길을 되돌아갔다. 호주머니에 손을 찔러넣고 아래를 보면서 스쿠터 있는 곳까지 걸어갔다. 잠시 후 얼굴을 들자 어떻게 봐도 야쿠자인 듯한 젊은 남자가 짐칸에 걸터앉아 있었다.

눈이 딱 마주쳤다. 당황하여 시선을 피했다.

"어이."

굵은 목소리가 날아왔다.

"이 스쿠터, 네 거냐?"

위험하다고 생각했지만 입이 제멋대로 "아, 네" 하고 대답해 버렸다.

남자가 유스케를 노려보았다.

"팔 좀 보여줘 봐."

그 말에 점퍼 소맷자락을 걷어올렸다.

"그럼 형사한테 팔 부러진 건 네 친구냐? 맞지?"

잠자코 있었다. 몸에서 핏기가 가시는 걸 알 수 있었다.

"물었으니까 대답해."

남자가 을러댔다.

"우리도 다 알아, 여기저기에서 들어서. 너희들 일, 소문으로 다 퍼졌다고."

남자는 유스케에게 다가오더니 점퍼의 깃을 움켜잡았다.

"엉? 어떻게 된 거야. 이 반창고 보니 너도 당한 거냐?"

손바닥으로 뺨을 가볍게 때렸다. 유스케는 기가 죽어 고개를 끄덕였다.

"그래, 좋아. 여기에서 기다려. 움직이지 말고."

남자는 휴대전화를 꺼내 누군가와 이야기하기 시작했다. 방금까지 을러대던 말투가 거짓말인 것처럼 비굴한 목소리였다.

"네, 그렇습니다. 한 명 잡았습니다. 팔 부러진 놈은 아닙니다만, 그 동료니까……. 장소 말입니까? 사쿠라 대로를 끼고 들어오면 조그만 편의점이 하나 있는데요, 그 앞입니다. 네…… 네,

알겠습니다."

전화를 끊었다. 남자는 마주 보며 "사장님 오실 거니까 좀 기다려" 하고 말한 후 다시 스쿠터 짐칸에 걸터앉았다.

"너, 고등학생이지. 무슨 짓 한 거냐?"

남자는 그렇게 물었다. 유스케는 "아뇨" 하고 대답했지만 목소리가 갈라져 버렸다.

"정말 오쿠라 씨도 이런 꼬마한테 무슨 볼일이 있다고."

남자는 유스케를 노려보면서 혼잣말을 하고 있었다.

핏기가 가셔서 여전히 창백한 상태였다. 무슨 요구를 할 것인가. 갑자기 소변이 마려웠다.

마침내 눈앞에 대형 벤츠가 바싹 다가와 멈춰 섰다. 남자가 튀듯이 짐칸에서 내려와 직립부동 자세를 취했다.

창문이 내려가고, 삼십 대 중반쯤 되는, 머리를 올백으로 넘긴 남자가 운전석에서 얼굴을 내밀었다. 뱀 같은 눈으로 유스케를 바라본다. 창문틀에 걸친 손에는 반지가 몇 개씩이나 빛나고 있었다.

"사장님, 이 꼬마입니다. 드디어 찾았습니다."

그 말에 대답도 하지 않고, 야쿠자는 "꼬마, 뒤에 타라. 잠깐 드라이브 좀 할까" 하고 턱을 내밀었다.

"아, 아뇨, 전, 잠깐."

도망쳐야만 한다고 생각했다. 뒷걸음질을 친다. 하지만 점퍼 소맷자락을 젊은 남자가 꽉 잡았다.

"꼬마야, 무서워할 거 없어. 아무 짓도 안 해. 아저씨들, 잠깐 이야기 좀 하고 싶을 뿐이야."

갑자기 표정을 바꿔 웃어 보였지만 공포는 더욱 커져만 갈 뿐이었다. 야쿠자가 눈으로 신호를 보낸다. 젊은 남자가 문을 열었고, 유스케는 짐짝이라도 싣듯이 뒷좌석으로 던져졌다.

몸이 앞으로 기울어질 듯한 자세 그대로 얼굴을 들었다. 차 안에는 또 다른 남자가 있었다. 덩치가 크고, 좀 더 나이가 많은 남자였다. 엷은 눈썹에 가는 눈. 중국 마피아라고 해도 믿을 것 같은 풍모였다.

심장이 심하게 종을 치고 있었다. 차가 출발하자 손발이 떨렸다. 여기서 나는 뭘 하고 있는 건가, 도저히 가늠이 안 됐다.

"하나무라 씨, 어떻습니까. 이 꼬마인가요?"

운전석의 야쿠자가 가볍게 돌아보며 말했다.

"그래, 이 녀석이다. 분명 이런 얼굴이었어."

뒷좌석의 남자가 고개를 끄덕이고 있었다.

"어이, 너지? 16일에 맨션 앞에서 형사한테 맞은 게."

"아, 아뇨, 저, 죄송합니다. 저, 앞으로 절대 안 그럴게요."

"무슨 소리야."

"죄송했습니다. 그러니까, 그……."

목이 바싹 말랐다.

"진정해. 아무 짓도 안 할 테니. 무서워하지 않아도 된다."

"저, 아직 고등학생, 이라서요."

"진정하라고 했잖아."

"하나무라 씨."

운전석의 야쿠자가 끼어들었다.

"좀 더 부드럽게 다루셔야만 합니다. 상대는 아이거든요."

"아, 그런가. 아무래도 익숙하질 않아서."

남자는 묵직한 목소리를 내지 않으려고 헛기침을 했다.

"이 반창고는 맞아서 생긴 상처 자국인가, 자네."

"아, 네."

무슨 말인지도 모르고 대답했다.

"의사한테는 보였나?"

"네."

"그래서 뭐라던가."

"……균열골절이라고 하던데요."

"그래?"

남자가 얼굴에 웃음을 머금었다.

"팔 부러진 녀석도 있었지. 아, 그 전에 자네 이름을 좀 가르쳐주게. 성까지 다."

"죄송합니다. 저……."

"그러니까 아무 짓도 하지 않는다니까. 아저씨들은 자네들 편이야. 대봐, 이름."

"와타나베 유스케, 입니다."

"와타나베 군인가. 치료비는 스스로 냈는가."

"아뇨, 부모님이……."

"아, 그렇군. 아직 고등학생이었지. 그 치료비 얼마나 들었지?"

"하나무라 씨."

운전석의 야쿠자가 다시 끼어들었다.

"보험이니까 치료비 같은 건 금방 알 수 있습니다. 그보다 진단서 쪽이."

"아아, 그래. 그럼 와타나베 군, 아저씨가 말하는 걸 잘 듣게. 이 세상이란 데는 말이지, 맞으면 손해배상이라거나 위자료 같은 걸 청구할 수 있도록 돼 있어. 자네의 경우가 바로 그래. 그 날 저녁 때 만났던 형사를 고소할 수 있다고."

무슨 말인지 알 수가 없었다.

"시세대로 하면 한 방에 30만이지. 자네는 뼈가 부러졌으니까 50만은 될 거야. 어때, 좋은 이야기지?"

"아뇨, 하지만."

"하지만 뭐야. 말해봐."

"먼저 손을 댄 건 전데요."

"괜찮아. 어차피 목격자 따위 없잖아. 길가에 쪼그려 앉아 이야기를 하고 있는데 형사님이 와서 때렸다고 말하면 되는 거야. 내일 다니는 병원 의사한테 진단서 받아와. 그리고 혼조 경찰서 형사과라는 곳으로 가서 피해 서류를 접수시켜."

"그건……."

"괜찮아. 그 뒤는 아저씨가 알아서 잘 해줄 테니까. 아저씨도 형사야."

순간 놀라서 남자를 뚫어져라 바라보았다.

"하지만 오늘 밤에 만난 건 비밀이야. 쓸데없는 소리 하고 다니면 이번엔 앞에 앉아 있는 아저씨가 나설 거야."

차가 천천히 갓길에 정차했다. 운전하고 있던 야쿠자가 돌아보았다.

"어이 꼬마, 나는 형사 아니거든."

또 뱀 같은 눈이 되었다.

침을 삼키려고 했지만 입안이 바싹 말라 있어서 침조차 나오지 않았다.

"좋잖아. 50만 엔 있으면 사고 싶은 거 얼마든지 살 수도 있고."

입술을 핥아보았지만 혀까지 말라 있었다.

12

"그래서 게이코가 같이 가자는데. 히로유키 씨 연줄로 싸게 갈 수 있을 것 같으니까."

"흐음……."

시게노리는 천장을 올려다본 채 건성으로 대답했다. 교코는 홍차 잔을 한 손에 들고, 남편의 회사 사람들이 사온 쿠키를 먹고 있었다.

"홋카이도 3박 4일인데, 한 사람에 4만 8천 엔이면 무지 싼 거야. 애들은 할인해주고."

"황금연휴는 아직도 한참 멀었잖아."

"으음. 그렇지도 않아. 오히려 늦었어. 디즈니랜드 주변 호텔 같은 데는 벌써 예약 끝난 거 같아."

오늘은 아르바이트를 쉬는 날이어서 오전부터 병원에 와 있었다. 아이들은 또 옥상으로 올라갔다. 어젯밤에는 한겨울처럼 추웠지만 해가 뜨고 나서부터는 점점 기온이 올라가 본격적인 봄볕이었다. 벚꽃도 활짝 피었다.

"게다가 사람도 북적일 텐데."

"그럼 연휴가 아니게? 약간 혼잡하긴 하겠지만. ……뭐야, 가기 싫은 거야?"

"그런 건 아니지만."

시게노리가 귀찮은 듯이 몸을 뒤척였다. 교코가 막 왔을 때는 상당히 기분이 좋아서 먼저 떠들었는데, 시간이 지남에 따라 말수가 줄어들었다.

"가오리하고 겐타는 벌써 그렇게 알고 있는데."

"자기들 마음대로네. 아직 쉴지 안 쉴지도 모르는데."

"설마. 작년에는 8일 연휴였잖아."

"작년은 작년이고."

이번에는 이불을 뒤집어썼다.

"뭐야, 화난 거야?"

"아니."

"……이미 신청했어."

헛기침만 할 뿐 대답은 하지 않았다. 교코가 한숨을 내쉬었다. 대화가 이어지지 않았으므로 병실에 있는 텔레비전을 틀었다. 요리 프로그램을 하고 있었는데, 요리사와 함께 요리를 한 젊은 여자 아나운서가 입이 험한 요리사에게 솜씨가 별로라며 혼나고 있었다.

"저기, 여기 식사 맛있어?"

"……그래, 맛있어."

기운 없는 목소리가 되돌아왔다.

잠시 텔레비전을 보고 있는데 간호사가 왔다. 붕대를 갈 시간인 모양이었다. 풍채 좋은 중년의 간호사였다. 아이를 다루듯 "자, 오이카와 씨, 몸을 좀 일으켜주세요"라고 밝고 큰 목소리로 말했다. 시게노리가 침대 위에 앉아 손을 앞으로 내밀었다.

간호사가 붕대를 풀자 교코도 몸을 내밀어 상처 부위를 들여다보았다.

"지금은 아직 빨갛지만 상처 자국은 별로 안 남을 거예요."

간호사가 교코를 보며 말했다.

"옛날에는 화상을 입으면 피부가 다 짓물렀지만 요즘은 약이 원체 좋아서요."

입매만 웃음을 만들어 보였다.

"아, 맞다."

간호사가 얼굴을 들었다.

"어젯밤에도 방화가 있었대요. 나카초에서요."

"앗, 그래요?"

"새벽 2시인가 3시 같던데. 그것도 세 건이나요. 연쇄방화라던데."

"정말이요?"

시게노리도 놀라고 있었다.

"우리 간호사 중에 근처에 사는 사람이 있어서 들었어요. 석간신문에는 실리지 않았지만요. 어수선해 죽겠어요, 정말이지."

폭력단이 가택수색을 당함으로써 방화 사건은 완전히 해결됐다고 교코는 생각하고 있었다. 그렇다면 범인은 다른 곳에 있는 걸까. 교코의 집이 있는 아스카 가는 약간 떨어져 있었지만 그래도 기분이 안 좋았다.

"방화범은 다른 사람의 불행을 보면서 즐거워하는 놈이니까."

시게노리가 눈살을 찌푸렸다.

"정말이에요. 게다가 눈에도 별로 안 띄는 사람인 경우가 많잖아요."

간호사가 거듭 고개를 끄덕였다. 그러는 동안에도 솜씨 좋게 붕대를 감았고, 시게노리의 두 팔은 로봇처럼 되었다. 간호사는 그 부분을 탁탁 치며 "이제 조금만 더 참으세요"라며 웃은 후 나갔다.

"나도 이제 돌아갈게. 차, 타고 가도 되지?"

교코가 일어섰다.

"어, 그래."

"어제 회사 갔었어?"

"아니. 왠지 귀찮아져서 그냥 안 갔어."

시게노리가 다시 몸을 뒤척였다.

"뭐야."

조금 더 이야기를 하고 싶었지만 시게노리가 혼자 있고 싶어 하는 것 같아서 굳이 참견하지 않기로 했다.

시게노리와는 부부이면서도 어딘가 데면데면한 것도 사실이었다. 이따금 교코는 시게노리를 알 수 없어지는 때가 있었다.

키를 받아 병실을 뒤로했다. 옥상에 있던 아이들을 불러 차에 태웠다. 돌아가는 길에 꽃집에 들를 작정이었다. 남편이 입원하는 바람에 화단 만드는 일을 잊고 있었다. 생각이 난 후에도 의욕이 생기지 않아 주저하고 있었는데, 지금 기회를 놓치고 나면 또 내년으로 넘어가 버릴 것 같아서 꼭 만들기로 했다.

아이들도 의욕적이어서 가오리는 금련화를 키우겠다고 말했다. 식물도감에서 조사했다고 득의양양하게 가슴을 폈다. 겐타는 피카츄가 그려져 있는 물뿌리개가 갖고 싶은 모양이었다. 사주면 매일 물을 주겠다고 한다.

큰길가의 화원에서 부엽토와 비료 등을 잔뜩 샀다. 점원에게 주차장까지 운반해달라고 부탁하여 차 트렁크에 쌓았다. 트렁크 안에는 웬 펌프가 하나 있었다. 스토브 탱크에 등유를 넣을 때 쓰는 물건이었다. 1미터가 채 안 되는 고무호스도 있었다. 못 보던 것들이라 뭘까 생각했지만 특별히 떠오르는 게 없었다.

집에 돌아와 점심 식사를 마치고 서둘러 정원을 괭이로 갈았다. 화단을 만들 위치를 정하고, 밭을 갈듯이 흙을 갈아나갔다. 신흥주택 조성지에 세운 집이었으므로 돌이 많이 섞여 있었지만 특별히 흙이 말라 있지는 않았다. 잔디가 제대로 뿌리를 내리고 있는 걸 보면 꽃 같은 걸 심는 데 적당한 편일 것이다. 책에서는 30센티미터 정도는 반드시 갈아야 한다고 했다. 부엽토와 퇴비를 섞어 단단하게 마무리한다. 익숙하지 않은 힘쓰는 일에 바로 이마에서 땀이 솟았다.

"엄마, 물 줘도 돼?"

새로운 물뿌리개를 써보고 싶어서 안달이 나 있는 겐타가 물었다.

"아직 안 돼. 엄마 땅 파는 것 좀 도와줘."

그 말에 순순히 삽으로 잔돌을 골라내는 작업을 해주었다. 가오리는 흙을 풀어주고 있었다.

처음에는 씨부터 뿌릴 생각이었지만, 초보자는 묘목을 심는 게 더 좋다는 화원 점원의 말에 따르기로 했다. 자신이 심은 꽃을 빨리 보는 게 화초 재배 취미를 오래 지속하는 비결이라고 했다.

오늘 바로 묘목을 사오지는 않았다. 흙과 비료가 잘 섞일 기간이 필요했기 때문이다. 그 후 석탄을 뿌려 산성을 중화시키고 나서 비로소 묘목을 심는다.

거실에서 전화가 울렸다. 작업을 중단하고 서둘러 손을 씻은 후 수화기를 들었다.

지난번 카페에서 만났던 고무로였다. 고무로는 여전히 조심스러운 말투로 "지난번 그 일 때문에 다시 또 전화드렸습니다만" 하고 말을 꺼냈다.

"죄송합니다."

교코가 먼저 죄송하다고 선수를 쳤다.

"남편과도 이야기를 해봤는데요, 저한테는 아무래도 부담스러워서……."

제안을 받아들일 생각은 없었다. 아무래도 귀찮은 일에 말려드는 게 싫었다.

"하지만 오이카와 씨. 누군가 하지 않으면 아무것도 변하지 않습니다."

"네, 그렇기는 하지만."

"이렇게 경기가 안 좋으면 언제 해고당할지도 모르고, 그러니 고용보험 같은 것은 반드시 들어둬야 해요."

"네에……."

"오이카와 씨, 퇴직금이나 유급휴가, 원하지 않으세요?"

"당연히 있으면 좋겠다고 생각은 하죠."

"우리가 가만히 있으면 저쪽에서 먼저 챙겨줄 것 같으세요?"

"아뇨, 그건."

할 말이 없었다. 하지만 여기에서 밀리면 안 된다. 비겁하다고 생각할지라도 싸우는 건 다른 사람이 했으면 좋겠다. 자신은 그냥 평범한 주부인 것이다.

"정말 죄송합니다. 저는 그렇게 앞에 나설 만한 위인이 못 됩니다."

전화 저편에서 고무로가 침묵하고 있었다. 교코는 다시 한 번 못 박듯이 "죄송합니다"라고 되풀이했다.

"……저, 다시 한 번 더 생각해봐 주시지 않으시겠습니까?"

그때 등 뒤에서 겐타의 목소리가 들렸다. 엄마, 하고 자신을 부르고 있었다. 돌아보자 어느샌가 동네 남자아이가 와 있었다.

"엄마, 공원에 놀러 가도 돼?"

"죄송합니다. 지금 한창 뭘 좀 하던 중이라."

마침 다행이다 싶어 이야기를 정리했다.

"그럼 나중에 다시 걸어도 될까요?"

고무로는 마지막으로 그렇게 말했지만 이만 실례하겠습니다, 라고만 대답하고 수화기를 내려놓았다.

"저기, 엄마. 나 놀러 나가도 돼?"

겐타가 거듭 물었다.

"그래. 조심하고."

말이 채 끝나기도 전에 겐타는 동네 친구들과 같이 달려나갔다. 아이들은 타산적이다. 그렇게나 새 물뿌리개를 사용해보고 싶어했으면서. 정원에 난 고랑을 내려다보며 한숨을 내쉬었다.

이제는 그쪽도 포기할 것이다. 아르바이트 사원의 처우 개선이라. 누군가 다른 사람이 나서서 해주면 좋을 텐데. 그런 뻔뻔스러운 생각이 들었다.

겐타가 나가서 가오리와 둘이서 흙을 갈았다. 화단을 에워쌀 벽돌은 며칠 후에 받기로 했다. 쌓아올리는 일은 일반인이 하기 힘들기 때문에 말뚝처럼 세로로 파묻어 세우는 게 좋다고 가게에서 조언해주었다.

화단 만들기는 교코의 소박한 꿈이었다. 맨션에서 살았을 때도 꽃 화분은 있었지만 왠지 가짜 같은 느낌이 들었다. 마당에서 꽃이 뿌리를 내리고 있어야만 자신도 이 땅에 뿌리를 뻗을 수 있을 것 같았다.

"저, 엄마. 나도 공원 가도 돼?"

가오리가 조심스럽게 물었다.

"응, 그래."

쓴웃음을 지으며 대답했다.

"아마 유미하고 마이, 공원에 있을 거야."

"응, 같이 놀다 와."

딸이 가고 교코는 혼자서 괭이질을 했다. 봄 햇살이 온몸에 내리쬐어 땀방울이 등을 타고 흘러내렸다.

흙은 생각했던 것보다 검어서 기름져 보였다. 이 정도라면 묘목도 잘 자랄 것 같아 교코는 벌써부터 마음이 부풀었다.

우선은 안쪽 줄에 도라지를 심고, 앞쪽으로는 가오리의 꽃, 여름이 되면 해바라기도 키워보고 싶었다. 그래, 허브도 심어보자. 말려서 목욕할 때 욕조에 띄우면 좋겠다.

무슨 소리가 들린 것 같았다.

잠시 손을 놓고 귀를 기울였다. 전화는 아닌 듯하다. 주변을 둘러보았지만 아무 변화도 없다. 잘못 들었나 싶어 다시 일을 시작하려고 했다.

들어 올렸던 괭이를 그대로 멈췄다. 역시 무슨 소리가 들렸다.

그것도 집 안에서였다.

종종걸음으로 유리문까지 달려가자 미처 열기도 전에 현관의 초인종 소리라는 것을 알아챘다.

서둘러 샌들을 벗고 거실을 가로질러 인터폰을 들었다.

"하이텍스 본사에서 왔습니다."

무뚝뚝한 남자 목소리였다.

네, 하고 뛸 듯이 대답하면서 머리를 다듬었다. 사전에 연락도 없이 갑작스럽게 찾아왔지만, 그보다 먼저 자신의 차림새가 마음에 걸렸다. 세면대로 달려가 거울을 보았다. 땀을 흘려 얼굴이 상기되어 있었다. 머리도 헝클어졌다. 서둘러 빗질을 하고 수건으로 얼굴을 닦았다. 대체 무슨 일인지 생각할 여유도 없었다.

다시 한 번 거실로 돌아와 둘러보았다. 괜찮다. 특별히 어질러져 있지는 않다.

슬리퍼 소리를 내며 복도를 달려 현관으로 급히 갔다. 문의 잠금장치를 풀고 문을 열자 검은 그림자가 교코의 얼굴을 내리눌렀다.

남자는 두 사람이었다.

"총무부의 도다라고 합니다."

나이가 제법 있는 듯한 쪽이 살짝 인사를 했다. 긴 턱이 눈에 들어왔다. 다른 한 사람은 몸이 마른 젊은 남자였는데, 마찬가지로 자기소개를 했지만, 교코가 마주 인사를 하는 바람에 이름은 듣지 못했다.

"갑자기 찾아뵈어서 죄송합니다."

"아뇨."

고개를 저었다.

"누추하지만 들어오시죠."

슬리퍼를 준비하려고 하자 도다라는 남자가 손을 눈앞에서 흔들어 보이며 "여기에서도 괜찮습니다"라면서 코를 씰룩거렸다.

"네, 그래도……."

"아뇨, 오래 방해할 생각은 없습니다."

슬리퍼를 손에 들고, 현관 앞에서 무릎을 꿇은 자세로 올려다보았다. 그때서야 눈치챈 것이지만 남자들의 얼굴에 웃음기는 없었다. 그러기는커녕 험상궂은 표정을 짓고 있었다. 교코의 마음에 그늘이 드리웠다. 뭔가 좋지 않은 이야기인 것일까.

도다가 현관에 걸터앉았다. 젊은 남자는 선 채였다.

"이 집은 아직 지은 지 얼마 안 된 모양이군요."

"네……. 2년 정도 되었는데요."

"그런가요. 아직 새 집 냄새가 나네요."

도다가 어색하게 눈을 가늘게 뜨며 냄새를 맡았다.

"저기, 차라도 한잔……."

교코가 몸을 일으키며 말했다.

"아뇨, 신경 쓰지 마세요."

도다는 말은 그렇게 하면서 별로 조심스러워하는 눈치도 아니었다.

"저희도 근무 중이라서요. 금방 갈 겁니다."

가슴속에서 불안한 기분이 소용돌이쳤다.

"혹시 여기에 형사도 왔었나요?"

도다의 묵직한 목소리였다.

"아뇨……. 병원에는 왔었지만요."

"그게, 만약 경찰이 오면 말이죠."

도다가 잠시 뜸을 들였다. 곤란한 얼굴로 조심스럽게 말을 고르고 있었다.

"자연스럽게 적당히 넘어가셨으면 합니다만."

교코는 대답할 말이 없었다. 뭐가 뭔지 모르겠다. 형사한테 이야기해서는 안 되는 일이라도 있단 말인가.

"예를 들면……."

도다가 이야기를 계속했다.

"경찰이 남편 분의, 그, 뭐랄까요, 매일 몇 시에 돌아오느냐고 묻는다면 말이죠, 그때는 일주일에 3일은 집에서 저녁을 같이 먹는다고, 그렇게 대답해주실 수 있겠습니까?"

더욱 곤혹스러웠다. 남편은 집에서 식사하는 일이 거의 없었던 것이다. 교코는 조용히 도다를 보았다.

"그리고."

도다는 눈을 피하며 또 사이를 두었다.

"경찰은 남편 분의 취미에 대해서도 물을지 모릅니다. 그게, 그, 경마 같은 것에 대한 겁니다만."

"네에⋯⋯."

"그 경우에도 가끔 마권을 사는 정도라고 대답해주시겠습니까?"

"저, 남편은 경마를 하긴 하지만 실제로도 용돈 범위에서만 하는데요."

"네, 그런가요. 그럼 그대로 대답하시면 되겠군요."

본사 사람들이 어떻게 남편의 취미 따위를 알고 있을까. 그런 생각들을 어지럽게 하고 있는데 도다가 그런 교코의 마음을 눈치챈 듯 "조금 전에 병원에서 남편 분에게 들었거든요" 하고, 가볍게 바깥쪽을 턱으로 가리켰다.

"그러니까 경찰에게 빌미를 제공하지 않도록 조심해주셨으면 하는 겁니다."

"⋯⋯저, 그게 무슨 말씀이죠?"

"아무튼 그렇게만 해주시길 바랍니다."

"하지만 이유 정도는 알아야⋯⋯."

"꼭 부탁드립니다."

도다에게는 매달려볼 여지가 없었다. 옆에 서 있는 젊은 남자를 올려다보았다. 거기에는 냉담한 시선만이 있었다. 두 사람 모두 문병 같은 걸 온 태도가 아니었다. 교코를 나무라는 듯한 압박감마저 느껴졌다.

"또 한 가지는."

도다가 헛기침을 했다.

"차에 대한 건데요. 이 댁의 차는…… 그게, 현금으로 사신 거
죠?"

"아뇨……. 사내 대출을 받았다고 남편한테 들었는데요."

"그럼 됐습니다. 사내 대출이라면 괜찮습니다."

"저기, 남편이 무슨 잘못이라도 했나요?"

"덧붙여 조금 더 말씀드리자면요."

도다는 교코의 질문에 대답하지 않았다.

"저희도 몇 가지 질문을 드리고 싶은데요. 지난 몇 개월 동안
남편 분한테 뭔가 이상한 점 같은 것은 없었나요?"

목이 말라왔다. 맥박이 빨라진 것 같았다.

"정말로 저희 남편이 무슨……?"

"너무 사적인 것을 묻는 듯합니다만, 남편 분의 한 달 용돈은
어느 정도나 됐나요?"

뭘 묻고 있는 것일까.

화는 나지 않았다. 실례라고 생각할 여지도 없이 이런 질문을
받는 것 자체에 교코는 당황하고 있었다.

"아, 이거, 실례되는 질문이었습니다. 그게, 남편 분 용돈이
얼마 안 됐다거나 그래서 그게 동네에 소문이 났다거나 그런 게
아니라면 저희도 다행이겠습니다만."

"죄송합니다. 정말 무슨 일이신지."

"별것 아닙니다. 아니…… 별것인지도 모릅니다만, 뭐라고 이
야기하면 좋을지……."

도다는 젊은 남자와 얼굴을 마주하며 코를 킁킁댔다.

"앞으로 어떻게 될지 저도 잘 알 수 없어서."

"앞으로라시면······."

뒷말이 나오지 않았다.

"부장님."

처음으로 젊은 남자가 입을 열었다.

"그것도."

"아, 맞다."

도다가 교코를 향해 바로 섰다.

"남편 분은 앞으로 며칠 후면 퇴원하실 텐데요, 잠깐 동안 본사에서 근무하게 될지도 모르겠습니다."

"아뇨, 그게 아니라 병실의······."

젊은 남자가 끼어들었다.

"아······, 그거였나."

도다는 아무래도 마음이 무거운 듯한 표정으로 턱을 문질렀다.

"말씀드리기 참 어려운 일입니다만, 남편 분은 오늘부터 다인실로 옮기게 되었습니다. 같은 외과병동의······."

호주머니에서 쪽지를 꺼내 그곳으로 눈길을 주었다.

"4층 8호실입니다. 양해 바랍니다."

도다가 일어섰다. 교코는 사태를 미처 파악하지 못한 채 그저 두 남자를 올려다볼 뿐이었다.

"되풀이해서 말씀드립니다만, 경찰이 와도 괜히 의심 살 만한 대답은 하지 말아주세요."

"그리고 저희가 온 것은 비밀로 부탁드립니다."

젊은 남자가 덧붙였다.

끄덕이듯이 고개를 떨어뜨렸다. 인사를 하고 난 뒤 남자들의 눈초리는 안쓰러워하는 듯하기도 하고, 혹은 경멸하는 듯하기도 한, 체온이 느껴지지 않는 것이었다.

"일하시는 데 방해만 됐습니다. 그럼 이만."

남자들이 문 너머로 사라졌다. 교코는 아무 말도 못한 채 일방적으로 이야기만 들었을 뿐이었다.

침을 삼켰다. 목이 바짝 말랐다. 교코는 무거운 발걸음으로 부엌으로 가 냉장고에서 꺼낸 미네랄워터를 컵에 따랐다.

시게노리가 회사에서 뭔가 실수라도 한 걸까. 창밖으로 눈길을 주면서 그렇게 생각했다. 최근 며칠 몹시 신경질적이었고, 자신을 피하는 눈치도 있었다.

하지만 거기에는 '경찰이 와도 쓸데없는 소리는 하지 말라'는 본사 직원의 요청과 일치하지 않는 점이 있다. 시게노리 본인의 문제가 아닌 모양이었다.

그렇다면 회사의, 뭔가 곤란한 일에 남편이 관련되어 있는 것일까. 회사는 경찰에게 뭔가를 숨기려 하고 있었다. 아까 그 남자들은 교코의 입막음을 하러 온 것 같았다.

그래 봤자 자신은 아무것도 모르는데…….

목이 더 타는 듯해 얼른 물을 마시기 시작했다. 그리고 반쯤

마셨을 때 도다라는 남자의 마지막 말을 떠올렸다.

다인실로 옮겼다고 했지?

시게노리는 앞으로 며칠만 더 입원하면 되는 게 아니었던가. 어째서 굳이 1인실에서 옮겨야만 했던 것일까.

단순히 경비절약 차원에서? 아니, 그런 인색한 짓을 회사가 하리라고는 생각되지 않는다.

컵을 씻고 나서 비틀거리는 걸음으로 거실로 가 소파에 앉았다.

멍하니 시선을 정원으로 보낸다. 괭이가 잔디 위에 내팽개쳐져 있었다.

한숨을 쉬었다. 작업을 계속할 마음이 생기지 않았다.

지금이라도 병원에 가볼까. 시게노리 본인에게 물어보는 게 제일 좋다. 시계를 보았다. 서두르면 면회시간에 맞출 수 있을 것 같았다.

하지만 그렇게 하기에는 마음이 너무 무거웠다. 괜히 또 시게노리의 기분만 상하게 할 뿐이다.

별것 아니다. 그렇게 생각하고 싶었다. 평범한 우리 집에 큰 사건 같은 게 일어날 리가 없는 것이다.

교코는 소파에 깊게 몸을 파묻었다.

다리를 쭉 뻗고 셔츠의 단추를 두 개 풀었다. 가라앉은 마음 그대로 멍하니 천장을 올려다보았다.

경마. 사내 대출. 도다가 한 말들이 시간차를 두고 교코의 머릿속에 내려왔다.

경마의 무엇이 나쁜 것이었을까. 그것은 개인의 자유 아닌가. 용돈의 범위라면 괜찮다고 도다는 말했다. 혹시 수상한 돈이라도 생긴 것일까.

가슴속에서 천천히 잿빛 불안감이 소용돌이쳤다. 5년 전 시게노리의 숙부가 죽었을 때 장례 후 부조금이 맞지 않았던 적이 있었다. 부조금 접수를 맡았던 것이 시게노리였다. 차액은 25만 엔 정도였고, 일을 복잡하게 만들고 싶지 않다는 이유로 불문에 붙였었는데, 그 주말 시게노리는 경마에서 땄다며 노트북 컴퓨터를 사왔다. 물어볼 용기도 없었고 증거도 없었으므로 의심부터 하는 것은 나쁘다고 생각했다.

사내 대출. 그 말의 의미를 생각하고 있는데 교코의 머리에 문득 어떤 것이 떠올랐다.

월급 명세서다. 그것을 보면 안다. 회사에 다녔던 시절, 해외여행을 가기 위해 은행보다 낫다고 해서 딱 한 번 단기로 사내대출을 이용했던 적이 있었다. 그때는 월급에서 자동적으로 빠져나갔다. 월급 명세서가 어딘가에 있을지 모른다. 남편은 보여주지 않았지만 찾아보면 나올지도 모른다.

교코는 소파에서 벌떡 일어나 남편의 서재로 갔다. 서재라고 해봤자 부부 침실 안쪽의, 원래는 수납을 위해 마련된 한 평 정도의 공간이었다.

책상 앞에 섰다. 작게 심호흡을 하고 교코는 서랍으로 손을 뻗었다. 방 청소는 늘 했지만 책상 속을 본 적은 없었다. 아무리 부부라도 보여주고 싶지 않은 게 있을 테고, 자신 역시 작은 비밀은 있었다. 서로를 존중한다는 의미에서 책상에는 손을 대지 않았다.

제일 위 서랍에는 문구류 등과 마권이 몇 장 있었다. 그리고 그보다 많은 수의 마작가게 쿠폰이 나왔다. 마작? 시게노리에게서 마작에 대한 이야기는 거의 들은 적이 없었다.

좀 더 앞으로 몸을 숙여 두 번째 서랍을 열었다. 잡지에서 오린 기사와 과거의 연하장이 가득 들어 있었다. 월급 명세서 비슷한 것은 없었다. 시게노리는 회사에서 그냥 버려버리는 게 아닐까. 그렇다 해도 한 장 정도는……. 엽서꾸러미를 들추는데 가늘고 긴 전표 같은 종잇조각이 보였다. 이거라고 생각했다.

교코는 그것을 손에 쥐고 몸을 일으켰다. 들여다보자 분명 '월급 명세서'라는 문자가 있었다. 게다가 '3월분'이라고 쓰여 있는 걸 보니, 가장 최근 것이다. 손가락으로 명세서를 짚어간다. 기본급, 시간외수당, 가족수당, 주택수당……. 하지만 그곳에 '사내 대출' 항목은 없었다.

어떻게 된 것일까. 차를 바꿀 때 시게노리는 분명히 사내 대출이라고 말했었다. 그게 거짓말이었던 것일까.

아직 대출금이 월급에서 상환되기 전인 것일까. 아니, 차를 바꾼 것은 올해 1월이다. 그달부터 바로 뗀다고 해도 이상할 것은 없다.

교코 안에서 어두운 기분이 부풀어올랐다.

사내 대출이 아니라면 구입 자금은 대체 어디에서 나온 것일까. 극히 평범한 승용차였지만 적어도 2백만 엔 이상은 될 것이다.

다시 월급 명세서를 바라보며 각 항목을 눈으로 좇았다. 아무리 봐도 상환된 금액은 없었다.

그보다 또 한 가지 알게 된 것이 있었다. 시간외수당이 생각보다 훨씬 적었던 것이다. 결혼하기 전, 분명 시게노리는 이렇게 말했었다. 바빠서 야근비만 해도 20만 엔 가까이 된다고. 연인의 수입에 대한 것이었는데도 이상하게 기억하고 있었다. 그 후로 근무시간은 그리 변하지 않았을 것이다. 눈앞에 있는 '8만 5천 엔'이라는 금액을 어떻게 이해하면 좋을까.

다시 도다의 말이 떠올랐다. 일주일에 3일은 집에서 저녁 식사를 한다고 말해달라고 했다.

매일 저녁 늦게 오는 것은 마작 때문이었던 것일까. 야근은 거짓말이었나?

교코는 시게노리에게 용돈을 주지 않는다. 격려금이라는 명목의 돈이 회사에서 직접 나온다고 했기 때문이다. 그 말도 사실일까.

더욱 머리가 혼란스러워졌다.

아무튼 딱 한 가지 확실한 것은 남편이 뭔가 숨기고 있다는 사실이다. 그리고 회사는 시게노리에 대해 징계와도 비슷한 태도를 취하고 있다…….

시게노리가 뭔가 위험한 짓이라도 저질러버린 것일까. 가슴이 옥죄어 온다.

교코는 월급 명세서를 원래 있던 장소로 살짝 되돌려놓았다. 눈을 감고 생각을 했다. 손바닥으로 볼을 누른 채 깊이 숨을 들이마셨다. 침실의 시계를 보았다. 이제 병원 면회시간에는 도저히 못 맞출 것 같았다.

초조하면서도 무서웠던 일이 나중으로 연기되었다는 약간의 안도감도 조금 들었다. 심각한 이야기라도 들었다면 교코는 분명 오늘 밤부터 밤새 뒤척거렸을 것이다.

현관의 초인종이 울렸다.

퍼뜩 놀라 얼굴을 들었다. 종종걸음으로 거실로 가 인터폰을 들자 "경찰입니다"라는 남자의 낮은 목소리가 교코의 귀로 날아들었다.

심장이 두근거리기 시작했다. 인터폰을 내려놓는 손이 바들바들 떨렸다.

무서울 일은 전혀 없다. 우리 집은 가난하지도, 그렇다고 부자도 아닌, 평범한 가정인 것이다. 무슨 일이 일어날 리가 없잖은가.

13

하이텍스 본사를 방문하는 것은 이번이 두 번째였다. 구노는 가죽 소파에 살짝 걸터앉아 직원이 내온 차를 마시고 있었다. 핫토리가 천천히 다리를 꼬며 호주머니에서 꺼낸 은단을 입에 넣었다. 우두둑 소리를 내며 씹어 먹은 후 손바닥에 숨을 내뱉어 냄새를 맡았다.

지난번에는 주위를 대충 판으로 막아놓은 방으로 안내했었지만, 이번엔 완전히 바뀌어 두터운 양탄자가 깔린 응접실이었다. 그래도 벽은 낡은 합판이었고, 조명 역시 싸구려 형광등이었다. 새로운 사옥을 지을 계획이라 굳이 손보지 않을 것이다.

"구노 씨, 눈이 빨갛네요."

핫토리가 말했다.

"어젯밤에는 3시도 안 돼서 일어났거든요."

"그럼 여기 볼일 다 보고 도서관에서 낮잠이나 잘까요. 한 시간만이라도 자면 괜찮을 텐데."

"그거 좋죠. 밤에 할 일도 있으니."

"밤에 할 일이라뇨?"

"오늘 밤부터 잠복하는 게 좋을 것 같아서요. 세 번째 범행이라도 일어나는 날에는 우리가 뭐가 되겠어요."

핫토리는 잠자코 구노를 바라보았다. 잠시 후 "그건 그렇지만" 하고 한숨 섞어 말하며 입꼬리를 들어 올렸다.

오늘 아침 수사회의에서 오이카와 건에 대해서는 보고하지 않았다. 예상했던 대로 핫토리가 말렸다. "정황증거라도 좋으니까 좀 더 증거를 확보하고 나서 보고하죠"라는 게 그의 말이었다. 본청에서 온 4과의 수사관들이 초조해하는 것을 곁눈질하며 더 즐기고 싶은 마음도 있었을 것이다. 병원에서의 일을 알려주자 핫토리는 펄쩍 뛸 듯이 좋아했던 것이다.

하이텍스 혼조 지사가 하자상품을 흘려보낸 할인매장에 대해서는 사정 청취 자료를 먼저 보냈다. 그것은 아마도 핫토리가 현 단계에서 물증을 확보하지 못했기 때문일 것이다.

수사방침은 기요카즈회를 계속 추궁하는 게 기본 노선인 채 폭력단을 향해 들었던 주먹을 언제 내리면 좋을지로 변했다. 관리관은 시종 험상궂은 표정을 하고 있었다. 사에키로부터 얻은 정보에 의하면 본청 수사관이 반항적인 젊은 조직원 몇 명을 닦달하고 있는 모양이었다.

"오늘 밤은 움직이지 않을 겁니다."

핫토리가 중얼거렸다.

"경계도 삼엄하고, 그렇게까지 바보는 아닐 테니까요."

"하지만 아마추어라서, 분명 그쪽도 겁을 먹었을 거예요."

"하긴, 그렇죠."

문이 열리고 두 남자가 들어왔다. 지난번과 같은 얼굴이었다. 나이가 지긋한 쪽은 분명 도다라는 총무부장이다. 쭉 뻗은 턱 때문에 쉽게 기억할 수 있었다.

"기다리게 해서 죄송합니다."

정중하게 인사를 하며 앉았다. "그래서 오늘은 무슨 용무로 오셨는지요" 하며 엷게 미소를 지었다. 미리 장벽을 만들려는 듯 은근한 태도였다.

"지난번에 물었던 혼조 지사의 회계감사에 대해서인데요."

핫토리가 먼저 말을 꺼냈다.

"아아, 그거 말이군요. 그건 이제 끝났습니다. 물론 소실된 서류도 있어서 완벽하다고는 말할 수 없겠지만, 남은 자료로 무난하게요."

여유를 보이고 싶었는지 도다가 이를 드러내 보였다.

"그렇게 간단하게 끝나는 건가요?"

"네. 애초부터 간단히 끝낼 생각이었기도 했고요."

"……그럼 뭔가 이상한 점은."

"아무것도 없었습니다."

도다가 고개를 저었다.

"하지만 뭔가 의심되는 점이 있어서 혼조 지점을 조사하려 했던 게 아니었나요?"

"아뇨. 의례적인 것이었어요. 작년에는 가와고에 지사를 조사했으니 올해는 혼조 지사로 하자, 그뿐입니다."

핫토리가 시선을 떨어뜨리고 천천히 머리를 쓰다듬었다. 흘낏 구노를 보고 나서 다시 도다에게로 향했다.

"그렇게 지시가 내려왔나요?"

"네?"

도다가 이상하다는 듯이 되물었다.

"조사했습니다. 가와고에 지사에, 작년에 본사에서 감사가 있었는지 말이죠."

핫토리가 턱을 들어 가리켰다. 구석의 탁자에 전화기가 놓여 있었다.

"왠지 취조받는 것 같네요."

도다가 호주머니에서 담배를 꺼냈다.

"저희는 피해자 입장이라고 생각했는데요."

"물론입니다."

"그럼 좀 더 부드럽게 부탁합니다."

도다는 자리에 놓여 있는 라이터로 불을 붙였다. 천천히 하얀 연기를 내뿜었다.

"회사 내부의 일을 구체적으로 경찰에게 이야기하고 싶지 않

다는 점은 알겠습니다만, 사건이 방화 사건인지라, 가능하면 협
조해주시기 바랍니다."

"네, 그럴 생각입니다."

"솔직히 말씀드리자면 저희는 첫 발견자인 오이카와 씨에게
관심을 갖고 있습니다."

핫토리가 몸을 앞으로 내밀며 말했다.

"오이카와가 수상하다는 말씀이신가요?"

"가능성의 문제죠."

"하긴, 첫 발견자를 의심하는 건 형사 드라마 같은 데서 보면
거의 철칙인 것 같더군요."

도다는 일부러인 듯 헛기침을 하며 얼마 태우지 않은 담배를
재떨이에 눌러 껐다.

"오이카와 씨는 혼조 지사의 경리과장입니다. 즉, 회계감사를
받아야 할 입장이었죠."

그 말을 들으며 도다는 눈을 내리뜨고 가볍게 웃었다.

"알려지면 안 될 일이 있어서 불을 질렀다고 말씀하고 싶으신
건가요? 그런 말도 안 되는. 게다가 감사 결과는 아무런 문제도
없었다고 말씀드렸을 텐데요."

"그게 사실이라면 좋겠습니다만."

"우리가 거짓말이라도 하고 있다는 건가요?"

"반송되어온 하자제품이 많았다는 정보도 있었습니다."

핫토리가 다리를 꼬며 소파에 등을 기댔다.

"누가 그러던가요?"

도다가 약간 발끈했다.

"그것은 말씀드릴 수 없습니다. 판매점에서 되돌아온 하자제품이 다른 지사들보다 많았다고 하던데."

"그런 일은 없습니다. 공장 생산 단계에서 품질관리를 엄격히 합니다만, 그래도 운송 과정에서 피치 못하게 파손되는 경우는 있습니다. 그것은 미리 계산에 넣습니다. 어떤 지사나 다 마찬가지라서, 혼조 지사만 특별히 그런 게 아닙니다."

"하자제품이 나오면 그것을 할인매장으로 흘려보내 뒷돈을 챙기는, 그런 행위가 각 지사에서 일상적으로 벌어지고 있다는 정보도 있습니다만."

"그런 것은 모릅니다."

"아뇨, 굳이 그걸 문제 삼자는 건 아닙니다. 아마도 일본 회사 전체에서 벌어지는 사소한 부정이겠죠. 다만 혼조 지사는 최근에 그게 좀 심했던 것 같습니다."

"그런 사실 없습니다."

도다는 협조할 생각이 전혀 없는지 등을 똑바로 펴며 대답했다. 또 다른 젊은 부하 직원은 끼어드는 일도 없이 한결같이 얌전히 듣고만 있었다.

"그런데…… 요즘 회사 경기는 어떻습니까?"

구노가 옆에서 입을 열었다.

무슨 이야긴가 싶어 도다가 얼굴을 돌렸다. 가만히 바라보고 있자 "요즘 같은 때 경기가 좋다고 말할 수는 없겠죠"라고 대답하며 비웃음 섞인 미소를 지었다.

"직원들 야근도 많이 줄었겠군요."

"그렇습니다. 작년부터 매월 30시간을 넘지 않도록 지도하고 있습니다."

"그럼 전체적으로 직원들 수입이 줄었겠네요."

"뭐…… 그렇게 되나요. 제조업은 어디나 마찬가지일 것 같은데요."

"오이카와 씨의 타임카드 좀 보여주실 수 없을까요?"

"왜 그러시죠?"

"오이카와 씨가 올해 들어 새 차를 구입했습니다. 그것도 아마 현금으로. 수입이 줄었는데 이건 좀 이상하지 않나요?"

도다는 자신도 모르게 쓴웃음을 지었다.

"그런 것까지 조사하시나요, 경찰에선?"

"평범한 국산차이긴 합니다만, 자동차 대리점에서 대출을 받은 것 같지는 않아요."

"굳이 자동차 대리점에서 대출을 안 받았다고 해도 은행에서 받았을지도 모르고, 또 개인 저축이 있었거나, 아니면 아내의 친정에서 도와줬을지도 모르죠. 형사님, 너무 지나치게 생각하시는 거 아닌가요. 게다가 그런 것을 우리한테 물어봤자 어떻게 알겠습니까. 공장까지 포함하면 2천 명이나 되는 직원이 있어요. 그중 한 명이 새 차를 구입했다고 해서 왜 총무부에서 그 사실을 알아야만 하는 거죠?"

"그건 그렇죠."

"무엇보다 오이카와에게 실례되는 이야기 아닐까요."

"하지만 이게 저희들 일이니 이해해주시기 바랍니다. 의혹이
가시면 아무런 문제도 없을 테니까요."

"의혹이 가시다뇨, 폭력단 소행 아니었습니까? 보도만 봐도
그쪽으로 경찰이 움직이고 있는 걸로 보였는데요."

"물론 기요카즈회 관련해서도 조사 중입니다. 또 다른 쪽으로
도요."

"아무튼."

이야기를 정리하려는 듯 도다가 몸을 일으켰다.

"우리 직원이 의심받고 있다니 상당히 뜻밖이군요. 이제 다
되셨죠?"

그렇게 말하며 양복 매무새를 바로 했다.

"아까 이야기로 다시 돌아가자면, 하자제품이 흘러 들어간 곳
을 저희는 알고 있습니다."

핫토리가 차갑게 말했다.

"무슨 말씀이시죠?"

"혼조 지사가 하자상품을 몰래 내보낸 할인매장 말입니다. 그
쪽에서 이렇게 비협조적으로 나오신다면, 다른 건으로 출두해달
라고 할 수도 있습니다."

"경찰은······."

도다가 다시 앉았다. 손바닥으로 얼굴을 쓸어내리면서 "늘 억지를 부리죠"라고 한숨 섞어 말했다.

"분명 2년 전이었을 겁니다. 기요카즈회와의 문제로 피해 서류를 제출했을 때도 경찰은 마치 우리가 범인이라도 되는 듯이 취급을 했어요. 그때 우리는 최대한 협조할 생각이었는데 말이죠."

"도다 씨. 당신도 조직에 속한 사람이니 자신의 생각을 미주알고주알 말할 수 없다는 건 압니다만 다시 한 번 윗분들에게 검토를 부탁드려주지 않으시겠습니까?"

핫토리는 일어선 채 감정을 억누른 목소리로 말했다.

"아뇨."

도다가 천천히 고개를 저었다.

"그럴 필요 없습니다. 정말로 아무것도 없으니까요."

구노는 약간 붉어진 눈으로 핫토리와 도다를 번갈아 바라보았다.

"또 찾아뵙겠습니다."

핫토리가 고개를 조금 숙이며 인사했다. 구노도 일어나 문으로 갔다.

"아, 맞다."

구노가 문을 열다가 돌아보며 입을 열었다. 잊고 있었던 게 아니라 마지막에 말하려고 준비해둔 것이었다.

"어젯밤, 아니, 새벽이었으니 오늘입니다만, 또 혼조 지사 부근에서 방화가 있었습니다. 이번엔 연쇄방화였죠."

도다가 미간에 주름살을 모았다. 말이 없는 게, 그 사실을 어떻게 이해하면 좋을지 판단이 안 서는 모양이었다.

"유쾌범이라고 생각하시나요?"

"그럴 리가요."

도다는 여전히 곤혹스러운 표정을 짓고 있었다.

"이런 말씀 드리면 좀 그렇습니다만, 유쾌범이라면 차라리 낫겠네요."

"무슨 말씀이시죠?"

"그저 범인이 수사를 방해할 생각으로 저지른 짓이라면 저희로서는 개운치 않죠."

오십 대 정도 돼 보이는 총무부장은 시선을 허공에 던진 채 묵묵히 턱을 손으로 만지고 있었다. 범죄를 이렇게 가까이서 접하는 경험은 이 남자의 인생에선 아마 처음일 것이다.

"그리고 또 한 가지. 당연히 보험금 청구는 하셨겠지요."

"보험금이요?"

"그렇습니다. 화재보험 정도는 들어두셨을 테니까요. 실제로 화재가 났으니 청구하는 게 당연하리라 생각합니다만."

"그게…… 화재보험에 들었던가?"

도다가 꺼져 들어갈 듯한 목소리로 고개를 갸웃거렸다.

"조사해보면 알 수 있겠죠."

구노는 살짝 웃었다.

"그게, 그렇죠. 청구하게 되면……."

도다의 표정이 갑자기 험악해졌다.

"그럼 이만 실례하겠습니다."

젊은 남자는 일어나 인사를 했지만 도다는 눈도 마주치지 않고 가볍게 고개만 숙일 뿐이었다.

밖으로 나가 복도를 걸었다.

"저 부장, 알려나."

핫토리가 혼잣말처럼 말했다.

"아마 모를 거예요. 이제 한 시간만 지나면 머릿속이 정리되어 새파래지겠군요."

"그래도 반신반의할 겁니다. 부하 직원이 범죄자일지도 모른다니, 평범한 사람이라면 꽤 믿기 어려울 거예요."

"지금 저 남자 머릿속엔 어떻게 하면 회사가 불이익을 당하지 않을까 하는 생각밖에 없을 거예요."

"과연 어떻게 나올지."

또 핫토리가 혼잣말을 했다.

"상사의 권유로 자수, 그러는 게 제일 좋긴 한데."

"말도 안 돼요."

쏠 듯한 시선을 보내온다.

그 말에 구노는 대답하지 않았다.

핫토리가 두 팔을 들고 기지개를 켰다. 팔다리가 긴 핫토리가 그 동작을 하자 천장에 손이 거의 닿을 것 같았다.

반쯤은 농담이라고 생각했는데 핫토리는 정말로 도서관으로 가서 낮잠을 잤다. 익숙한 발걸음으로 잡지 열람 코너로 가더니 비어 있는 소파를 확보한 후 넥타이를 풀고 몸을 던져넣었던 것이다. 다음은 시게노리의 집으로 찾아가 그의 아내를 만나볼 예정이었다. 병원 면회시간이 4시까지였으므로 그 후가 좋을 것 같았다.

구노도 핫토리를 따라 소파에 앉았지만 눈을 감아도 잠이 오지 않았다. 둔감한 피로가 등에 눅진하게 달라붙어 있었다. 애당초 이건 몇 년 동안이나 계속돼온 일이라 완전히 익숙해져 있었다. 숙면이란 게 어떤 것인지 거의 잊고 있었다.

문득 생각나 장모에게 전화를 걸어보기로 했다. 현관 로비의 공중전화로 전화를 걸었다.

몇 번인가 신호가 갔지만 장모는 받지 않았다. 옛날 사람이라 녹음이 되는 전화기를 싫어했다. 어둠 속에서 표시등이 깜박이는 게 싫은 모양이었다.

뭐라도 사러 나간 것일까. 또는 일과인 산책을 나갔나.

장모는 환갑을 지나고 나서부터 산책을 하루도 거르지 않았다. 누구에게도 폐를 끼치고 싶지 않기 때문에 건강에 더욱 신경 쓴다는 말을 했었다.

혼자 하는 산책은 지루하지 않을까. 언젠가 한번 개를 키워보지 않겠느냐고, 물론 선물해드릴 생각으로 물었더니 죽으면 불쌍하다고 극구 사양했던 적이 있다.

장모는 혼자 사는 게 이력이 붙었는지도 모른다.

수화기를 내려놓고 두 손으로 머리를 만졌다.

유리 칸막이 너머로 아동 서적 코너를 멍하니 바라보았다. 한 계단 높은 곳에 양탄자가 깔려 있어서 아이들이 맨발로 뛰어다니고 있었다. 어머니인 듯한 여자가 진지한 얼굴로 아이를 나무라는 모습이 눈에 들어왔다. 시게노리의 아내도 저 정도 나이대였던 것 같다. 그리고 살아 있었다면 사나에도.

지역과에서 시게노리의 가족 구성을 조사했다. 오이카와 교코는 사나에와 같은 나이였다. 서류를 보면서 왠지 신기한 기분이 들었다.

교코를 본 것은 한 번뿐이었지만 수수하면서도 조신한, 어디에서나 흔히 볼 수 있는 주부라는 인상을 받았다. 젊은 나이는 아니었지만 순진한 구석이 남아 있었다. 사나에도 그런 식으로 나이를 먹었을까.

"삼십 대는 분명 좋을 거야."

사나에는 언젠가 그렇게 말했었다.

"안간힘을 쓰지 않아도 되니까 어깨에서 힘도 빠질 테고. 주변 사람들이 나를 억센 여자라고 생각하는 것 같은데, 솔직히 이제는 좀 얌전해 보이고 싶어. 삼십 대가 되면 그럴 수 있을 것 같아."

나이를 먹고 싶은 여자가 과연 있을까 생각했기에 그 말에 구노는 의외라고 생각했던 기억이 있다. 교코는 사나에가 동경했던 삼십 대를 지금 살고 있다…….

그때 호주머니에 있던 휴대전화가 울렸다. 통화 버튼을 누르고 이름을 대자 "아, 다행이다. 번호 안 바뀌어서" 하는 여자 목소리가 들렸다.

"미호예요. 지난번에는 미안했어요."

"아, 아뇨. 나야말로."

애매하게 대답했다.

"실은 저기, 좀 상담하고 싶은 일이 있어서요. 구노 씨, 한번 만나주지 않을래요?"

"내키지 않는데요."

"생각도 안 해보고 바로 대답하네. 냉정해요."

"하나무라 씨를 더 이상 화나게 하고 싶지 않아요."

"그 하나무라 씨에 대한 문제예요. 하나무라 씨, 뭔가 오해하고 있는 것 같은데, 나와 살림 차리고 싶다네요."

"아, 그 소리는 본인한테 들었던 적 있어요."

"역시 그랬구나."

전화 저편에서 우울한 목소리가 들려왔다.

"어쩌나, 난 그럴 생각이 없는데."

"그런 말 한 번도 안 했었나요?"

"말하지는 않았어요."

말투가 완강했다.

"저, 어떻게 하면 잘 거절할 수 있을까요?"

"나한테 물어봤자……."

"게다가 하나무라 씨, 잘릴 것 같던데. 새 가게를 차려주겠다느니, 그런 소리까지 했어요. 곤란해 죽겠네, 그런 외골수는 싫은데."

하나무라가 가엾었다. 지난번 밤에 만났을 때 붉게 충혈됐던 눈이 뇌리에 떠올랐다.

미호는 그 후에도 최근 남편 행세를 해서 화가 난다는 등 여러 일을 숨김없이 다 털어놓았다. 구노는 대꾸를 해주기는 했지만 뻔한 대답밖에 할 수 없었다. 더 이상 하나무라와는 엮이고 싶지 않았다.

전화를 끊을 즈음 미호는 크게 한숨을 내쉬며 언제 한번 가게에 와달라고 말했다. 물론 갈 생각은 없었다.

도서관으로 돌아가 소파에 앉았다. 기지개를 켜며 나오는 하품을 참았다. 수마는 늘 손 닿지 않는 곳을 배회하고 있을 뿐이다. 위를 쳐다보며 안약을 넣었다. 이걸로 밤까지는 괜찮을 거라고 자조 섞인 미소를 지었다.

시게노리의 집은 갓 지은, 그리고 비슷비슷한 목조 2층짜리 건물들이 나란히 늘어선 주택가에 있었다. 길을 바라보면 놀라울 정도로 원근법에 딱 맞는 지붕의 능선이 눈에 들어왔다. 집들의 벽은 서로 맞추기라도 한 듯 하얀색으로 통일되어 있었고, 2층에는 바깥으로 창이 나 있었다. 그 창에서는 관엽식물이

나 봉제인형 같은 것들이 얼핏 비쳤다. 여기저기에서 아이들의 높은 목소리가 들렸다. 그것에 맞상대하는 여자들의 목소리도. 남자의 기척은 어디에도 없었다. 평일, 그것도 아직 해가 중천에 있는 시간에 주택가를 걷는 자신들은 분명 다른 냄새를 풍기는 이질적인 존재 같았다.

번지를 더듬어 찾은 '오이카와'라는 문패는 대리석으로 만든 것이었는데, 모르타르 벽 위에서 기품 있게 빛나고 있었다. 분명 문패에 조촐한 사치를 부렸을 것이다.

바로 옆에는 차고가 있었고, 하얀 블루버드가 정차해 있었다. 구노는 만일을 위해 수첩을 펼쳐 번호를 확인했다. 그리고 가볍게 헛기침을 하고는 인터폰의 초인종을 눌렀다. 여자의 목소리에 경찰이라고 대답하자 잠시 후 문 너머에서 슬리퍼 끄는 소리가 들리며 목제 문이 열렸다. 입가에 미소를 띤 시게노리의 아내 얼굴이 눈에 들어왔다.

"무슨 일이신지."

뺨이 약간 붉게 물들어 있었다.

"혼조 서의 구노라고 합니다. 전에 시민병원에서도 뵈었습니다만."

"아, 네."

기억하고 있다는 말투였다.

"본청의 핫토리입니다."

핫토리가 긴 목을 내밀었다.

"이번에 바깥양반께서 다치셔서 다시 한 번 위로의 말씀을 드립니다."

"고맙습니다."

교코는 그렇게 말하며 머리로 손을 가져갔다. 셔츠의 단추가 두 개 풀려 있어 그 사이로 하얀 속살이 내비쳤다.

"잠깐 정원 일을 좀 하고 있어서요."

"그러신가요. 바쁘신데 정말 죄송합니다. 잠깐 이야기를 좀 나눌 수 있을까요?"

"……네. 그럼 안으로 들어오시죠."

핫토리와 얼굴을 마주 보았다. 경계할 것이라 생각했는데 교코는 선뜻 두 형사를 집으로 들어오게 해주었다.

"안이 좀 누추하지만……."

교코가 이끄는 대로 들어간 곳은 옅은 파란색 소파가 일자형으로 배치된 거실이었다. 괜찮다고 말했지만 교코는 부엌으로 들어가 차를 준비했다. 문득 고개를 돌리자 부엌의 장식장에 세워진 액자에 든 가족사진이 보였다. 유리문 안에 늘어서 있는 것은 양주가 아닌, 아이들의 비디오 게임 소프트웨어였다.

탁자에 차가 놓이고, 교코는 소파에 살짝 걸터앉았다.

"이런 걸 탐문이라고 하나요? 형사님들 일도 참 힘드시겠어요."

교코가 먼저 입을 열었다. 예전에 봤을 때의 그 조심스러웠던 인상과는 달리 쾌활한 말투였다.

차를 마시며 적당히 대꾸했다. 교코는 그 외에도 잡담을 더

할 생각인지 날씨 이야기 따위를 했다. 구노는 교코의 얼굴이 아닌 손을 보고 있었다. 가느다란 약지에서 결혼반지가 빛나고 있었다.

"오늘은 여러 가지 좀 여쭤보고 싶은 게 있어서요."

구노가 말을 꺼냈다.

"약간 사생활과 관계된 것을 묻게 될지도 모르겠는데, 그것도 저희 일이라 생각하시고 이해해주셨으면 합니다."

교코는 은근히 미소를 띤 채 말없이 고개를 끄덕였다.

"차고에 하얀 블루버드가 있던데, 댁의 자가용인가요?"

"네, 그렇습니다."

"어젯밤엔 어디에 있었죠?"

"병원에요. 남편이 회사에 가는 데 필요하다고 해서요."

"남편 분은 회사에 가셨습니까?"

"아뇨, 결국 사용하지 않았어요. 본인은 손에 붕대를 감은 상태로도 운전 정도는 할 수 있다고 했지만, 만약의 경우도 있고 해서 마음을 고쳐먹은 모양이더군요."

"그럼 병원 주차장에 계속 있었겠군요."

"네."

교코는 주저없이 대답했다.

"새 차인 것 같던데 구입한 건 언제죠?"

"분명히……."

턱에 손을 댔다.

"1월이었어요."

"실례지만 얼마 정도 했죠?"

교코가 작게 쓴웃음을 지었다.

"전부 2백 50만 엔 정도라고 들었습니다."

그렇게 말하며 차로 손을 가져갔다. 한 모금 마시고 나서 계속했다.

"정확한 가격이 필요하신가요?"

"아뇨. 됐습니다."

"돈에 관한 것은 남편이 알아서 하거든요."

"현금으로 사셨나요?"

"아뇨, 사내 대출로요."

"호오."

구노는 교코의 얼굴을 보았다. 거짓으로 지은 웃음인지 판단이 안 되었다.

"그럼 계약금은요?"

"글쎄요, 거기까지는……. 아마 그것도 회사에서 대출받았을 것 같은데요. 그게 무슨?"

"아뇨, 별건 아닙니다."

핫토리는 옆에서 잠자코 교코의 안색을 살피고 있었다. 교코는 변함없이 입가에 미소를 머금고 있었다.

"그리고 남편이 집에 오는 건 이른 편이었나요? 이를테면 매일 야근이었다거나."

"옛날에는 좀 늦었지만 최근에는 그렇지도 않은 것 같은데요. 그래요…… 일주일에 3일 정도는 집에서 밥을 먹는 정도……. 저기, 제 남편이 무슨 일이라도 저질렀나요?"

교코는 그제서야 처음으로 당연한 의문을 입 밖으로 냈다.

"특별히 무슨 일을 저지른 건 아닙니다. 부인께 이런 말씀 드려 죄송하지만 남편 분께서는 첫 발견자라 아무래도 그럴 경우에는."

교코가 가볍게 웃음을 터뜨렸다. 어깨를 흔들며 "남편한테도 말해둬야겠네요" 하고 장난스러운 태도를 보였다.

"어떤 사건이든 첫 발견자는……."

"네, 알고 있어요."

"이 사건에만 한정된 것은 아닙니다."

"그러니까 알고 있어요."

구노는 눈앞에 있는 교코가 한 치의 빈틈도 안 보이는 것을 보고 의외라고 생각했다. 틀림없이 얌전한 주부라고 마음 어디에선가 얕잡아 보고 있었던 것이다.

"그렇게 말씀해주시니 다행입니다. 그럼 방화가 있었던 밤에 대해 여쭤보겠습니다. 그날 밤은 원래 남편 분께서 숙직 당번이 아니었다고 들었는데 어째서 갑자기 숙직을 하게 됐는지 부인께서는 뭔가 들은 말이 있으신지요."

"글쎄요……."

교코가 고개를 갸웃거렸다.

"숙직을 바꾸는 일은 자주 있어서."

"바로 며칠 전의 일입니다."

"하지만 남편이 '오늘 숙직이야' 하고 말하면 '아, 그래요'라고 대답하는 정도라, 일일이 이유 같은 거 안 물어보거든요. 신혼이라면 또 모를까, 10년 이상을 같이 살다 보면 다 그런 거 아닐까요, 부부란 게요. 형사님들도 마찬가지이실 것 같은데요."

핫토리가 한순간 쓴웃음을 지었다. 그리고는 이내 진지한 얼굴로 다시 돌아와 팔짱을 꼈다.

"그런데 어젯밤 나카초에서 연쇄방화가 일어난 건 알고 계시나요?"

"네. 병원에서 간호사한테 들었습니다."

"남편 분 회사가 피해를 본 것과 같은 수법입니다."

"그런가요?"

"페트병과 가솔린이죠."

"네?"

"가솔린은 신문기사로 보도됐습니다만, 페트병에 대해서는 보도되지 않았어요."

"네에……."

"즉 동일범일 가능성이 높다는 말씀입니다. 뭔가 짚이는 게 없으십니까?"

"아뇨."

교코가 고개를 저었다. 왜 그런 것을 자신한테 물어보느냐는 얼굴을 하고 있었다.

"단도직입적으로 말씀드립니다만, 가솔린을 가장 손쉽게 입수하는 방법은 승용차의 오일탱크에서 뽑아내는 것입니다. 어젯밤 남편 분께서 차가 필요하다고 하셨죠. 그렇다면 저희는 아무래도 관심을 안 가질 수가 없습니다."

"그건 좀 지나친 생각 아닐까요?"

교코의 얼굴이 천천히 굳어졌다.

"불쾌하십니까?"

"불쾌합니다."

단정적으로 말했다.

"무엇보다 제 남편은 피해자입니다."

"그건 그렇습니다만."

"이제 다 되셨나요."

교코가 허리를 펴고 벽에 걸린 시계로 눈길을 보냈다.

"이제 저녁거리를 사러 나가야 하거든요."

구노는 핫토리와 얼굴을 마주 보았다.

"하긴, 너무 오래 방해하는 것도 실례니까 오늘은 이만 하도록 하죠."

구노도 일어섰다. 윗도리의 단추를 채우면서 다시 한 번 시계노리의 아내를 보았다. 감정을 억누르고 있다는 걸 알 수 있었다. 기분 나빠하는 게 당연한 반응이다.

핫토리는 스스럼없이 여기저기를 둘러보고 있었다. 그러다 우연히 마당에 있는 괭이를 발견하고는 "어, 화단 만드시는군요" 하고 소리쳤다.

"좋군요, 단독주택은. 저희 집은 맨션이라 베란다에 화분 몇 개 놓는 정도인데."

구노도 따라서 그쪽을 보았다. 다다미 한 장[*] 정도 되는 넓이로 땅이 패어 있고, 아이들 것인 듯한 물뿌리개도 굴러다니고 있었다.

"네."

교코는 작은 목소리로 대답할 뿐 두 사람을 쳐다보지도 않은 채 다 마신 찻잔을 정리하고 있었다. 선뜻 이야기도 하려 하지 않았고, 미소도 완전히 사라져 있었다.

인사를 하고는 현관으로 걸어갔다. 뒤를 따라오고는 있었지만 배웅을 한다기보다 문을 잠그기 위한 행동일 것이다. 괜히 시간만 빼앗았다는 말에도 인사만 할 뿐 대답은 하지 않았다.

길로 나와 다시 돌아보았다. 이 집에도 창이 있었고, 유리에 꽃 모양 시트지가 붙어 있었다. 잘 닦인 유리 저편에는 새하얀 레이스가 달린 커튼이 쳐져 있었다. 집을 소중히 가꾸고 있다는 걸 쉽게 상상할 수 있었다.

"의외였어요."

핫토리가 입을 열었다.

● 180cm×90cm 정도의 크기.

무슨 말을 하는지 알았으므로 구노는 조용히 끄덕였다.

"남편이 의심받고 있다고 하면 좀 더 당황했을 텐데."

"그렇죠."

"애써 그렇게 꾸미는 건지, 아니면 그럴 리 없다고 생각하는
건지."

"글쎄요, 어느 쪽일지."

"어쨌든 회사와 집, 둘 다 흔들어놨어."

핫토리는 혼잣말처럼 중얼거리고 나서 외투를 손에 든 채 버
릇이라고도 할 수 있는 기지개를 켰다.

서쪽 하늘에서는 어느덧 해가 저물어 둥실 떠 있는 구름을 오
렌지색으로 서서히 물들이고 있었다. 온기를 머금은 남풍이 불
어왔다. 어젯밤은 한겨울처럼 추웠으므로 오늘 밤엔 코트도 필
요할 것 같았다.

호주머니 안에서 휴대전화가 울렸다. 통화 버튼을 누르자 잠
시 침묵이 흐르고 나서야 어떤 남자의 목소리가 들렸다.

"역시 너였나."

하나무라였다.

"무슨 일이시죠?"

놀랐지만 목소리에 그런 티는 내지 않았다.

"미호 휴대전화로 거는 거야. 재다이얼 눌러봤다. 너, 끝까지
나를 갖고 놀 셈이냐."

"오해십니다."

"닥쳐. 미호는 지금 샤워를 하고 있다. 어때, 아깝냐?"

"무슨 말씀이십니까."

"너만은 절대 용서 못 한다."

그렇게만 말하고 하나무라는 전화를 끊었다.

"왜 그러세요?"

핫토리가 얼굴을 빤히 들여다보았다.

"아뇨, 아무것도. 별거 아닙니다."

"오이카와는 감시하실 겁니까?"

"네, 그래요. 하는 편이 나을 겁니다."

핫토리가 목뼈를 우두둑거리며 작게 한숨을 내뱉었다. 그것을
보자 구노의 입에서도 한숨이 새어 나왔다. 가슴속에서 잿빛 공
기가 무겁게 가라앉았다.

14

인간의 감정이라는 것은 반응하는 데 시간이 걸리는 걸까. 아니면 일시적으로 회로를 폐쇄하는 장치라도 있는 것일까. 교코가 무릎을 떨기 시작한 것은 두 형사가 돌아간 후 개수대에서 찻잔을 씻고 있을 때였다.

믿을 수 없는 일이었지만 처음엔 침착하게 잘 대응했다는 안도감이 있었다. 남편의 상사로부터 경찰에게 어떤 빌미도 주지 말라는 요구를 들었을 때 자신이 그런 일을 할 수 있을까 싶어서 오직 그것만 열심히 생각했다. 그래서 두 형사들이 나가자마자 마치 그것이 모든 걱정거리였던 듯 가슴을 쓸어내렸던 것이다.

흔들흔들 눈앞이 흔들려서 무슨 일인가 싶어 아래를 내려다봤을 땐 무릎은 이미 남의 것이 되어 있었다. 손을 씻을 여유도 없이 젖은 손으로 두 무릎을 열심히 눌렀다. 무릎의 떨림은 손으로 전해졌고, 바로 온몸으로 번졌다. 더 이상 서 있을 수 없어서 부엌에 그대로 주저앉았다. 관절이라는 관절이 모두 제멋대로 웃고 있었다. 뜻대로 되지 않는 육체를 처음으로 경험했다.

교코는 이를 악물고 진정해, 진정해, 라고 자신을 타일렀다. 이제 곧 아이들이 돌아온다. 이런 모습은 절대 보여줘서는 안 된다.

혼란스러운 머리로 시게노리에 대해 생각했다. 시게노리의 신변에 대체 무슨 일이 벌어진 것일까.

아니, 그런 게 아니다. 시게노리가 뭔가를 저지른 것이다. 본사의 상사를 곤란에 처하게 만들고, 경찰이 관심을 보일 만한 짓을.

겨우 일어나 의자에 앉았다. 식탁에 팔꿈치를 괴고 손으로 얼굴을 덮었다.

형사의 말을 떠올려보려 했다. 그러나 머리 회전이 잘 안 돼 단편적인 말밖에 떠오르지 않았다.

차……. 형사는 시게노리의 차에 흥미를 가지고 있었다. 현금으로 샀는지, 그런 것을 물었다.

그러고 보니 본사의 상사도 같은 걸 물었다. 사내 대출로 샀다고 대답은 했지만 실제로는 그렇지 않았다. 월급 명세서를 보아도 그런 항목은 없었던 것이다.

시게노리는 거짓말을 하고 있었다. 사내 대출이 아니라면 차를 산 돈은 어디에서 마련했을까.

아니, 이런 게 아니다. 좀 더 다른 문제가 있었을 텐데…….

차와 관련해서…….

교코는 열심히 머릿속을 정리해보려 했다. 어쨌든 뛰는 심장만이라도 다스려보자 싶어서 왼쪽 가슴을 힘껏 눌렀다.

어젯밤……. 미끄러지듯 나온 말이었다. 차를…… 차를 병원에 두고 온 것이다. 시게노리의 부탁을 받고. 연쇄방화가 있었다는 그 전날에.

가솔린, 페트병. 또 그런 말이 나왔다. 형사가 말했었다. 가장 손쉽게 가솔린을 구하는 방법은 차의 오일탱크에서 빼내는 것이라고.

갑자기 뇌리에 병실의 광경이 떠올랐다. 시게노리의 침대 옆 테이블에 미네랄워터 페트병이 있었다. 분명 어제였다. 아니, 그것은 지나친 억지다. 페트병 같은 것은 어디에나 굴러다닌다.

침대 밑에는 운동화가 있었다. 아니, 그것 역시 지나친 생각이다.

몸을 일으켰다. 한껏 가슴을 젖히며 공기를 들이마셨다.

어금니를 악문 채 몇 번이고 심호흡을 했다.

멀리에서 학교 차임벨이 울리고 있었다. 오후 5시를 알리는 소리였다. 정말로 아이들이 돌아온다. 뭔가 해야 해. 일단 저녁거리를 사러 나가자. 이 자리에서 도망치자. 새파랗게 질려 있을 자신의 얼굴을 아이들에게 보여주지 않기 위해.

교코는 일어나 지갑을 들고, 서둘러 테라스에서 정원으로 나왔다. 잠깐 외출할 때는 테라스 문 하나만 잠그지 않는다는 게 아이들과의 약속이었다.

자전거를 끌고 차 옆을 지나쳤다. 문득 하얀 블루버드를 보자 또 찌를 듯한 아픔이 가슴을 스쳤다.

자전거를 달려 주택가를 지나간다. 마음만 급해 아무래도 생각이 잘 정리되지 않았다. 페달을 밟는 소리만이 더욱 선명하게 귀로 날아 들어왔다. 카디건 걸치는 것을 잊었지만 바람은 봄바람이어서 차갑게 느껴지지 않았다. 오히려 땀이 날 정도여서 안 걸치길 잘했다고 뜬금없이 생각했다. 어쩌면 머릿속이 텅 빈 것인지도 몰랐다.

5분쯤 후 동네 슈퍼마켓에 도착해 교코는 장바구니를 한 손에 들고 가게 안을 걸었다. 비틀거리며 한 바퀴 돌았을 때야 제정신이 돌아와 야채 매장으로 향했다. 무엇을 살까. 마치 뇌가 마비된 듯 계산이 잘 되지 않았다. 일단 눈앞에 있는 양상추 한 개를 바구니에 넣었다.

아무것도 만들고 싶지 않았다. 그 감정만은 판단할 수 있었다.

가능한 한 간단한 것을. 햄버그…… 아니, 그것도 너무 귀찮다. 된장국도 끓이고 싶지 않았다. 교코는 손수건으로 이마의 땀을 닦으며 그 자리에 우두커니 서 있었다.

누군가의 시선을 느꼈다. 옆을 보자 동네 주부와 시선이 마주쳤다. 저편에서 먼저 살짝 웃으며 인사를 한다. 교코도 고개를 숙이고는 바로 발길을 돌렸다. 기분 나쁘게 느꼈을 게 틀림없었지만 지금은 아무렇지 않게 이야기할 자신이 없었다.

일단 간식으로 푸딩과 우유를 바구니에 넣었다. 달걀도 집었다.

발걸음을 옮기며 선어 코너 앞을 지나쳤다. 회라도 사서 돌아갈까. 회는 조리할 필요가 없으니까. 하지만 시간이 너무 남는 것도 두려웠다. 차라리 뭔가를 하는 쪽이 쓸데없는 생각을 하지 않게 도와줄 것이다.

또 카레로 하자. 교코는 안개가 잔뜩 끼어 있는 듯한 머리로 그렇게 생각했다. 부글부글 끓는 냄비를 이따금 저으면서 바라보기만 하면 된다. 감자도 양파도 사놓은 게 있을 것이다. 양상추는 다 뜯어내 샐러드를 만들자. 참치 통조림하고 같이. 드레싱도 아직 남아 있다.

교코는 정육 코너를 향해 종종걸음으로 가서 돼지고기를 바구니에 담았다. 그리고 늘 사용하는 카레 가루를 손에 들고 계산대에 섰다. 아마도 몇 명쯤 아는 얼굴이 가게 안에 있었을 테지만 누구와도 눈을 마주치고 싶지 않아 고개를 숙이고 있었다.

자신이 무엇을 해야 할지 잘 알 수 없었다. 어느샌가 가슴 떨림은 가라앉았지만 온몸이 납처럼 무거웠다.

집으로 돌아오자 가오리와 겐타는 비디오 게임을 하며 놀고 있었다. 저녁은 카레로 할 거라고만 말하고 부엌에 섰다. 아이들은 건성으로 대답할 뿐 게임에 푹 빠져 있었다.

양파를 썰어 버터와 함께 볶았다. 눌어붙지 않도록 약불로 놓고 주걱으로 천천히 저었다. 손을 쉬지 않았다.

다른 프라이팬에서 볶은 고기와 감자를 냄비에 넣고, 물을 부은 뒤 카레 가루를 넣었다. 끓고 나서도 계속 국물을 우려냈다.

"엄마, 겐타가."

가오리가 뭐라고 말했다.

"아냐, 누나가."

겐타가 다시 또 말한다. 상대를 해주지 않으니 어느샌가 멈추고 다시 게임을 하는 듯했다.

전기밥솥에서 나는 전자음이 의식의 끝에서 희미하게 들리고 있었다. 건성으로 하는 것은 아니었다. 카레를 만드는 것 외에 아무것도 받아들이고 싶지 않은 것이다.

카레 냄비를 약불로 바꾼 후 뭉근한 불로 졸였다. 김을 얼굴에 쐬며 보글보글 끓고 있는 냄비를 가만히 바라보았다. 서서히 핏기가 돌아오는 것 같았다.

아이들과 자신뿐이었으므로 꿀을 한 숟가락 떠서 넣었다. 맛을 보자, 평소와 다름없는 맛이 나서 왠지 안심이 되었다.

접시에 밥을 뜨고 카레를 끼얹었다. 냄새가 끌어당겼는지 아이들은 어느샌가 식탁에 달라붙어 있었다.

아이들과 아무렇지 않게 이야기를 할 수 있을까. 갑자기 불안이 고개를 쳐들었다.

"맛있게 먹어라."

그렇게 말하고 교코는 목욕탕으로 가서 욕조에 물을 받았다. 세면대의 거울을 일부러 피했다. 자신의 얼굴을 보고 싶지 않았다.

팽이와 삽이 그대로 나뒹굴고 있다는 데 생각이 미쳐 정원으로 내려섰다. 도구들을 주워서 늘 놓는 장소에 두었다. 집 안을 들여다보자 아이들은 텔레비전을 보면서 밥을 먹고 있었다.

다행히도 두 아이가 좋아하는 만화영화를 하고 있었다. 아이들이 텔레비전에 집중하고 있어서 말을 하지 않아도 되었다. 자신도 같이 카레를 먹었다.

"엄마, 더 줘."

얼굴을 텔레비전으로 향한 채 겐타가 접시를 내밀었다. 가오리도 마찬가지였다. 밥과 카레를 더 퍼서 아이들에게 주었다. 도중에 목욕탕에 가서 다 받아진 물을 데우기 시작했다. 돌아와서 카레에 다시 입을 댔지만 한 숟가락 먹는 게 고작이었다.

식사가 끝나자 아이들은 다시 텔레비전 앞에 앉아 가요 프로그램을 보기 시작했다. 교코는 설거지를 했다. 평상시보다 훨씬 더 정성스레 식기를 씻었다. 시계를 보니 아직 7시였다. 생각보다 시간이 흐르지 않았다.

아무 말도 하지 않는 것도 부자연스러운 것 같아 거실로 가서 말을 걸었다.

"숙제 다 했니?"

"봄방학 때는 숙제 없어."

가오리가 노래 부르듯 말했다. 겐타는 교코를 무시한 채 사회를 보는, 웃기는 탤런트의 개그에 입을 잔뜩 벌리고 웃고 있었다.

초등학생쯤 되면 이제 부모에게 매달릴 나이는 아니다. 지금은 그게 새삼 고마웠다.

약간 뒤로 물러나 교코도 텔레비전을 보았다.

8시가 지나 아이들이 차례대로 목욕탕에 들어갔다. 평소에는 같이 들어가는 경우가 많았지만, 오늘만큼은 한 사람씩 들여보냈다.

그동안에 부엌 청소를 했다. 가스레인지에 묻은 기름때를 이제야말로 벗기기로 했다. 수세미에 세제를 묻혀 힘껏 북북 문질렀다. 칙칙했던 스테인리스 판에서 금세 광택이 났다. 생각난 김에 환기팬도 분해해 닦았다. 팔이 아팠지만 신경 쓰지 않고 일을 계속했다.

엄마에게는 관심이 없는 건지, 아니면 아이들이란 게 애당초 자신의 일만으로도 벅찬 생물인 건지, 가오리도 겐타도 엄마의 상태가 이상한 것을 눈치채지 못하고 있었다. 목욕탕에서 나온 후에는 어느샌가 2층의 자기들 방으로 올라가고 없었다.

청소를 끝냈다. 그대로 켜져 있던 텔레비전 전원을 끄고 교코도 목욕을 했다. 자칫 방심하다가는 아까 일이 생각나버릴 것 같아서 다리를 마사지했다. 장딴지부터 시작해 발목에 이르기까지 군살을 내몰듯이. 언젠가 텔레비전에서 보았던 목주름 펴기도 시험해보았다. 두 손가락으로 턱의 선을 덧그려나가는 것이다. 그런 쓸데없는 짓을 계속했다.

욕조에서 나와 스펀지로 몸을 구석구석 씻었다. 머리를 감고, 트리트먼트도 했다. 이렇게 한 시간 정도를 목욕탕에서 보냈다.

밤 9시 반. 슬슬 아이들이 잘 시간이다. 계단 밑에서 귀를 기울여보았지만 아무 소리도 들리지 않는 걸 보니 이미 잠든 모양이었다. 침실로 가서 요를 깔았다. 평소에 자는 시간은 11시가 넘어서였지만 이제 더 이상 일어나 있을 힘이 없었다. 이불을 덮고 싶었다. 생각해보면 형사가 돌아가고 나서부터 쭉 자신이 바라던 것은 이불을 뒤집어쓰고 웅크려 있는 것이었다.

집 안의 문이 다 잠긴 것을 확인하고, 잠옷으로 갈아입었다. 이불 속으로 들어갔다. 과연 잘 수 있을까, 불안감이 뭉게뭉게 일었다.

눈을 굳게 감고 머리까지 이불을 덮었다. 무릎을 꺾고 조그맣게 몸을 말았다.

아무것도 생각하고 싶지 않았다. 아주 잠시라도 편해지고 싶었다.

하지만 불가능했다.

소금물로 쓴 글씨가 촛불 밑에서 그 형태를 드러내듯이 시계노리의 얼굴이 뇌리에 떠오르고, 연쇄적으로 오늘 일이 기억의 심연 속에서 끌어올려졌다.

시계노리는 무슨 짓을 한 것일까. 그것은 일상을 부숴버릴 만한 짓이었을까.

조심스럽게 생각을 앞으로 전진시켜본다. 차를 산 돈의 출처부터 시작해 가솔린, 페트병……. 가슴이 조여왔다. 어둠 속으로 빨려 들어갈 듯한 착각이 솟는다.

시게노리는 경찰에게 의심을 사고 있는 것이다. 무엇을?

또 몸이 떨려왔다. 자문할 필요도 없다. 사실은 무슨 의심을 사고 있는지 뻔히 다 알고 있었다. 그 부분만 피하고 있었을 뿐이다.

방화…….

머릿속에서 똑똑히 발음해보자 눈을 감고 있는데도 앞이 새까매졌다. 그곳에 있는 것은 거리감조차 없는 어둠이다.

뭔가 잘못됐다. 그렇게 생각하고 싶었다.

뇌가 격렬하게 흔들리고 있었다. 몸을 잔뜩 웅크리며 열심히 버텼다. 안까지 파고든다. 이제 자신을 지켜주는 것은 한 장의 이불뿐이다.

그러다 갑자기 하나의 광경이 번쩍하고 교코의 기억 속으로 떠올랐다.

펌프…….화원에서 짐을 싣고 있을 때였다. 차 트렁크에 플라스틱 펌프가 있었던 것이다. 그때는 뭘까 신경도 쓰지 않았는데.

떨림이 갑자기 격렬해졌다. 점점 심장이 뛴다. 어느 쪽이 위고 아래인지도 알 수 없었다.

역시 시게노리는 그런 인간이었던 것일까. 교코는 아주 먼 옛일을 떠올렸다.

결혼식 날 각자의 친구들과 함께 2차 모임에 가게 되었다. 모두 떠들썩한 가운데 시아버지가 나타나 시게노리를 손짓해 불렀다. 얼핏 보니 가게 한쪽 구석으로 불러내 돈을 건네주고 있었다. 교코는 당연히 음식값을 지불하라는 것일 거라고 생각했다. 시아버지는 친구들이 계산하면 안 된다며 자신의 용돈을 주었던 것이다.

그런데 피로연이 시작되었을 때 시게노리가 소리쳤다.

"어이, 남자는 5천 엔, 여자는 4천 엔이야."

그렇게 말하고 모두에게서 돈을 걷기 시작했다.

경사스러운 날에 마가 낀 듯한 기분이 들었다. 사소한 일이었지만 교코의 머릿속에 선명히 남아 있는 기억이었다.

남편은 나쁜 사람은 아니었다. 부드러운 성격에, 사교성도 좋다. 하지만 소소한 부정을 저지른다…….

이번엔 호흡이 힘들어졌다. 눈에 눈물이 고여 교코는 작게 오열하기 시작했다. 이런 공포를 맛보는 것은 34년 인생에서 처음이었다.

다음 날 교코는 아무 일도 없는 듯이 슈퍼에 아르바이트를 하러 갔다. 사실은 쉬고 싶었지만 집에 혼자 있는 게 더 무서웠다. 또 회사 사람이나 형사가 온다면……. 그런 생각을 하면 가만히 있을 수 없었다.

단순한 작업인 게 차라리 구원이었다. 사람과 만나 이야기를 하거나 머리를 사용하는 일이었다면 지금 자신은 전혀 쓸모가 없을 것이다.

교코는 묵묵히 계산해나갔다. 상품을 바구니에서 바구니로 옮겨 담았고, 기계적으로 인사를 했다.

어젯밤은 얕은 잠을 수없이 반복하기만 했을 뿐, 잠을 잤는지 깨어 있었는지도 알 수 없었다. 깰 때마다 절망적인 기분이 되어 불안하게 몸을 떨었다. 시게노리가 정말 사건을 일으켰다면…… 그 생각에 다가가는 것만으로도 가슴이 칼에 찔린 듯한 통증이 일었다.

아침이 되어 약간은 진정되었지만 어두운 기분은 변함이 없었다. 아이들에게 아침을 차려주는 동안에도 서서히 피어오르는 불안감을 억누르느라 온 신경을 다 쏟아야 했다.

이날 가장 신경 쓰이는 일은 남편에게 가는 것이었다. 아침에 일어나 오늘이 병원에 가는 날이라는 것을 깨달았다. 그냥 가지 않아도 되는 문제가 아니었다. 시게노리는 어떤 태도를 보일까. 그리고 자신은 어떤 얼굴을 하면 좋을까. 우선은 다인실로 옮긴 것부터 화제에 올려야 한다. 그것조차도 좋은 생각이 떠오르지 않는다.

"오이카와 씨."

얼굴을 들자 도시코가 통조림을 두 손에 들고 눈앞에 서 있었다.

"이거 부탁해."

그렇게 말하며 이를 드러내며 웃는다. 아마도 오늘은 통조림이 특가상품인 모양이다.

억지로 웃음으로 대꾸하며 상품을 센서에 인식시킨다. 물건을 받으며 도시코가 뒷손님이 없는 것을 확인한 후 몸을 바싹 내밀었다.

"이 슈퍼마켓, 본점에서 무슨 일이 있었던 모양이야."

"무슨 일요?"

"자세히는 모르겠는데, 점장하고 과장들이 허둥대던데. 그게, 전에 다른 지점에서 아르바이트하는 사람한테서 전화 온 적 있었다고 했잖아. 분명 고무로라고 했었던 것 같은데. 그것 때문이지 않을까. 다들 물어보더라고. 고용계약 건으로 누구한테서 전화받은 적 없었냐고. 난 귀찮아서 그냥 모른다고 대답했지만."

교코는 주위를 둘러보며 속삭이듯 말했다.

"사실 나, 만났어요. 고무로라는 사람."

"설마. 언제?"

"얼마 전에. 2, 3일 전인가. 카페에서요."

"그래서?"

"아르바이트 사원도 유급휴가나 퇴직금을 받아야 한다고. 그러니까 모두 가게 측에 요구하자고 하더군요."

"와, 그랬구나. 유급휴가 같은 게 있었구나."

"하지만 거절했어요. 분명 더 이상 여기 못 있게 될 게 뻔하니까요."

"그건 그래. 누가 해주면 좋을 텐데."

너무 뻔뻔스럽다고 스스로도 생각했는지 도시코는 장난스럽게 혀를 쏙 내밀었다. 그런가. 고무로라는 사람이 드디어 움직였구나. 교코는 고무로의 고집스러워 보이던 얼굴을 떠올렸다. 분명 논리정연하게 가게 측에 요구했을 것이다. 그 모습을 상상해보았다. 자신에게 그녀의 반 정도만이라도 강한 마음이 있었으면, 하고 묘한 선망의 기분이 들었다.

"그리고 기시모토 씨가 이소다 씨한테서 물을 샀대."

도시코가 귓속말을 했다.

"그건 또 무슨 소리예요?"

"야채뿐만이 아니라 이젠 물도 팔고 돌아다니나 봐."

도시코가 가자 교대하듯이 점장인 사카키바라가 왔다. 여전히 눈을 보지 않고 "아, 잠깐만" 하고 손짓을 했다.

"쓸데없는 소리를 하는지도 모르겠지만, 다마 점에서 아르바이트하는 고무로라는 사람 알죠?"

"아뇨."

시치미를 떼며 어리둥절하다는 표정으로 고개를 저었다.

사카키바라는 "그럼 됐고" 하고 중얼거리며 다음 계산대로 옮겨 갔다. 힐끗 쳐다본 사카키바라의 얼굴에는 고통스러운 빛이 어려 있었다. 분명 고무로의 요구는 그만큼 가게 측에서 보면 괴로운 일일 게다. 마음속으로 그녀에게 응원을 보냈다.

일하는 중에는 가능한 한 다른 것을 생각하려 했다. 남편 일을

조금이라도 생각하면 바로 체온이 떨어졌기 때문이다. 휴식시간
에도 아르바이트 동료와 적극적으로 이야기를 주고받았다. 다
행히 고무로 관련 소문으로 온통 시끄러웠으므로 화제가 끊이는
일은 없었다. 다른 지점에 아는 사람이 있는 누군가가 휴대전화
로 정보를 입수했다. 공산당이라는 말이 얼핏 들렸다. 모두 뒤에
서는 아마 공산당일지도 모를 고무로에게 기대를 하고 있었다.

다리가 땅에서 떠 있는 것 같은 반나절이었다.

오후 2시 반에 일이 끝나 교코는 자전거를 타고 병원으로 향
했다. 법정에 서게 될 피고인이 이런 기분인지도 모른다. 더 이
상 자신이 준비해둔 도망칠 곳은 없었다. 어떤 현실이 기다리고
있는지 너무나 무서웠다. 아이들은 그대로 아동관에서 놀도록
했다. 데리고 갈 용기가 안 났다.

자전거를 타고 가니 잔혹할 정도로 정확히 병원과의 거리가
좁혀졌다. 결국 아무런 마음의 준비도 하지 못했다. 남편에게
할 말도 생각해두지 못했다. 이렇게 시간의 흐름을 원망해본 적
도 없었다. 콘크리트 건물이 길 저편으로 보였을 때 교코는 진심
으로 울고 싶어졌다.

병동으로 들어서 계단을 올라갔다. 오늘은 5층이 아닌 4층이
다. 1인실에서 다인실로 옮겼기 때문이다. 복도에서 간호사와
인사를 나누었다.

걸으면서 배에 힘을 주었다. 분명 본사 사람은 8호실이라고
말했었다. 복도 끝에 있는 8호실이라고 쓰인 표찰 아래까지 가

342

자 '오이카와'라고 손 글씨로 쓴 명찰이 다른 사람 이름들과 섞여 걸려 있었다.

문은 열린 채였다. 교코는 고개만 들이밀어 안을 살폈다. 본능적으로 웃음을 지어 보였다.

시게노리는 제일 창 쪽 침대에 있었다. 등받이를 세우고 잡지를 읽고 있었다. 인기척을 느꼈는지 시게노리가 이쪽을 보았다. "어어"라고 소리도 내지 않고 입 모양으로만 말하고, 장난꾸러기처럼 얼굴을 찡그렸다. 이어서 하얀 이를 드러내 보인다. 자연스러운 웃음이었다.

순간 교코의 어깨에서 힘이 빠졌다.

남편이 웃고 있다. 창으로 들이치는 봄 햇살을 받으며.

자신의 몸이 훌쩍 가벼워지는 것을 알 수 있었다. 이 변화를 어떻게 이해하면 좋을지 알 수 없었다. 다만 교코에게서 공포의 감정은 사라졌다.

누구라고 할 것 없이 병실의 환자들에게 눈인사를 하고 교코는 남편 있는 곳으로 걸어갔다.

"당신네 회사, 너무 짜다."

자연스럽게 나온 말이었다.

"그러게 말이야. 이제 4, 5일만 있으면 되는데."

시게노리가 붕대를 감은 손으로 머리를 긁적였다. 입을 삐죽이며 한 불평이었지만 왠지 농담 같았다.

"어제 본사의 도다라는 사람이 왔다 갔어."

"정말? 뭐래?"

"미안하지만 다인실로 옮겼다고."

"뭐야, 그럼 당신은 방 바뀐 줄 알고 온 거구나."

안색 하나 변하지 않고 말했다. 시게노리는 평소와 다름없었다.

"당신, 본사에서 무슨 싫어할 만한 짓 했어?"

"그럴지도."

시게노리는 교코를 보며 쓴웃음을 지었다.

"덕분에 경찰한테도 의심을 사고 있고."

"그래?"

시게노리가 먼저 그 말을 꺼냈다. 교코가 어떻게 물으면 좋을지 전전긍긍하고 있었던 것을.

"첫 발견자를 의심하는 건 수사의 기본이거든. 봐, 키 큰 두 명 있었지? 구노라는 형사와 핫토리라는 형사. 그놈들, 폭력단 수사에 끼지 못해서 화가 나 있거든."

"아, 그렇구나. 화가 나 있었구나."

어제 집까지 왔던 형사들의 얼굴을 떠올렸다. 겉으로는 부드러운 척했지만 실례되는 것만 물었던 자들이다.

"그래서 형사들이 회사에 이것저것 떠들어댄 모양이야. 회사에서도 1인실에 있다 보니 더욱 치근거린다고 생각했던 거고."

그랬던 건가? 가슴이 한껏 부풀어오르는 것 같았다.

"결국 경찰도 회사나 매한가지야. 실적 경쟁하는 거야, 그놈들."

시게노리는 똑같았다. 오히려 기분이 더 좋은 것 같아 보이기도 했다.

"인권침해야, 이거. 마츠모토 사린 사건*을 생각해봐. 경찰은 여전히 억지만 부리지. 다음번에 또 그러면 변호사라도 선임해버릴까."

"그래."

대답하면서 지난번 만났던 변호사가 떠올랐다. 고무로와 같이 나왔던 오기와라라는 이름의 남자였다. 딱 한 번 봤을 뿐인데 갑자기 가깝게 느껴졌다. 그 세계에 아는 사람이 있다는 게 은근히 안심이 되었다.

마음속에서 소용돌이치고 있던 안개가 점점 사라져갔다.

어제의 걱정은 정말이지 사서 고생이었던 건가. 감정의 변화가 너무 빨라 냉정한 판단 같은 것이 불가능했다. 하지만 교코는 크게 안도했다. 적어도 의식의 끝에 똬리를 틀고 있던 최악의 공상이 현실로 되지는 않았던 것이다.

"가오리하고 겐타는?"

시게노리가 물었다.

"아동관에. 병원에 오는 건 이제 질린 모양이야."

"애들이 그렇지 뭐. 나도 어렸을 때 아버지가 교통사고로 입

---

* 1994년 6월, 나가노 현 마츠모토 시의 옴진리교 퇴거를 둘러싼 재판에서 옴진리교에 불리한 판결이 내려지자 옴진리교 신도들이 판사들이 사는 동네에 사린 독가스를 뿌린 사건. 경찰과 매스컴은 옴진리교와는 전혀 상관없는 첫 신고자를 사건의 용의자로 취급했다.

원한 적이 있었는데, 정말 다른 사람 같았어."

"후후."

부부 사이인데도 웃으면서 왠지 부끄러웠다.

"그런데 화단 만드는 건 어떻게 됐어?"

"응. 위치 결정하고 일단 땅만 갈아엎었어."

시게노리는 정말로 기분이 좋은 듯 여러 화제를 들먹였다. 부드러운 눈을 하고 있었다. 이상한 점이라고는 전혀 느낄 수 없었다.

그저 교코는 기쁠 뿐이었다. 이 자리가 뭔가를 선고하는 자리가 안 되었다는 게. 그리고 자신이 아무것도 잃지 않고 마무리되었다는 것이.

30분 정도 떠들다가 병원을 뒤로했다.

자전거 페달을 밟으면서 올 때와는 거리의 풍경조차 다르게 보인다는 데 교코는 놀랐다.

어쩌면 의문은 아무것도 해결되지 않았을지도 모르지만 오늘은 더 이상 나아가고 싶지 않았다. 지금의 안도감을 놓치고 싶지 않았다.

사실은 뭔가 있을지도 모른다. 아니, 아무 일도 없는 것은 아닐 것이다. 차 구입 자금만 해도 그렇다.

하지만 됐다. 조금씩 알아나가면 된다. 서두르지 않아도 된다. 따뜻한 남풍을 정면으로 받으며 교코는 자신도 모르게 미소를 지었다.

남편이 방화범인지도 모른다니, 왜 그런 바보 같은 생각을 했을까.

몸을 일으켜 세우며 자전거 페달을 밟았다. 오늘은 제대로 된 저녁밥을 짓자고 교코는 생각했다.

15

"구노. 너 요즘 무지 야근하는 것 같던데."

오후 7시부터 하는 수사회의를 끝내고 복도로 나오는데 사에키가 말을 걸어왔다. 알맹이 없는 회의에 실망한 듯 입꼬리만 비아냥거리는 모양으로 추켜올리고 있었다.

"네, 그렇죠, 뭐."

구노는 차를 우려내며 건성으로 대답했다.

"본청 출신은 너무 서먹서먹하게 굴어. 같은 동료한테도 비밀유지냐."

사에키가 나란히 서며 구노의 어깨에 팔을 둘렀다.

"지역과 놈한테 들었어. 순찰 중에 봤다던데."

회의실에서 나온 핫토리와 눈이 마주쳤다. 혼조 서의 사람과 같이 있는 게 마음에 걸렸는지 손으로 밥 먹는 시늉을 하고는 혼자 계단을 내려갔다.

"야, 우리도 밥이나 먹으러 가자."

사에키는 큰 한숨과 함께 목을 좌우로 우두둑 소리를 내며 꺾었다.

"탐문에서도 아무것도 안 나왔어. 수상한 놈이 없는 건 아니었지만 관련된 게 아무것도 없고."

"후후. 그렇군요."

"기업과 야쿠자가 얽히면 윗분들께서 아주 긴장들 하신다니까, 정말."

"매스컴이 주목하니까 그럴 테죠."

"정말이지. 오늘은 말이야, 전 조직원이라는 산업폐기물 업자 집까지 수색 들어갔어. 본청이 너무 무리하고 있어."

구노가 눈을 내리뜬 채 쓴웃음을 지었다.

"뒤에 있는 기숙사 식당으로 갈까? 근처 식당에는 선 사람들만 잔뜩 있어서 말이야. 요즘 튀김을 너무 많이 먹어서 속도 더부룩하고."

사에키는 자신의 배를 쓰다듬으며 말했다.

"밥 퍼주는 아주머니하고는 얼굴 익혀뒀어. 밥 먹는 동안에는 딱딱한 소리 하지 말자고."

좋습니다, 하고 대답하며 고개를 끄덕였다. 구노 역시 기름진 것을 먹고 싶은 생각은 없었다.

가운데 뜰을 지나 같은 부지 안에 있는 독신자 기숙사로 들어갔다. 사에키는 샌들 끄는 소리를 내며 복도를 걸어갔다. 지은 지 얼마 안 되는 독신자 기숙사에서는 아직도 페인트 냄새가 났다. 두 사람은 식당으로 들어가 계산대에서 안쪽 주방을 들여다보았다. 앞치마를 두르고 일하는 아주머니 몇 명이 설거지를 하고 있었다.

"어이, 아가씨들, 2인분 준비돼?"

사에키가 말을 걸었다.

"어머, 사에키 씨. 다 팔렸지. 생강구이였는데."

쉰쯤 돼 보이는 여자가 밝게 웃으며 말했다.

"하지만 밥이라면 아직 남았어. 볶음밥 정도는 만들어줄 수 있는데."

"훌륭하지, 그 정도면."

사에키가 주방에 쳐진 주렴을 지나 들어갔고, 구노도 뒤를 따랐다.

"그런데 기름은 조금만 부탁해."

"어머, 위라도 안 좋은가 보네."

"으응, 담백한 게 좀 먹고 싶은 것뿐이야."

"그럼 주먹밥 해줄까?"

구노는 일하는 아주머니와 사에키의 대화를 들으며 주방을 둘러보았다. 한쪽에 유리로 된 커다란 문이 달린 냉장고가 있고, 그 안에 달걀과 표고버섯이 있었다. 야채도 몇 가지 정도 보였다.

"내가 뭔가 좀 만들어볼까요? 담백한 걸로."

문득 그런 소리를 해보았다.

"너, 요리할 줄 아냐?"

사에키가 의외라는 듯한 표정을 지었다.

"할 수 있죠. 독신인데."

"아, 그럼 부탁 좀 해볼까. 여기 아가씨들, 때때로 독을 섞는다는 소문이 있거든."

"어머, 어떻게 알았지."

아주머니가 말을 받아치며 사에키와 떠들어댔다. 다른 여자들도 이야기에 가담해 주방 한구석에서 사에키를 중심으로 한 수다가 시작됐다.

구노는 냉장고에서 표고버섯과 야채를 꺼내 식칼로 잘게 썰었다. 가다랑어포로 국물을 내고 간장과 미림으로 간을 맞춘 후 그 안에 재료를 모두 털어넣었다. 옆에서 달걀부침도 함께 만들었다. 꼬투리완두도 삶았다.

어느샌가 사에키와 아주머니들은 맥주를 마시고 있었다. 식당에 남아 있던 젊은 순경에게 사오라고 시킨 모양이었다. 떠들썩한 웃음소리가 주방에 울려 퍼졌다.

또 달리 뭐가 없나 싶어 선반을 뒤지는데 참치 통조림이 나왔다. 그것도 쓰기로 했다. 좋은 안주거리가 될 것이다. 식칼로 달걀부침을 잘게 썰어 계란지단을 만들었다.

나무통이 없었으므로 스테인리스 볼에 밥을 넣고, 적당히 식초를 뿌렸다. 밥을 주걱으로 자르듯이 비볐다.

그 냄새가 주방에 가득 퍼졌는지 슬며시 사에키가 다가와 물었다.

"어이, 뭐 만드는 거야?"

신기하다는 듯이 묻는다.

"치라시즈시입니다."

"치라시즈시?"

놀란 표정으로 눈살을 찌푸렸다.

"……너, 그런 것도 만들 수 있냐?"

"싫어하세요?"

"아니, 좋아하지. 하지만 왜 그런, 손 많이 가는 걸……."

아주머니들도 다가와 저마다 탄성을 질렀다. 사에키는 여전히 신기한 듯이 구노를 가만히 보며 거듭 고개를 갸웃거리다가 맥주를 한 손에 들고 식당으로 걸어갔다.

　치라시즈시가 다 만들어지고, 아무도 없는 식당에서 둘이 마주 앉았다.

"괜찮잖아, 한 잔 정도는."

사에키가 맥주를 따라주려고 했다.

"아직 일하는 중이라서요."

"그러니까 딱 한 잔이야."

잔에 억지로 맥주를 따르는 바람에 할 수 없이 반 정도만 마셨다. 공복이었기 때문인지 내장 전체가 짜릿했다.

사에키가 치라시즈시를 입안 가득 넣었다. "음, 맛있네"라고 말한 뒤에 "그나저나 너도 참 신기하다"라며 작게 쓴웃음을 지었다.

"그런데 병원, 감시한다며?"

사에키가 말했다.

"이틀 밤 연속으로 우리 차가 길가에 세워져 있더래."

"서 안에서 유명하면 여러 가지 정보가 들어와서 좋겠네요. 난 여경들도 괜히 서먹서먹한데."

"단순히 오래 있었기 때문이야. 출세할 가망이 없는 자들끼리는 사이가 좋은 법이지."

"또 그런 말씀을……."

가볍게 살짝 웃었다.

"참고인 명부를 봤지만 아무것도 안 적혀 있던데. 너희, 보고를 게을리하지 마."

"딱딱한 소리는 하지 말아주세요."

"물론 하지 않을게. 하지만."

사에키가 직접 자신의 잔에 맥주를 따랐다.

"뭔가 짚이는 게 있으면, 냄새 나는 건 바로 회의에서 보고해. 그러지 않으면 수사는 엉뚱한 방향으로 흘러가 버린다고."

구노가 잔을 다 비우자 사에키가 재빨리 채워주었다. 더 이상 마실 생각이 없었으므로 그대로 내려놓았다.

"실은 회의에서는 말하지 않았지만 하이텍스와 기요카즈회는 이미 예전부터 거래가 있었어."

"네?"

무슨 의미인지 몰라 눈살을 찌푸렸다.

"작년 공갈사건이 있고 나서 간부들이 잡혀 들어왔잖아. 그후에 기요카즈회의 청소회사가 이번에 이사할 하이텍스 본사 사옥 청소를 몽땅 맡아서 하기로 되어 있었지. 야쿠자와 기업이 다 그런 거 아니겠어. 빈틈이 없다면 없는 거고."

"그랬군요."

"기요카즈회가 마침내 우는소리를 하기 시작했어. 자기들이 할 리가 없다면서. 너무 심하게 조여오니까 소리를 내는 거야."

구노는 잠자코 듣고 있었다. 마음이 바뀌어 다시 맥주를 입으로 가져갔다.

"그런데 본청 관리관은 못 들은 척해. 무슨 일이 있든 기요카즈회를 걸고 들어가겠다고, 사건 해결보다도 자기 체면만 신경 쓰고 있다고."

사에키는 등받이에 몸을 맡기고는 콧방귀를 뀌었다.

"그래서 네가 낚으려는 고기 말인데. 병원을 감시하는 걸 보면 대상은 첫 발견자인 오이카와 시게노리겠지. 자작극이라면 뭔가 움직임이 있을 거라고 생각해서 말이야."

"그냥 감입니다. 증거가 있는 것도 아니고요."

"하지만 네 안의 심증으로는 범인이잖아."

"범인까지는."

"아무튼 나한테 말하지 않아도 되니까 관리관에게는 보고해 둬. 그 본청의, 이름이 뭐였더라? 키 2미터 정도 되는 놈."

"그 정도는 아닐걸요. 핫토리입니다."

"그 핫토리에게 말해."

"상담해보겠습니다."

"마루보 놈들도 골머리를 앓고 있어."

"그렇겠죠."

"고소해, 아주 고소해."

뭐라고 대답해야 할지 몰라 가만히 아래를 쳐다보았다.

"현장의 4과 놈들 역시 가택수색도 해보고, 간부도 연행해보고, 온갖 짓을 다 해봤는데도 안 걸려들어. 누구든 좋으니까 젊은 놈 하나 자수시키라고도 했어. 다 소용없어. 입건은 어떻게 할 생각인데. 지검까지 다 구워삶을 건가. 방화는 중죄야. 마약이나 도박과는 차원이 달라. 기요카즈회 역시 그리 간단히 거래에 응하지는 않을 거야."

사에키는 치라시즈시를 볼이 미어지게 넣고 이야기했다. 도중에 맥주까지 마시는 걸 보면 어떻게 말을 하나 싶었다.

"오이카와 쪽은 정말로 감뿐인 거야?"

"……네."

"그럼 빨리 손을 써둬. 관리관에게 경과보고를 하든가, 빨리 물증을 잡든가. 만약 더 이상 기요카즈회를 괴롭히면 내부 문제로 안 끝나. 변호사도 이건 좀 심하다고 난리 피우기 시작했어."

"네."

"임의동행으로도 불가능해?"

"고려해보고 있습니다. 시기를 봐서요. 어차피 지금은 입원 중이니까요."

"의사에게 사정을 말해. 병원이란 데는 그냥 놔두면 언제까지고 입원시키려고 한다고. 우리 아들놈만 봐도 그래. 무슨 이유를 다 갖다 붙여서 병원을 다니게 만들지. 치료도 안 되는 약만 잔뜩 먹이고."

어느샌가 사에키의 이야기는 병원 비판이 되었다. 사에키의 아들은 어느덧 휠체어가 필요해져서, 그 구입처까지 병원이 지정해주고 소개료를 받는 모양이었다.

"모든 일에 이권이 개입되어 있는 것을 보면 경찰하고도 비슷하지."

그렇게 말하며 무섭게 눈을 부라렸다.

구노는 잠자코 입만 우물거렸다. 주방에서는 일을 끝낸 아주머니들이 또 수다를 떨고 있었다.

"포목집 딸 건은 연기시켰다."

"내년이 좋겠네요."

"바보. 말이 되냐. 그쪽은 너를 마음에 들어해. 얼굴 잊어버리면 안 되니까 사진 좀 달래. 귀엽지 않냐? 내가 찾아서 줬어."

"어떻게 내 사진 같은 걸 가지고 있는 거죠?"

"전에 우리, 단체로 하코네 여행 갔었잖아. 그때 찍은 거."

"혹시 이노우에와 둘이서 이상한 포즈 취하고 있던 그거 말이에요?"

"아, 그래. 그거야."

"정말 못됐어요."

구노는 난감한 표정을 지었다.

"재미있는 사람 같다며 더욱 마음에 들어하던데. 경찰이란 건 아무래도 좀 딱딱한 이미지가 있으니까. 그 사진이 마침 딱 좋았어."

"그래도 하필 그런 사진을."

"죽는소리 마."

사에키가 음식을 다 먹고 이쑤시개를 입에 물었다. 크게 한숨을 쉬며 제자리에 앉아 기지개를 켰다.

"그나저나……."

그러더니 작게 웃음을 터뜨렸다.

"치라시즈시를 직접 만드는 형사가 다 있다니."

꽤나 신기했는지 사에키는 또 혼자 싱글거리고 있었다.

밤이 되어 다음 날로 넘어갈 때까지 서의 도장에 누워 있다가 구노는 핫토리와 복면 패트롤 카에 올라탔다. 이 행동을 보고 뭐라고 할 사람은 아무도 없었다. 수사관들끼리는 서로 연락을 취하지 않았고, 특히나 수사본부가 설치되어 본청 형사가 참여하게 되면 그런 경향은 더욱 강해졌다.

우선은 시게노리의 자택 앞을 지나며 차고에 차가 있는지 확인했다. 실제 그 시점에서 잠복의 의미는 반감이 되는 것이지만 만일의 경우를 생각하면 쉴 수는 없었다. 원래 형사일이라는 게 태반이 헛수고로 끝나는 것들이었다.

시민병원 옆길에 차를 세우고 시동을 껐다. 그 장소에서는 외과병동의 비상계단과 주차장이 다 보였다. 지금부터 밤이 새고 신문 배달이 시작되기까지 네 시간 정도가 구노와 핫토리의 잠복시간이었다. 지루했지만 일상업무가 되면 대부분의 일은 익숙해진다.

"하지만 그 관리관은 무능해요."

핫토리가 좌석을 최대한 젖히며 중얼거렸다. 구두를 벗고 긴 다리를 꼬았다.

"바보가 한 가지만 기억하듯이 매일 기요카즈회 가택수색만 하죠. 그러고도 잘도 경시가 됐어요."

"여기까지 왔으니 어쩔 수가 없는 거겠죠. 매스컴에 체면도 안 서고."

구노도 좌석을 눕혔다. 가볍게 등받이를 쓰러뜨리고, 팔을 머리 뒤로 돌렸다. 안구에 피로가 착 달라붙어 있었으므로 몇 번이나 눈을 깜박였다.

"그런데 무슨 이야기를 했습니까?"

핫토리가 물었다. 얼굴은 바깥을 향하고 있었다.

"네?"

"당신 상사 말입니다. 사에키 씨라고 했던가요."

"탐문에서도 아무것도 안 나온다는 푸념 같은 거죠."

"그뿐이었나요?"

"뭐, 그 밖에도 여러 가지요."

"우리 잠복은 알고 있겠죠."

"네, 알고 있는 것 같더군요."

"순찰 중인 서 사람한테 들켰으니까 당연한 거겠지만. 그래서 다른 사람들도 다 안대요?"

"글쎄요, 함부로 떠들고 다닐 사람은 아니라서요."

"하긴, 4과에만 알려지지 않으면 좋겠는데."

"어떡할까요, 핫토리 씨?"

몸을 일으키며 핫토리의 뒤통수에 대고 물었다.

"슬슬 임의동행해 추궁해보는 게 어떨까요?"

"오이카와 말인가요?"

"놈이 진범이라면 동요할 겁니다. 소심한 데다 아마추어고, 그런 만큼 끝까지 잡아떼지는 못할 겁니다."

"그럴까요."

핫토리는 골똘히 생각하고 있는 듯 턱을 문질렀다.

"사정 청취하고 나서 얼굴이 새파래졌어요. 하지만 그런 심증만 갖고는 위에서 허락 안 해줄 텐데요."

"사건 당일에 본사에서 회계감사가 예정되어 있었습니다. 그 것만으로도 충분해요. 게다가 두 번째 연쇄방화 전날에는 아내

더러 일부러 차를 가져오게 했습니다."

핫토리는 바로 대답하지 않았다. 대시보드에서 걸레를 꺼내 흐려진 창을 열심히 닦았다.

"3, 4일만 더 기다려보죠."

"3, 4일이라는 건?"

"그 무렵이면 오이카와도 퇴원할 겁니다. 그 후라도 상관없을 것 같은데요."

"하지만 4과가 계속해서 기요카즈회를 조여 들어가면."

"괜찮습니다. 야쿠자 따위 아무리 조여봐야 다 자업자득인걸요."

"그건 그럴지도 모르겠지만."

"그것보다 하이텍스 쪽을 좀 더 추궁해보는 게 어떨까요?"

"본사 말인가요?"

"지사 쪽이 더 무너지기 쉽지 않을까요? 슬슬 소문도 나기 시작할 겁니다. 병실이 다인실로 옮겨졌다거나 형사가 빈번히 찾는다거나. 사십 명 정도 되는 회사니까 아무리 본사에서 단단히 주의를 주었다고 해도 조용히만 있지는 않을 겁니다."

"그건 그렇죠."

"아무튼 이제 3, 4일만……."

핫토리가 몸을 비틀어 뒷자리에 있던 무릎담요를 집었다. 한 장을 구노에게 건네주고 다른 한 장을 자신의 무릎에 덮는다.

"좀 더 기다리죠. 괜찮죠?"

구노는 뭐라고 더 말하고 싶었지만 굳이 반대할 생각도 없어 입을 다물었다.

잠시 침묵한 채 밖을 바라보았다.

잠복은 한 조를 이루는 수사관에 따라서는 거북한 일이었지만, 핫토리는 아무 말이 없지도, 그렇다고 특히 이야기를 좋아하는 것도 아닌 편이어서 다행이었다. 무엇보다 구노의 사생활에 관심을 갖지 않아서 좋았다. 하지만 그런 만큼 무슨 생각을 하는지 속을 알 수가 없었다.

눈꺼풀이 갑자기 무거워져서 안약을 넣으려고 꺼냈다.

"구노 씨, 한 시간 정도 자도 됩니다."

괜찮다고 거절했다. 그런 재주 부리는 듯한 수면은 자신에게는 무리였다.

핫토리가 몸의 방향을 바꾸며 잠깐 뭔가를 생각하듯이 구노의 얼굴을 바라보았다.

"그럼 내가 자도 될까요?"

"그러세요. 어차피 앞으로 두 시간 정도면 되니까 계속 자도 돼요."

"아뇨, 한 시간 후에 깨워주세요. 지킬 건 지켜야죠."

핫토리는 담요를 가슴께까지 끌어당기며 좌석을 완전히 뒤로 젖혔다. 긴 몸을 누이며 조용히 눈을 감았다. 어디에서나 쉽게 자는 체질인 듯 3분도 지나지 않아 희미하게 코 고는 소리가 들려왔다.

다시 안약을 넣고 구노는 창밖으로 눈길을 보냈다. 주변은 정적에 감싸여 있었고, 어둠 속에서 병원 주차장의 아스팔트만이 가로등에 푸르스름하게 반사되고 있었다.

건물에 불은 켜 있지 않았다. 저기에서 시게노리는 어떤 생각을 하며 자고 있을까. 구노는 무거운 머리로 멍하니 상상했다.

해가 뜬 후에는 조례와 변함없는 아침회의에 얼굴만 내민 후 일단 각자 집으로 돌아갔다. 핫토리는 아무리 바빠도 매일 샤워를 해야 한다는 주의여서 수염이 아무렇게나 얼굴을 뒤덮는 걸 싫어하는 듯했다.

구노는 집으로 돌아가 가장 먼저 불단에 놓인 사나에의 영정에 향을 피웠다. "다녀왔어"라고 인사를 한 후 잠시 사진에 대고 이야기를 했다. 핫토리라는 종잡을 수 없는 성격의 동료가 있어……. 그리고 장모에게 전화를 걸었다. 지난번에는 전화를 받지 않아서 제대로 목소리를 듣지 못했다.

그런데 또 장모는 집에 없었다. 아침 9시부터 어딜 나갔는지 순간 이상했지만 장모 역시 나름대로 사생활이 있을 것이라고 고쳐 생각하기로 했다. 노인이 다 한가할 거라고 미리 판단하는 것은 상당히 건방진 생각이다.

이날 아침에는 오랜만에 약을 먹었다. 위가 쓰릴까 봐 우유와 같이 안정제 세 알을 먹었다. 그러자 샤워를 하고 있는 도중 갑자기 졸음이 몰려와 머리를 말릴 틈도 없이 침대에 쓰러졌다.

몇 시간쯤 잤을까. 약에 취해 깊이 잠들었다가 자명종 세 개가 한꺼번에 울려 겨우 정신을 차렸다. 이것 덕분에 너무 많이 자는 일은 없었다. 잠에서 깨는 데 시간은 걸렸지만 신문을 다 읽을 무렵이면 머리는 개운해졌다. 식사는 시리얼과 요구르트로 끝내고 오후에 경찰서로 나가자 이노우에가 어두운 얼굴로 기다리고 있었다.

이노우에는 서류를 작성하던 손길을 멈추고 눈만 들어 구노를 보았다.

"구노 씨. 큰일 났어요."

속삭이며 위층을 턱으로 가리켰다.

"뭐야, 무슨 일인데."

"언제였죠? 하나무라 씨 이거, 맨션 감시했을 때."

이노우에가 새끼손가락을 세워 보였다.

"어린애들을 패준 적이 있었잖아요."

"어, 그래, 있었지."

"그 가운데 한 명이 피해 서류를 냈어요. 턱뼈가 부러진 모양이에요."

"피해 서류를 낸 게 언제지?"

"오늘입니다."

"수리했어?"

"그러니까 큰일 났죠."

"어느 바보가 수리한 거야?"

머리로 피가 몰려왔다.

"하나무라 씨예요. 구노 씨, 아무래도 당한 거 같아요."

사무실 안을 둘러보았다. 하나무라는 어디에도 없었다.

일단 벗은 윗도리를 손에 들고 폭력계로 갔다. 사무 일을 보고 있던 젊은 형사를 잡고 "하나무라는 어디 있나" 하고 딱딱한 목소리로 물었다. 구노의 서슬에 눌려 남자는 기가 죽었지만, 다른 부서 사람이 자기 상사를 함부로 부르는 게 불쾌했는지 "몰라요" 하고 아무렇게나 대답했다.

"전화 걸어봐. 지금 당장."

그 말에 남자의 관자놀이가 붉어졌다.

"당신한테 명령받을 일 없습니다."

"뭐라고?"

"구노 씨."

뒤에서 누군가 팔을 잡았다. 이노우에가 얼굴을 찡그리며 고개를 흔들고 있었다. 주변의 시선이 모두 자신에게로 향하고 있었다. 스스로도 의외다 싶을 정도로 흥분한 상태였다.

이노우에의 팔을 떨치고 거친 숨을 토해냈다. 폭력계 남자가 적의 가득한 눈길로 구노를 노려보고 있었다. 그 눈을 보자 얼굴이 또 뜨거워졌다.

"하나무라에게 전해. 연금도 못 받을 징계 먹을 줄 알라고."

"당신한테 그럴 힘이나 있을까요."

"뭐야?"

"구노 씨."

이노우에가 이번에는 구노의 허리를 끌어안았다.

"진정하세요."

다른 형사도 달려와서 구노를 말렸다. 괜찮아, 위에서 취하시킬 테니까, 하고 귓속말로 속삭였다.

두 사람이 겨우 뜯어말려서 다시 책상으로 돌아왔다. 문득 아래를 보자 우다 계장이 쓴, 부서장실로 오라는 메모가 있었다. 거칠게 종이를 구겨버린 후 방에서 나왔다.

생각할수록 흥분이 가라앉지 않았다. 그대로 5층으로 달려 올라가 부서장실의 문을 노크도 하지 않고 벌컥 열었다. 그곳에는 우다 계장이 굳은 표정으로 소파에 살짝 걸터앉아 있었다. 구도 부서장은 책상에 앉아 서류를 보고 있었다.

"구노. 왜 사전에 보고하지 않았지?"

우다가 차갑게 말했다.

"중대한 복무위반이야."

화가 울컥 치밀었다. 보고했다 해도 이 소심한 상사는 상대해주지 않았을 게 뻔했다. 대답하지 않고 소파에 앉았다.

"어떻게 된 일인지 설명해봐."

이번에는 구도가 입을 열었다. 매부리코가 위아래로 움직였다.

"상대는 고등학생이야."

"그런가요."

조용히 말했다.

"몰랐나."

우다는 다리를 달달 떨고 있었다.

"교복을 입고 있지 않아서요. 그냥 상대를 해준 것뿐입니다. 먼저 공격한 건 소년들이었습니다."

"호오, 그랬나?"

우다가 의외라는 듯 말했다.

"하지만 저쪽 말은 완전히 반대야. 심야에 시민회관 앞에 모여서 놀고 있는데 형사가 불심검문을 했고, 반항적인 태도를 보이자 갑자기 두들겨 팼다던데."

"하나무라 자식."

구노가 입안에서 욕설을 내뱉었다.

"뭐야."

"아무튼 먼저 공격한 건 꼬마들입니다."

"그럼 왜 우리한테 피해 서류를 내러 온 거야. 게다가 네 이름을 댔어."

"글쎄요. 이노우에가 말리러 왔을 때 내 이름을 불러서 그런 거 아닐까요."

"3월 16일이라고 하면."

구도가 끼어들었다.

"하나무라의 여자 맨션을 감시할 때잖아."

"……네."

"발생 장소를 보면 여자 맨션과 같은 번지고. 게다가 수리한

게 하나무라야. 뭔가 있는 거 아냐?"

구노는 뭐라고 대답해야 할지 궁색했다. 하나무라가 꾸민 짓이라고 한다면 그날 밤 하나무라와 대면했던 사실을 구도에게 말해야만 한다. 구도에게는 여자의 맨션에 하나무라는 나타나지 않았다고 허위 보고를 했었다.

"죄송합니다……. 아무튼 제가 가서 피해 서류를 철회시키겠습니다."

"그걸 묻는 게 아니잖아."

구도가 험상궂은 말투로 말했다.

"제가 책임지고 처리하겠습니다."

"구노, 제대로 대답해."

"그러니까."

"그러니까 뭐야?"

헛기침을 했다. 가래가 목에 걸려서 계속 신음했다.

우다가 사나운 눈초리로 자신을 바라보고 있었다. 무시하고 얼굴을 돌렸다.

"죄송합니다……. 실은."

자신의 입장도 안 좋았지만 더 이상 하나무라를 비호할 이유가 없었다.

"하나무라 씨는 그날 밤 여자 맨션에 있었습니다. 감시하고 있는데 소년들이 에워싸는 바람에 다툼이 벌어지고 말았습니다. 그 소란 때문에 하나무라 씨가 알게 됐습니다."

"정말이지, 이 바보 같은 놈."

구도의 눈썹이 추켜 올라갔다. 이걸로 구도의 신뢰는 잃게 되었구나. 묘하게 담담한 마음으로 구노는 생각했다.

16

어제부터 몸 상태가 안 좋았다.

슈퍼로 가는 동안 교코는 자전거의 페달을 밟으며 한 손으로 가슴을 두드렸다. 트림이 끊임없이 나오고 있었던 것이다. 힘든 정도는 아니었지만 폐 속에 뭔가가 들어 있는 느낌이었다. 가스를 의식적으로 빼내지 않으면 숨을 잘 쉴 수가 없었다. 집에 있을 때는 자주 미네랄워터를 마셨다. 그러면 다소 진정이 되었다.

시게노리에 대한 의심 한 가지는 머릿속에서 몰아냈다. 노력하면 그게 가능하다는 것이 신기했다.

본사의 상사와 형사가 집에 찾아온 다음 날 병원에서 남편의 환한 웃음을 보고 안도했다. 터무니없이 허둥댔던 자신이 바보 같았다.

하지만 밤이 되자 그 기분은 너무나도 쉽게 깨져버렸다.

늦게까지 욕조를 청소하고 자리에 누워 불을 껐을 때였다. 방심했던 것일까, 문득 차 트렁크에 있던 펌프가 머리에 떠올랐다. 집에는 없었던, 산 지 얼마 안 되는 펌프였다. 빨간 마개 부분이 자신도 모르게 머리에 딱 박혀 있었다. 그러자 닫혀 있던 상자 뚜껑이 열리고 그 안에서 흘러넘치듯 서서히 의문이 솟았다.

차는 사내 대출로 구입한 게 아니었다. 게다가 남편의 야근비는 생각했던 것보다 훨씬 적었다. 언제였던가 초밥집에서 비싼 식사를 했던 일까지 안 좋은 상상으로 연결되었다. 의문은 사실 하나도 해결되지 않은 것이다.

바로 몸의 균형이 무너졌다. 이불 속에 누워 있는데 왼쪽, 오른쪽으로 흔들리고 있는 착각에 시달렸다. 끝 모를 어둠 속으로 빨려들 듯한 느낌을 이를 악물고 간신히 버텼다. 마치 부모와 헤어지고 미아가 된 어린아이처럼 불안했다.

가만히 누워 있는 게 더 무서워 교코는 이불 속에서 나왔다. 거실로 나가 잠시 텔레비전을 보았다. 그동안 즐겨 보지 않았던 심야 프로그램을 멍하니 바라보자니 차츰 마음이 진정되어갔다.

본 적도 없는 젊은 탤런트가 수영복 차림의 여자들과 놀고 있었다. 그들의 천진한 웃음이 부러웠다.

그럴 리 없다고 억지로 생각했다. 시게노리가 그런 당치도 않은 일을 저질렀을 리가 없다. 무엇보다 남편은 상처를 입었다. 대체 누가 자신이 지른 불 속으로 뛰어든단 말인가.

결정적으로 동기가 없었다. 회사에서의 일은 자주는 말하지 않았지만 가끔 얘기할 때 딱히 불평하는 일도 없었고, 그 자신의 인생에도 불만은 없어 보였다. 이렇게 번듯한 집도 한 채 가지고 있는데.

크게 한숨을 내쉬었다. 기분이 약간 나아졌다. 마치 천사와 악마가 싸우듯이 교코의 마음속에선 두 개의 기분이 공방을 벌이고 있었다. 가까스로 부풀어오른 희망 쪽 감정이 깨지지 않도록 교코는 천천히 침실로 돌아갔다. 마치 물이 넘칠 것처럼 가득 담긴 컵을 들고 가듯 신중하게 균형을 잡으면서 복도를 살며시 걸었다.

이불 속으로 들어가고 나서는 필사적으로 다른 생각을 하려고 했다. 화단을 빨리 완성하자. 하루라도 빨리 꽃을 보고 싶었다. 색색의 꽃이 흐드러지게 피어 있는 자신의 집 정원을 상상했다.

그렇게 하고 나서야 겨우 잠들 수 있었다.

이따금 고개를 내미는 비관적인 상상을 교코는 눈을 돌려 회피했다. 물이 무서우면 물 근처로 가지 않으면 된다. 지금 교코의 바람은 어쨌든 평정을 유지하고 싶다는 것이었다.

아이들과는 평소처럼 지내고 있었다. 여전히 가오리나 겐타는 엄마의 상태가 이상하다고 생각하지 않았다. 아동관에 가져가는 도시락 반찬은 문어 모양으로 만든 비엔나소시지 볶음을 해주었다. 만들면서 나는 이렇게나 여유 있다고 스스로를 격려했다.

슈퍼마켓의 대기실로 들어가자 아르바이트 사원들이 소곤거리며 뭔가를 이야기하고 있었다. 니시오 도시코와 기시모토 구미도 그들 틈에 섞여 있었다. 교코와 눈이 마주친 도시코가 "여기, 여기" 하고 손짓을 했다.

"우리들, 점장한테 한 사람씩 불려 갈 것 같아."

"어머, 왜요?"

교코가 옆에 있는 의자에 앉으며 물었다.

"기시모토가 제일 먼저 불려 갔었어."

"하필 제일 먼저 왔거든요."

구미가 말했다.

"지금은 이소다가 불려 갔어. 뭔가 서류에 사인을 하라는 모양이야."

교코가 구미를 보았다. 구미는 입을 삐죽이며 "뭐라고 알아듣기 어려운 소리를 하던데, 전 모르겠더라고요" 하고 작은 목소리로 말했다.

"무슨 소리야."

"모르면서 사인 같은 걸 하면 안 되지."

나이 지긋한 여자가 비난하듯 말했다. 아마 뭔지도 모르고 서류에 사인한 구미가 주부들에게 혼나고 있는 모양이었다.

"어떤 말이 적혀 있었는지 기억해봐."

도시코가 재촉했다.

"분명 무슨 계약서 같은 거였는데."

"그뿐이야?"

"점장은 뭐라고 말했어?"

누군가가 끼어들었다.

"아르바이트 사원과 고용계약을 체결하게 됐다면서 형식적일 뿐이니까 괜찮다면 여기에 사인해달라고 말해서……."

구미는 어떻게든 설명하려고 했지만 중요한 내용에 대해서는 전혀 알지 못했다.

"그럼 자세히 읽어보지 않았어?"

교코가 물었다.

"그게, 점장님만이 아니라 과장님인지 세 명 정도가 둘러싸고 있어서 이것저것 질문할 만한 분위기가 아니었어요."

"분위기가 무서웠어?"

"음. 그렇진 않았어요. 모두 친절했어요."

"그럼 왜?"

"그게……."

구미가 우물거렸다. 대충 어떻게 된 상황인지 알 것 같았다. 남자가 몇 명이나, 그것도 윗사람들에게 둘러싸이면 여자는 누구나 위축되고 마는 것이다.

"그러고 보니 며칠 전에 다마 점인가 마치다 점인가에서 처우 개선을 요구했던 사람이 있었던 모양이던데, 그거하고 관련이 있는 게 아닐까."

한 여자가 말하자 저마다 자그맣게 고개를 끄덕였다.

"하지만 이상해."

다른 누군가가 말했다.

"계약서라는 건 보통 양쪽이 다 갖는 거잖아. 게다가 이쪽만 사인하라는 것도 좀 이상한데?"

그러자 모두가 입을 모아 그렇네, 하며 불안한 듯이 중얼거렸다.

"아, 그럼 계약서가 아닐지도 몰라요."

"그럼 뭐야."

도시코가 화가 나는 듯 소리쳤다.

"모르죠. 아무튼 형식적인 것일 뿐, 전과 달라지는 건 아무것도 없다고 점장이 말했으니까."

"하지만 사인이란 건 일본에서는 법적 효력이 없을지도 모르잖아."

나이 지긋한 여자가 말했다. 이런 소리를 하는 주부가 있을 줄은 몰랐기 때문에 모두가 신기한듯 여자를 쳐다보았다.

"그게 말이지, 〈화요 서스펜스〉인가 뭔가 하는 프로그램에서 본 적이 있었다고. 그 비슷한 경우를."

"아, 나, 날인이라면 했는데요."

"뭐야, 기시모토 씨. 그런 건 처음에 말했어야지."

도시코가 얼굴을 찡그리며 짜증을 부렸다.

그때 화려한 보라색 니트를 입은 이소다가 나타났다. 유기농 야채를 사라고 누구라고 할 것 없이 권유하기 때문에 모두 멀리하는 여자였다.

"어떻게 됐어요?"

모두에게로 얼굴을 돌리며 이소다는 "별거 아니었어요"라고 차분한 목소리로 말했다.

"확인서 같은 거예요."

"그래도 계약서잖아요."

도시코가 확인하듯 물었다.

"으음, 고용통지서죠. 아르바이트라도 구두계약만으로 고용해서는 안 된다고 하더라고요. 본점에서 지시가 내려온 모양이에요."

"흐음."

"읽어봤지만 당연한 말밖에 안 적혀 있었어요. 고용기간이나 근무시간 같은. 그만둘 때는 한 달 전에 통보해줘야 한다거나."

"뭐야."

도시코가 한숨과 함께 말했다. 약간 안심하는 듯했다.

"괜찮아요. 나는 이런 일에 익숙하거든요."

이소다가 자신만만하게 콧방귀를 뀌었다. 모두 걱정하고 있었던지라 안심한 듯 표정이 풀어졌다.

"정말, 기시모토 씨가 잔뜩 겁을 줘서 놀랐잖아!"

"나, 그런 적 없어요."

구미는 불만스럽게 볼을 부풀렸다.

가게 안의 차임벨이 울려 각자 타임카드를 찍은 후 밑으로 내려갔다.

조회시간에 점장은 평소대로 인사를 하고 연락사항을 말해주었다. 고용통지서 건에 대해서는 한 마디도 하지 않았다. 일하는 도중에도 한 사람씩 호출할 모양이었다. 각자 맡은 자리로 흩어지고 나서 점장에게 이름을 불린 지원팀 아르바이트 사원들이 계단으로 올라갔다.

고무로 가즈요라는 여자의 주장이 먹힌 것일까. 그렇다면 행운이다. 자신은 누구의 원망도 사지 않고 넘어갔으니까.

교코는 무심하게 계산기를 두드리며 일했다. 여전히 트림이 솟구쳤다. 손님이 눈치채지 못하도록 몰래 트림을 했다.

뒷자리의 구미가 "이거 얼마였죠?" 하고 야채 가격을 물어왔다. 바로 옆에 있는 광고지를 보면 알 수 있는데 묻는 걸 보니 그게 청경채인지조차 모르는 모양이었다. 어이없어하면서 가르쳐주었다.

그때 갑자기 커다란 그림자가 눈앞에 나타났다. 양복 차림의 남자였다. 남자 손님이 드문 것은 아니었지만 아무래도 오전 시간대에는 흔치 않았다.

백반 도시락과 녹차 캔을 바구니에서 바구니로 옮기며 아무 생각 없이 고개를 들었다가 교코는 그대로 얼어버렸다. 심장이 갑자기 크게 뛰었다. 남자는 며칠 전 집에 찾아온 형사 중 한 명이었던 것이다.

당황해 시선을 피했다. 몸의 방향을 바꾸어 순식간에 "535엔입니다"라고 목소리를 바꿔 말했다. 우연찮게 들른 건지, 아르바이트하는 곳을 알고 일부러 찾아온 것인지 생각할 겨를도 없었다.

돈 접시에 천 엔짜리 지폐가 놓였다. 남자를 보지 않은 채 돈을 집어든 뒤 계산기를 두드렸다.

"저기."

남자가 말을 꺼냈다.

"혹시."

얼굴을 마주하긴 했지만 눈은 마주치지 않았다. 부자연스럽다는 것을 알면서도 몸이 말을 듣지 않았다.

"오이카와 씨일 줄이야……."

남자가 얼굴을 내밀었다.

"며칠 전에 댁에 방문했었던 혼조 서의 구노입니다."

건성으로 인사만 받았다.

"여기에서 일하시는군요."

네, 하고 대답할 생각이었지만 목소리로 나오질 않았다. 눈을 피한 채 거스름돈을 건네주었다. 잔돈이 남자의 손바닥에 놓이지 않고 바닥에 떨어졌다. 팔꿈치가 떨리는 게 확연히 보였다.

남자가 "아차" 하고 밝게 말하면서 허리를 굽혔다.

더욱 심하게 떨려와 교코는 스스로도 믿어지지 않는 행동을 했다. 남자를 무시하고 다음 손님으로 넘어간 것이다.

다음 손님이었던 주부의 눈이 휘둥그레졌다. 시야 한구석으로 구미의 놀란 얼굴도 들어왔다.

남자는 불쾌한 기색을 보이지도 않고 "그럼 수고하세요"라고 인사를 한 후 출구로 걸어갔다.

심장이 쿵쾅거리고 있었다. 땀이 흥건히 솟았다.

허둥대는 모습을 보이고 말았다. 저번엔 겨우 잘 처신했는데 이걸로 다 소용없게 돼버렸다…….

그리고 연쇄적으로 시게노리에 대한 생각도, 마치 밀물이 들어오듯이 가슴속으로 차올랐다.

열심히 호흡을 골랐다. 어떻게든 일에 몰두해야만 한다.

손님이 내민 잔돈을 세면서 교코는 필사적으로 동요를 억눌렀다.

점심 식사는 혼자서 했다. 테이블 중앙에서는 아르바이트 주부들이 세상 돌아가는 이야기들을 하고 있었지만 거기에 낄 기분이 아니었다.

밥을 목으로 넘길 수 없을 것 같아서 야채 매장에서 샌드위치를 하나 사서 우유와 함께 먹었다.

셀프서비스인 커피라도 마시려고 하는데 대기실로 들어온 아르바이트 주부가 이름을 불렀다.

"다음은 오이카와 씨. 점장이 오래요."

벗어두었던 제복 조끼를 다시 걸치고 교코는 사무실로 향했다.

들어서자 커튼 칸막이 너머로 보이는 얼핏 보기에도 싸구려처럼 보이는 응접세트에 세 명의 남자가 앉아 있었다. 사카키바라 점장이 평소와는 전혀 달리 입가에 미소를 띠고 있었다. 하지만 어딘가 인위적인 느낌이었고, 표정도 자연스럽지 못했다.

"다른 여러 분들에게도 부탁했습니다만."

사카키바라가 여전히 눈을 마주치지 않은 채 말했다.

"이건, 형식적인 것이지만 사인 좀 해주시지요. 본점에서 아르바이트지만 우리 종업원이 분명하니까 구두 약속만으로는 안 된다고 통보가 와서요."

사카키바라가 서류 한 장을 내밀었다. 이소다가 말한 대로 '고용통지서'라는 글자가 적혀 있었다.

"여기."

그렇게 말하며 제일 아래 있는 빈칸을 가리켰다.

"여기에 서명날인을 해주세요. 인감은 없을 테니까 지장도 괜찮습니다."

옆에 있던 이케다라는 과장이 재촉하듯이 볼펜을 테이블 위에 놓았다.

교코는 묵묵히 그 서류를 손에 들었다. 워드프로세서로 친 문자를 순서대로 좇아갔다. 작은 문자로 쓰인 항목들이 조목조목 나열되어 있었다.

"고용기간이라거나 시급, 그런 것들입니다."

사카키바라가 평소완 다르게 말이 많았다.

"1년이 지날 때마다 시급이 50엔 올라간다는 것도 명기되어 있고, 그만둘 때는 우리 쪽에 한 달 전에 통보하도록 돼 있고요."

사카키바라가 말한 대로 적힌 내용은 특별히 이상한 점은 없었다. '안전 및 위생에 관한 사항' '표창 및 제재에 관한 사항'과 같은 뻔한 내용이 열거되어 있었다.

"오이카와 씨, 그럼 됐나요?" 하고 옆에 있던 이케다 과장이 말했다.

"잠깐만요, 죄송합니다."

일단 전부 읽어보자고 생각했다.

'정해진 시간 외 노동—없음'이라는 항목이 있었다. 규정 시간 외에는 일하지 않아도 좋을 것이다. 고마운 이야기다. '모든 수당 · 교통비를 실비로 지급'이라는 항목을 발견하고, 어라 싶었다. 아르바이트 사원은 처음부터 자전거로 다닐 수 있는 거리에 사는 사람들을 모집했으므로 이것은 의미가 없는 항목이다.

아래쪽에선 마찬가지로 '모든 수당' 부분에서 '상여—없음' '퇴직금—없음'이라는 항목을 발견했다.

고무로의 얼굴이 떠올랐다. 고무로의 주장이 먹혔을 리가 없다. 분명 가게 측이 서둘러 아직 정보가 없는 아르바이트 주부를 대상으로 선수를 치려는 것이다.

아마 이 두 항목에 대해서만 기정사실화하고 싶었을 것이다. 마치 다른, 있으나 마나 한 항목들 사이에 몰래 감추어두고서 말이다.

다른 아르바이트 사원들이 아무런 의문도 품지 않고 사인한 것도 수긍할 만했다. 자신도 고무로의 이야기를 듣지 않았더라면 아르바이트 사원에게 상여금이나 퇴직금의 권리가 있다는 것을 몰랐을 것이다.

자세히 보면 '근무내용' 부분에도 '연차 유급휴가 — 없음'이라고 쓰여 있었다.

"이제 됐죠?"

사카키바라가 말했다.

"다음 사람이 기다리고 있어서요."

손수건으로 이마의 땀을 닦고 있다.

"죄송합니다만……."

갑자기 나온 말이었다.

"집에 돌아가서 남편에게 보여주고 도장을 찍어다 드려도 괜찮을까요?"

사카키바라의 표정이 더욱 어두워졌다. 여전히 웃는 얼굴을 꾸미고 있었지만 입꼬리가 약간 경련을 일으키고 있었다. 나머지 두 남자도 안절부절못했다.

"아뇨. 지금 사인을 받았으면 좋겠는데요. 사무 처리도 해야 하고."

"하지만 오늘 오지 않은 아르바이트 사원도 있을 테니 내일 드려도 문제는 안 될 것 같은데요."

"아뇨, 그런 게 아니라……."

"그럼 어떡하죠."

상대방이 얼마나 초조해하는지 한눈에 알 수 있었다.

"아무튼 사인만 해주시면 끝나는 거니까요."

"하지만 사인이라는 건 중요한 건데, 서두를 필요 없다고 생각합니다."

남자들과 맞상대하는 자신이 의외였다. 조금 전까지 축 처져 있었는데.

"곤란해요, 오이카와 씨만 그렇게 말하면요."

이케다가 참견했다. 달래는 말투였다.

"내일 드리면 어떤 문제가 있는데요?"

눈을 똑바로 쳐다보며 되물었다.

"그러니까 그게, 회사는 여러모로 바쁜 데거든요."

"곤란해요, 이런 사람이 있으면."

사카키바라가 화가 나는 듯 목소리 톤이 올라갔다.

"죄송합니다. 남편이 뭔가 서류에 사인하거나 날인할 때는 꼭 의논하라고 전부터 말해서요."

그렇게 거짓말을 했다.

"전에 방문판매에 속았던 적이 있어서, 그 뒤로는 쭉……."

"우리는 방문판매가 아니잖아요."

이케다가 가볍게 웃으며 볼을 씰룩거렸다.

"네. 그렇지만 내일이면 답변해드릴 수 있으니까요."

"으음."

이케다가 신음했다. 사카키바라는 팔짱을 끼고 벌레라도 씹은 듯한 얼굴을 하고 있었다. 사무직 직원들이 이쪽을 훔쳐보고 있는 듯했지만 신경 쓰지 않았다. 이걸로 가게 측에 건방진 아르바이트 사원으로 낙인찍힌다 해도 될 대로 되라는 식의 냉정한 기분이었다.

"그럼 이만 실례해도 될까요."

서류를 손에 들고 일어섰다. 곧바로 사카키바라가 "그건 놓고 가세요"라며 팔을 뻗었다.

"왜요?"

"왜냐니……."

사카키바라가 우물거렸다.

"이런 건 대외비니까요."

지금까지 잠자코 있던 젊은 사원이 말하자, 사카키바라는 "그래요, 대외비거든요"라며 교코의 손에서 억지로 서류를 빼앗았다.

그러면 남편과 의논을 할 수 없는데요. 교코는 그렇게 말하고 싶었지만 더 이상 몰아붙이는 것도 상대방의 태도를 딱딱하게 만들 뿐이라고 판단해 물러서기로 했다.

"실례하겠습니다."

교코가 발걸음을 돌렸다. 등 뒤로 적의에 가득 찬 시선이 쏟아지는 것을 느꼈지만 왠지 조금도 두렵지 않았다.

대기실로 돌아오자 도시코가 주먹밥을 입안 가득 넣고 있었다. 이제 사인 건에 대해서는 관심 없는 듯 교코를 흘긋 보고 나서 손에 들고 있던 광고지로 눈길을 떨어뜨렸다.

"저기 말이야, 오이카와 씨. 나, 나중에 김조림 두 개 계산할게."

그 말에는 대답하지 않고 테이블 정면에 앉았다.

"니시오 씨는 점장한테 갔다 왔어요?"

"나? 응. 갔다 왔는데."

"그럼 사인했겠네요?"

"응. 했지."

한숨이 나왔다. 아르바이트 사원 거의 대부분이 이미 사인했음에 틀림없었다.

"왜 그래?"

도시코가 얼굴을 들더니 이상하다는 듯이 물었다.

몇 초간 생각하다가 "으음" 하고 고개를 저었다. 도시코와 의논해봤자 해결방법이 있을 것 같지 않았다.

"저기, 오이카와 씨."

그때 약간 떨어진 곳에 있던 이소다가 말을 걸어왔다.

"맛있는 물이 있는데, 어떻게 할래요? 지금 모두에게 권유하고 있는데."

손에는 보온병이 들려 있었다.

아아, 이건가. 구미가 샀다는 물이.

"아뇨, 난 됐어요."

정중하게 거절했다.

"이거, 시중에서 파는 미네랄워터가 아니에요. 정수기를 거친 수돗물이죠. 석회 냄새가 없는 것은 물론이고 발암물질도 제거

된 거예요. 오이카와 씨한테도 딱 좋을 텐데."

이소다 주위에는 세 명 정도의 여자들이 있었다. 어쩔 수 없이 듣는 게 아니라 적극적으로 귀를 기울이고 있었다. 이런 허무맹랑한 이야기에 귀를 기울이는 여자들의 마음을 교코는 알 수가 없었다.

"수돗물에 발암물질이 있었다니, 몰랐네요."

"그렇죠? 모두들 의외로 모르더라니까요."

이소다는 교코의 말을 빈정거림이라고는 생각지도 못하는지 여전히 오만한 태도로 정수기를 거친 물의 장점을 설명하기 시작했다. 이소다의 남편은 그 물을 마시기 시작하고부터 흰머리가 사라졌다고 했다. 그러면서 여러분은 세상일에 너무 무관심하니까, 하고 사람을 깔보는 듯한 태도로 자신만만하게 말했다. 그런 말을 듣고 있자니 왠지 심한 소리를 하고 싶어졌다.

"이소다 씨, 가게에서 내민 고용통지서에 사인하셨죠?"

"네, 그런데요."

이소다가 무슨 이야긴가 싶어서 교코를 보았다.

"그거, 우리를 구워삶기 위한 거 같아요."

여자들의 시선이 일제히 교코를 향했다. 도시코도 먹던 손길을 멈추고 얼굴을 들었다.

"상여금이라든가 퇴직금 같은, 그런 아르바이트 사원의 권리를 포기하게 만들려는 거예요."

약간 목소리가 들떠 있었지만 바로 평소대로 돌아왔다.

"다마 점에서 아르바이트 사원의 권리를 요구했던 사람이 있었는데, 그래서 이 지점에서도 서두르는 모양이에요."

"그게 정말이야?"

도시코가 눈살을 찌푸렸다.

"여러분, 사인하기 전에 제대로 읽어보세요."

"어머, 나 제대로 읽어봤는데."

이소다의 얼굴빛이 약간 바뀌었다.

"그럼 연차 유급휴가는 없어도 괜찮으신가 보죠, 이소다 씨는. 아르바이트 사원 역시 반년 이상 근무하면 요구할 수 있거든요."

"그건……."

이소다는 아무 말도 못하고 있었다.

"이소다 씨, 계약 같은 것에 익숙하다고 하셨지만, 여기서 그 말 진짜라고 생각하는 사람 별로 없을걸요."

교코는 스스로 놀라고 있었다. 지금 자신은 싸움을 걸고 있지 않은가.

대꾸할 말이 없는지 이소다가 멍한 얼굴로 교코를 바라보았다.

"저기, 저기, 그래서 오이카와 씨는 어떻게 했어?"

도시코가 물었다.

"사인 안 했어요."

"하지 않으면 어쩔 건데?"

"글쎄요, 저쪽도 곤란해하겠죠. 법으로 정해져 있으니까 그리 쉽게 자를 수는 없을 테고."

여자들이 어리둥절하여 교코를 바라보았다. 존경과 외경이 뒤섞인 눈빛이었다. 아마 자신은 소문의 표적이 될 것이다. 어쩌면 그것은 험담일지도 모른다. 하지만 이해해주지 않아도 상관없다고 생각했다.

오후에는 손님이 많아 바빴지만 이상하리만치 집중력이 높아져서 어렵지 않게 해낼 수 있었다. 클레임을 걸어오는 손님에게도 스튜어디스처럼 은은한 미소를 띤 채 냉정하게 대응했다.

도중에 한 아르바이트 사원이 "점장이 호출했는데, 나 어떻게 하면 좋을지 모르겠네요" 하고 불안한 얼굴로 의논을 해왔다. 당신이 결정할 일이긴 하지만 남편과 의논해보겠다고 대답하면 어떻겠느냐고, 마치 교사가 학생을 가르치듯이 대답해주었다.

당연히 점장은 쌀쌀맞았다. 마치 교코를 피하듯 계산대 쪽으로는 다가오지도 않았다.

구미에게는 "이소다 씨한테서 산 물, 되돌려주는 게 어때?" 하고 말해주었다.

"하지만 계약을 해버려서……."

구미는 미적지근한 태도를 보였다.

일을 끝내고 아이들을 데리고 평소처럼 병원으로 남편을 보러 갔다.

옷 갈아입는 걸 도와주고, 30분 정도 잡담을 하다가 이야기 말미에 시게노리가, 퇴원하면 본사에서 근무하게 될 거야, 하고 아무렇지도 않은 듯 말했다. 어떻게 반응하면 좋을지 알 수 없어서, 그래, 하고만 대답했다. 좀 더 놀란 체했으면 좋았을지도 모르겠지만 그렇게까지 연기할 수는 없었다.

슈퍼마켓에서 벌어진 일에 대해서는 말하지 않았다. 애초부터 남편과 의논할 생각은 없었다. 반대할 게 뻔했다.

집으로 돌아가면서 남편이 갈아입은 옷을 넣은 가방은 차 뒷좌석에 놓아두었다.

트렁크를 열고 싶지 않았다.

그날 밤 교코는 고무로 가즈요에게 전화를 했다.

낮에 있었던 일에 대해 무턱대고 이야기할 상대가 필요했던 것이다.

오늘 스마일에서 있었던 일을 자세히 이야기했다. 처음에는 조금 흥분하던 고무로였지만, 교코가 사인을 거부했다는 말을 듣자 전화 저편에서 펄쩍 뛰는 것을 알 수 있을 정도로 기뻐했다.

"역시 내 감은 정확했어요. 오이카와 씨는 그리 쉽게 넘어가는 사람이 아니었다고요."

흥분한 말투로 그렇게 말했다.

"고마워요, 오이카와 씨. 정말 고마워요."

교코는 할 말을 잃었다. 다른 사람이 자신에게 이렇게 고마워한 적은 결혼한 이후 거의 없었다.

"당연한 권리니까 반드시 쟁취해야죠."

고무로의 격려에 교코도 고개를 끄덕였다.

"우리가 조금이라도 세상을 바꿔야만 해요."

서둘러 내일 만날 약속을 잡았다.

처음엔 그렇게 꺼리던 고무로였는데, 지금은 왠지 정말 친근한 느낌이었다.

17

구노가 와타나베 유스케라는 소년의 집을 찾은 것은 오늘로
벌써 두 번째였다.

어제는 소년의 어머니에게 사정을 설명했을 뿐 자세한 이야기
를 나눌 시간까지는 없었다. 정작 유스케 본인도 집에 없었다.

자그마한 체구의 모친은 자기 아들의 불량한 행실에 부모로서
책임을 다하지 못한다는 점은 인정했지만 소년이 먼저 공격을
했다는 사실은 전혀 믿으려 하지 않았다. 자신의 아들은 그런 짓
을 할 아이가 아니라는, 뻔한 소리만 했다. 밤에 놀러 나가거나
외박이 잦은 것은 최근 들어 사귀기 시작한 친구들의 질이 안 좋
기 때문이라고 했다. 최근 빈발하는 경찰들의 불상사도 모친에
게 불신감을 심어주었을 것이다.

하지만 고집스럽지는 않았다. 인생에 풍파가 이는 것을 원치

않는, 어디에나 있을 법한 평범한 주부였다. 치료비를 부담하고 사죄를 하면 적어도 모친은 납득할 것 같은 분위기였다. 소년의 공갈미수 및 폭행상해죄는 엄연한 사실이며, 이것을 왜곡해서는 안 되었다. 구도 부서장의 지시는 절대 잘못을 인정하지 말라는 것이었다. 한 번이라도 그런 언질을 주면 표면적인 문제로 불거졌을 때 입장이 나빠진다.

동행한 우다 계장은 시종 기분 나쁜 표정이었다. 인사고과에 미칠 일을 두려워하고 있을 것이다. 쓸데없는 짓 좀 하지 말라고, 그 얌전하던 상사가 드물게 욕설을 내뱉었다.

오늘도 차 핸들을 잡으면서 우다 계장은 한 마디도 하려 하지 않았다. 구노는 우다가 운전하는 동안 조수석에서 도시락을 먹었다. 아침을 걸러서 이따금 지나치는 슈퍼마켓에서 백반 도시락을 사온 것이다. 구노가 운전하지 않고 우다가 직접 하는 것도 그의 기분이 나쁜 원인일지도 몰랐다.

슈퍼마켓에서는 의외의 인물과 마주쳤다. 시계노리의 아내, 교코였다. 아르바이트를 하고 있는지 계산대 안에 서 있었다. 알아봤을 때는 잠시 주저했지만 바로 앞에서 모르는 척할 수도 없어서 말을 걸었다. 오히려 상대방이 꺼려하는 느낌이었다. 교코는 눈을 내리뜬 채 구노의 얼굴도 제대로 보려고 하지 않았다.

언젠가 집에 찾아갔을 때와는 전혀 인상이 달라 보여서 구노는 의외라고 생각했다. 처음에는 자신을 싫어하니까 어쩔 수 없는 일이라고 생각했지만, 허둥대는 모습이 너무 지나쳤다. 잔돈을 떨어뜨렸으면서도 사과 한 마디 하지 않았던 것이다.

기름기가 흐르는 튀김을 입에 넣으면서 시계노리 처의 마음을 헤아려보았다. 지난번 방문에서 경찰이 남편을 의심하고 있다는 사실은 깨달았을 것이다. 이쪽에서 기대하듯이 그녀는 남편을 다그쳤을까. 그리고 잔돈을 건네줄 때의 그 하얗고 연약해 보이는 손가락을 떠올리고는 또 사나에가 떠올랐다. 사나에도 손이 예쁜 여자였다.

사귀기 시작했을 무렵 구노는 연인의 얼굴을 보는 게 부끄러워 사나에의 손만 바라보았다. 카페에 마주 앉았을 때, 극장에서 영화가 상영되는 걸 기다릴 때……. 사나에가 아무리 독설을 내뱉더라도 손이 예쁜 여자는 분명 착할 거라고, 그렇게 모든 것을 받아들일 수 있었다. 지켜주고 싶은 사나에의 손이었다.

교코는 어떨까. 표면적인 생김새는 달라도 사나에와 그 밑바탕은 같을 것 같았다.

차가 신흥주택가로 들어갔다. 하얀 벽과 빨갛고 파란 색색의 지붕. 그 풍경은 시계노리가 사는 동네와 거의 다르지 않아 보였다. 모두 지은 지 5년 정도밖에 안 되는 신축건물들로, 주민들의 가족구성이나 생활방식까지 쉽게 상상할 수 있었다.

"구노, 오늘은 내가 이야기해보겠다."

소년의 집 앞에 서서 우다가 말했다.

"모친에게 아들은 연인 같은 거야. 네가 상황을 설명하면 저쪽은 충격을 받고 더욱 당황할 거야."

입안에서만 대답을 하고 고개를 끄덕였다. 현관 옆에는 스쿠터가 있었다. 머플러가 개조되어 있는 걸로 보아 소년 것일 게다. 아직 학교는 봄방학이니 오늘은 집에 있을지도 모른다.

약속한 시간보다 한 시간 정도 이른 시간이었다. 상대방에게 마음의 준비를 못하게 하고, 소년 또한 피하지 못하게 하려는 의도였다.

인터폰으로 찾아온 것을 알리자 모친이 나타났다. 시간보다 일러 약간 놀라는 것 같았지만 어제처럼 응접실로 데리고 갔다. 차를 준비하고 있는데, 우다가 "남편 분과는 의논해보셨습니까?"하고 말을 꺼냈다.

"네, 이야기했습니다. 일단 치료비와 위자료라고 하나요, 그쪽 편에서 말씀하신 금액을 주시면 남편도 일을 더 확대시키지 않겠다더군요."

"저, 위자료라고 말씀하시는 건 좀 그런데요. 어디까지나 구노 개인이 지불하는 위로금 비슷한 것이거든요."

우다가 못을 박았다. 너무 많으면 오히려 이상하다고 의심한다며 구도가 정해준 금액이 50만 엔이었다. 또한 현실적으로 구노의 지갑에서 나올 수 있는 돈이기도 했다.

"네, 그건 어떤 명목이든 상관없습니다. 우리 아이가 심야에 배회한 게 잘못이기도 하고, 학교에서는 비밀로 해줄 것 같으니까 우리로서도 더 이상 귀찮은 일로 만들고 싶지 않습니다만, 웬일인지 아이가……."

"아드님이 뭐라고 하던가요?"

"피해 서류를 취하하지 않겠다고 해서."

구노는 저도 모르게 우다와 얼굴을 마주 보았다. 모친도 곤혹스러운 표정이었다.

"형사님이 같은 편이라 괜찮다면서요. 그게, 저는 자세한 사정은 모르겠지만, 아무래도 피해 서류를 내라고 권한 게 혼조 서의 형사님 같던데요."

"네, 뭐, 그건 그렇지만. 취하만 해주시면 나머지는 저희 내부 사정이니까 문제없이 일을 처리하도록 하겠습니다."

"하지만…… 엄마는 관여하지 말라고 해서."

"하지만 어머니께서 보호자시니까 그 정도는 설득해주셔야죠."

우다가 못마땅한 얼굴로 말했다. 구노는 그저 상황을 지켜만 보고 있었다.

"평소에는 말도 잘 듣고 착한 아이인데, 웬일인지 이번 일만큼은."

"아드님, 오늘도 없나요?"

"네? 네."

모친의 표정이 약간 바뀌었다.

"나갔습니다만."

거짓말이라고 생각했다. 모친에게는 구노가 가해자였으니 자신의 아들과는 만나게 하고 싶지 않았을 것이다. 구노는 자신도 모르게 끼어들었다.

"아까 창으로 봤습니다."

물론 되는 대로 해본 말이었지만 모친은 얼굴이 빨개지며 거짓말임을 인정했다.

"하지만 아이는 상관없지 않나요? 피해 서류를 낼 때 제대로 사정 청취는 했을 테니까요."

"한번 만나서 저와 이야기하도록 해주지 않으시겠습니까? 어머니도 정확한 사실을 알고 싶으실 테죠."

"아, 가능하다면 그러는 게 좋을 것 같네요."

우다도 동의했다.

"어느 쪽이 먼저 공격을 했느냐는 중요한 문제입니다."

"하지만 우리 아이는 아직 고등학생이라서요. 그게, 뭐랄까요. 어른한테 혼이라도 나면……."

"혼내는 게 아닙니다."

우다는 가볍게 웃으며 말했다.

"하지만 이쪽 형사님에게."

그렇게 말하며 구노를 가리켰다.

"우리 유스케가 아저씨 사냥이라고 했나요. 그것 때문에 형사님을 공격했고 그에 대한 반격이었다고 말씀하시면……."

"그것은 사실입니다. 돈을 내놓으라고, 때리겠다고 그런 말을 했거든요."

"그럴 리가……."

모친은 믿을 수 없다는 표정이었다.

"아무튼 한 번."

그렇게 우다가 말하려는데 계단이 삐걱거리는 소리가 들렸다. 바로 구노가 일어나 현관으로 걸어갔다.

"유스케 군이지?"

부드러운 목소리로 물었다. 소년은 돌아보지도 않고 신발을 신고 있었다. 트레이닝 바지가 흔들리고 있었다. 서둘러 모친이 달려왔다.

"유스케, 인사해야지."

소년이 어머니의 말을 무시하고 밖으로 나가려 해서 구노는 졸지에 양말 바람으로 현관 바닥에 내려가 트레이닝복 뒷자락을 잡았다.

"유스케 군, 도망치지 말고. 그날 밤 일을 어머니께 제대로 말씀드려."

"놔주세요."

소년이 구노의 손을 뿌리치려 했다. 그날의 기세 좋던 모습은 온데간데 없었고, 모깃소리 같은 목소리였다.

"유 짱, 똑똑히 말해줘. 형사님들, 학교에는 아무 말 안 한다고 했으니까."

"엄마하고는 관계없어."

"어떻게 그런 말을……."

"어이, 구노. 놔줘."

우다가 뒤로 왔다.

"오늘은 꼭 결판을 내야죠."

"됐으니까, 그냥 놔줘."

우다의 말에 구노는 소년을 놓아주었다. 소년은 눈을 내리뜬 채 밖으로 나가버렸다. 잠시 사이를 두고 날카로운 스쿠터 엔진 소리가 집 안에까지 울려 퍼졌다.

"정말 죄송합니다."

모친이 거듭 사죄했다.

"그럼 저희는 이만."

우다가 구노를 보며 턱짓했다.

"내일 또 찾아뵙겠습니다만, 오늘 중으로 아드님을 꼭 좀 설득해주시기 바랍니다."

"내일도 오신다고요?"

조심스럽기는 했지만 분명 귀찮다는 듯한 말투였다.

"이런 일은 빨리 끝내고 싶은 법이니까요."

"……하지만 그것도 생각해보면 우리 아이는 원래 혼조 서 형사님 말을 듣고 피해 서류를 제출한 것이고, 나머지는 그쪽 문제이지 않습니까. 우리 아이에게는 나중에 어떻게든 설명할 테니 그쪽에서 먼저 파기될 수 있도록 해주지 않으시겠어요?"

잠시 침묵이 흘렀다. 모친의 말대로 소동을 일으킨 것은 소년이 아니라 하나무라인 것이다.

"그렇게는 안 됩니다. 제출한 당사자가 아니면 취하가 불가능하거든요."

이번엔 우다가 미안한 듯한 목소리로 말했다. 정중히 고개를 숙이고 소년의 집에서 나왔다.

"그 꼬마, 왜 도망치게 놔둔 거죠? 그 자리에서 다그쳤더라면."

불만스럽게 말하는 구노에게 우다는 "바보 같은 자식"이라고 작게 욕설을 내뱉었다.

"아이가 부모 앞에서 사실대로 말할 것 같나."

차에 올라탔다. 이번에는 구노가 운전석에 앉았다.

"네가 저 꼬마를 잡아서 직접 설득해. 약간의 협박도 상관없어. 서류송검*하겠다고 해. 빨리 하지 않으면 네가 송검될 거야."

묵묵히 끄덕였지만 별것 아닌 일들이 자꾸 늘어나는 게 공연히 짜증이 났다.

"저쪽에서 먼저 공격했다는 건 정말이지?"

"계장님, 절 의심하시는 겁니까?"

"만일을 위해서야. 그리고 본청 사람한테는 말하지 마. 감찰반 귀에 들어가면 귀찮아지니까."

엔진 시동을 걸고 액셀을 밟았다.

"아, 맞다. 그런데 구노."

우다가 앞을 본 채 말했다.

● 書類送檢. 형사사건을 맡은 사법 경찰관이 피의자 없이 조서와 증거 물품만을 검사에게 넘기는 일.

"깜박 잊고 말하지 않았는데, 어제 경찰서까지 부동산 업자가 너를 찾아왔던데."

"부동산 업자가요?"

"그래, 집에 가도 늘 외출 중이라면서."

"무슨 일이라던가요?"

"글쎄, 하치오지의 빈집 뭐라고 하던데."

빈집? 장모가 살고 있는데, 대체 무슨 소리란 말인가.

"집이라도 사는 거야?"

"설마요. 그런 돈이 있을 리가 있나요. 그 사람들이 뭔가 착각한 거겠죠."

우다는 "흠" 하고 중얼거리고 나서 무심하게 코털을 뽑기 시작했다.

어떻게 된 것일까. 장모가 사위라고 소개하고 나를 찾아가라고 말한 것일까.

균일한 집들이 늘어서 있는 주택가를 달리면서 왠지 불안한 마음이 몰려왔다.

밤 11시부터는 시게노리를 감시했다. 사에키의 말대로 병원은 최대한 환자를 잡아두고 싶은 듯했다. 시게노리가 입원한 지 벌써 일주일이 다 되어가는데, 퇴원일이 언제인지 듣지 못했다.

오후에는 차 안에서 두 시간 정도 눈을 붙이고 나서 소년을 찾아 번화가로 나가보았지만 찾을 수 없었다. 게임센터에서 불량스러운 소년들에게 묻자 낮에는 피자가게에서 배달 아르바이트를 하는 것 같다고 했다. 그렇다면 내일이라도 전화로 샅샅이 조사해 그곳이 어디인지 알아내면 되고 시간이 없으면 탐문수사에 질려 있는 이노우에를 시키면 된다.

저녁 무렵 장모에게 전화를 하자 또 외출 중이었다. 가게에 갔거나 동네 주부들하고 이야기를 하는 중일까. 최근 전화 거는 타이밍이 안 좋은 것 같았다. 아니면 여행이라도 간 것일까. 2, 3일 정도의 여행이라면 장모는 아무 말도 없이 가는 경우가 많았다. 원래부터 장모가 먼저 연락을 하는 경우가 별로 없었던 것이다.

핫토리는 여전히 시계노리에 대해 보고하는 것에 소극적이었다. 얼마 전 기요카즈회는 두목이 공갈 혐의로 체포되었다. 2년이나 옛날 일이었다. 가택수색은 관련시설을 포함해 총 5회나 행해졌고, 세상의 눈은 완전히 기요카즈회로 향하고 있다. 관리관이 내리는 지시는 대부분이 본청 4과나 서의 폭력계로 갔다.

"오늘 낮에는 뭐하셨어요? 부서장 지시로 움직이는 모양이던데요."

조수석에서 핫토리가 평소처럼 은단을 입에 넣으며 말했다. 손바닥에 숨을 토해낸 후 킁킁 냄새를 맡고 있었다.

"별거 아닙니다. 서에는 서 나름의 현안이 있으니까요."

"부서장에게 오이카와에 대해 보고한 건……."

아마 핫토리는 그것을 걱정하고 있는 듯했다.

"아뇨. 부서장님은 이 사안에 관해서는 노터치입니다."

"그런데 기자가 냄새를 맡은 것 같아요."

"정말이요?"

"냄새 하나는 기막히게 잘 맡는 자들이죠. 하이텍스 혼조 지사 사람들에게 이것저것 묻다가 회계감사에 대해 알게 된 것 같아요. 기요카즈회를 닦달해도 아무것도 나오지 않으니까 타깃을 바꾼 것 같습니다."

핫토리는 넥타이를 풀며 목을 좌우로 꺾었다.

"오늘 안면이 있는 기자가 맨션 앞에서 기다리고 있더라고요. 나를 보면서 씨익 웃더니 첫 발견자는 참고인 명부에 들어 있냐고 물었습니다."

"위험하군요."

"극비니만큼 딱 잘라 아니라고 했습니다만. 그래도 슬슬 한계인 것 같네요."

그렇게 말하면서도 핫토리에게는 초조한 기색이 전혀 없었다.

"경과보고만이라도 관리관에게 해두시겠어요?"

"구노 씨가 먼저 그쪽 형사과장에게 보고하시죠?"

"내가요?"

자신도 모르게 눈을 크게 떴다.

"관리관은 나를 싫어합니다."

"하지만 그건."

"본사 방어벽이 단단해서 사정 청취에 시간이 걸렸다는 걸로 해두죠. 본사 놈들이 그다지 협조적이지 않았던 건 사실이니까."

"뭐, 그건 그렇습니다만."

"게다가 물증이 없는 단계에서 무모한 행동도 할 수 없을 테고."

"아뇨, 하지만."

"부탁합니다. '좀 신경 쓰이는 일이 있다'거나 그런 식으로 말씀하시면 될 것 같습니다. 회계감사 이야기를 꺼내면 오이카와의 표정이 확 바뀐다거나, 그런 건 빼고⋯⋯."

"하지만 지금까지 오이카와 건을 질질 끌어온 건 핫토리 씨 의견 때문이잖습니까. 그걸 내가 말하는 건 좀 심한데요."

"뭐 그렇게 말씀하시지 마세요. 부탁합니다, 구노 씨. 매스컴에 선수를 빼앗기는 일만은 막아야만 합니다."

구노는 자신의 얼굴이 굳어지는 것을 알 수 있었다. 아마 핫토리는 처음부터 그럴 작정이었을 것이다. 끌 만큼 끌어서 적당한 시점에 관할 경찰서 형사한테 말해주면 된다고 생각했던 것이다. 할 말을 잃고 있는데, 핫토리는 "아무튼 별것 아닌 사건입니다" 하고 태연스러운 말투로 말했다.

"원래 기요카즈회와 관계만 없었다면 평범한 작은 기사로 끝났을 겁니다. 수사본부 역시 만들어지지 않았겠죠."

화가 치미는 것을 겨우 마음속에서 억눌렀다. 구노는 혼자 고개를 저었다.

그때 멀리에서 사이렌 소리가 들렸다. 경찰차가 아닌 구급차

소리였다. 어딘가에서 사고가 난 건지, 아니면 응급환자가 생긴 건지 어쨌든 이 시민병원으로 향하고 있을 것이다.

직원 출입구에 사람 그림자가 나타났다. 간호사가 응급환자를 맞이할 준비를 하고 있는 듯했다.

핫토리가 쌍안경을 꺼냈다. 몸을 일으켜 창에 렌즈를 딱 붙이듯이 들여다보았다. 이윽고 붉은 등을 반짝이며 구급차가 들어오고 뒷문에서 들것에 실린 환자가 내려졌다.

"환자인가. 링거병도 없고, 그리 급한 것 같지 않은데."

핫토리가 혼잣말처럼 말한다.

"아아, 노인이네. 머리가 새하얀 걸 보니까."

갑자기 장모의 얼굴이 떠올랐다. 하치오지에서 혼자 살고 있는 장모의 슬픈 듯 조용하게 웃는 얼굴이.

"보호자가 없다는 건 본인이 직접 전화를 했다는 건가."

핫토리는 여전히 쌍안경을 들여다보면서 혼자 중얼거리고 있었다.

"흔히 있는 일이에요. 택시 대신에 구급차를 부르는 사람들 말이에요."

갑자기 가슴이 마구 뛰었다.

"잠깐 실례할게요."

구노가 문을 열었다.

"어디 가세요?"

핫토리가 돌아보았다.

"잠깐 볼일이 있어서요."

거짓말을 하고 밖으로 나왔다. 근처 공원으로 서둘러 갔다. 낮에 우다 계장이 말했었다. 서까지 부동산 업자가 찾아왔다고. 사실은, 장모가 집을 팔고 양로원에 들어간 게 아닐까. 몸 상태가 불안해서 늘 자신을 간호해주는 시설이 필요했던 게 아닐까. 그런 상상이 솟구쳤던 것이다.

손목시계를 보았다. 거의 12시가 다 됐다. 보통 때 같으면 벌써 잠자리에 들었을 시간이다. 이런 시간에 전화를 하면 아무리 사위라고 해도 실례될 게 뻔하다. 게다가 장모를 오히려 불안하게 만드는 게 아닐까. 걸으면서 주저했다. 아니, 분명 최근에는 심야 라디오 프로그램을 즐겨 듣는다고 말했다. 젊은이들 대상이 아닌 고령자를 대상으로 한 차분한 심야 프로그램이 있다고 장모는 가르쳐주었다.

아무튼 전화를 해보자. 장모가 받으면 낮에 전화를 했는데도 늘 안 받아서 이 시간에 했다고 변명하면 된다.

가로등 밑에서 휴대전화를 꺼냈다. 사나에의 집 단축번호를 눌렀다. 신호음만 계속 울려대고 전화를 받지 않았다.

가슴속에서 잿빛 감정이 더욱 부풀어오른다. 어떻게 된 걸까. 계속 장모는 외출 중인 걸까. 언제부터 장모의 목소리를 듣지 못했는지 생각해보려 했지만 머리가 잘 돌아가지 않았다.

만일을 위해 이번에는 번호를 버튼으로 하나씩 눌러보았다. 마찬가지로 신호음만 울릴 뿐이었다.

역시 여행이라도 간 것일까. 이 시간에 무슨 볼일이 있을 리 없다.

장모의 친구에게 전화를 해볼까. 사이가 좋았던 것은 동네의 우치무라 부부와 여학교 시절 동창생인 다카키라는 미망인이다. 둘 중 하나 정도는 전화번호 안내 서비스로 전화번호를 알 수 있을 것이다.

아니, 아무리 그래도 비상식적이다. 장모한테 이야기만 들었을 뿐 자신은 만난 적도 없는 사람들이었다.

잠시 그 자리에 우두커니 서 있었다. 허리춤에 손을 대고 가볍게 심호흡을 했다.

분명 여행을 갔을 것이다. 햇살도 좋아졌고 하니, 늘 같이 다니는 친구들과 간 것이다. 설령 5, 6일 정도 되는 여행이라 해도 일일이 사위에게 알려야 할 의무는 없다. 이쪽에서 신경 쓰고 있는 것만큼 장모는 약하지 않았고, 자유롭게 노후를 즐기고 있었던 것이다.

무엇보다 무슨 일이 있었다면 장모가 먼저 알려왔을 것이다. 그렇게까지 서먹서먹한 관계는 아니었다. 구노는 그렇게 생각하기로 했다.

다시 한 번 심호흡을 했다. 마음이 개운하진 않았지만 허둥댔던 모습에 잠깐 쓴웃음을 지으며 차로 돌아갔다.

조수석에서는 핫토리가 여전히 창밖으로 눈길을 보내고 있었다.

"뭐, 의사도 참 힘든 직업이에요. 전화로 불러낸 건지 아까도 의사인 듯한 남자가 달려왔어요."

그렇게 말하며 콧방귀를 뀌었다.

"그 대신 월급이 좋으니까요."

"그건 그래요. 벤츠 타고 온 것 같던데."

구노는 사두었던 녹차를 입에 한 모금 머금었다.

"아까 그 노인, 역시 죽을 지경인가. 굳이 의사를 부른 걸 보면."

그 말에 진정되었던 두근거림이 다시 고개를 쳐들었다. 핫토리의 배려심 없는 말버릇에도 화가 났다. 같은 나이라면 자기 부모도 그 정도 늙었을 텐데.

"핫토리 씨, 부모님 두 분 다 건강하신가요?"

"네, 건강하세요. 아버님은 아직 현역으로 일하고 계시죠. 증권회사에서 퇴직하신 후 자회사에서 고문을 하고 계십니다. ……구노 씨는 어떠세요?"

"어머니는 돌아가셨지만 아버님은 건강하십니다. 규슈에서 형님 부부와 살고 계시죠."

"호오, 그렇군요."

핫토리가 건성으로 대꾸한다.

"핫토리 씨의 부모님은 근처에 사시나요?"

"고토 구에서 형님 부부와 2세대 주택에 살고 계십니다."

그러면 마음이 편할 것이다. 갑자기 쓰러지더라도 누군가가 알아챌 수 있을 테니까.

갑자기 쓰러진다? 갑작스러운 말이 떠올라 구노는 가볍게 눈을 감았다.

이렇게 되면 내일은 무슨 일이 있든 시간을 내서 하치오지로 가보자. 무리이긴 할 테지만 걱정을 안고 지내는 것보다는 훨씬 낫다.

아니, 내일 그럴 시간은 없다. 과장에게 오이카와 건을 보고해야 하고, 소년 건도 있다.

초조해졌다. 어떻게 하든 연락을 취할 방법이 없는 것일까. 차 문을 열었다. 머리보다 먼저 몸이 움직였다.

"왜 그러십니까?"

핫토리가 이상하다는 듯이 얼굴을 보았다.

"죄송합니다. 속이 좀 안 좋아서."

핫토리는 고개만 끄덕일 뿐 아무 말도 하지 않았다.

공원까지 빠른 걸음으로 서둘러 갔다. 아까는 화장실이라도 갔던 것일지도 모른다. 그랬을 것 같다. 야마가타에 다녀온 지 얼마 되지도 않았는데 또 여행을 떠났을 리도 없다. 장모는 집이 제일 좋다는 옛날 사람인 것이다.

또 가로등 밑에 서서 전화를 걸었다. 아무 효과도 없을 텐데 휴대전화를 귀에 꼭 갖다 댔다. 받지 않았다.

손목시계를 보았다. 방금 전 전화하고 15분밖에 지나지 않았지만 이걸로 화장실에 갔을 가능성은 사라졌다. 불길한 예감이 점점 무게를 더해갔다.

어쩌면 잠에 깊이 빠진 것일까. 곧바로 좋지 않은 상상이 떠올라 얼굴이 새파래졌다.

그 뒤는 생각하고 싶지 않았다. 독거노인의 고독한 죽음이라는 상상의 편린을 서둘러 머릿속에서 몰아냈다. 아무리 그래도 그것은 아닐 것이다. 장모는 자주 동네 사람들 이야기를 들려주었다. 매일 누군가와 수다를 떨며 생활을 즐겨왔을 사람이다.

차로 돌아오며 결심했다. 지금 당장 보러 가자. 정말로 없다면 여행이라고 생각하고 납득하면 된다.

문을 열고 "잠깐 하치오지 좀 다녀올게요" 하고 핫토리에게 말했다.

"네?"

무슨 소리냐는 얼굴이었다.

"처갓집인데요. 장모님이 전화를 받지 않으셔서."

"처갓집요?"

핫토리는 어리둥절한 표정이었다.

"그러니까 구노 씨는……."

"무슨 움직임이 있으면 휴대전화로 알려주세요. 아무 일도 없을 것 같지만요."

"잠깐만요……. 무슨 일입니까?"

"그러니까 장모님이 전화를 안 받는다니까요."

"그게……."

핫토리는 아직도 그 말들이 서로 연결되지 않는다는 표정이었다.

"미안합니다. 오늘 밤은 혼자서 잠복하셔야겠네요. 아, 아뇨, 이상한 점이 없으면 세 시간 정도만 있다가 들어가도 될 것 같은데."

"하지만 당신, 독신이잖아요?"

"지금 설명할 시간이 없어서요."

"설명할 시간이 없다고요?"

"미안합니다."

문을 닫았다. 핫토리가 당황하여 반대쪽 문으로 내렸다.

"잠깐만요. 어쨌든 그건 사적인 일이잖습니까."

감정을 긁는 말투였다.

"그러니까 미안하다고 했잖소."

"구노 씨, 오늘은 낮에도 일을 팽개쳐뒀잖아요. 하이텍스 맡았으면서."

"그 일은 부서장 때문이라고 이야기했을 텐데요."

"하지만 밤낮으로 다 그런다고는 이야기하지 않았어요."

"아무튼 나는 이만."

더 이상 상대하고 있을 수 없었다. 구노는 아스팔트를 박차며 달렸다. 등 뒤에서 "이봐!" 하고 부르는 날카로운 목소리가 쏟아졌다. 이걸로 핫토리와의 관계가 악화될지도 몰랐지만 지금 그런 걸 신경 쓸 여유는 없었다.

큰길까지 나와 택시를 잡았다. 자신의 차로 가는 게 더 빠를 것 같아서 운전사에게 자기 집이 있는 동네 이름을 댔다.

문득 나이 먹은 여자가 혼자 살기에는 너무 넓은 집이 머리에 떠올랐다. 학생 시절 사나에의 집에서 처음 자게 됐을 때 천장이 높아서 전등갓 너머가 상당히 어두운 것에 놀랐었다. 사나에는 아이 적에는 무서워서 잠이 들 때까지 어머니가 옆에 있어주었다고 했었다. 장모는 혼자서 불안하지 않았을까.

더욱 가슴이 옥죄어 들었다. 뒷좌석에서 구노는 오로지 다리만 달달 떨고 있었다.

자신의 맨션 앞에서 택시를 내리고 거칠게 골목을 달려갔다. 차에 타고 간선도로로 나오고 나서부터는 법정 속도를 무시하고 날듯이 달렸다.

카스테레오에서는 라디오 심야방송이 흐르고 있었다. DJ의 소란스러운 수다가 신경에 거슬렸으므로 주파수를 계속 바꿨다. 한 군데 차분한 아나운서의 목소리가 흘러나오는 방송국이 있었다. 장모는 매일 밤 이것을 들었던 것일까.

아나운서가 청취자에게서 온 편지를 낭독하듯이 읽었다. 남편을 먼저 보내고 몇 년이 지났지만 전혀 쓸쓸하지 않다, 함께 지냈던 평생의 추억이 있기 때문이다. 그런 담담한 일상을 적은 글이었다.

인생의 종점을 향해 조용히 준비하고 있는 사람들의 방송처럼 들렸다. 밝지도 어둡지도 않은, 그저 담담히 운명을 받아들이는 것 같은 느낌이었다. 핸들을 돌리면서 마치 자신까지 노인이 된 듯한 기분이 들었다.

만약 장모가 죽었다면……. 마음의 준비는 전혀 되어 있지 않았다. 피로 연결되지는 않았지만 아마 울음을 터뜨리고 말 것이다.

무사해주세요, 진심으로 그렇게 빌었다.

만약 무사하다면 정말 같이 살겠다고 구노는 생각했다.

한 시간도 걸리지 않아 하치오지에 도착했다. 언덕 위, 어둠 속에서 지붕의 형태가 더 한층 검게 떠올라 있었다. 차로 단숨에 올라가 문 앞에 정차시켰다.

집 안으로 발을 내딛으며 안의 모습을 살폈다. 덧문이 다 닫혀 있었으므로 불빛은 어디에서도 새어 나오지 않았다.

구노는 우편함을 들여다보았다. 신문도 우편물도 쌓여 있지는 않았다.

이것을 어떻게 판단해야 할 것인지, 바로는 알 수 없었다. 여행을 간 것은 아닌 듯했다. 그리고 안 좋은 상상이었지만 이불 속에서 일어나지 못하는 그런 상태도 아니었다. 적어도 석간신문이 배달됐을 시간까지는 집에 있었다는 말이 된다.

살짝 초인종을 눌렀다. 조용했던 집 안에서 그 소리가 메아리치고 있는 게 들렸다.

문에 귀를 대보았지만 인기척은 느껴지지 않았다.

일단 집에서 떨어져 2층을 올려다보며 허리에 손을 대고 잠시 우두커니 서 있었다.

그때 안에서 희미한 소리가 들리는 것 같았다. 바닥이 삐걱거리는 소리였다.

"어머니!"

소리쳐 불렀다.

"계세요?"

또 소리가 들렸다. 이번엔 아마도 실내의 문을 여는 듯한 소리였다. 현관 유리문 저편에 검은 사람 그림자가 보였다.

"가오루인가?"

가느다란 장모의 목소리였다.

"네, 가오루예요."

그렇게 대답하고 장모가 집에 있는 걸 확인하자 온몸의 힘이 쭉 빠졌다.

현관의 빗장이 벗겨지며 유리문이 열렸다. 장모는 어둠 속에서 놀란 눈으로 구노를 바라보고 있었다.

"무슨 일이야, 이런 시간에?"

잠옷 차림의 장모가 목소리를 낮추며 말했다. 안도감과 불안이 뒤섞인 표정이었다.

"죄송합니다, 놀라게 해서요."

"놀랐어. 이 시간에 누군가 싶었거든."

"전화했는데 어머니가 안 받으셔서."

"아무튼 들어오렴."

장모는 두 손으로 팔을 문지르며 밤늦은 시간에 찾아온 사위를 집으로 들어오게 했다.

"주무셨어요?"

"아니. 라디오 듣고 있었는데."

거실의 불을 켜고 장모가 부엌으로 갔다.

"어머니, 신경 쓰지 마세요."

"신경 쓰지 말라니, 무슨 남 같은 소리야."

장모는 구노의 찻잔에 물을 따랐다. 자신은 아무것도 마시고 싶지 않다며 고타츠에 팔을 괴고 앉았다.

"11시 넘어서 두 번 정도 전화를 했는데, 어머니가 안 받으셔서요. 무슨 일 있으셨어요?"

"가오루였구나, 그 전화."

장모는 눈을 내리뜨며 작게 한숨을 내쉬었다.

"그럼 집에는 계셨었군요."

"응, 있긴 있었지."

"왜 안 받으셨어요?"

장모는 얼굴을 들고 시선을 허공으로 보냈다.

"받고 싶지 않았어."

"받고 싶지 않았다고요? 얼마 전에 걸었을 때도 안 받으셨는데."

"전에도?"

"2, 3일 전 낮이었는데."

"아아, 그럼 그때는 정말 외출 중이었나 보네. 아마 복지회관

독서회에 나갔을 거야."

"오늘 밤은 어떻게 된 건가요? 아무래도 한밤중의 전화는 기분이 나쁘실지도 모르겠지만 급한 연락일지도 모르는데."

"급한 연락?"

장모가 구노를 보았다.

"아뇨, 그런 일이야 없겠지만. 최근에 전화를 안 받으시는 때가 많아서 왠지 갑자기 걱정이 돼서요."

"뭐야, 어린애도 아닌데."

"하지만."

"하지만 뭐?"

"받고 싶지 않으셨다니, 무슨 이유라도 있는 건가요?"

장모는 조용히 볼만 만지고 있었다.

"무슨 이유가 있다면 가르쳐주세요."

"……최근 받고 싶지 않은 사람한테서 한밤중에 전화가 걸려왔거든. 그래서 내가 일부러 전화를 안 받는다고 생각하게 만들고 싶어서."

"누굽니까, 전화를 안 받으려고 하는 그 사람이?"

장모가 입을 오므렸다.

"괜찮아요, 가르쳐주세요. 이상한 놈이라면 제가 뭐라고 할게요."

"별로 이상한 사람은 아니야."

"그럼 누군데요?"

장모는 시선을 떨어뜨리며 희미하게 웃었다.

"이 어머니가……."

새삼스럽게 손으로 머리를 매만졌다.

"그 사람과 쭉 편지 왕래를 해왔어."

"편지 왕래요?"

"그래. 고쿠분지에 사는 남자인데, 3년쯤 전 교원 퇴직자 모임이 주최한 하이쿠[*] 교류회에서 딱 한 번 이야기를 나눈 적이 있었어. 어머니나 그 사람 다 진행 도우미였거든. 그래서 그때 명부가 있었으니까 감사편지를 썼고, 그렇게 자연스럽게 편지를 주고받게 된 거야. 물론 지금은 그만두었지만."

"나이는 어느 정도나 됐는데요?"

"예순……여섯이던가. 부인을 먼저 보내고 혼자 살고 있다고 했어."

"그런 사람이 장난전화를 건단 말이에요?"

"장난이 아니야."

장모가 고개를 저었다.

"그럼 뭐예요."

"……최근엔 동네 누구와 가라오케를 갔다거나 노인회에서 꽃구경을 갔다거나, 둘 다 별것 아닌 일상생활 얘기만 써서, 한 달에 한 번이나 두 달에 한 번 그런 식으로 편지 왕래 비슷한 걸

● 俳句. 일본 고유의 짧은 시가.

했어. 만나거나 하지는 않았고."

장모는 그 부분을 강조하듯이 말했다.

"편지만 주고받았을 뿐 얼굴을 본 것은 하이쿠 모임 때 딱 한 번이야. 전화도 한 적 없었어."

"그래서……."

"어머니는 제법 그 편지가 즐거웠어. 얼굴을 마주 보며 이야기하는 것보다 마음이 편했고, 동네 사람한테는 할 수 없는 이야기도 서슴없이 쓸 수 있었어. 게다가 글을 쓰는 일이 치매를 방지하는 데 도움도 된다고 하고."

"치매 방지라니요."

"으음. 어머니들은 이제 그런 나이가 된 거야. 머리를 쓰지 않으면 점점 녹이 슨다고."

"네, 알았어요. 그런데요?"

"그랬는데 지난달에 온 편지에…… 결혼하고 싶다고."

"결혼이요?"

꼭 한 번 만나고 싶다는 정도일 것이라고 예상했으므로 구노는 당황스러웠다.

"그래."

장모는 일어나 "역시 어머니도 차 좀 마셔야겠다" 하고 말하고는 찻잔을 가지러 갔다.

"그래서 어머니는 뭐라고 하셨어요?"

장모의 등 뒤에 대고 물었다. 장모는 그 말에는 대답하지 않고

"전병 있는데" 하며 찬장 문을 열었다.

"됐어요, 이런 밤중에 전병이라뇨. 그보다 그래서 어떻게 되셨어요?"

"어머니는."

장모가 찻잔을 손에 들고 돌아왔다.

"왠지 실망스러워서."

"거절하셨어요?"

"답장 쓰는 걸 그만뒀어."

"그렇군요."

"갑자기 생경한 것을 보게 된 것 같았어."

"네⋯⋯."

"난 이제 새로운 것을 바라지는 않아."

장모는 조용히 차를 마셨다.

"혼자 사는 데 너무나 익숙해졌거든."

구노는 뭔가 말하려고 했지만 적당한 말이 떠오르지 않아 관두었다.

"내가 제멋대로 상상한 부분도 있었을 테지만 상당히 종잡을 수 없는 사람이라고 생각해서, 그래서 실망했어."

조용히 장모 주변을 바라보았다.

"하지만 그쪽도 분명 후회하지 않았을까 싶어. 얼마 안 있어서 전화를 걸어 미안하다고 하더라고."

"네."

"어머니는 신경 쓰지 말라고 대답했지만, 만나서 사과하고 싶다고, 그런 전화가 최근 몇 번이나 왔었어. 그래서 받고 싶지 않았던 거야."

"그랬군요."

"그것뿐이야. 걱정하게 만들어서 미안해."

괘종시계가 두 번 울렸다. 그 소리가 넓은 집 안 구석구석까지 울려 퍼졌다.

"어머니, 인기 많으시네요."

"놀리지 마."

장모는 때리는 시늉을 하며 웃었다.

"그나저나 아무 일도 없으셔서 다행이에요."

"고마워. 일부러 찾아와줘서. 그런데 바쁘지 않니?"

"바빠요. 요즘엔 쉬는 날이 없어요."

"가오루."

장모를 보았다. 입가에 부드러운 미소를 머금고 있었다.

"어머니 일이라면 걱정하지 마. 건강도 괜찮아. 주변 사람들도 잘 대해주고."

"알았어요. 오늘은 그냥 갑자기 걱정이 된 것뿐이니까……."

잠시 침묵이 흘렀다. 장모는 구노의 찻잔에 녹차를 더 따라주었다.

"어머니는."

장모가 불쑥 말했다.

418

"이제 혼자 사는 게 익숙하지만, 가오루는 혼자 사는 게 익숙해지면 안 돼."

"무슨 말씀이세요, 갑자기."

"좋은 사람 없어?"

"그런 말씀 마세요. 사나에가 들어요."

"사나에는 오래전에 죽었어."

"그런……."

"평생 상복을 입고 있을 필요 없어."

또 두 사람은 침묵했다. 괘종시계의 진자 소리만 조용히 울리고 있었다.

"자."

장모가 일어섰다.

"그럼 2층에 요 깔아줄게."

"아니에요. 돌아가야 하거든요."

"돌아가다니, 이 시간에?"

"내일 일찍 나가야 해요."

구노는 직접 찻잔을 개수대에 넣어두고 그대로 현관으로 향했다. 구두를 신고 몸을 폈다. 등 뒤에 피곤이 착 달라붙어 있었다.

"어머니, 그럼 갈게요."

"응, 조심하렴."

장모는 카디건을 걸치고 바깥까지 구노를 따라왔다. 차에 올라탔을 때 "가오루, 고마워"라고 말하며 부끄러운 듯 약간 웃었다.

차를 출발시켰다. 언덕을 내려가면서 백미러를 보자 장모는 길까지 나와 구노를 배웅하고 있었다.

그 그림자는 왠지 미덥지 못했고, 그래서 구노는 장모가 더욱 사랑스럽게 느껴졌다.

18

"왜 이해를 안 해주시는 겁니까?"

스마일의 사무실, 응접세트 소파에서 점장인 사카키바라는 괴로운 얼굴을 하고 있었다. 아마도 가게 측에서 준비한 고용통지서에 아르바이트 사원 전원의 사인을 받으라는 게 본사에서 내려온 명령이었을 것이다. 한 사람이라도 빠지면 사카키바라를 비롯한 관리직들의 입장이 곤란해지리라는 것은 쉽게 상상할 수 있었다.

교코는 남자 세 명에게 둘러싸여 있으면서도 꼼짝하지 않았다. 자신은 틀리지 않았다는 자신감이 있었고, 풍파가 몰아쳐도 무섭지 않았다. 무엇보다 다른 걱정거리에 비하면 잔물결 같은 일이었다.

"다른 사람들은 모두 이해해주셨습니다. 오이카와 씨만 안 하섰어요."

"하지만 모두 다 이해하고 사인을 한 건 아니라고 생각합니다."

교코는 냉정했다. 사카키바라를 똑바로 보며 말했다.

"왜 그런 말씀을 하시는 겁니까?"

상대방인 사카키바라는 평소처럼 교코의 눈을 보려고 하지 않았다.

"정말 부탁합니다, 오이카와 씨."

사무실 직원이 슬며시 이쪽 분위기를 살피고 있었다. 이제 자신에 대해서는 가게 사람들 모두가 알고 있을 거라고 생각했다.

어젯밤 가게 측의 고용통지서에 사인하지 않았던 것을 알려주자 고무로의 행동은 신속했다. 오늘 아침에는 교코의 집을 찾아와 혼조 점이 준비한 서류 내용을 자세히 알고 싶어했다. 교코는 기억하고 있는 범위 내에서 대답했는데, 역시 유급휴가와 퇴직금을 안 주는 것이 가게 측의 노림수 같았다. 고무로는 그런 것은 노동기준감독서에 호소하면 전혀 효력이 없다며 흥분해서 말했다. 결국 고용자로서의 자신들 입장만 악화시킬 것이다. 고무로는 다시 후생노동성이 작성한 통지서 견본을 건네주었다.

"이걸 내밀면서 이거라면 사인하겠다고 하세요."

고무로는 교코의 손을 잡고 말했다.

"분명 다마 점에서도 나를 자택에 대기시킨 후 아르바이트 동료들에게 똑같은 서류에 사인하라고 할 거예요. 서면 통지만이라도 있으면 노동성이 말하는 조건 명시의 의무를 지킨 게 되니까 불리한 조건을 강요해 그걸로 끝내려는 속셈이겠죠. 이렇게 되면 철저히 싸워야 해요."

싸운다는 말을 들으면서 교코도 손을 마주 잡았다. 황홀감이라고까지 말할 수는 없었지만 기묘한 흥분을 느꼈다. 겉으로만 친한 척하는 게 아닌, 진정한 동료가 있다는 든든한 마음도 있었다.

"우리는 아르바이트 사원 여러분과도 동료 의식을 가지고 일하고 싶습니다."

이케다 과장이 한숨을 쉬었다. 그 목소리에 힘은 없었다.

"그래요, 무엇보다 가게가 망하면 당신들도 직장을 잃게 되는 겁니다."

점장은 안절부절못하고 있었다. 세 사람 가운데 젊은 사원은 묵묵히 진행과정을 지켜보고만 있을 뿐이었다.

"그것과 이번 통지서가 무슨 상관이죠?"

교코가 냉정하게 말했다.

"저는 시간제 근무 노동법에 근거한 조건을 제시받고 싶다고 말씀드리고 있을 뿐입니다."

"어디에서 무슨 교육이라도 받고 오셨나요, 정말? 혹시 댁의 남편 분한테?"

"아뇨. 남편과는 상관이 없습니다."

"아르바이트 사원한테 유급휴가나 보너스를 주다니, 지나가던 개가 다 웃겠어요. 안 그런가요?"

사카키바라가 머리를 쥐어뜯었다. 상사의 말이 좀 심했다고 생각했는지 이케다 과장이 "자자, 진정하시고"라며 어르는 말투로 나왔다.

"오이카와 씨. 당신이 가져온 노동성 고용통지서 말입니다. 이것은 어디까지나 견본일 뿐이지 반드시 이대로 하라는 것은 아닙니다. 각각의 직장에는 각각의 사정이 있는 것이고, 그러니 모든 권리를 다 얻어낼 수는 없는 것 아닙니까."

"하지만 유급휴가와 퇴직금은 반드시 주도록 노동성이 지도를 하고 있습니다. 아, 그리고 고용보험도요."

아침에 다시 고무로한테서 배운 아르바이트 사원의 권리였다. 고무로는 워드프로세서로 친 예상문답집 같은 것을 가지고 와 그것을 교코에게 건네주었다.

"그만두시죠. 이렇게 일을 꼭 어렵게 만드실 필요는 없잖아요. 게다가 지도는 어디까지나 지도일 뿐, 공무원들도 이상적인 말만 하고 있을 뿐이에요. 좀 더 유연하게 세상을 보면 안 되겠습니까?"

"아뇨, 의무라고 들었는데요."

"저기요."

이케다가 가볍게 눈을 감으며 고개를 저었다.

"그래서 우리 같은 데는 노동기준감독서에 한 번 찍히면 버텨낼 수가 없어요. 중소기업은 공무원한테 찍히면 끝장이라고요.

하지만 오이카와 씨. 권리를 말하자면 우리 정사원들 역시 모든 권리를 보장받고 있지 않아요. 서비스 야근도 있고, 유급휴가 역시 만족스럽게 쓰는 사람은 없어요. 지난번 언제였죠, 상품 교체하느라 남자 사원들 전부 철야한 적이 있어요. 그래도 본점에서는 책정 기준이 있다며 추가 야근비는 한 푼도 안 줬어요. 회사라는 건 그런 겁니다. 융통성이 없어요."

교코와 동년배일 것 같은 이케다는 이어서 "오이카와 씨의 남편 분도 분명 마찬가지일 겁니다"라고 말했다.

이케다는 학생이나 입을 법한 감색 블레이저에 발등을 덮는 낮은 구두를 신고 있었다. 요즘 같은 때 이런 스타일은 변두리 슈퍼마켓에서나 어울리겠지만.

"저만의 억측일지도 모르겠지만 오이카와 씨는 남편 분과 상담 안 하셨죠? 회사가 어떤 곳인지 아는 분이라면 무리하게 권리를 주장하려 하지 않으실 텐데요. 서로 조금씩 양보하며 균형을 맞춰가는 부분은 어느 직장에나 있을 겁니다."

든든한 지원군을 얻었다고 생각했는지 사카키바라는 그래, 그래, 하며 고개를 끄덕이고 있었다.

"하지만 그것은 어디까지나 회사와 정사원의 관계라고 생각합니다."

교코에게는 예상치 못했던 과장의 발언이었지만 기가 꺾이지는 않았다. 신기하게 머리가 잘 돌아갔다.

"아르바이트 사원은 그런 범주 안에도 들어가지 못하고, 경기가 나빠지면 제일 먼저 잘리는 게 우리들입니다."

"저기, 해고 문제는 우리 쪽이 더 심각합니다."

사카키바라가 괴로운 듯이 끼어들었다.

"게다가 말하기 좀 무엇하지만 아주머니들은 생활이 걸려 있는 건 아니잖아요. 일하기 싫어지거나 몸이 안 좋거나 하면 바로 그만두는 사람도 있고. 우리는 쉬고 싶어도 마음대로 쉴 수가 없어요. 그런데 똑같은 처지라면서 유급휴가를 달라, 퇴직금을 달라, 그렇게 말하다니."

"저기, 점장님."

또 이케다가 진정시켰다. 그리고 교코 쪽을 보았다.

"어떻습니까, 직업 선택의 자유라는 것이 누구에게나 있을 테고, 그 뭐랄까…… 우리 같은 작은 슈퍼마켓이 아닌 다이에나 요카도 같은 그런 큰 곳으로 가면 분명 오이카와 씨가 바라는 고용계약을 맺을 수 있을 텐데요."

교코의 몸이 경직됐다. 드디어 올 게 왔다고 생각했다.

"불만스러운 직장에서 굳이 억지로 일하지 않으셔도."

"해고한다는 말씀이신가요?"

"아뇨, 그런 말이 아니죠."

이케다의 얼굴이 살짝 굳어졌다.

"어디까지나 제안을 드린 것뿐입니다. 서로를 위해서요."

"해고하신다면 그래도 상관은 없습니다만, 그때는 해고 사유를 서면으로 제시해주실 수 있으시죠?"

"이거야 정말."

사카키바라의 말투가 거칠어졌다.

"누구한테 사주받은 거요? 보통 아줌마들은 그런 소리 안 해요. 우리는 당신들을 고용해준 거예요. 이렇게 가까이에 직장이 있으니, 오이카와 씨 역시 그래서 고맙게 생각하잖아요. 아니면 만원전차에 흔들리면서 어딘가로 출근할 건가요? 주부가 그럴 수는 없잖아요."

"고용해주었다는 말씀은."

그 말에는 교코도 화가 났다.

"아뇨, 그건 말이 그런 거고."

이케다가 바로 끼어들어 교코의 말을 막았다.

"즉 지역에 고용을 제공한다는 의미죠."

"하지만 점장님은 지금 '당신들을 고용해주었다'고 말씀하셨어요."

"그럼 실언이죠. 취소할게요."

이케다가 급하게 둘러댔다.

"너, 마음대로 취소하지 마. 내가 한 말이야."

"아니, 그건……."

"싫으면 그만두면 되잖아. 간단한 걸 가지고."

"안 됩니다, 점장님."

"뭐가 안 돼!"

"아무튼 좀 조용히 계세요."

이케다의 애원에 사카키바라가 기분 나쁜 듯이 옆으로 얼굴을 돌렸다. 사카키바라는 감정 통제가 잘 안 되는 사람인 듯했다. 이런 사람이 잘도 점장이 된 것이다.

"저기, 오이카와 씨. 우리는 슈퍼마켓인 만큼 동네 분과 말썽을 일으키고 싶지 않습니다. 아르바이트하시는 여러분도 일을 떠나면 손님이시고, 슈퍼 역시 손님이 있어야 하는 장사니까 안 좋은 평판이 돌면 바로 외면당해버리죠. 보세요, 이런 게 상부상조 아닙니까. 우리는 여러분들이 일해주시니까 고맙고, 여러분은 근처에 일할 곳이 있으니 좋고. 기브 앤 테이크잖아요."

"네, 그건 알고 있습니다. 하지만 처우 개선은 누군가가 말을 꺼내지 않으면 시작할 수 없는 문제입니다."

"처우 개선이라……."

이케다가 손으로 목덜미를 주무르고 있었다.

"우리, 그렇게 처우가 안 좋았나요? 그렇지는 않았던 것 같은데요. 예를 들면 보세요, 우리 옆에 있는 도시락가게, 거기는 벌써 5년째 시급 8백 엔이에요. 한 번도 올려주지 않고요. 그런 곳에 비하면 우리는 자발적으로 50엔씩 올려주기도 하고, 연말이 되면 떡도 돌리고, 뭐 사소한 것일지도 모르겠지만 여러분들을 배려해왔다고 생각합니다."

"하지만 제가 그렇게 무리한 부탁을 하고 있는 건가요? 법률로 정해져 있는 거라면 그 권리를 달라고 말씀드리는 것뿐이잖아요."

"당신 말이지."

또다시 사카키바라가 끼어들었다.

"권리, 권리 하는데, 그런 건 풀타임으로 일하는 사람들이나 할 소리예요. 원하는 만큼만 일하고, 그래서 용돈벌이나 하고, 그런데 또 온갖 권리까지 다 챙기겠다는 건 너무 뻔뻔스러운 거 아뇨, 정말. 지나가던 개가 다 웃겠네."

"용돈벌이라니요……. 우리도 가계에 보탬이 된다고요."

"그러니까 점장님은 좀 극단적으로 이야기하신 거고."

이케다가 수습하려 했다.

"뭐가 극단적이야."

"점장님은 좀 가만계세요."

"이제 됐어."

사카키바라가 일어섰다. 관자놀이가 붉게 물들어 있었다.

"뒤는 너한테 맡긴다. 아무튼 말이지, 예외를 인정해서는 안 되니까."

사카키바라는 거칠게 말하고 방을 나갔다. 마지막까지 교코의 눈을 보지 않았다.

"……너도 가도 돼."

이케다의 말에 젊은 사원도 나갔다.

"저기, 오이카와 씨. 왜 이러시는 거예요?"

이케다의 목소리가 갑자기 부드러워졌다.

"예전의 오이카와 씨와 어딘가 달라졌어요. 보세요, 전에는 우리하고 농담도 잘했는데. 뭐, 점장은 껄끄러운 데가 있으니까 좋아하기는 좀 그렇지만, 그래도 직장이란 건 인간관계잖아요. 아직 시간은 있어요. 당신이 좀 양보해주시면 그래, 오이카와 씨도 역시 이야기가 통하는 사람이었구나 하고 평소와 다름없이 사이좋게 지낼 수 있잖아요. 하지만 이대로 계속 고집을 부리시면 아무래도 뒤에서 험담하는 사람도 나올 테고, 그렇게 되면 오이카와 씨는 우리 가게에서 일하기 어려워질 거예요. 여긴 미국이 아니거든요. 하고 싶은 말 다 하고 일만 잘하면 되는, 그런 분위기가 아니라고요."

이케다가 두 팔을 벌린 채 외국인처럼 어깨를 으쓱였다. 그리고 교코의 얼굴을 들여다보며 "일단 오늘은 보류해두는 걸로 하죠?" 하고 말했다.

"보류라고 하시면."

"서로 하루 정도 생각해보면서 흥분을 가라앉히자는 말이에요. 꼭 오늘 결론을 내야만 하는 일도 아니고 하니."

"그럼 내일이면 결론을 낼 수 있겠군요."

이것도 고무로한테서 들은 말이었다. 상대가 결론을 연기하려고 하면 기일을 정하도록 요구하라고.

이케다가 으음, 하고 신음하며 아래를 쳐다보았다.

"알겠습니다."

갑자기 밝은 목소리로 말했다.

"우리도 하루 생각해볼 테니까 오이카와 씨도 잘 좀 생각해주세요."

그리고 너무나도 친근하게 교코의 어깨를 가볍게 쳤다.

"또 그런 무서운 얼굴 하지 마시고요."

긴장이 풀렸는지 순간 쓴웃음이 나오고 말았다. 하지만 바로 진지한 얼굴로 돌아갔다.

"오이카와 씨도 참 대단하시네요. 우리 마누라와는 너무 달라요."

이케다가 일어서며 기지개를 켰다.

"우리 직원으로 들어오시면 좋겠다 싶을 정도예요."

그 말에는 대꾸하지 않고 사무실에서 물러나왔다.

왠지 논쟁이 되고 말았다. 결판을 내지는 못했지만 밀리지는 않았다.

계단을 내려가면서 약간 다리가 떨렸다. 안도감도 공포도 아닌 감정이 솟구쳐 몇 번인가 트림을 해댔다. 이 일로 혼자가 되면 못 견딜 것 같았다. 왠지 고무로만이 지금의 자신을 지탱해주고 있는 느낌이었다.

상상했던 것만큼 가게 측은 강경하지 않았다. 다만 점의 고무로는 권리를 주장한 순간 자택 대기를 명령받은 모양이었다. 그에 비하면 이 혼조 점은 아직 물렁하다. 이케다들은 어떻게 대처해야 할지 모르는 듯했다. 그쪽도 당황스러워하고 있는 것이다.

사실 해고된다 해도 별 타격은 없다. 가계를 꾸려나가기가 약간 힘들어질 테지만 그때는 또 다른 아르바이트 자리를 찾으면 된다. 이런 여유로움을 남자들은 너무 제멋대로라고 생각할지도 모르지만, 그렇게 만든 것이 그 남자들이다. 꺼림칙할 일은 전혀 없다.

회전문 있는 데서 작업복 차림의 도시코와 마주쳤다.

"아, 오이카와 씨, 어떻게 됐어?"

흥미진진하다는 표정으로 물어온다.

"오늘은 결론이 안 날 것 같아요."

가볍게 웃으며 대답했다.

"사인은 했어?"

"으음, 하지 않을 생각인데."

"세네, 오이카와 씨."

"그런가요."

"우리는 덤벼볼 생각 따위는 전혀 못 했는데. 대단해."

팔을 콕콕 찌른다.

"아르바이트 사원이라도 유급휴가나 퇴직금을 줘야 한다는 거 정말이야?"

"그래요. 시간제 근무 노동법이라는 걸로 정해져 있어요."

"흐음."

도시코는 존경 어린 눈빛으로 교코를 올려다보았다.

"그럼 오이카와 씨가 힘써주면 우리도 유급휴가를 받을 수 있는 거네."

찔끔했지만 얼굴로 드러내지는 않았다. 아마도 같이 싸우려는 여자들은 생기지 않을 것이다. 고무로는 내부에 협력자를 만들라고 권유했지만, 교코는 이제 와서 그럴 생각은 없었다. 고독한 투쟁으로 만족했다.

가게 안으로 들어가 계산대에 서서 열쇠를 꽂았다. 가게는 아직 혼잡하지는 않았다. 구미가 멀리 떨어진 계산대에서 웃음을 던져주는 걸 보자 약간 마음이 개운해졌다.

악감정이 담긴 사카키바라의 얼굴이 뇌리에 솟았다. 이제 돌이킬 수 없다고 생각하며 살짝 어금니를 깨물었다. 앞으로는 매일 매일이 바늘방석일 것이다. 그래도 좋다. 하고 싶은 말도 못하고 사는 것보다는 훨씬 낫다.

그런 생각을 하면서 얼마 동안 드물게 오는 손님들을 상대하고 있었다. 상품을 오른쪽 바구니에서 왼쪽 바구니로 옮기며 현금을 주고받고, 거스름돈을 건네준다.

가슴 저 깊은 곳은 줄곧 가라앉은 채였다. 그 이유는 알고 있었지만 애써 피하기로 했다. 일할 때 남편에 대한 생각으로 우울해하고만 있을 수도 없었다.

"오이카와 씨."

그 목소리에 얼굴을 들자 계산대 앞에 어두운 표정의 이케다가 서 있었다.

"죄송하지만 바로 계산대 좀 정리해주시겠습니까."

"아, 네."

돈 상자를 꺼내고, 계산 중지판을 세워둔 뒤 마지막 손님 것까지 정산을 끝냈다. 이케다가 눈으로 신호를 해서 그 뒤를 따라갔다.

밝은 가게 안을 나와 어슴푸레한 통로를 걸었다. 도착한 곳은 종이상자들이 높이 쌓인 창고였다.

"오이카와 씨."

이케다가 마주 보았다.

"난 솔직히, 숨기고 싶지 않아서 다 털어놓을게요."

"네……."

"본점에서 내려온 지시입니다. 나쁘게는 생각하지 말아주세요. 오늘부터 당분간 창고 쪽을 맡아주세요."

말이 곧바로 떠오르지 않아 가만히 이케다의 눈을 바라보았다. 그리 놀랍지는 않았다. 고무로도 말했었다. 가게 측이 애당초 두려워한 것은 다른 아르바이트 주부를 선동하는 일이라고. 교코를 격리시키려 하는 것은 당연한 수순일 것이다.

"계약 위반이라든가, 그런 식으로 생각하지 말아주세요."

"네."

의외로 침착하게 대답할 수 있었다.

"오이카와 씨를 고용할 때 계산대 업무라고 특정 지어 계약했던 건 아니니까요."

"……그게 아니라 아예 아무 계약도 맺지 않았죠."

"그건 그렇군요."

이케다가 힘없이 약간 웃었다.

"이해해주시니 다행입니다."

"하지만 납득한 것은 아닙니다."

"그렇겠죠. 나 역시 여자 분에게 힘쓰는 일을 맡기고 싶지는 않습니다. 마음이 아파요. 우리 마누라랑 비슷한 나이인데, 어떻게 이런 일을 시키겠어요."

"신경 쓰지 마세요. 할 테니까."

"화나지 않으세요?"

"괜찮습니다."

산더미 같은 종이상자를 보고 있자니 왠지 슬퍼졌다. 이것이 현실이라는 것이다.

"왜 화내지 않으세요? 내가 오이카와 씨 입장이었다면 화낼 텐데."

"하지만……."

"나도 이건 아니라고 생각했습니다. 본점에 보고했더니 당장 계산대에서 빼라는 명령이 내려와, 나는 그럴 필요까지는 없다고 항의했습니다만."

"정말 고맙습니다."

"그런 말씀 마세요. 정말로 죄송하지만 이게 회사라는 곳입니다. 나 같은 일개 중간관리직은 어떻게 해볼 수 있는 일이 없어요. 위에서 명령이 내려오면요……."

"됐습니다. 전 괜찮습니다."

"거듭 말씀드리지만 난 반대했습니다. 아르바이트 여자 분에게 이런 일을 시키면 다른 아르바이트 주부들한테서 반감을 살 거라고요."

"그러니까 전 정말 괜찮아요."

이케다는 이마에 손을 대고 천장을 올려다보았다.

"오이카와 씨, 그거 아세요?"

"네?"

"다마 점에서 아르바이트를 하는 공산당 계열의 시민운동가가 고용조건에 이의를 신청한 사실 말이에요. 오이카와 씨, 그 사람과 만나셨죠?"

"네, 만났어요."

이제 더 이상 숨길 필요가 없다고 생각했다.

"다시 생각해보지 않으시겠습니까."

"아뇨."

머리를 흔들었다.

"전 제가 틀렸다고 생각하지 않으니까요."

"물론 틀렸다고는 생각하지 않습니다. 정당한 요구일지도 모릅니다. 하지만 직장이란 건 그런 곳이잖아요. 그저 되어가는 흐름에 몸을 맡기면 안전한 거 아닐까요?"

이케다가 진지한 눈빛으로 말했다.

"이 말은 부정적인 의미로 한 게 아니에요. 듣기 싫은 말일지도 모르지만 처세란 건 정말 중요한 것 아닐까요. 오이카와 씨가 요구를 거둬들이면 내가 할 수 있는 건 뭐든 할게요. 팔다 남은 신선식품 같은 거, 내 권한으로 공짜로 드릴 수도 있어요."

"저기, 저는 여기서 뭘 하면 되나요?"

더 이상 쓸데없는 이야기는 하고 싶지 않았다. 진작 각오하고 있던 일이었다.

이케다는 교코를 정면으로 바라보다 또다시 땅이 꺼져라 한숨을 쉬었다.

"그럼 조금 있다가 내일 치 상품 반입이 있을 테니까 그걸 안쪽부터 차례로 쌓아주시고……."

이케다가 일에 대한 설명을 시작했다. 교코는 동요하지 않았다. 마음 어딘가에 달관 비슷한 감정이 생겨나 뭐든 견딜 수 있을 것 같았다.

자신을 시험해보기에 좋은 기회라고도 생각했다. 결혼한 이래 줄곧 미지근한 물에 들어가 있었다. 한 번 정도 스스로에게 어떤 힘이 있는지 알고 싶었다. 설령 그 동기가 도피로부터 생겼다 해도.

"오이카와 씨, 뭔가 곤란한 일이 있으면 나한테 의논해주세요. 마음이 바뀌었을 때도요."

이케다는 진지한 얼굴로 그렇게 말하고 정중히 인사한 후 가버렸다. 처음에는 회유하려나 싶어 경계했지만, 아마도 이케다는 괜찮은 사람 같았다. 상사와 현장 사이에 끼어 그 자신도 곤혹스러울 것이다.

창고에 우두커니 서 있는데 트럭이 후진하는 경고음이 들려왔다. 입구가 트럭 짐칸에 막혀 주변이 어두워졌다.

젊은 직원들이 몇 명 나타나 솜씨 좋게 짐칸의 상품을 내리기 시작했다. 교코도 그 일련의 작업에 참가했다. 젊은이들은 처음에는 어리둥절한 듯했지만 이내 관심을 갖지 않았다.

힘쓰는 일은 오랜만이었다. 이마에 금세 맺힌 땀을 교코는 손수건으로 훔쳤다.

내일부터는 화장하지 말아야겠다. 치마도 입지 말고.

교코는 해치우는 기분으로 묵묵히 작업을 해나갔다.

집으로 돌아와서는 화단 만들기에 몰두했다. 아이들은 밖으로 놀러 나가서 교코 혼자 삽질을 하고 땅을 갈았다. 병원은 가지 않았다. 매일 가다 보면 시게노리 역시 이야깃거리가 없어서 곤란할 것이다. 일단 전화로 간호사에게 못 간다고 말만 좀 전해달라고 부탁했다.

화단을 에워쌀 벽돌은 처음엔 세로로 묻기만 할 생각이었는데, 하는 김에 그냥 옆으로 쌓아올리기로 했다.

그러는 편이 보기에도 좋았고, 무엇보다 시간이 많이 걸렸다. 지금 교코는 뭔가에 열중하지 않으면 자신을 지탱할 수 없었다.

19

아침 수사회의에서 구노 가오루는 핫토리와 나란히 앉지 않았다. 시간에 간신히 맞춰 들어온 이유도 있었지만 무언의 항의라는 의미도 있었다. 여태껏 오이카와 건을 질질 끌기만 하다가 그 보고를 자신더러 하라는 것은 아무래도 납득하기 어려웠다.

회의에서는 발언하는 일도 없었다. 어차피 아침회의는 조례나 거의 다를 바 없어서 오늘도 관리관이 험악한 표정으로 지시를 내리고 있을 뿐이다.

"기요카즈회의 구성원 중에 아직도 소재가 파악되지 않는 자가 몇 명 정도 있는 것 같은데 주변 경찰서 협조를 얻어서라도 전부 파악하도록."

간부들을 추궁해도 아무것도 안 나오자 일부 튀는 놈들의 단독범죄일 가능성까지 염두에 두고 있는 모양이었다.

관할 폭력계 수사관들은 기요카즈회의 취조에 훨씬 전부터 의문을 품고 있었다. 본청 형사들과 달리 지역 폭력단과는 유대가 깊었고, 서로 거래를 하는 일까지 있었다. 이렇게까지 끈질기게 버티는 경우는 보통 생각하기 어렵다는 것이 그들의 심증이었다.

같은 과 소속인 사에키와 이노우에는 완전히 의욕을 잃고 있었다. 본청에서 온 4과의 관리관이 애초에 핏대를 올린 것부터가 단추를 잘못 꿴 것이라며, 탐문수사도 열심히 하게 되지 않는 모양이었다.

회의가 끝나자 핫토리가 다가왔다. "안녕하십니까" 하고 평소 말투로 인사하고, 어젯밤 잠복하다 가버린 일에 대해서는 아무 말도 하지 않았다.

오이카와 건을 간부에게 알리는 것에 대해서는 극히 사무적으로 귓속말을 했다.

"그럼 구노 씨, 당신네 과장에게는 오이카와를 참고인으로 부르고 싶다는 식으로 말을 꺼내시고……. 의논할 게 있다고 하면 될 것 같습니다."

어떻게 하라고까지 열심히 충고해주었다.

그리고 자신은 카페에서 기다리고 있겠다며 혼자서 계단을 내려갔다.

"핫토리 씨. 그건 좀 그렇죠. 같이 동석해주세요."

가려는 걸 불러 세웠다. 도대체 이 남자의 속을 알 수가 없었다.

"같은 경찰서 동료들끼리 이야기하는 편이 더 속마음을 털어놓을 수 있을 겁니다. 본청 사람은 없는 게 좋아요."

"그런 말이 어디 있어요."

"괜찮잖아요. 어젯밤 일은 불문에 부칠 테니까 이걸로 비긴 걸로 하죠."

"비기다뇨……."

"그런데 장모님이 어떻게 되셨나요?"

"아뇨, 내 느낌이 이상했을 뿐 아무 일도 없었습니다."

"자기보다 어린 장모님이었거나."

"네?"

"됐습니다. 꼬치꼬치 따지지 않을 테니까."

"이상한 지레짐작은 하지 말아주세요. 정말……."

구노는 불쾌함을 감추지 않고 항의했지만, 핫토리에게는 주눅 든 기색도 없었다. "그럼 이만"하고 엷은 미소를 지은 채 계단을 뛰듯이 내려갔다. 그 등에 대고 혀를 찼으나 핫토리는 뒤도 돌아보지 않았다.

손바닥으로 얼굴을 쓸어내렸다. 어쩔 수 없이 구노는 수사관들이 몰려나가는 복도 가운데에 우두커니 서서 형사과 과장인 사카타를 눈으로 찾았다.

키는 작지만 어깨만은 이상하리만치 넓은 그 사카타 과장과 눈이 마주쳤을 때 그가 아까 전부터 자신을 보고 있었다는 것을 눈치채고 웬일인가 싶었다. 사카타도 구노가 자신에게 용무가 있다는 것을 바로 알아차렸다. 그는 왜인지 입가에 부자연스러운 웃음을 띠고 있었다.

"어이, 구노. 잠깐 보자."

그렇게 말하며 턱을 내밀었다. 빠른 발걸음으로 앞장서 걸었으므로 구노는 조용히 뒤를 따랐다. 셔츠 깃 뒤쪽의 얼룩이 눈에 들어왔다. 아마 계속 잠복근무 중일 것이다.

"참고인 명부 정도는 제대로 좀 기재해라."

사카타가 돌아보더니 밝게 말했다.

"아뇨, 실은 그게."

"응?"

"하이텍스와 관련해 잠깐 드릴 말씀이."

"……아아, 그건 나중에 들어도 돼."

사카타는 비어 있는 취조실로 구노를 데리고 들어가 뒤로 문을 닫았다.

"자, 앉아."

좋지 않은 이야기일 거라고 직감했다. 책상에 마주 앉자 갑자기 사카타는 구노의 시선을 피했다.

"실은, 네가 얼마 전에 고등학생을 상대로 부상을 입혔다는 그 건에 대한 건데."

사카타는 책상 위에서 초조한 듯 손가락을 놀리고 있었다.

"그게 말이지…… 이건 형식적인 건데, 다른 놈이 취조를 하기로 됐어.”

구노가 미간에 주름을 모았다. 당장은 그 말이 무슨 뜻인지 알 수 없었다.

“형식적인 거야. 너한테 험악한 꼴은 보이지 않을 거야.”

“본청 감찰실입니까?”

“아니, 그건 아니야. 우리 쪽 폭력계야.”

“어떻게 된 거죠?”

“그러니까 일단 조서 꾸며야 해.”

“……즉 나는 상해 사건의 피의자란 말씀인가요?”

“뭐, 알기 쉽게 말하자면 그렇지.”

“알기 쉽든 아니든 그 말이잖아요.”

자신도 모르게 목소리가 딱딱해졌다.

“괜찮아. 기소되진 않아.”

“그럼 취조받을 필요도 없잖아요. 그보다 난 그 어린애가 낸 피해 서류를 취하시키기 위해 뛰어다니고 있다고요.”

“그건 이제 됐어. 우다 계장한테 맡겨둬.”

“무슨 말씀이세요. 잘 좀 설명해주세요.”

사카타는 한 번 헛기침을 하고 “그렇게 살벌한 얼굴 하지 마”라며 짐짓 눈초리를 내렸다.

“그리고 어쨌든 서류는 갖춰야 하니까, 이것도 형식적인 것일 뿐이지만 사직서도 좀 써줘.”

구노는 귀를 의심했다. 할 말을 잃어 그저 입을 다물고 있자 사카타는 "형식적인 거야" 하며 아무 일도 아니라는 듯이 되풀이 말했다.

"농담이시죠"라고 대답하는데 관자놀이가 움찔하고 경련을 일으켰다.

"왜 내가 사직서를 써야만 하는 거죠?"

"부탁할게. 야, 구노. 절대 너한테 해가 되도록 하지는 않을 테니까."

"난 부서장님한테 그 아이의 피해 서류를 취하시키라는 말만 들었어요. 그런데 왜……. 혹시 부서장님의 명령인가요?"

"그건 말할 수 없다. 아무튼 이 건에 관해서는 내가 처리하게 됐어."

"이런 말도 안 되는."

"내 입장도 좀 생각해줘. 반드시 잘 수습할 테니까."

"잘 수습하다니요……."

"그리고 너, 또 다른 소년의 팔도 부러뜨렸을 텐데."

"누가 그러던가요?"

얼굴이 뜨거워졌다.

"그쪽 피해자도 어제 왔어. 물론 제출한 서류는 수리하지 않고 받아만 놨지만."

경찰에게 폭행당했다는 서류 따위를 같은 식구가 받아들일 리 없을 테니 그것은 납득할 수 있었다. 같은 식구의 불상사는 전력을 다해 무마하는 게 경찰 조직의 철칙이었다. 하나무라는 그 자리에 없었을 것이다.

"너한테도 본청의 감찰 기록에 남는 것보다는 더 낫지 않겠
냐."

"그건 그렇습니다만."

"그럼 하나만 부탁하자."

"싫습니다. 뻔하잖아요."

"그렇게 말하지 말고. 내 입장도 좀 이해해줘."

"그건⋯⋯."

"일신상의 이유라고 쓰면 돼."

"과장님, 저도 경찰 물 먹은 지 오랩니다. 그런 식으로 하다가
진짜 그만두게 되는 걸 수없이 봐왔어요. 농담하지 마세요. 그
아이들을 다치게 한 건 맞지만 틀림없이 공격은 걔네들이 먼저
했어요."

"그건 알고 있어."

"아신다면 왜 이러시는 겁니까. 별거 아닌 일이잖아요. 교통
과 놈들이 폭주족을 혼내주거나 생활안전과 놈들이 잡아들인 애
들을 도장에서 닦달하거나, 이런 경우는 얼마든지 있잖아요."

"그러니까 몇 번 말해야 알겠어. 형식적일 뿐이야. 일종의 관
례 같은 거잖아. 내가 절대 해되지 않게 한다니까."

사카타가 타이르듯이 말한다.

구노는 크게 한숨을 내쉬며 등받이에 몸을 기대고 뒤로 젖혔
다. 눈을 감고 작게 고개를 저었다. 왜 자신이 이런 입장에 처했

는지, 어떻게든 생각해보려 했지만 머리가 잘 돌아가지 않았다. 소년의 뒤에 유력자가 있다고 생각하기도 어려웠고, 자신이 거북한 존재라고 생각할 수도 없었다. 단 하나 확실한 것은 여기서 상사의 명령은 선고나 다름없는 사실이었다. 아무리 저항을 한다 해도 소용없는 짓이라는 건 경찰 조직의 일원인 구노 자신이 제일 잘 알고 있었다.

"널 그만두게 만들지는 않을 거야."

사카타가 갑자기 진지한 얼굴이 되어 말했다.

"취조도 형식일 뿐이야. 혹시 경고라든가 감봉 같은 게 있을지도 모르지만 대수롭지는 않을 거야."

"……왜 이러는지 이유를 가르쳐주지 않으셨습니다."

"이유 따위는 없어."

"그럼 과장님 이름으로 한 통 써주십시오. 당신께서 부탁해서 쓴 거라고."

"바보 같은 소리 마. 그런 걸 누가 쓰겠냐."

"형식적인 것뿐이니까요."

눈을 가늘게 뜨며 말했다.

"장난치지 마."

사카타의 목소리가 갑자기 거칠어졌다.

"너, 상사를 가지고 놀 셈이야? 싫으면 내근이나 해."

사카타는 얼굴을 붉히며 구노를 정면으로 노려보았다.

"애초에 네가 뿌린 씨앗이야. 수첩을 보이고 쫓아버리면 될 것을, 애들을 상대로 싸움이나 하고 말이야. 다른 놈들 뒤나 닦아주는 내 신세가 돼봐. 누군 좋아서 이런 부하 놈 사직서나 받으려는 줄 알아?"

손가락 끝이 가늘게 떨리고 있었다.

구노가 풀 죽은 모습으로 침묵했다. 사카타는 자신의 고함 소리에 흥분했는지 한 번 호흡을 가다듬고 다시 또 말을 이었다.

"너는 독신이라 뻣뻣한 거야. 그렇잖아, 독신이면 무서울 게 없을 테니까. 자기만 신경 쓰면 되니까 말이야."

침이 테이블 위로 튄다.

"너, 사실은 언제든지 그만두려고 마음먹고 있었지? 그런 건 감으로 다 와."

"무슨 말씀이세요. 형사 따위가 무슨 융통성 같은 게 있을 리도 없고, 잘리면 어쩌나 얼마나 조마조마한데요."

"거짓말 마. 하치오지에 땅 가지고 있잖아. 나도 본청에 아는 사람 정도는 있다고. 정보도 들어와. 뭐가 잘릴까 봐 걱정이야!"

"하치오지요? 무슨 말씀이세요?"

구노가 눈살을 찌푸렸다.

"……아, 아니."

사카타가 갑자기 목소리를 낮추더니 겸연쩍었는지 구노에게서 눈길을 피했다.

"미안……. 지금 한 말은 취소다. 잊어줘."

이마에 땀을 흘리고 있었다.

"과장님, 대체 뭡니까?"

"그러니까 미안하다고 했잖아. 내가 어떻게 됐나 보다."

사카타는 손등으로 이마의 땀을 훔치며 크게 숨을 들이마셨다.

"최근 본청하고 우리 관계가 좋지 않아서, 사이에 끼어 있다 보니 짜증이 좀 났어. 그게, 그러니까…… 피곤한 거지. 일주일 동안 집에 못 들어갔다."

사카타가 이런 약한 소리를 하는 것은 처음이라 약간 의외였다. 그나저나 사카타가 방금 무슨 소리를 한 것인가.

"저기 말이야, 내 부탁 좀 들어다오."

"아…… 네."

구노는 조용히 고개를 끄덕여주었다.

납득할 수는 없었지만 그만 포기하고 싶어졌다. 하나무라가 결국 그만두게 되듯이 조직에 저항해서 이긴 사람은 보지 못했다.

"내일 해도 돼. 조서는 비는 시간에 같은 계 사람에게 만들라고 해줘. 정말 형식적인 거야. 다 내 부하잖아. 그러니까 하이텍스 관련 수사는 지금까지 해온 대로 계속하면 되고. ……아, 맞다."

사카타가 생각났다는 듯이 얼굴을 들었다.

"너, 하이텍스 건으로 뭔가 이야기할 게 있다고 했지?"

"네, 실은……."

우울한 기분을 안은 채 이야기할 타이밍치고는 딱 좋다고 묘한 생각을 했다.

"방화가 있었던 그날 하이텍스 혼조 지사에 본사의 회계감사가 예정돼 있다는 걸 알았습니다. 첫 발견자인 오이카와 시게노리는 경리과장입니다."

"회계감사라고?"

사카타가 번뜩 눈을 빛냈다.

"한번 참고인으로 불러보고 싶습니다만."

"너, 오늘이 며칠이냐."

"하이텍스 직원들은 아마도 회계감사를 특별히 염두에 두지 않았던 것 같습니다."

"쓸데없는 소리 말고 대답해. 오늘이 며칠이야."

이번에는 얼굴 전체가 붉어졌다.

"4월 6일입니다만."

"사건이 발생하고 열흘이나 지나서 보고한단 말이야?"

"그들도 중요한 일이라고는 생각하지 않았던 모양입니다. 그래서 본사의 총무 쪽도 별로 협조적이지 않았고……."

사카타는 묵묵히 귀를 후빈 후 그 손가락 끝을 가만히 바라보고 있었다.

"우리 쪽이 퇴직자를 우선으로 조사하기로 하기도 했고요."

물론 이건 거짓말이었다.

"그래서 뭐냐, 네 심증은?"

"반반입니다."

분명히 대답하고 싶었지만 주저했다.

"지사를 다시 한 번 뒤져보고 싶습니다만, 작은 횡령에 대한 혐의가 있습니다."

"뭐라고?"

사카타가 얼굴을 찌푸렸다.

"아마도 재고품 횡령 같은데요. 지사 내에서는 소문이 다 났습
니다. 흘러간 곳도 거의 확실합니다. 본사는 모른다고 했지만."

"그 밖에 알아낸 건?"

"오이카와의 당일 숙직은 예정된 게 아니었고, 본인이 신청한
것이었습니다."

"으으……."

낮게 신음하며 두 손으로 머리카락을 부여잡고 꽉 누르고 있
었다.

"두 번째 사건은 어때? 거기서도 첫 발견자 냄새가 났나?"

"그 전날 처에게 병원으로 차를 가져오게 했답니다. 확인한
겁니다."

"본청 놈이군."

"네?"

"그 훌쩍 키 큰 1과 놈 말이야. 그 자식이 질질 끌었지?"

"아뇨, 그런 거 아닌데요."

"너, 아냐?"

"뭘요?"

"4과의 괄괄한 어떤 놈이 취조 중인 기요카즈회 간부의 코뼈
를 부러뜨렸어."

450

"나보다 더 심했잖아요."

"바보 자식. 그래. 그쪽이 훨씬 더 수습하기 어렵지."

"고작 야쿠자일 뿐인데 걱정해줄 필요 있습니까."

"체면 문제야. 게다가 변호사도 들고 일어났어."

사카타는 담배에 불을 붙이고 험악한 얼굴로 옆을 바라보며 뭔가 골똘히 생각했다.

"그래서 오이카와를 한 번 정도 참고인으로 부르고 싶습니다만."

"잠깐 좀 조용히 해."

사카타는 하얀 연기를 피워올리며 생각에 잠겨 있었다.

하필 이런 때 하품이 몰려왔다. 배에 힘을 주며 참았다. 창틀에 박아넣은 쇠창살이 벽에 만든 그림자를 멍하니 바라보고 있자니 점점 더 눈꺼풀이 무거워졌다.

어제 잔 시간을 생각해보았다. 아마 누워 있었던 게 합쳐서 네 시간 정도이고, 잠들었던 것은 그 반 정도일 것이다. 다시 약을 먹고 싶어졌다.

"관리관에게는 내가 말해두겠지만 첫 발견자를 참고인으로 부르는 건 좀 기다려."

사카타가 낮은 목소리로 말했다.

"하지만 상대는 아마추어고, 만약 범인이라면 불러서 조금만 흔들어주면."

"됐으니까 시키는 대로 해."

기분 나쁜 듯이 담배를 비벼 껐다.

"자유롭게 놓아두자는 건가요?"

"그래."

"그러시는 의도를 모르겠습니다."

"명령이다. 그동안 감시나 제대로 해."

사카타가 일어섰다. 재떨이를 손에 들고 구노를 내려다보면서 "그래서 본청 놈들이 싫다니까" 하고 툭 내뱉었다.

"그리고 서류는 내일 써서 가져와."

사직서라고는 말하지 않고 서류라고 말을 돌렸다.

사카타가 어깨를 으쓱거리며 방에서 나갔다. 구노는 자신이 처한 입장을 생각해보았지만 사태의 중대함에 대해서는 솔직히 판단이 서질 않았다. 경찰 조직의 불합리함은 충분히 알고 있었으면서도 그만둘 이유 같은 건 전혀 없다고 스스로에게 변명하고 있었다.

"타이밍을 조금 바꾸고 싶었겠죠, 분명."

핫토리는 카페 소파에 긴 다리를 꼬고 앉아 말했다. 구노가 과장과 나눈 대화를 말해주자 시게노리를 그냥 놓아두는 이유에 대해 시기 문제라고 추측했던 것이다.

"기요카즈회를 끝까지 몰아세우다가 바로 아, 사람을 잘못 봤네요, 그러면 놈들 체면이 뭐가 되겠어요. 조금은 사이를 둬야만 하겠죠."

452

그리고 유쾌한 듯이 하얀 이를 보였다.

"후지이 그 바보 자식이겠군, 간부 코뼈를 부러뜨렸다는 건. 눈에 다 보여요. 바로 발끈해서 피의자를 두들겨 패는 단세포라서."

핫토리는 컵의 물을 다 마시고는 소파에 깊이 몸을 파묻었다. 구노는 모닝 서비스인 토스트를 씹고 있었다. 너무 두꺼워서 잘 삼켜지지 않았다.

오이카와 건을 구노 혼자에게만 보고하게 한 것에 대해 핫토리는 미안해하는 기색이 전혀 없었다. 어떻게 됐느냐고 물어오는 말투에는 마치 마작 결과라도 묻는 듯한 가벼움마저 있었다.

"우리도 슬슬 편해질까요?"

핫토리가 말했다.

"편해지다니요?"

"상층부가 우리한테만 맡겨둘 리가 없잖아요. 하이텍스를 조사하려면 별개의 반이 구성될 거고. 건수 챙길 수 있을 만한 냄새가 나는 곳에는 우르르 몰려드는 법이죠."

"하긴, 그렇죠."

"오이카와는 오늘 퇴원할 모양이던데요. 아까 병원에 물어봤어요. 빨리 가정방문이나 가죠."

"……알겠습니다."

"아니, 그보다 병원 앞에서 퇴원을 축하하는 게 효과가 더 좋으려나."

시게노리 아내의 얼굴이 떠오른다. 남편이 퇴원하면 당연히 처도 마중 나올 것이다.

"우리는 뭐든 다 알고 있다는 것을 보여주는 게 좋겠죠. 목소리를 듣는 것만으로도 오이카와는 동요할 겁니다."

뒤따라 아내의 얼굴도 굳어질 것임에 틀림없다.

"차라리 그만 포기하고 자수하면 고마울 텐데. 우리도 고생 안 하고."

구노가 다 먹는 것을 보며 핫토리가 계산서를 들고 일어섰다. "우리 쪽 경비로 낼게요"라고 말하며 계산대로 걸어갔다. 그렇게 보아서인지 발걸음이 가벼워 보였다.

카페를 나와 차에 올라탔다. 핫토리는 다소 미안한 구석이 남았는지 자기가 운전을 하겠다고 나섰다. 가로수 벚나무는 이미 완전히 꽃잎이 떨어져 군데군데 파란 싹이 돋아 있었다. 웬일인지 또다시 시게노리의 아내가 생각났다. 그 가족도 올해는 꽃구경을 하지 못했을 것이다. 아이들은 봄방학인 것 같았지만 유원지 한 번 못 갔을 게 틀림없다.

"핫토리 씨. 아이들이 있으면 말은 걸지 말죠."

구노가 그렇게 말했다.

"왜요?"

"아이들에게 영향을 끼치고 싶지 않아서요."

핫토리는 잠시 말이 없다가 "알았소" 하고 대답했다. 이어서 "정은 금물인데" 하고 혼잣말처럼 말했다.

차는 병원 주차장으로 들어갔다. 주차장은 직원이나 문병객들의 차로 이미 절반쯤 차 있었다. 정면 현관이 건너다보이는 공간으로 들어갔다. 주변을 둘러보자 시게노리의 하얀 블루버드가 이미 정차되어 있는 게 보였다. 아마 아내가 데리러 와서 퇴원수속이라도 하고 있을 테지.

"회사 사람들도 왔을까요?"

구노는 조수석 창문을 열었다. 바깥 공기를 쐬며 졸음을 물리치고 싶었다.

"왜 오겠어요. 지사 사람들은 긁어 부스럼 만들고 싶지 않을 테고, 본사에서는 두통거리일 테니 안 올 게 뻔하잖아요. 조직이란 게 다 그런 거죠."

문득 옆을 보자 20미터 정도 떨어진 곳에 왜건이 멈춰 서 있었다. 병원 주차장에는 어울리지 않는 대형차였는데, 창에는 검게 선팅이 되어 있었다.

"오이카와도 평생 찬밥 신세가 되려나."

핫토리가 중얼거렸다.

무심코 그쪽 방향으로 눈을 주는데 한가운데 창이 3분의 1쯤 열리며 그곳에서 무슨 렌즈 같은 것이 엿보였다. 사람 그림자도 보였다.

"앗, 나왔어요."

핫토리의 말에 앞쪽으로 눈을 돌렸다. 병원의 현관에서 시게노리가 가족과 함께 나타났다. 아이들의 웃는 얼굴이 눈에 쏙 들어왔다.

"아아, 아이들은 싫은데."

핫토리가 혀를 찼다.

"그래도 우리가 여기 왔다는 것 정도는 알려줘야 하지 않겠……."

"핫토리 씨. 방송국에서 왔어요."

구노가 말했다. 문을 열려던 핫토리의 손이 멈췄다.

"주차장 좀 보세요. 대형 왜건. 창으로 렌즈가 보여요."

그때 또 다른 방향에서 희미한 셔터 소리가 들렸다. 서둘러 돌아보자 몇 미터 떨어진 차 그늘에서 카메라를 든 남자 모습이 보였다.

"왜 온 거지?"

핫토리의 얼굴이 일그러졌다.

"우리를 아침부터 따라다닌 건가."

두 사람은 차에서 내렸다.

"또 있나요?"

"아뇨, 두 곳뿐인 것 같아요."

주변을 둘러봤지만 달리 이상한 모습은 없었다.

"그럼 구노 씨는 왜건을 맡아요. 나는 사진기자를 쫓을게요. 저놈은 『도쿄타임즈』 놈이에요."

구노는 몸을 낮추며 차에서 벗어나 반원을 그리듯 멀리 돌아 왜건으로 향했다. 역시 아이들이 있는 앞에서 시계노리에게 아는 척하고 싶지는 않았다.

차 사이를 기듯이 빠른 걸음으로 나아가며 뒤쪽에서 왜건으로 접근했다. 저편에서도 이쪽의 움직임을 보고 있었는지 말을 걸기도 전에 조수석 창이 열리며 보도기자인 듯한 남자가 얼굴을 내밀었다.

"당신들, 어디 회사요?"

"NBC입니다. 오이카와 체포영장이 나온 모양이네요."

아직 이십 대 중반쯤 돼 보이는 기자가 어디에서 주워들었는지 제법 그럴듯하게 떠본다.

"웃기지 마쇼."

구노가 날카로운 목소리로 말했다.

"하지만 청구는 했죠?"

"다 아는 것처럼 말하지 마시오. 퇴원에 맞춰서 새롭게 다시 사정을 들어보려고 했을 뿐이오."

"방화가 있었던 당일엔 하이텍스 본사에서 회계감사가 오기로 예정되어 있었던 모양이던데요."

"그보다 카메라나 치우쇼."

"첫 발견자가 그날 밤 숙직한 건 자신이 먼저 신청해서 그렇게 했다던데."

"됐으니까 카메라 치워."

기자는 잠시 침묵한 후 몸을 돌려 뒷자리의 카메라맨에게 손으로 신호를 했다. 카메라가 내려지고 창이 닫혔다.

그때 왜건 바로 앞을 시게노리와 그 가족이 스쳐 지나갔다. 가족 네 명이 즐겁게 걸어갔다. 얼굴을 외면하며 눈이 마주치지 않도록 했다.

일가족의 뒷모습을 슬쩍 쳐다보았다. 남자아이가 아버지에게 매달리며 소리 높여 웃고 있었다. 이윽고 네 명을 태운 승용차는 천천히 주차장에서 빠져나갔다.

목을 늘어뜨리고 통로 반대쪽을 보았다. 핫토리가 사진기자 앞을 막아서고 있었다.

"구노 씨."

기자가 입을 열었다.

"오이카와를 임의동행할 예정 아니었습니까? 그냥 가게 내버려둬도 됩니까?"

"그럴 예정은 없었소."

"가택수색 쪽은 어떻게 됐나요?"

젊은 기자가 수첩을 펼치고 구노의 다음 말을 기다리고 있었다. 펜을 든 손가락이 아이처럼 가냘팠다.

한숨이 나왔다. 너무 완강한 태도를 보여서는 안 된다고 생각하며 말투를 바꾸었다.

"그럴 예정은 없어요."

쓴웃음도 지어 보였다.

"당신들, 너무 앞서 나가지 좀 말아주세요. 아이들까지 찍을 거요?"

"물론 인권은 배려합니다. 게다가 오늘 찍은 건 체포하기 전까지는 내보내지 않을 겁니다."

"그게 앞서 간다는 거예요. 첫 발견자는 어디까지나 수많은 참고인 중에 한 사람이거든요."

"하지만 중요 참고인이죠."

"중참도 아닙니다."

눈을 내리뜨며 다시 한 번 웃어 보였다.

더 이상 말해서 꼬투리를 잡히고 싶지 않았으므로 구노는 그 자리에서 벗어나기로 했다.

떠날 때 돌아보며 "우리를 따라온 거요?" 하고 물었다.

"비밀입니다."

아마도 부랴부랴 뛰쳐나왔을, 아직 솜털도 채 가시지 않은 기자가 딱딱한 표정으로 대답했다.

차로 돌아가자 보닛에 걸터앉아 있던 핫토리가 외국인처럼 목을 움츠리고 있었다.

"이건 보고하는 게 좋을까?"

마치 남 일이라도 되는 듯, 무심하게 눈부신 봄 햇살을 맞고 있었다.

그날 밤 회의에서 관리관은 첫 발견자에 대해 아무것도 말하지 않았다. 짧게 기요카즈회에 대한 가택수색 지시만 내리고, 나머지는 오직 4과 부하들의 보고만 들었다.

구노와는 눈도 마주치지 않았다. 그렇다기보다 안중에도 없었을 것이다. 단지 핫토리만은 힐끗 험악한 눈빛으로 쳐다보았다.

잠복을 그만둔 것은 사카타 과장의 명령에 의해서였다. 젊은 녀석을 붙여놓았다면서 왠지 구노를 걱정해주는 듯한 말을 건넸다.

그리고 오랜만에 이른 시간에 집으로 돌아가자 놀랍게도 와키타 미호가 입구에 서 있었다.

"아, 다행이다."

미호가 먼저 입을 열었다.

"경찰서에서 자면 어쩌나 걱정했는데."

천장의 백열등 불빛 아래에 있으니 얼굴에 짙은 그림자가 져 보였다.

"저, 잠깐 얘기 좀 들어줘요."

자세히 보니 그림자가 아니었다. 미호의 눈 주변에는 시퍼런 멍이 들어 있었다.

"어떻게 된 거예요, 그 얼굴은?"

"뻔하잖아요. 그 아저씨 미쳤어요."

"하나무라 씨인가요?"

"그래요."

미호가 턱을 내밀었다.

"어떻게 하죠? 당분간 가게에도 못 나가겠고."

구노는 그 말에는 대답하지 않고 몸을 숙여 "의사한테는 보였나요?" 하고 물으며 얼굴의 멍을 만져보았다.

"문 벌써 닫았죠. 내일이라도 가봐야죠. 그보다 나 피해 서류 낼 건데 구노 씨가 수속 좀 밟아줘요."

"내가요?"

"그게, 아무래도 난 경찰서 가기가 좀 그렇잖아요. 아는 얼굴도 많고. 구노 씨가 조서 좀 꾸며줘요."

"그러면 하나무라 씨 틀림없이 미쳐 날뛸 텐데."

"몰라요, 그런 건. 어차피 잘릴 텐데요, 뭐."

"하지만……."

"저기, 오늘 밤에 나 좀 재워줘요~."

미호는 갑자기 어리광을 부리며 구노의 팔을 잡았다.

"안 돼요."

"그럼 나더러 어떡하라고요. 그 아저씨, 우리 집 열쇠 가지고 있어요. 좀 부탁해요."

그렇게 말하며 팔을 흔들었다.

일단 집으로 들어가기로 했다. 그러나 처음부터 재울 생각은 없었다. 하나무라가 알면 어떻게 될지 쉽게 상상이 갔다.

미호는 집을 들어가자마자 세면대로 달려가 거울을 보더니 "꺄악!" 하고 비명을 질렀다.

"아까보다 더 진해졌어. 너무해, 정말."

미호는 옆에 있던 수건을 물에 적셔 눈에 갖다 댔다. 거실로 와 소파에 앉으며 우울하게 한숨을 쉬었다.

"이 방에서는 담배 피우면 안 되겠네."

"괜찮아요."

구노는 장식장에 넣어두었던 재떨이를 꺼내주었다.

미호는 가는 멘솔 담배에 불을 붙였다. 붉은 매니큐어가 눈에 확 들어왔다.

"여자에게 폭력을 휘두르면 안 되는데."

뻔한 위로의 말을 했다.

"그렇죠. 역시 구노 씨는 착해."

입술을 내밀며 요염하게 연기를 내뿜었다. 그 동작이 딱 술장사하는 여자의 모습이었다.

"이제 우리 집 그만 오라고 했더니 자기 몰래 구노 씨랑 만나고 있느냐고 의심하더라고요. 열받아서 '그러건 말건 내 자유잖아'라고 했더니, 무턱대고 주먹을 날리는 바람에 도망쳐 온 거예요."

"그런데……."

천천히 핏기가 가셨다.

"왜 부인하지 않았죠?"

"그러니까 어지간히 싫어졌거든요."

구노가 일어나 귀를 기울였다.

"왜 그래요?"

"조용히."

살짝 현관까지 걸어갔다. 렌즈에 눈을 대고 바깥을 살폈다. 아무엇도 보이지 않았다. 만일을 위해 문을 열어보았다. 밤바람이 불어 들어왔다.

그대로 바깥 복도에 서서 난간 아래를 내려다보았다. 가로등 밑에 사람이 서 있었다.

하나무라임을 바로 알 수 있었다. 이쪽을 보고 있다.

조사해보고 찾아온 건가. 동료의 주소쯤은 금방 알 수 있었을 것이다. 20미터 이상 떨어져 있을 텐데 눈빛까지 다 알 수 있었다.

온몸에서 힘이 빠졌다. 바보에게는 너무 힘에 부치는 일이다. 마음속으로 중얼거렸다.

하나무라가 발걸음을 돌렸다. 천천히 멀어지더니, 길에 세워둔 벤츠에 올라탔다. 굵은 엔진 소리가 조용한 주택가에 울려 퍼졌다.

"왜 그래요?"

집 안에서 미호의 목소리가 들렸다.

구노는 방으로 돌아가 불안한 얼굴의 여자에게 "자고 가도 돼요"라고 말했다.

미호의 표정이 사랑스럽게 풀어졌다.

방해자 上 (원제 : 邪魔)

1판 1쇄 2016년 9월 10일
　　2쇄 2016년 11월 14일

지 은 이 오쿠다 히데오
옮 긴 이 김해용

발 행 인 주정관
발 행 처 북스토리(주)
주　　소 경기도 부천시 원미구 길주로 1 한국만화영상진흥원 311호
대표전화 032-325-5281
팩시밀리 032-323-5283
출판등록 1999년 8월 18일 (제22-1610호)
홈페이지 www.ebookstory.co.kr
이 메 일 bookstory@naver.com

ISBN 979-11-5564-127-9 04830
　　　 979-11-5564-020-3 （세트）

동시대의 감성과 지성을 담아내는 **북스토리(주) 출판 그룹**

북스토리 | 문학, 예술, 만화, 청소년, 어학
북스토리아이 | 유아, 어린이, 학습
북스토리라이프 | 취미, 요리, 건강, 실용
더좋은책 | 교양, 인문, 철학, 사회, 과학